U0074461

新十日談

上

盛約翰——著

序言

我的理想就是有一間最簡樸的房子，當然它的地理位子必須是得天獨厚的。我曾經夢見自己住在一座小房子裡，而門外便是熱鬧的廣場，有一家大型超市的入口處，就在廣場的邊上。一個平時不喜歡應酬的人，卻渴望戶外的熱鬧，一個看似熱情開朗的人，卻有著自閉的性格。當人們忙著蓋豪宅的時候，在我的手裡卻捏著一個小小的內存檔，內存著《新十日談》。一向逃避世俗的自己，忽然想起了自己在上海上大學的時候，那天和一個女生約會，在熙熙攘攘的人群，看見有人騎著摩托車帶著女人兜風，我手裡卻拿著一本校刊，自覺囊中羞澀，感到了一種莫名的失落。

《新十日談》裡一百個故事，內容涉及到歷史、社會和情感等題材，這裡要著重講一下有關歷史題材的故事，因為我無法杜撰歷史，所以在本書裡講述的歷史故事和歷史人物，基本上就是引用別人提供的材料，我只是做了一些簡單的整理工作，至於別人的這些歷史材料是怎麼來的，我就不得而知了。我覺得這個不重要，關鍵是內容要真實、有趣就足夠了。

有句話是這麼說的：願你出走半生，歸來仍是少年。當自己已經是年過半百的時候，心裡依舊咀嚼著從前的時光，血脈裡流淌的血液印記著故土的烙印，自然就會孜孜不倦地寫著中國的故事。

二〇二三年二月二十五日寫於悉尼

目次

第 1 天

（一）

二〇二〇年的元旦剛剛過了不久，武漢市公安局拘留了李文亮等八個人，他們的職業全是醫生，他們被拘留的理由是「散佈謠言，擾亂社會秩序」。被拘捕的醫生最後不得不在媒體上公開認罪，承認自己散佈了傳染病疫情的謠言，因而引起社會不必要的恐慌。很快，中央電視臺把他們認罪的視頻播向全國，並告誡人們要做到「不造謠，不信謠，不傳謠」。

為了展現社會一片祥和的氣氛，市領導組織市民在除夕舉辦「萬家宴」，還向市民贈送「黃鶴樓」景區的遊覽門票二十萬張。在這萬家燈火的新春佳節期間，人們並沒有意識到那些醫生所散佈的所謂謠言，竟是事實真相：有不明疫情在人群中擴散，而且有的被感染者會出現高燒、全身抽搐、忽然倒地等症狀，同時醫院每天有不明原因的肺部感染者死亡，那些沒有特別防備的醫務人員也紛紛被病毒感染。就在人們道聽途說中感到事態嚴重的情況下，又有醫學專家在媒體上向人們呼籲：「不必緊張，疫情可控，而且沒有人傳人的危險。」

病毒在人群中快速傳播，據說病毒來源是海鮮市場裡販賣的野生動物蝙蝠，有人吃了這種帶有冠狀病毒的蝙蝠，結果就得了傳染病。這種面目猙獰的飛禽走獸，好這一口的人卻對牠趨之若鶩，而且在中國的古建築中，尤其是達官貴人的私宅中，常常就有蝙蝠形狀的飾圖，寓意當然就是和「蝠」諧音的「福」字。

中國人向來有吃野味的嗜好，除了蛇、鱉之類，還有什麼果子狸、穿山甲、蝙蝠等，在攤市上應有盡有。就在幾年前，全國爆發過一場沙氏病毒的傳染，據說病毒來源就是穿山甲。不過這次的疫情更加可怕，傳染的速度比沙氏病毒快好幾倍，根據國外醫學專家的檢測，這種新的冠狀病毒是由蝙蝠冠狀病毒、鼠疫病毒、沙氏病毒、埃博拉病毒和愛滋病毒等多種人工合成的超級病毒，是一種生化武器。傳說中，中國古代就有用帶有劇毒的蠱蟲作為武器，其製作方法是將各種毒性強大的毒蟲如毒蛇、鱔魚、蜈蚣、青蛙、蠍子、蚯蚓、大綠毛蟲、螳螂等聚集在一起放入在一個密封的容器裡，讓牠們在其中互相廝殺，最後存活下來的便是最毒最狠的那一種就被稱之為「蠱」，這種「蠱」一觸便可殺身。

也有人推測這種奇特的病毒是從當地的一個P4病毒實驗室流出，這個實驗室的研究領域包括烈性病原試驗、新生疾病研究、烈性疾病病原保藏等，而研製這種高危病毒是為了製造生化武器，主要是用來對付美軍。雖然共軍的軍費開支極其龐大，可軍力還是遠遠落後於美軍，為了能夠克敵制勝，共軍開始了這種高危的生化武器的研發。中共在奪取大陸政權以後，攻打臺灣是他們的一貫既定政策，只是懼於美軍對臺灣的軍事保護，中共才遲遲不敢動武。當年杜魯門政府輕信共產黨所宣傳的要實行「美式民主」，並認為是中國人民選擇了共產黨，就放棄了國民政府，國軍在戰場上節節敗退，最後不得不退居臺灣。由於韓戰的爆發，美國政府才又意識到共產主義勢力對自由世界的威脅，便和臺灣制定了《共同防禦條約》，這樣，臺灣的國民政府才得以生存下來。攻占臺灣也只是共軍的第一步，他們的最終目標是「解放全人類」。早年毛澤東就對赫魯雪夫說過，把美軍引入中國大陸，然後再用蘇聯的核武器消滅他們，中國就算是死了一半人口，也在所不惜。

據有關人員透露，在武漢的P4實驗室裡，養著各種各樣做病毒試驗的小動物，除小白鼠外，還有什麼穿山甲、果子狸、蝙蝠、毒蛇、猴子等，按照規定這些動物元旦經過病毒試驗後，就必須徹底焚毀。

有在實驗室工作的飼養員，他們在附近的海鮮市場裡發現，那些在實驗室裡用來做病毒試驗的野生動物，幾乎在海鮮市場都有銷售，而且價格昂貴，於是他們發現了這裡的商機。很快，實驗室裡的野生動物成了偷竊的目標。由於利潤豐厚，偷竊者的欲念也愈來愈大，從開始偷竊待做試驗的野生動物到後來竟然私藏本該被銷毀的帶有某些致命病毒的野生動物。那些從實驗室流入市場的野味，就這樣進入到人們的餐桌上，最後導致有人染疫。

疫情的爆發非常凶猛，而且有的病毒攜帶者可以在自身沒有任何症狀的情況下進行傳播。僅僅幾週的時間，醫院就人滿為患。等待救助的病人源源不斷，由於沒有疫苗，也沒有救治的特效藥，許多病人感染後幾天就死亡了。在救治那些感染者的醫護人員中，也先後一個個地被感染。病患每天成千上萬地在增加，全市的醫療系統很快就處於癱瘓的狀態，為了防止疫情向外擴散，全市突然宣佈了封城。

「封城」對當時的市民來說是很陌生的，當年在國共內戰時，在東北戰場上共軍為了殲滅在錦州駐守的國軍，就採取了封城的手段。為了消耗城內的物資，共軍圍守在城外，不許百姓出城。封鎖了幾個月，城裡已經沒有任何東西可以吃了，最後就連城裡的老鼠都被吃光了，有試圖逃出的饑民都被槍殺了，許多婦女帶著飢餓的孩子，對著守軍苦苦哀求，讓她們帶著自己快要餓死的孩子出城，結果還是被拒絕了。最後，守城的國軍投降了，錦州城裡餓死的百姓就有幾十萬人。還有就是發生在上世紀六十年代的「大饑荒」，由於全民參與趕英超美的「大煉鋼」運動，致使農村大面積糧食歉收。可地方政府造假謊報糧食大豐收，有的鼓吹畝產十萬斤，最後導致全國範圍內的大饑荒。面對嚴峻的形勢，地方上採取了封路的手段，在各個村口有武裝民兵把守，嚴禁饑民外出逃荒，結果造成了幾千萬的餓殍。

為了維護社會穩定，無論在社會上出現什麼危機，在媒體上總要體現出到處是一片歌舞昇平的景象。

在疫情爆發初始，中央不許地方政府擅自公佈疫情，地方公安局還對所謂散佈謠言的人進行打壓，並在媒體上進行闢謠。由於疫情迅速擴大，為了防止疫情在全國擴散，中央立刻將武漢這座擁有一千五百萬人口的城市進行封控。不過此時，由於人口流動密集，許多染疫的人已經通過陸海空管道向四處蔓延。

由於資訊不流暢，許多市民剛開始對疫情的爆發和失控並沒有太多的瞭解，以為封城只是短時間的緊急措施。可隨著時間的推移，封城的措施愈來愈嚴厲，從開始的不許出城到接下來的封路，再到不許離家出門。由於事先沒有準備，幾天後，就有人家中的食物所剩無幾，孩子無奶，所有的食品、藥物、防護用品等採取配送的方法進行，但價格昂貴。如果發現有人發燒、咳嗽，就會被當作感染者加以隔離，到後來醫院已經無法再接受病員，染疫著或疑似染疫者的家門就會被釘死，人們每天生活在極度的恐懼之中。

下面再說說疫情爆發封城後，發生在居民社區裡的種種怪事：

有一個在某居民樓獨居的吳女士，她已經在自己的一室戶家裡整整待了一個星期了。這天上午，她感到自己實在要被逼瘋了，她家裡養的一隻小狗天天在家裡瞅著主人，不吃不喝，就想讓吳女士帶牠出去溜達溜達。吳女士知道外面的情況很不妙，樓下天天有運屍車的蹤影，當全身穿著防護服的人運走屍體時，死者的親人就緊跟在車後放聲痛哭；這場景使她感到非常恐懼，晚上更是噩夢連連。吳女士鼓起勇氣，戴好口罩、防護眼鏡、手套就牽上她的小狗，趁人煙稀少之際，想在樓下溜達一會兒。

她牽著小狗走出大樓，小狗顯得異常興奮，牠一邊跑一邊東聞聞西嗅嗅，一路上還不停地到處撒尿。社區的出入口早已被封鎖，門口有監控人員把守，當有監控人員看見有人自行離開家裡，帶帶狗出來溜達，就急忙上前制止。可當吳女士轉身想牽著狗回家時，有人就強行奪下她手裡的寵物狗。吳女士驚恐地叫喊著，監控人員對她怒斥道，寵物狗也會攜病毒傳染，所以她的狗必須留下銷毀，如果她不配合，就把她直接送去方艙醫院。吳女士拚命求饒，結果她的小狗被當場處死焚燒。

吳女士回到家裡，她已經六神無主，絕望中她把平時積攢的百元大鈔不停地從窗口向外拋出，一張張紙幣從空中隨風向四周散落。

又有一個姓朱的女士，因為她在封城前參加過一次朋友聚會，後來那些參加聚會的朋友幾乎全部被感染了，而且有人已經死去，她驚恐萬狀，度日如年。當她開始感到自己的身體發熱出虛汗時，她的精神幾乎要崩潰了。她才訂婚不久，本來打算和未婚夫一起去拍結婚照的計畫因為封城也泡湯了。她想著，自己可能已經染疫，不但婚結不成，而且自己可能會死去。那些被發現有症狀的人，會被粗暴地拉去方艙醫院隔離。在驚恐交加的情況下，她竟然想到了要讓住在一幢樓裡的人集體感染，如果要死大家一起死。在夜深人靜的時候，她就穿著睡衣，披著頭髮，光著腳，先是在電梯的按鈕上，然後再樓上樓下挨家挨戶在別人家的門把上沾上自己的吐沫。由於她的舉動終於被監控的錄影發現，於是她就被直接拉去了方艙醫院。

有個姓孟的女學生，她是個在澳大利亞悉尼大學在讀的研究生，由於封城，她無法及時返校。還有最後一年她就要畢業了，她已經被在美國的一家金融公司預聘了，畢業後即可赴美工作，幾年後就有資格申請美國綠卡，從而實現她的美國夢。可她怎麼也想不到，一場突如其來的瘟疫從天而降，社區被封了，隨著疫情的擴散，去澳大利亞的航班也暫時中斷了。在她痛苦、絕望中她才意識到，在疫情爆發前，要不是當局刻意隱瞞疫情，打壓那些告誡人們注意防範的醫生，而是讓資訊透明，讓共眾有知情權，並積極採取防疫措施，疫情完全是可以被控制的。可就在不久前，香港人為了爭取民主、自由，捍衛一國兩制的政治訴求，舉行了大規模的「反送中」遊行集會。當時身在悉尼校園裡，她帶頭撕毀了香港學生張貼的「反送中」標語，揮舞著五星紅旗，辱罵那些支持香港民主運動的香港學生是「港狗、港奸」，並質問他們在英國人統治時期，為什麼沒有香港人要求「普選」，現在香港回歸祖國，卻提出了這種無理要求。

由於中國大陸對互聯網的嚴格管控，姓孟的學生連網上的授課她也無法進行學習，她天天待在家裡，她不但因此失去了寶貴的就業機會，就連自己的身心健康也無法保障，只能天天在家裡哭天喊地。

有個職業是在高鐵做乘務員的姓傅的女子，她年輕漂亮，平時自然在外面顯示出幾分傲氣，現在到處封路，高鐵也暫停運營。由於在家悶得慌，街上幾乎沒有行人，傅女士就想去樓下就近散散步。可是沒過幾分鐘，就有一個身穿灰制服的向他走來，她見他覺得面熟，他是附近派出所的一個民警。當他見到傅女士，心裡就犯嘀咕，想到她平時一副高傲的姿態，根本沒有把自己放在眼裡，趁著她出門沒有戴口罩，就以違規的理由戲弄她一下。於是，他嚇住了她，以她出門沒有按規定戴口罩的理由，就把她帶到派出所並將她的雙手反綁，還拖著她遊街示眾。

每天都在報導新增的確診病例、疑似病例和死亡人數，雖然數字上升很快，但人們還是相信政府瞞報了真實數字，很多病人因無法入院而死在家裡，有的家庭甚至全部染疫而遭滅門。路上到處是運屍車，火葬場的工人夜以繼日地加班加點還是來不及處理屍體。那些被拉去方艙醫院的病人，不但得不到應有的護理，就連熱水供應也沒有，上個廁所要走很遠還要排長隊，患者叫苦不迭。可在電視裡播出的畫面卻是另一番場景：病人在方艙醫院得到醫護人員很好的看護，病人還在醫院裡高興地唱歌跳舞，在危機四伏的情況下，方艙醫院裡卻一片祥和氣氛。

遭到當局拘留訓誡後並在媒體上公開表示悔過的八名醫生中，那個叫李文亮的醫生也不幸染疫，最終治療無效而死亡，年僅三十四歲。死前他留下了一封遺書：

我以為我會好起來，可惜，我撐不下去了，就連呼吸也變得愈來愈困難了。我有好多話想說，告訴我的妻兒父母、朋友、領導、同事，我留戀生命，眷戀以前的每一幕的美好時光。活著，比什麼都好，只可惜，我要告別人世了。

親愛的潔，永別了！也許我無法再見你最後一面。以後的生活，無論風雨，只有你一個人帶著孩子艱難前行。此刻，我只是擔心，在你生病的時候誰來照顧你？下雨天擠不上公車誰來接你回家？帶孩子累了誰來替換你？你現在懷有身孕，行動不便，誰來為你減輕生活的負擔？一想到此，我心如刀絞。親愛的潔，等到春暖花開寶寶出生的時候，記得在夢裡告訴我一聲你給寶寶取的名字。

兒子，爸爸的寶貝，你今年才五歲，爸爸就要永遠地離開你了。以後，你就是家裡的男子漢，將來替媽媽分憂，帶好弟弟，還有照顧好爺爺奶奶就全靠你了。將來，你一定會成為堅強、勇敢的好孩子，爸爸在天國也會以你為傲。

爸爸媽媽，兒子不能在你們年邁時繼續照顧你們，天災人禍，人生無常，兒子要先你們離開人世了。想到你們要遭受到白髮人送黑髮人的痛苦，我心裡的痛楚無法言語。你們有一個像女兒一樣的好媳婦，還會有兩個聽話的孫子，這也算是一種幸運吧。希望你們節哀順變，這樣兒子才能安心地在天堂生活。

我的朋友們，雖然我有萬般不捨，可我的身體還是抵不過可怕的病毒。我也不後悔成為八個「造謠者」之一而受到拘留和訓誡，我是一個平凡的眼科醫生，事已至此，我個人的聲譽已經不再重要，只希望大家平安地度過這瘟疫肆虐的時刻，重新恢復往日的平靜生活。

永別了，潔！永別了，我的親人們和朋友們，等到這場瘟疫過去了，等到武漢大學校園裡的櫻花再次綻放時，我會在天堂為你們祝福！

李文亮醫生去世後，人們為此感到悲痛和惋惜，更有西方的媒體稱他為武漢疫情爆發的「吹哨人」。

（二）

讓我也來講講武漢疫情爆發時發生在武漢那些事情吧。我今天要講的是疫情爆發後不久，由於死者的人數急劇增加，殯儀館是怎樣處理那些死者的骨灰和死者家屬的悲哀。那是在二〇二〇年三月下旬，有個叫劉軍的男子接到居委會的通知，他可以去殯儀館領取他父親的骨灰。第二天，在他居住的社區居委會的一個工作人員陪同下，一起來到武漢漢口殯儀館，他們在靜園樓外和大批的死者家屬一起排隊領取骨灰。疫情期間，由於火化的屍體過於集中，殯儀館不對個人開放，死者生前有工作單位的，死者家屬需要由該單位派人一同前往領取骨灰，死者生前沒有工作單位的，死者家屬需要由社區居委會派人一同前往領取骨灰，這也算是中國特色吧。

當天上午，靜園樓外排隊領取骨灰的隊伍足足有兩百多米長，兩人一排的隊伍從殯儀館的靜園樓的靜雅廳的大門口一直延伸到東側的乾和廳的門前。靜雅廳是死者親屬辦理殯葬手續和領取骨灰的場所，在排隊等候了兩三個小時之後，終於輪到了劉軍，他便和居委會隨同人員一起在室內的取號機上取了號，然後他向工作人員提交居民死亡殯葬證、死者身分證、親屬身分證，隨後領取需要填寫的表格。一切辦妥之後，劉軍拿到了一張票據，憑著這張票據，他可以免費領取一隻新的骨灰盒，然後把骨灰盒交到工作人員手中後，等待工作人員叫他的號碼，領取他父親的骨灰盒。

劉軍今年剛好四十歲，他的妻子比他小兩歲，他們有一個九歲的兒子。他父親生前一個人住，他母親因腦梗在二〇一八年就去世了。他父親生前身體一直很好，經常一個人去公園裡鍛鍊身體，就在武漢疫情爆發前的除夕夜，他還去參加了市政府舉辦的「萬家宴」，不久他就被確診染上了病毒。不過醫院通知他在家裡等待入院，期間，他一直高燒不退、咳嗽不止。作為他的兒子劉軍不得不每天冒險去照顧躺在家裡的父親，由於病毒極具傳染性，而劉軍身上有沒有很好的防護服，為了避免他唯一的兒子染上病毒，老人竟然選擇了跳樓自殺。劉軍明白，他父親實在是為了保全他和他的全家而採取了這種極端的方法結束了自己的生命。

在等候領取骨灰的隊伍裡，有一對拄著拐杖的耄耋老人，他們是來辦女兒女婿、兒子兒媳還有孫輩的後事。有一個年齡只有七八歲的小女孩，她看上去一臉懵懂，在一個社區工作人員的陪同下，是來辦她父母的後事。還有的人不是死者的直系親屬，是旁系親屬來辦一家死者的後事。

終於領到了他父親的骨灰盒，此刻，劉軍的心裡萬分悲涼，想著，去年的清明節才給他母親的骨灰下了葬，轉眼不到一年的時間，手裡又捧著他父親的骨灰盒。

在靜雅廳西側的門口，有人正在從一輛卡車上卸下骨灰盒，車廂裡裝著數千個骨灰盒，近來天天有卡車往這裡運骨灰盒。試想，就這一個殯儀館尚且如此，全武漢市就有七八個殯儀館。據估計疫情爆發以來，患病死去的人就不下兩三萬，如果是全湖北省乃至全國，雖然疫情沒有武漢那麼嚴重，可疫情還是蔓延到全國，加起來死亡人數至少也有四五萬，比政府向外報導的數字多了十倍以上。

劉軍回到了他父親生前的居住地，他放下了手裡的骨灰盒，坐到了床頭，又抬頭看見他母親的遺像，他忍不住抽泣起來。他覺得他父親死得太慘，患病的時候本應該在醫院得到救治，可他偏偏選擇了跳樓自殺。他感到什麼是愛的力量，在生與死的緊急關頭，為了保全自己孩子的生命而捨棄自己的生命，他想他也會義無反顧地去做同樣的事。

在他準備回家時，他又打開了骨灰盒，捧起裝在絲織品袋裡的骨灰，輕輕地貼在了自己的臉頰上。此時他的身體開始抽搐起來，他忽然隱隱聽到骨灰袋裡好像有什麼金屬碰撞的響聲。他感到有點蹊蹺，便打開絲織袋查看了一下，冷不防他發現在骨灰中出現了幾顆烤瓷牙。他想他父親生前牙齒沒有什麼問題，此刻，一種不祥的徵兆湧上了他的心頭，莫非這不是他父親的骨灰？是不是領了別人的骨灰？

第二天早上，劉軍捧著骨灰盒，再次來到了殯儀館。在接待室裡，他氣憤地向一個工作人員責問道：

「我父親生前沒有做過烤瓷牙，怎麼在他的骨灰裡會有幾顆烤瓷牙？」

接待人員竟然回答道：

「屍體實在太多了。二月份最忙的時候，在焚燒爐工作的人員每天工作超過十八個小時，還要抽調一部分人到外面去幫忙運屍體，工作量超大，人太過勞累，難免會出一些差錯。」

劉軍急著問道：

「那你們能不能幫我核實一下，到底是哪裡出了錯。我要的是我父親的骨灰，而不是別人家的。」

就在此時，又來了一個女人，手裡同樣捧著一個骨灰盒，向工作人員責問道：

「我領取我母親的骨灰，裡面怎麼會有男人的皮帶金屬頭？」

有一個工作人員竟然這樣向他們解釋：

「骨灰和死的人不符合，這很正常，你們應該理解當時火化時的工作情況，屍體一個緊接著一個，爐子裡的骨灰根本來不及處理乾淨，死人的骨灰有些混合不清。不過死者的靈魂在天上是分得清的，把骨灰埋了就行了。」

又有一個工作人員說道：

「當時拉進來的屍袋，都有一個姓名牌，有的在路上弄掉了，火化爐那邊又特別忙，爐子夜以繼日地開著，工人熱得光著身子作業，有人都累暈了業已祭祀。在平時，每具屍體進火化爐前，工作人員先要向屍體做個揖，免得鬼纏身，那段時期也都免了。」

事實上情況比這個更糟糕，據內部的工作人員透露，由於那時工人太累了，等著焚燒的屍體又實在太多，燒完的屍體刮出來的灰，按理要根據姓名分裝在不同的盒子裡，可當是把所有屍體焚燒後出來的骨灰，統統推進一個大筐子裡，等一天的屍體全部燒完後，再把骨灰分裝在一個個盒子裡，再貼上死者的姓名。

那個女的聽不下去了，怒斥道：

「按照你的邏輯，我們根本不用來排隊領取自己親人的骨灰盒，你們直接把所有的骨灰盒放上在廣場，大家隨便取一個回去就可以了，反正是不是自己親人的骨灰沒有關係，也免得大家積聚到這裡，增加被感染的風險。」

劉軍捧著手裡的骨灰盒，心裡十分茫然，他知道，現在他做什麼都於事無補了。最後，他不得不再把手中的骨灰盒帶回去。

其實就是在平時，那火葬場和醫院一樣，家屬也要給錢打理，不然的話，工人對待骨灰也很粗暴，其實一具屍體燒成灰後，被裝到盒子裡的骨灰只是其中的一小部分，剩下的大部分都和其他的骨灰混在一起，最後像垃圾一樣被處理掉了。

不久，當局就下令所有的死者家屬必須在「清明節」前，把死者的骨灰下葬，墓地可以打七折，平時一塊墓地需要七八萬人民幣，打折後相當於省了兩萬多元。雖然劉軍在他母親去世後，他買下了一個可以合葬的墓地，可現在劉軍並不想把這不明不白的骨灰盒同他的母親合葬，最後他不得已還是另外買了一塊墓地，並為自己領取的那個骨灰盒下葬，墓碑上刻著「百家灰」三個字。

清明節過後三天，武漢，這個全球新冠疫情最初爆發的地方，被封城了近三個月後，在當天的零時零分，所有城內路上的卡點統一拆除，瞬間，公路上的車流形成了長龍。劉軍帶著自己的妻兒，逃難似的離開了武漢。由於疫情並沒有完全結束，許多人驚魂未定，生怕再次封城。

劉軍準備帶著家人去南方的一個表親家裡暫住，可人家連出來見他們一眼都不願意，只要是武漢出來的人，人人都唯恐避之不及，就連著名的武昌魚也沒有人敢吃。劉軍最後不得不帶著家人來到一個資訊相對封閉的小縣城，找了一家旅店，暫住了下來。

在電視節目的新聞中，報導著建立的方艙醫院在被一個個地拆除，來武漢援助的醫護人員也在陸續撤離，人們的臉上充滿了喜悅的歡笑，有的還做出勝利的手勢，並呼喊著激昂的口號。

劉軍看著新聞，氣不打一處來，對著他的妻子說道：

「疫情導致成千上萬個家庭悲劇，當局又把喪事當喜事辦來糊弄百姓，現在疫情還沒有結束，並迅速向世界各地蔓延，他們就搞這種虛假的宣傳，咳，真是最好的國民遇上了最壞的政府。」

他妻子回應道：

「你爸的死，不就是因為政府起初隱瞞疫情，他才去參加了什麼『百家宴』，而染疫，死後下葬的還是不明骨灰，還落得一個『百家灰』的稱號。」

此時，電視節目裡，大家齊聲唱著〈我和我的祖國〉：

我和我的祖國
一刻也不能分離
無論我走到哪裡
都流出一首讚歌……

（三）

在澳洲航空公司恢復了去大陸的航班以後，我就立馬回到了闊別多年的上海。為了尋找老同學，我特意來到了我從前住過的地方，那時我家的樓上樓下，都有不少的男女同學。我現在已經年近半百，久別故土再次回來，能夠遇到任何故人，都有一種親人的感覺。當我站在眼前這座熟悉而又陌生的大樓前，感覺它那灰色而又龐大的軀體和四周新建的高聳的建築相比，顯得有點陳舊了，那是上世紀三十年代，當時英國人在上海的租界地創造的曾經的繁華留下的建築物，也曾是上海的地標之一。在我出國去澳洲以前，我一直和父母居住在這幢樓裡。

在我小時候，在大樓的周邊有好幾個弄堂，弄堂裡是一幢幢連在一起的低矮陳舊的民居，在每幢樓裡的樓上樓下居住著四五戶人家。裡面沒有衛生間，在底層有一個公用的水龍頭。在每戶人家的門口外，都放有一個煤爐，那是做飯的地方；如果爐子熄滅要重新生火，就要把爐子拿到樓下的空地上，先用柴火把爐裡的煤餅燒紅，然後再把爐子放回原處做飯。家家戶戶都有一個木製的馬桶用來大小便，一般放在家裡的一個角落裡。每天上午便有環衛工人推著一輛糞車到來，聽到一陣搖鈴聲後，家家戶戶便取出自家的馬桶拎到糞車旁，在環衛工人傾倒馬桶後，大家便用水和刷子清洗馬桶，然後晾乾。

記得小時候，能穿上一件新衣服是一件很令人自豪的事情，偶然有一件新衣服穿在身上，同學看見了，他便會叫道：「哎喲，穿新衣服啦。」在我上中學的時候，學校裡有個女生，因為長得漂亮，而且看起來有點「妖氣」，外號「小妖精」，可她一年四季除了夏天，外套就只穿一件紅色的衣服。不過在那個年代，很多家庭的孩子確實只有一件外套的衣服。況且，就算買得起衣服，由於布票的限額，也不能想買就買的。

那時候買米需要購糧證，吃點心需要憑糧票，家家戶戶都按人數有定額。小時候還喜歡生病，因為生病了，就能吃上一點平時家裡捨不得買的好東西；譬如家裡平時吃稀飯，一般小菜只有醬菜和豆腐乳，可生病時，為了增加營養，就會買一小包肉鬆。有一次在上學的路上，看見學校裡的三個學生，在一家比較好的點心店裡正圍坐在一起吃燒賣和可哥茶，因為他們身上的衣服有點破舊，被路過此地的一個居委會的一個幹部發覺，並懷疑他們吃點心的錢來路不明，那個居委會幹部便上去向他們盤問了幾句話之後，就把他們三個帶去了派出所進行調查。

在那個紅色的歲月，在大街小巷的宣傳欄裡的標語都是：「偉大的領袖、偉大的導師、偉大的統帥、偉大的舵手毛澤東主席萬歲！」「戰無不勝的毛澤東思想萬歲！」「打倒美帝！打倒蘇修！打倒一切各國反動派！」「我們一定要解放臺灣！」「千萬不要忘記階級鬥爭！」等。在那個年代，中國掀起了一場又一場的政治運動，被打成「反革命分子」的人或是被槍斃或是下獄，不許經過任何的審判，一切只是上面說了算。在鬧大饑荒的時候，餓死的人數達幾千萬；同樣在那個年代，中央舉全國之力，先後造出了原子彈、氫彈、導彈和人造衛星等。

在我上小學的時候，我就慶幸自己長在紅旗下，在毛澤東思想陽光的哺育下茁壯成長。在「文革」期間，滿街都是大字報，到處都有「批鬥會」，有時還可以看見跳樓自殺的人。在我上的小學裡，有個給我們上寫字課的老師，有一天他從學校的教學樓上跳樓自殺了，事後，班主任老師對大家說「那個自殺的老師是混在教師隊伍裡的階級敵人」。

除了在學校上課，學生還要被安排參加學工、學農、學軍等活動。所謂學工就是上勞動課，在勞動課開始前，我們先要全體起立背誦一段《毛主席語錄》：「學生也是這樣，以學為主，既不斷學文，也要學工、學農、學軍，也要批判資產階級。學制要縮短，教育要革命，資產階級所進行的那一套，我們再也不能繼續下去了。」隨後大家就坐下來，開始把在事先準備好的紙板上按打孔的虛線撕下，然後摺成的盒子狀再用漿糊把四個角貼好，就算完成了一個。學生們參加勞動的目的就是：「支援亞、非、拉，打擊帝、修、反。」

黃浦江對面的浦東新區，早已經開發成商貿和金融中心，東方明珠塔和周邊的摩天大樓也成了上海的新地標。這裡曾經這裡是一片農田，許多人在這裡靠種田謀生，也是學生們來學農的地方。在「改革開放」初期，聽港臺的流行曲、喝可口可樂是一種時髦，美國的「萬寶路」香煙、英國的「三五牌」香煙，對普通百姓來說算是奢侈品了。有極少數人開始移居美國了，幾十年的反美宣傳沒有任何的效應，人們暗中偷聽《美國之音》，又通過道聽途說瞭解到美國：在美國人人有私人汽車，家家住洋房，馬路上可以撿到電視機，就是做個洗碗工也能掙大錢。海外華僑基本上就是百萬富翁的代名詞。當時有年輕漂亮的女子私下和來滬的外籍男人交往，有的女子和他們上賓館開房，結果被公安機關發現後逮捕，判刑後就被押送到大西北荒漠地區進行「勞動改造」。當然，如果家裡有親屬在美國，那麼這家人就是被視作那種有外匯的人家，左右鄰舍都會羨慕不已。

去美國留學是每個青年學生人生最大的目標，當然這對於絕大多數的人來說那是一種可望不可及的夢想。一般來說，只有那些影視明星、高幹子弟才會有門路出國。也有自費去美國留學的人，不過人數稀少，而且需要非常嚴厲的條件，包括高學歷、考「托福」、海外親屬的資金擔保、海外大學的獎學金等；即便如此，還是有不計其數的年輕人躍躍欲試，包括在校讀博士、碩士的學生和青年教師。考「托福」是一種絕對的高級時尚，可普通人並沒有這幾十元的外匯報名費，他們必須自己想辦法，或是從親戚朋友那裡或是從黑市換外匯，當時的報名費是三十美金，大約需要一百八十人民幣兌換，這個數目超過了大多數人的一個月的工資。

在我大學畢業前，同時在夜校補習英文。那年，有了一個去澳大利亞讀語言學校的機會，因為沒有任何入學條件，不過要預交半年的學費和生活費，大約是五千澳元合人民幣三萬多元，這相當於普通人二十年的工資收入；面對這樣的機會，絕大多少的人都無能為力，可我的家人卻幸運地借到了一筆外匯。借給我們的人她家有人在美國定居了好幾年了，所以她家有外匯；這筆外匯解決了一大半費用，剩餘的一小半費用則要通過向親朋好友東借西湊而完成的。那天把所有借來的錢在桌上攤了一桌，都是十元和五元面值的紙幣，那時十元是最大的面額；等點完了數，又去那個有外匯的人家兌換美元，一大包人民幣最後換了十幾張百元的美鈔。最後把費用湊足就開始辦入學的手續了，在焦慮中等待了幾個星期；有一天，有個郵差送來了一個北京寄來的特快郵件，在驚恐中打開郵件後，發現在我的中國護照上貼了一張簽證的紙。在狂喜中我意識到，我就要出人頭地了。

去澳洲的航班須經香港轉機，在飛機快要降落在香港的國際機場時，從機艙裡眺望到地面上一幢幢突兀的高樓大夏，我的內心在騷動，這就是大陸人所嚮往的香港，繁華的資本主義世界。在機場的免稅店，我第一次看到了珠光寶氣的金銀首飾，我的眼光一定是貪婪的，內心是澎湃的。

一到澳洲，我就要開始冒險打黑工。我的工資小時八元，每週可以掙三四百，每月掙的錢兌換成人民幣就是八九千；不過我要省吃儉用，節約每一分錢，把我的出國費用早日還清。

在我出國的這二三十年，由於改革開發，中國大陸的經濟取得了長足的發展，在經歷了後毛澤東時代，中國的經濟開始慢慢地融入世界的市場。本質上，中國依靠廉價的勞動力，尤其是那些從農村到城裡來打工被稱之為「農民工」的人，人數高達兩三億，他們中的大多數從事的是代工產品，基本上是美國和西方的技術，臺商的廠家；還有就是男工比較集中的建築工地、修路、採礦等繁重的體力勞動，女工比較集中的餐廳服務員、洗浴中心、髮廊等。

疫情還在持續，許多地方的街景開始變得凋敝；美國、日本、韓國外資在不斷地撤資，臺商、港商也紛紛離開，民企在不斷地倒閉，大批農民工逐漸離開了城市，失業的人群暴增，店鋪紛紛倒閉，以前的繁華景象不見了，留下了一片蕭條的景象，到處是無業遊民。媒體又開始了對美國的批評甚至謾罵，並鼓動人們的反美情緒，當局抓捕言論激進的異議人士，人們只能在私底下抱怨政府官員的貪腐和治理的無能，並指出當今的最高領導人還活在自己紅色帝國的幻想之中。

(四)

我們都是成長在毛澤東時代，對過去的貧窮生活，我們有著許多共同的記憶。改革開放以後，中國社會表面上看起來是繁榮了，人們的收入大幅度提高了，可事實上，他們要為高額的房貸、醫療費和教育經費等苦苦掙扎，同時也帶來了許多社會問題，像貪腐、環境污染、道德淪喪、收入兩極分化、人們沒有醫療、教育和養老的保障。尤其是城裡的「農民工」，他們是中國成為了全世界工廠的勞動力的主力軍，可他們在血汗工廠裡打工，是現代的奴隸。現在讓我們來看看他們的故事。

說富士康工廠像一座集中營一點也不為過，平時拉上工廠外的鐵門，成千上萬的男男女女就像高牆裡的囚徒，他們大都來自農村，年齡都在十八到二十五歲左右。在看似寬敞的車間裡，佈滿了流水線的崗位，在明亮照明燈下，坐在流水線崗位上的工人，穿著藍色靜電工作服，要佩戴口罩和指套，個個凝神屏氣，不停地完成手裡的每道工序。每天長時間戴著口罩工作有種缺氧的感覺，但不許把口罩拿下了換口氣放鬆一下，作業中有主管時刻監督著車間裡工人的一舉一動。面對著壓力，他們只好忍著，主管說過：「習慣了，就好了。」

廠裡有工人的宿舍，宿舍離車間不遠，走路也就是一兩分鐘。每天上午六點五十分，全體工人先要在各個車間外集合，組長點了人數後，然後向線長報告出席的人數，缺席的人事先要向組長請假並說明理由。在這裡管理的層級是普工歸組長管，一個組長管十幾名普工，組長的上級為線長。組長級別最低，可是有權直接或隨意扣除普工的績效獎金。比起扣除獎金而已，最害怕的還是挨這些小領導的罵，輕的罵笨，重的罵娘，被罵時還得忍氣吞聲。

五分鐘後，工人們排隊進入車間的工作崗位，到了七點準時開工。由於他們穿著靜電服，戴著靜電帽和口罩，全身被包裹得嚴嚴實實。同事之間不能交談，嘴裡不能咀嚼零食。每個人時刻看好自己工作用的裝備，檢查靜電帽有沒有戴正、手腕上的佩戴的靜電環有沒有脫落、廠牌鑰匙沒有外露。流水線的工作內容，就是不停地重複一個動作的流程，工人的面部沒有任何表情，他們的眼睛要時刻盯住自己手裡的工作。在流水線上，前一道工序如果完成得不好，就會影響到下一道工序，所以他們必須聚精會神並準確無誤地做好手裡的流程。

他們每天要像機器人一樣工作十二小時以上，下班後精疲力竭回到宿舍，室友之間也很少交流，大家來自不同的車間或部門，上班的時間也不同，有些人上白天班，有些人上夜班，加之生活習慣也不同，因此他們沒有過多交集。平時在休閒時唯一的消遣就是在手機上網聊天，跟家人通話比較少，主要原因是怕家裡人擔心自己過得不好。

每個人一個月可以有一到兩天的輪休日，員工的月薪，超過一半是靠辛苦加班換來的，平時請假很難被批准。想要成為一名合格的員工，首先要完全服從公司的安排，還要注意了高度集中地熟練工作內容，不允許作業中犯錯誤，並且在車間上班時不能和同事竊竊私語，也不能多管閒事，只能一心一意地工作。

這天是一個名叫賀國強的小夥子的輪休日，這是他來到工廠的第一個月，在車間裡憋了一個月的他終於等到了休息日，他感到身心輕鬆，於是，他帶著他的嗩吶，去一個人煙稀少的地方，盡情地吹奏嗩吶曲。

他去了一個公園，那裡四處綠茵叢生，到處是高聳的樹木，還有綻放的花卉，小鳥在樹蔭裡鳴叫。他來自西北的黃土高原，那裡只有一片荒漠，連鳥兒也不會飛來。他拿起手裡的嗩吶，吹起了一曲〈黃土情〉。

他從小喜歡吹嗩吶，他是跟著他的一個叔叔學的。那時他總要帶上自己家裡的小板凳，要走好幾里山路，才能到村裡的一所小學上課。學校裡的教室是用當地的泥土壘起來的幾間屋子，門窗也只是在牆上開出的洞口，學校裡只有兩三個民辦教師。所謂民辦教師就是那些不屬於教師編制的老師，他們的工資由村裡出，工資很低，每個人要教好幾門課，還要自己做飯給學生吃。賀國強在這裡讀完了小學四年級，他本來應該去縣城讀小學高年級，但他家裡實在交不起幾元錢的學雜費和交通費，他就輟學了。在家裡他要幹農活，平時他最開心的事就是跟著他的叔叔到外面去吹嗩吶，有時他父親也會一起去，並戴好家裡的腰鼓。在他和他的叔叔吹奏嗩吶的時候，他的父親就會隨著樂曲聲，邊跳邊打鼓，樂聲和鼓聲在山谷中迴蕩，這是他腦海裡最溫馨的記憶。

他曾經立志把嗩吶吹得最好，長大後成為一名吹奏嗩吶的音樂家。到了他剛剛成年的時候，他就想著一定要離開貧瘠的黃土地。在文藝節目裡所展示的陝北農民身著一身白色的衣服，腰間繫上紅綢帶，歡天喜地地在一起打著腰鼓激烈地舞動的場面，這是一種宣傳上的假象，淒苦的嗩吶聲才是他們祖祖輩輩生活的寫照。年富力強的人都離開了黃土地，去各大城市打工謀生。

當他第一眼看到大城市時，那裡的高樓大廈和車水馬龍讓他感到無比激動，也讓他對自己的未來充滿了遐想——他想要掙錢，要買亮鋥鋥的皮靴，還有精緻的嗩吶，他想要坐飛機、上高鐵、乘郵輪。

他帶著身上僅有的三百元錢，那是他出門前家裡把所有的錢都給了他，在市區裡遊蕩了幾天，看見廣告他就去報名上了就業培訓班，幾天以後，他就被安排到富士康上班去了。上班的第一天，工廠食堂裡的簡單的飯菜令他感到美味可口，這比他家鄉的玉米饃好吃多了，而且用的是自來水。在他的家裡，水是從雨季裡存下來的，平時一盆水一家人先要用來洗臉，然後洗菜、洗衣服，最後用來餵牲口，沒有一滴水是可以浪費的。工廠裡廁所用的是抽水馬桶，在家鄉人們上的是茅坑，裡面臭氣熏天而且蟲蠅眾多。不過他飽滿的情緒不久就低落了下來，上崗以後，每天要在流水線上加班加點地工作十幾個小時，晚上到了宿舍累得倒頭就睡。每天在機械地重複勞動中度過，他覺得自己就像家裡的那頭毛驢，每天夜以繼日地圍著石磨磨麵，而且沒有養老金、退休金、病假和假期工資等任何的生活保障。就是以前的奴隸社會，奴隸主還要管奴隸的生老病死，在這裡平時不小心得一次感冒之類的小病，去一次醫院就得花好幾百，等於一個星期就白幹了。在農村幾乎沒有人去醫院看病，小毛病去衛生院買點藥吃就完了，如果得了大病，那就只有躺在床上聽天由命了。

他開始隱隱地想著回去，可回去又能幹什麼呢？祖輩們一輩子沒有出過大山，他父親和別人一起出去幹過採石的工作，受傷以後就不能再做體力活了；現在輪到他自己了，為了改變自己的命運，也為了負擔起改善家裡的貧困狀況，於是他就來到了這座南方的城市。

一天的休息日很快就過去了，他鬱悶的心情使他顯得無精打采，從遠處向廠區眺望，他期望有一天，自己可以離開那裡，哪怕自己手裡沒有多少錢也沒用關係；可他不知道自己還要忍多久，自己體力和意志能不能這樣忍下去。當他回到廠區時，天色已經暗了下來，此時車間裡的工人還在加班加點地工作。平時他自己幹活也不覺得，在外面度過了整整一天，可到了天黑時，人們還在幹活，他感到這樣做人實在太可憐了。當他走到宿舍樓前，看門的大爺告訴他：

「今天又有人跳樓自殺了，還是個女的。唉，動不動就自殺，這已經是今年第十二個人跳樓自殺了，光是這個月好像就有四五個。自殺像傳染病一樣，作孽啊，作孽！」

「人到了生不如死的地步，那只有去死了。」賀國強回答道。

「做父母的把孩子辛辛苦苦地養大，花費了多少心血，傾注了多少的愛，又寄託了多少的希望！現在大都是獨生子女啊，是大不孝啊，斷子絕孫啊！」看門的哀歎道，「唉，希望這樣的事不要再發生了。」

賀國強回到宿舍裡，想著剛才看門的人說的話，呆呆地坐了一會，他收拾好了嗩吶，就爬到自己的床位上躺下了。當他一覺醒來，同宿舍上白天班的卻還沒有下班，這讓他感到心裡發毛。他覺得工廠裡養著成千上萬頭只知道整天圍著磨子磨麵的驢，可自己實在沒法像一頭驢一樣地活著，可離開了家鄉就再也沒有臉面回去了。每個離開家鄉出去的人，都是希望自己有一天能幹出一番事業來，然後風風光光地回去。其實這是一種自欺欺人的幻覺，自己每天基本上就是像一頭牲口一樣地活著，而且還要長年累月地堅持下去，就怕沒有混出什麼名堂回到家鄉被人笑話。

每天長時間的工作狀態，使他變得無精打采，那天他的眼睛不小心進了鐵砂，眼角被燙到，但他忍痛繼續堅持每天工作。在工作的過程中，他連續弄斷了兩個鑽頭，主管發現後，就立刻暴怒起來，並強制逼他辭工。

夜深，他離開了宿舍，獨自一人精神恍惚地來到了宿舍的樓頂，他知道以前就有人在這樣的樓頂上跳過樓。看著樓底層的地面，他想，只要再向前一步，自己就可以脫離苦海了，再不用這樣像牲口一樣地活著，可自己的親人對自己又充滿了期望；可他們哪裡知道，自己每天身心受著折磨，度日如年，自己實在是沒有這個意志力繼續這樣挺下去了。

一陣寒風吹過，忽然聽見有人在喊自己的名字，他渾身打顫，然後從樓頂縱身一躍，就這樣結束了自己年輕的生命。

遠在黃土高原他的親人，在得知他的死訊後，他們甚至沒有經濟能力去南方認領自己孩子的屍體；富士康為他的屍體火化後，就把他的骨灰盒和他的一些遺物送回了他的家鄉，全家老少哭得死去活來。他們是最淳樸的農民，儘管家裡窮得徒有四壁，卻在牆上還掛著一幅老舊的毛澤東的畫像。他的爺爺老淚縱橫，對著毛澤東的畫像哭訴道：

「毛主席啊，毛主席，您說說這到底是為什麼？您領導我們鬧革命，打倒了地主、資本家，說是勞動人民翻身做主了，提倡自力更生搞社會主義。可幾十年過去了，我們農民還是那麼窮。如今聽說有了什麼『改革開放』的新花樣，地主、資本家又成了香餑餑，勞動人民又要受剝削壓迫了。我的孫兒去城裡為資本家幹活，不到幾個月的工夫，就被資本家活活地逼死了。這是什麼世道啊？毛主席啊，您老人家在天之靈得給幫我們討個說法啊！」

自從賀國強死去以後，他的父母天天以淚洗面；那是他們唯一的兒子，以前他們也曾想多生一個孩子，可村幹部凶神惡煞地警告道：「寧可血流成河，不准超生一個。」

村裡的牆上到處張貼著計畫生育的標語，什麼「該流不流扒屋牽牛」、「誰超生誰家破人亡」、

「一人超生，全村結紮」等等，這樣，沒有人敢生第二個孩子了。為了生男孩，許多人家的孕婦，不得不打掉肚子裡的女嬰。

每當他父親思念自己的孩子時，就帶著腰鼓和兒子的嗩吶，在他兒子曾經吹奏過的地方，一個人默默地懷念著自己的兒子成長的過程；不知不覺他會在腰鼓上打擊幾下，腰鼓聲發出以後，遠方從山谷中傳回來的是隱隱的嗩吶吹奏聲；他簡直不敢相信自己的耳朵，接著就不停地打擊腰鼓，遠方進行傳來嗩吶聲。他回家後把妻子和村裡人一起叫來，他每次敲打腰鼓以後，遠處就會傳來嗩吶的吹奏聲，在場每一個人都聽得清清楚楚。

（五）

這些年隨著中國經濟的不斷發展，中國的GDP走上了世界第二，可中國的人均收入和投入在公共衛生事業的錢占國民經濟的比重卻是世界倒數。那麼這些錢到底去了哪裡？我給大家講講打工仔和貪官的故事。有個叫杜明的青年，這些年他換過好幾個工作，因為他做的都是臨時工，每個工作幹不了幾個月他就又失業了。在沒有工作的日子裡，他幾乎白天天天在家裡睡覺，肚子餓了就起來吃點東西，到了晚上就上網打遊戲，玩累了就繼續睡，家裡的人也拿他沒辦法。他是家裡的獨生子，在家吃口閒飯是沒有問題的；可家裡人也擔心，他老是這樣下去該怎麼辦？年紀也不小了，大學畢業也好幾年了，也到了找對象然後就要結婚生子了。「唉，誰會願意嫁給這樣的懶漢呢？」他母親也無奈地感歎道。

整天在家裡吃吃睡睡，家人不免常常抱怨，吵鬧了幾次後，杜明索性就不怎麼回家了。他現在和幾個在外面認識的朋友，白天不是在一起打打牌就是到處閒逛，肚子餓了就在街邊攤吃點東西，到了晚上，他們就一起在一幢大樓底層的商鋪外的走道裡，打好地鋪就躺下了。由於這幾年疫情和倒閉潮的緣故，樓裡的商鋪基本上是倒閉的，這裡無論是白天還是晚上，沒有什麼人流，但走道裡有衛生間，還有燈光，所以最近到這裡來免費住宿的人愈來愈多了；打地鋪睡覺的人都會自帶一些食物充饑，所以在他們的地鋪旁都堆放著各式各樣的食品。這些整天無所事事躺在這裡的人，他們中的絕大多數還是些風華正茂的年輕人，不過只要在這裡一躺下，基本上就和流浪漢與乞丐的精神面貌差不多了。

這棔二十多層的高樓，地層是商鋪，負層是停車場，地層以上是居民樓，整個高層呈一個巨大的圓柱形。從大樓外可以看到每個陽臺上裝有可以活動的門扇玻璃，細心的人會發現，在陽臺裡晾曬的衣服，幾乎清一色全是年輕女人穿的，上上下下的陽臺裡透出了一張性感的誘惑。

杜明躺在裡電梯口只有幾米遠的地方，他發現在這個樓裡，平時進進出出的人基本上都是一些年輕漂亮的女人，這讓他多少感到有點不自在；自己一個大學畢業生，還沒有一個普通的女人混得好，她們可以住在高樓裡，而自己只能打個地鋪躺在樓道裡。他想，這樓裡的住房，一個月少說也要兩三千，這哪裡是一個普通的打工族能夠承擔得起的呀。

「兄弟，可以借用一下你的電熱壺嗎？」有個人向杜明走來問道。

「好的，大家住在一個地方就是一家人，我叫杜明，隨便用吧。」杜明回答道。

「太謝謝你了，我叫張豐，才過來沒幾天，以前我在一家電商公司做，要做『九九六』，就是那種早上九點上班，晚上九點下班，一週要工作六天的那種；天天累死累活地工作，每個月所得的工資五千元左右，除去伙食費、交通費、電話費、交際費、社保費後差不多去了一大半；如果要是處個對象，兩個人一起看一場電影、吃個速食，就得花好幾百，就算每週和女友約會一次，一個月就要一兩千；這樣每月所剩無幾，以後還要買車、供房、結婚、養孩子，這可能嗎？」張豐幾乎見人就會這樣說。

「就是這樣，我現在基本上什麼也不幹，偶爾打點零工掙點飯錢就夠了，我可不想充當那些有錢有勢的人的賺錢的工具。與其每天辛辛苦苦地工作只是為別人創造財富，既然對未來不抱希望，還不如降低生活的願望，不買車、不買房、不結婚、不學費，維持生存的最低標準，只做最低限度的工作，剩餘的日子就在這裡躺著。」杜明說得振振有詞。

「既然幹與不幹結果都是一無所有，還不如做『躺平族』。有人每天累死累活地幹，最後弄得一身病，所掙的錢拿去承擔天價的醫療費，太不值了。再說了，因為熬夜加班而猝死的年輕人也時有發生。」張豐說道。

杜明是個熱心腸的人，那天他正躺著，忽然看見有個小姐正吃力地往電梯裡搬運雜物，當他看見她一個人正運一件沉甸甸的家具時，杜明就起身過去幫她，然後一起上了電梯，又幫她把東西搬進她的屋內。

「這小姐姐真漂亮，她的男人在哪裡呢？」他打量著室內心想，「這套公寓至少也要五六百萬，除非自己中彩票，不然自己永遠也買不起。」

「謝謝你啊，我還沒有買什麼家具，就是這件小衣櫃有點重。」說著，那女的從桌上的一隻名牌的包裡取出了五十元遞給杜明。

「不用，不用，徒手之勞。」杜明說著搖搖手準備離開。

「你是住幾樓的？」她問道。

「呵不，以前我在樓下的商場裡打工，現在商鋪都紛紛倒閉，我一時也沒了去處，就在樓下打了個地鋪臨時住下了。」杜明匆忙地解釋道。

當杜明拿著那女的給的小費一個人坐電梯下樓時，他也不明白自己為什麼要對她撒謊，他只覺得這個小姐姐長得很清秀，有種令他心動的感覺。他不知道那個小姐姐會怎樣看自己，「不過那也無所謂」，他這樣寬慰自己。

杜明每天還是照樣在電梯口睡覺，經常看見那些女人進進出出，他發現她們幾乎個個年輕漂亮。她們好像也不用去上班，經常出去購物或是遛狗，身邊也沒有男人陪伴，好像她們的爹媽都很有錢。他想即便是被男人包養的女人，總會看見她們和自己的男人在一起的時候吧。

其實這幢樓和樓裡住的所有的女人都屬於一個姓賴的男人，隨著官位不斷地提升，自己手中的權力愈來愈大，所貪污的財富暴增，賴氏就實現了他的夢想，像三國時的曹操那樣，建了一座「銅雀臺」，把天下所有的美女集中起來，專供自己享樂。

在這幢樓裡住著上百個年輕貌美的女子，每次他回到這裡，就有一種臨幸嬪妃的感覺；而這些女人的來歷也是五花八門，不像以前的宮女，一律是通過「選秀」進宮。

她們中有的還是姐妹花，先是姐姐被賴氏包養，過上了不用工作而衣食無憂的生活，於是，做姐姐的就讓妹妹和她同住；等賴氏進屋看見她們時，看見妹妹的大腿肉墩墩的，雖然長相不如姐姐，可還是淫性大發，趁姐姐出門的一會而工夫，就急急忙忙地把妹妹也雲雨了一番。

也有的美媚被賴氏搞到手後，他的心事就會轉移到她的閨蜜，在賴氏追求前者時也可謂情深意濃，好似相識恨晚，不過在賴氏遇見了她的閨蜜之後，他便心猿意馬，花重金迎合對方，最後便是一對閨蜜伺候同一個男人，她們的關係也算是更上一層。

有一個小姐，她以前在一家賓館裡做前臺，賴氏見到她，覺得她文靜端莊，更神似自己從前的戀人，那時賴氏還沒有發達，最後只是一廂情願。現在見到此女，他便耿耿於懷，可對方見多識廣，就算是送了些金銀珠寶，可對方也沒有輕易就範；不過賴氏征服女人成性，於是死皮賴臉地糾纏，又開出了優越的條件，才讓對方辭去自己的工作，最後她也搬進樓裡，被賴氏占為己有。

有個空姐，是賴氏在坐飛機頭等艙時認識的。在飛機上，空姐個個身著深藍色制服，儀態可親、舉止得體，他坐在位子上左顧右盼，隨即就盯上了一個身材高挑，露出的小腿顯得不粗也不細，迷人的微笑裡透出三分冷豔。賴氏耐不住性子，急忙以自己是一個地產商的身分向她開出了特別優惠價的房產，空姐大喜。最後經過賴氏一番利誘，空姐也跟了他。

有個在療養院工作的年輕護士，那天要給正在療養院休假的賴氏做常規檢查，她敲門進入賴氏住的房間後，便屏氣凝神地為坐在床上的賴氏量血壓、抽血。看著身穿一身白色衣服的小護士，面容楚楚，雙手白淨嬌嫩，賴氏恨不得一把把她揣在懷裡，謊稱自己身體不適，當即要求那個護士守夜照看，卻被她禮貌地拒絕了。於是賴氏當場開出一張巨額支票作為她的「勞務費」，那護士見到一張令她難以置信的巨額支票後，就嬌滴滴地答應晚上下班後為他守夜伺候。

有個女模特，在一場文藝晚會上做主持，她身上的華麗服飾在聚光燈下熠熠閃爍，加之她身段高挑，舉止優雅，聲線悅耳，使在臺下觀看節目的賴氏對她愈看愈著迷。趁著性子，賴氏讓人給她在後臺送上一隻花籃，裡面還放了一個大紅包。誰知對方並不領情，花籃收下，紅包拒收。賴氏並不甘休，派人接著又送上一隻花籃，裡面放了一個裝著數目可觀的現金的紅包。結果對方還是不吃這一套，照樣把紅包退回。這下賴氏來了勁，隨即他再讓人送上花籃，紅包裡是一張百萬支票。看到這種陣勢，女模特便答應和他私下談談。見面時女方直截了當問對方是什麼來歷，賴氏答道來歷不便告知，如果願意和他交往，便贈送一套三居室。不久，那女模特就成了他的地下情人。

有一個女的是賴氏搶來的，以他的權勢似乎什麼樣的女人都能得手，於是，他想玩更刺激的「搶親」，就是只要他看上路上的一個時髦女性，就命令司機尾隨，被尾隨的女人一開始自然又驚又怕，心想是遇到流氓了，但看到尾隨的車是一輛豪車，於是在慌忙中又回頭看了幾眼。忽然間車停下了，有個戴著墨鏡的男人從車裡蹦出，然後對著那女的神氣活現地叫道：「小姐，想試鏡頭嗎？車裡的導演看上你了。」這話對她來說像是夢想成真，誰個佳麗不曾期盼著有朝一日在她身上會發生這一幕？結果約她去的地方當然不是什麼製片廠的攝影棚，而是樓裡多了一個新來的女人。一開始她自然不情願，「導演」便開導她，這是「行規」，想出道就必須過這一關，所有的大明星都是如此。為了能演戲，也就心甘情願地把她的身體奉獻了，雖然最後電影沒拍成，不過她過上了被人包養的日子。

雖然住在這樓裡的女人個個都「招安」了，可她們也不是什麼省油的燈，每個人的生活費每年少則幾十萬多則上百萬，不過賴氏是一家上市公司的主管，手裡有滔滔不絕的財源，女人們也深諳青春就是本錢，能撈則撈，這樣搞上幾年，好過一輩子的打拚。

賴氏畢竟也上了年紀，不過他依然情欲旺盛，每次回到樓裡總要挑一個「侍寢」，因為樓裡小姐眾多，不知去會哪一個，他便抽籤聽從「天意」。每次「侍寢」後，小姐就會得到賴氏的額外獎賞，於是她們沒有一個不盡心的。雖然包養費豐厚，可她們還是時常抱怨錢不夠花，什麼投資買房、家人生病住醫院、生意虧本、父母賭博還債等五花八門，總之，每個人的生活都有一本難唸的經。小姐們的願望就是多多「侍寢」賴氏，平日裡無所事事悶得慌，樓上樓下的也會聚在一起打麻將，閒聊中互相攀比，畢竟伺候的是同一個男人，講到私密之處便一起鬨然大笑。

那些住進樓裡的女人，平時睡懶覺、看碟片、打麻將、逛街購物、上美容院等，大都過著慵懶的生活。每月有固定的生活費，不用像一般人那樣背負著高額的房貸，她們甚至連每月的水電費都不用操心，另有需求時只要向賴氏開口索要，一般都會得到滿足。

再來看看樓下整天躺著的那些男人，杜明眼看自己口袋裡的錢所剩無幾了，他才不得不想出去再幹一份工作，當然是臨時的。這天他回到了家裡，家人問他在外面幹什麼，他只是回答說：「出差去了。」在家美美地吃了一頓飯，洗了一個澡，然後就回到自己的房間，在床上舒舒服服地睡了一覺。第二天，他就出去面試了。他先是去了幾家公司，結果都是讓他在家等通知，他不得不去找幹雜活的，他甚至對工資也沒有什麼要求，只要能馬上上班就好，反正他也幹不長，最多不會超過一個月。最後，他在一家學校的食堂裡做臨時工，上班不久他就驚訝地發現，有許多來歷不明的食材包括魷魚、豬肚、臘肉、雞腿、鴨血粉等，還有一些食品調味劑、添加劑、甚至長了毛的牛肉餅，散發出陣陣惡臭，有的學生因吃了這些飯菜，會出現肚子痛和嘔吐的狀況，甚至會出現流鼻血、便血、扁桃體發炎等症狀。杜明憤怒之下，就拍下照片，發到了學生家長的微信群裡。消息傳出，許多家長來到學校，校方開始清理食品庫存，並辯稱那些發黴變質的食材都是準備扔掉的。最後，趕來的幾十個警察用暴力清場，並拘留了幾個帶頭的家長，最後此事也就不了了之。杜明勉強幹了一個月，領取了三千多元的工資，就不再繼續幹了，這些錢可以夠他維持一兩個月的生活了。

張豐出去找的是去開「滴滴」網約車，他幾乎不用培訓就上崗了。剛開始由於他對車上的付款操作不熟悉，客人的付款轉帳並沒有成功，可張豐並不知道，就讓客人下車了。第一天他載了六個客人，只有最後一個發現問題並告訴了他，這下他才在車裡的刷卡機上成功收費。他對這位乘客感激不已，他覺得那些故意逃帳的人，他們的素質實在低劣。這份工作幹了不到一個月，因為太累，收入又少，所以他就不再幹了。

有天傍晚，杜明一覺醒來，他正打算出去吃點什麼，忽然有一個女人的身影向他迎面走來。他覺得這個女人有點面熟，原來就是那個上次幫她搬家具的那個女人。此時她穿著睡衣，她走到杜明的跟前，貓著身體問道：

「你能不能跟我上去一下？」

「去你家，你需要我幫你什麼忙嗎？」杜明有點詫異。

「是的，一點小事。」女的說道。

「哦。」杜明答應著起了身，套了一件外衣就跟著那個女的上樓去了。

進了房間之後，女的讓杜明在客廳的沙發上坐下，然後打開電視機，她自己也坐了下來，有點不好意思地笑道：

「我一個人在看恐怖片，實在太害怕了，你能陪我一會嗎？」

「可以、可以，其實我和你一樣，一個人看鬼片時感到很害怕。」杜明笑道。

「等一下看完了，我請你去吃飯。」女的又道。

看完了片子，女的換上了出門的衣服，他們就一起出去吃晚飯了。

當這個女的問杜明為什麼會這樣天天躺在樓下，不去好好做一份工作時，杜明有點理直氣壯地回答道：

「不是我不想做，而是不值得做，不想成為社會上的蟻族。社會的財富絕大部分都掌握在那些有權有勢的人手裡，讓無數的蟻族工作「九九六」，拚命奮鬥去掙那一小部分少得可憐的社會財富。對一個普通人來說，如果幹與不幹都是一個結果，最後還是成為掙扎在社會最最底層的賤民、草民，既然沒有未來，那麼還不如及時躺平。」

聽了他的一番議論，那女的覺得杜明講得很有道理，怪不得樓下有那麼多人躺平，而樓上的所有的女人卻被一個大官包養。接著，她告訴杜明：

「我大學畢業，一直找不到一份合適的工作，有天在路上突然被人攔下，說我有明星相，讓我去試鏡頭，結果就上了當，那個所謂的導演就把我安排在這裡住下了。」

他們倆談得很投機，當晚，他們就住在了一起。消息一傳開，樓下的那幫躺平族個個翹首以盼，希望自己有朝一日也能被樓上的一個美女看上，從此就可以搬到樓上去住，天天抱著美女睡覺，而且還不用花錢。

有天深夜，市公安局調動了一百多輛警車同時出動，警車上紅藍交錯閃亮的燈光令人感到炫目而又恐懼，警車占據了整條的路面，長達一兩百米的警車聚集在樓外。此時，那些在大樓底層躺著的幾十個人，個個驚恐萬狀，他們早已被政府部門警告過：「認命可以，躺平不行。」政府部門之前已經意識到，社會上躺平的人愈來愈多，此風一漲，比什麼「維權」抗議的、「上訪」告狀的、散步「謠言」資訊的人群對維護社會穩定的危害更大，於是有關部門把那些躺平行為視作犯罪，一旦拘捕也要負刑事責任。

那些躺平的人亂作一團，正準備紛紛逃離，住在樓上的女人也紛紛伸出頭朝著樓下看熱鬧。那些出動的警察上樓後，便挨家挨戶地敲門，命令在裡面的女人必須在五分鐘內下樓，隨著女人們一個個地走出大樓，每輛警車載著一個女人，隨後，警車慢慢地駛離，最後把樓裡的上百個女人全部關押起來。

就在幾天前，賴氏被正式被捕了，在他的居所被抄出了兩億多的現金，據說他貪污的金額高達十八億；這幢樓是他為了收納美女而造的，樓裡的女人來自各行各業，有的還為她生了孩子，在已知的八個孩子中，已經證實有六個不是賴氏親生的。不過，像這樣的類似事例已經發生再三，人們見怪不怪，只當作飯後茶餘的笑談。

樓裡的女人們全部被警察帶走後，整個大樓就立刻變成了「鬼樓」，杜明從樓上又住到了樓下；雖然他心有不甘，不過世態炎涼，只當自己做了一個美夢，繼續在樓裡躺平。

（六）

長太息以掩涕兮，哀民生之多艱！下面我來講講一個發生在北方的一個車站的故事。話說四月的北方，冰雪慢慢地開始消融，自從去年入冬以來，幾乎整個冬天，天天都躺在家裡熱炕上的徐歡和，此時也猶如冬眠後蘇醒的棕熊，他打開緊閉的窗扇，把頭伸了出去，他似乎感受到了外面的一絲暖意，他的心也隨之開始有些騷動，他覺得自己又該出去走遠門了。

年前的十一月，正值北京入冬不久，北京市政府正不斷加緊驅趕在北京的外來務工人員，不過還是有不少的務工人員，因各種各樣的原因滯留在城郊外。北京的公安局聯合城管採取突擊行動，把被視作「低端人口」的農民工，勒令他們三天之內搬出住所。成千上萬的農民工，只得匆匆收拾行李，帶著大包小包流入街頭。他們中的許多人，在北京的各行各業尤其是城市建設和服務行業已經有幾年甚至十幾年的打工經歷。

在北京郊外，徐歡和暫時住了一個潮濕陰暗的地下室，每天的租金是十元，不過，這對於吃了上頓沒下頓的他，也是一筆不少的開支。為了能儘快掙錢，他先做了一份掃大街的工作，可還不到一星期，那天晚上突然來了幾個城管，叫他們從哪裡來回哪裡去。徐歡和不知道發生了什麼事，不過他知道必須聽從命令；他立馬收拾行李，第二天一早就離開了剛來不久的北京。一路上他只能露宿街頭，最後他像個乞丐一樣回到了安慶的農村老家。

這一去一回的，不但一分錢沒有掙到，還花掉了好幾百的路費和住宿費，他心想自己真是倒楣。家裡已經沒剩幾個錢了，還有老人、老婆和孩子要吃飯，雖然他心裡有點著急，卻什麼事都做不了。整個冬季，他每天基本上就是和他的老婆還有三個孩子，一起在炕頭上躺著。

像徐歡和這樣家裡條件差卻還能娶上媳婦，在別人的眼裡已經算是很幸運了，要不是人家的閨女的精神有些異常也不會嫁給他。在村裡，還有很多年齡偏大的男人都還沒有老婆，現在娶個女人回來，沒有十幾二十萬的彩禮，女方的父母是絕對不會答應的，所以村裡的男人基本上都在外面打工。只不過徐歡和每次出去打工，過不了幾個月他就會拖著行李又回來了。也許他有點懶，也許他腦子不好使，總之就是不適合工廠裡那種技術活，只能到處做做零工。

雖然徐歡和才不到四十歲，由於長時間沒有理髮和刮鬍子，看起來他就像一個老人，確切地說更像一個流浪漢。這次他打算去大連，他已經聯繫好了在那裡的一個小舅舅，他提出要去那裡打工，別人只是出於情面敷衍了他一下，於是他就打算去那裡。他想好了，在大連不會像在北京一樣被人驅趕，如果自己找不到一份工廠裡的工作，也可以去船上做個水手；雖然整天漂泊在海上，但船上管吃飯，而且工資也比在工廠裡做掙得多。他好像看到了一點希望，於是他計畫好了他的行程。

以前徐歡和出門時，由於他的老婆精神有些異常，所以他的三個孩子都由他的母親來照看，她母親每月有幾百元的「低保」收入，到了家裡實在揭不開鍋的時候，他的母親不得不帶著小孩子到車站、商場等地乞討。徐歡和無力贍養老人，妻子的精神病又時好時壞，所以他總想把他的母親送入養老院、妻子住院治療、三個孩子送進福利院，這樣他就可以安心在外了。可是養老院是要收費的，精神病院也要花錢，而有父母的孩子是不能進福利院的，所以每次徐歡和出去打工，他的母親就會帶著小孩子在外乞討。

這次徐歡和把他的妻子暫時託付給了他大舅家，他打算帶著他的母親和三個孩子一起離開，帶他們一起出門走走，等自己有了一份工作，再把他們送回來。

這天上午，徐歡和帶著他的母親和三個孩子一起出門。孩子們跟在大人後面打打鬧鬧很是開心，他的母親拄著拐杖，心裡有點擔心地問道：

「和子啊，這次你把我們一家人都帶出去，要是你在外面找不到工作怎麼辦？我們也不能在你小舅家一直住下去。再說了，還有你小舅媽，他們也有自己的孩子，在那裡住久了可不好啊。」

「我總不能老是待在家裡，有機會總要出去找事做。這次把你們一起帶出去走走，順便看看小舅，等我找到工作，就把你們送回來。」徐歡和寬慰地對他母親說道。

徐歡和扶老攜幼，一家人拖拖拉拉地向村口走去。

「我年紀大了，也幫襯不了你什麼。」他母親指著路口的一塊看板又問道，「和子啊，這路上為什麼豎著這麼一大塊牌子，上面還寫著什麼數字？」

「這是村鎮裡搞給別人看熱鬧的，上面的時間顯示脫貧倒計時？」徐歡和答道。

「什麼是脫貧倒計時啊？」她母親問道。

「就是到了明年，大家都可以過上好日子了。」徐歡和大聲答道。

「真的，到時候你媳婦可以住院看病，我可以進養老院，孩子們可以去福利院了？」他母親也大聲問道。

「這是『中國夢』。」徐歡和有些不耐煩地回答道。

「夢，我咋老是夢見我能去養老院了？」他母親繼續嘮叨著。

徐歡和知道，那些村鎮裡的大小官員，他們到處斂財，個個都是有錢人，只有像他自己這樣的村裡的貧困戶，家裡一無所有，只有到了每年過年的時候，才會有官員給那些貧困戶挨家挨戶地送些糧油什麼的小恩惠，卻還要對他們說「感謝黨、感謝政府」之類的話以示感恩。

他們先在村口附近了一輛公車，大約經過了一個多小時的顛簸，終於到了火車站。火車站的等候廳不大，卻顯得光亮整潔。徐歡和讓他母親在候車廳坐下後，孩子們就在地上玩耍起來。徐歡和看看時間還早，於是他就帶著家人去了車站外的一家小餐館吃飯。

他們圍坐在餐桌上，徐歡和看著菜單，便點了一大盤的蒸餃，還點了他母親愛吃的鱈魚，為自己點一杯燒酒。等蒸餃一上桌，孩子們就爭先恐後地吃了起來。他母親把魚分給了孩子們吃，她自己只是像貓一樣剔著魚骨頭。徐歡和平時愛喝酒，嘴裡還沒吃上幾個餃子，滿滿的一杯白酒就喝完了，接著他又要了一瓶啤酒。

雖然徐歡和身上的錢還是從親戚那裡借來的，可他覺得自己這次出門一定可以掙到錢，沒有好幾萬，至少也有大幾千，畢竟，自己還年輕力壯。孩子們很快就把蒸餃和鱈魚吃完了，徐歡和也喝得有點醉意，付了帳，他們一家人又回到了車站的候車廳。

此時，候車廳裡的電視機的螢幕裡正播放著文藝節目，節目裡一對男女歌手在炫麗的舞臺上唱著歌曲〈幸福的起點〉，歌手的背後是一群翩翩起舞的少女。女歌手首先唱道：

「請讓我們直抒心願／有了夢的我／有了我的明天／從此我們握手掌成拳／家國都在身邊／動情在新容顏。」

男歌手接著唱道：

「要讓整個世界聽見／有這份從容／中國鄭重宣言／嶄新時代民富國強／復興已在眼前／每個人都看見。」

接著男女和唱道：

「為我領行／天下安心／我們的嚮往／路標在前。」

女歌手又唱道：

「只因春風／吹拂無眠。」

男女歌手又合唱道：

「從今天開始／幸福新起點。」

……

徐歡和看著電視螢幕，想到了自己剛到北京不久，就遭北京的公安驅逐，在冰天雪地中流落街頭就氣不打一處來。不一會兒，廣播裡通知旅客可以驗票進入月臺，徐歡和帶著家人磨磨唧唧地來到了檢票處。由於行李需要安檢，他母親行動遲緩，又有小孩跟在身後，這樣使後面的人流滯停了下來，但有人還是擠過人流湧入安檢口。徐歡和見狀，他立馬用身體擋住人群，他想讓他的母親和孩子先過。此刻有一個警員趕了過來，對著徐歡和大聲嚷道：

「喂，喂，不許擋住別人，趕快讓開！」

「我操，我就要擋。」徐歡和罵罵咧咧道。

「你他媽的聽著，再不走開就不讓你進站。」警員繼續呵斥道，並揮舞著手裡的警棍。

此刻，徐歡和從柵欄的空隙處衝向那個警員，他企圖奪下警員手裡的警棍。警員先是後退幾步，用力把徐歡和推開，並通過對講機請求增援。徐歡和藉著酒力，繼續搶奪警員手裡的警棍，警員慌忙從他的褲腰上出拔槍對準徐歡和。徐歡和見狀腦袋一熱，情急之下就把身邊的小女兒拽起來並拋向警員，小女孩倒地後大哭。徐歡和趁警員退縮之際，又迅猛地企圖奪槍。在慌亂中警員將子彈上膛後的手槍扣了扳機，只聽見「呯」的一聲，一顆子彈打中了徐歡和的胸口，中彈後的他隨即就癱坐在椅子上。他母親趕到他身邊，非常生氣地看到自己的兒子和警員打鬥，可她並不知道她的兒子身上已經中彈，只是埋怨地在倒坐在椅子上的兒子的頭部打了幾下。徐歡和緊緊捂住胸口，他看著身邊的三個孩子，還有他的母親，隨後就慢慢地失去了知覺。

當徐歡和被救護車送到醫院時，他已經斷了氣。他母親帶著小孩子也跟著到了醫院，看著身上血淋淋的兒子的屍體，她驚慌地叫醫護人員救救她的兒子。徐歡和的屍體在醫院急診室的走廊裡躺著，老人和孩子圍著他的屍體，撕肺裂心地哭喊著。

由於徐歡和被打死的事件發生在火車站，事件很快在網路上傳開。爆出了這樣的事件，這與歲月靜好的輿論導向很不協調，最後迫於輿論壓力，為了息事寧人，當地市委從「維穩」資金中撥出了一筆撫恤金，並保證徐歡和的母親可以進養老院，他的孩子可以去福利院，他的妻子也可以去精神病醫院治療。一家人這樣的歸宿是徐歡和生前不能實現的願望，沒想到他被警察打死後，他的這些願望終於實現了，只是他們家要像黨中央宣傳的「全民脫貧」奔小康的生活，還不知道要等到猴年馬月。

（七）

當一個生活在社會最底層並被逼到死亡線上的人，可她在臨死前不但沒有怨恨這個社會給她帶來的創傷，反而還要為這個社會辯護甚至唾棄那些幫助她的人，這才是我們這個社會真正的悲哀。下面我來講講一個名叫吳花燕的農村女孩的故事。

吳花燕每天要從走好幾公里的山坡路，才能走到山下的一個汽車站，然後搭乘長途汽車去學院上課。她體型矮小瘦弱，像一個小學生的模樣，更像一個患有某種疾病的畸形兒。

大多數貧困地區出來的孩子，從外形上看都明顯從小發育不良。就是到了學院裡，在食堂裡吃飯的學生中，貧困家庭出來的孩子，他們打的飯菜通常每頓只花幾分錢。而吳花燕每次去食堂，她只打白飯，然後回到自己的教室裡，在自己的座位上坐下後，取出她自帶的糟辣椒和白飯攪拌後，就一口一口地吃了下去。

整個在學院讀書時期，她每天吃這樣的飯菜，從不改變。她期望自己大學畢業以後找到一份工作，她的生活才會有所改善，同時她的弟弟的精神疾病問題也就可以得到解決。由於她從小父母雙亡，靠「低保」補貼生活，學院也減免了她的部分學費，比較幸運的是有好心人願意資助貧困學生，她可以得到一部分善款，支付每年減免後的學雜費。儘管如此，她還是堅持除了每頓飯吃糟辣椒拌飯，平時她絕不輕易消費一分錢。

雖然她的這種生活的意志力令人歎為觀止，可不幸最終還是降臨到了她的身上。就在她臨近畢業時，那天在學院她突然暈倒，後經醫院檢查發現，她患有心源性水腫、腎源性水腫等多種疾病，她的體重只有不到二十二公斤。

她住院接受治療期間，有熱心公益的人士幫助她在紅十字會申請救助款，可等來等去卻沒有結果。由於交不起住院費，醫院準備停止繼續為她治療。

吳花燕的病情在繼續惡化，但她還是希望紅十字的善款會早點下來。她覺得也許像她這樣身患疾病而急需要幫助的人太多，加之地震、水災等自然災害都需要善款，所以她擔心自己等不到善款，自己就已經挺不過去了。她更擔心萬一自己不在人世了，她弟弟的生活就會陷入絕境。情急之下，吳花燕通過網路呼籲，希望得到好心人的救助。

消息傳出，有做公益的人士特意為她設立帳號籌集善款，不過籌集的款項按規定必須先歸紅十字會所有，然後再經紅十字會發放到個人。郭美美是市裡的紅十字會財務總監，所有社會上的捐款都由她負責管理分配，捐款來自世界各地，包括國內居民、海外華人，尤其是港臺人士。每當發生地震、洪災等重大災害，人們就會紛紛捐款，紅十字會就會按捐款人捐款的數目公佈排名，社會名流基本上會捐幾千、幾百、幾十萬的。要是有哪個名人和他的身分和財富相比捐款的數目不夠多，就會引起公眾的質疑聲。也有的企業主為了彰顯自己的愛心，除了自己捐款，還強令企業員工必須捐出工資裡的一部分作為善款，不過最後到了紅十字的善款，只有很少一部分用作賑災。

貴陽市的紅十字會大樓，是一幢外觀不算太顯眼的紅磚外牆辦公樓，不過樓下的停車場停放著十幾輛清一色奧迪四輪驅動車，這是紅十字會每個員工用的公務車，也是作為他們的私家車。員工除了每月的工資和獎金外，每年每人還有商務費、旅遊費、療養費等五花八門的津貼。

年前的一場大地震，許多學校的教學樓倒了，造成了在校學生的嚴重傷亡，可當地公務員的辦公大樓卻少有倒塌。那些倒塌的教學樓，基本上都是私人捐款所建，尤其是出生在當地的海外華僑；由於工程的專案層層轉包，建設的費用被層層私吞了許多，剩下的款項只能用劣等材質的建材建教學樓，最後建成的教學樓自然就成了豆腐渣工程。每次遇到災難，紅十字會就會有一大筆錢進帳，裡面的負責人的銀行存款也會暴增，雖然知情者恨得咬牙切齒，可善款還是源源不斷。

郭美美在紅十字會工作名義上是財務總監，其實她只是在紅十字會掛個虛名，可她的收入卻高得驚人。她每天上午要約朋友去茶樓吃早點，桌上總是擺滿了各式各樣的點心，吃完後一刷卡，就是上千元人民幣的消費。至於她身上穿的衣服、佩戴的首飾、手腕上的錶、手裡拎著的包包，沒有一樣不是價格不菲的名牌。

話說以前她在讀大學時，她就經常曠課在外面做些小買賣，不過由於她的長相出眾，追她的男人不少，直到她被一個當官的包養後，對方又給她謀了個在紅十字會財務科的工作，不久就當上了所謂的財務總管。紅十字會財源滾滾，郭美美也過上了揮金如土的奢侈生活。

再來說說吳花燕，由於她在網路上的呼籲，雖然不少人在她的帳號裡捐了款，善款也不斷地紅十字會的帳戶，可轉到醫院的治療費卻非常有限。吳花燕的病情在惡化，有個熱心的媒體人得知她的情況後，便通過他在海外醫學界工作的朋友，組織安排送吳花燕去國外進行免費治療；結果有兩家美國醫院、一家德國醫院和一家英國醫院給她打電話，邀請她去國外治療，但最終都遭到吳花燕的拒絕。

那個媒體人得知消息後，就趕到醫院去向吳花燕解釋，他以為女孩子沒見過世面、膽小怕事而不敢接受海外醫院的邀請。吳花燕見到那個說明來意的媒體人，就立刻責問道：

「原來是你，怪不得最近總有境外電話打給我。你為什麼要把我的電話號碼告訴外國人？你知不知道你這樣做很不對嗎？」

媒體人看著這個在病床上躺著的體型瘦小的女孩，抱歉地說道：

「哦，對不起。是不是他們打電話的時間不對？外國人的白天就是我們的晚上，他們的電話影響你休息了，是不是？」

吳花燕板著臉，向媒體人闡述道：

「不是這個問題，你說了我們中國的壞話！」

媒體人聽了一臉詫異。吳花燕接著說道：

「你讓我們中國人在國際上丟臉了。我們中國人的事情，我們自己能解決，不需要外國人插手。我們貴州有最好的醫院和醫生，他們一定會治好我的病。我的學校裡的老師和同學都對我很好，我們都很愛國，我們不需要外國人的幫助。」

媒體人向吳花燕說明道：

「我只是讓外國的醫療機構介入你的康復而已。如果你願意，我們安排你去國外治療，所有的費用也都由國外的慈善機構承擔。中國每年到國外進行治療的人很多，這個和是否愛國沒有關係，你要明白這一點。」

吳花燕聽了，生氣地回答道：

「你不要再說了，以後再也不要向外國人發佈我的資訊了，我不想讓我的國家丟臉。」

最後，媒體人無奈地離開了醫院，他的心情格外沉重，想到一個因長期缺失營養而導致身體虛脫成這樣的人，還在擔心有損國家的形象。國家的公民不知道國家對人民免於貧困的責任，卻肩負起了維護國家形象的責任，那麼這個國家還有什麼形象呢？這個國家不僅僅讓人經濟上貧困，更萬惡的是讓人在精神上更貧困。

由於捐贈善款的人很多，很快就募集到了近百萬元資金，雖然醫院暫時只收到了由紅十字會轉來的兩萬元，這樣吳花燕就可以繼續在醫院接受治療。躺在病床上的吳花燕，感到了一絲希望，寫下了一首名為〈遠方〉的詩：

不管明天是否下雨
我都要趕在天亮之前出發
因為只有這樣
我才能在天黑之前
越過九百九十九座山頭
翻過九百九十九個坡……
最後，我將回到雲貴高原
在貴州最高的屋脊

種上一片藍色的海洋
在那裡，會有一艘豐衣足食的
小船，帶我駛向遠方

因為吳花燕的身體過於虛弱，醫生暫時無法為她進行手術，要等到她的身體條件有所改善後再為她安排手術。她在醫院裡苦苦煎熬等待，可是，這瘦弱無力的身軀，最後沒能挺下去，在病床上停止了呼吸，結束了她年僅二十一歲的生命。

年齡二十剛剛出頭的郭美美，卻忙著在網上炫富，在熟人面前擺闊，甚至奚落還在大學裡苦苦讀書的同學，惹得別人對她羨慕嫉妒恨。就有一個女生，以前是郭美美的同窗好友，平時生活拮据，見郭美美生活得那麼奢侈，無意中打聽到那個包養她的乾爹，是政府部門的一個官員，出於嫉妒，於是就向有關部門進行舉報。

隨著媒體的跟蹤報導，有關部門不得不對此事進行追查，為了躲避罪責，郭美美的那個乾爹一面轉移資產，一面將家裡儲藏的大批價值上億的貴州茅臺酒傾倒在馬桶裡，這茅臺酒可是國宴上的招待酒，一瓶幾十年的陳酒價值上百萬。最後，在輿論的壓力下，郭美美的乾爹被查處，郭美美的紅十字會的背景也被曝光，從此，就沒有人願意再向紅十字會捐贈什麼善款了。

郭美美最終被以賣淫和賭博罪遭起訴，在法庭上，她自辯道：

「我的收入並非來自紅十字會，我被人包養了，我不慎走上了這條路，給社會帶來了負面影響，但我沒有犯罪，希望法庭給我一個公正的判決。」

最後法庭以賭博、賣淫罪判處郭美美有期徒刑五年。

（八）

讓我來接著講一個腦殘愛國的故事。有個叫燦龍的人，他總是向別人標榜自己是最愛國的，他覺得中國實在是令他感到自豪。在中國舉辦過的世博會、奧運會都是世界上最精彩的，中國還有世界上最長的高鐵，GDP排到了世界第二，航太技術除了美國、俄羅斯排名世界第三。

近年來在社會上出現了許多批評的聲音，包括人權、醫療、教育、養老、貧富差距、環境污染、假冒偽劣產品等諸多方面，這讓燦龍感到氣不打一處來，他在自媒體上和別人爭辯道：「西方也有人權問題，也有醫療問題，也有貧富差距問題。總之，中國社會有的問題，西方社會也有。再來看看我們國家如今不僅強大，更有悠久的歷史和燦爛文化，有五千年的文明史，別的國家有嗎？」

那些在網路上每發一個愛國的帖子，就能從宣傳機構賺取五毛錢的人被稱作「五毛」，燦龍屬於那種「自幹五」，即是一種自發地為中國社會唱讚歌的業餘「五毛」。不過他並不甘心自己老是一名「自幹五」，好像是一個業餘選手，他希望自己儘快能成為一名「五毛」。當然，燦龍也不是那種只會打打嘴炮的網路水軍，每當關鍵時刻，他都會衝鋒陷陣。

那年，日本政府把有中日有主權爭議的釣魚島收為國有，網路水軍義憤填膺，很快，他們就組織起來，在全國多個省市展開了反日大遊行。遊行的隊伍中，人們手持愛國標語，高喊抵制日貨的口號。燦龍在當地的遊行隊伍裡，他身上披著五星紅旗，又糾集了幾個「愛國青年」，他們見到路上的日本車就砸，還把一個開日本車的中年人的顱骨打碎。最後，警方制止了事態的發展，並答應為受害人支付醫療費。

不久以後，因為韓國政府同意在韓國部署稱為「薩德」的美國導彈防禦系統，遭中國政府的激烈反對，聲稱該系統可以用來監視中國的領土。官媒敦促抵制韓國產品，學生、退休者和計程車司機帶頭發起針對韓國企業的抗議活動，旅遊局官員下令旅遊社取消去韓國的旅遊團。燦龍也坐不住了，他發微博號召人們不要再去韓國人開的餐廳去吃泡菜和燒烤，還在一家韓國的連鎖超市樂天商店打起「祖國的安全不容侵犯」的橫幅。當他看見有一個中年人從空蕩蕩的樂天商店走出來，手裡提著買好的東西時，就怒不可遏地衝過去，奪下那人手裡的袋子往地上一甩，並對著他一邊謾罵一邊拳打腳踢。

隨著中美貿易戰的開打，他終於要向美國宣戰了。雖然他向來對美國的霸權行徑感到不滿，但他在一家美企工作，對美國的所作所為也就忍氣吞聲了。不過隨著美企的撤資，他也失業了。現在，他再也沒有什麼顧忌了。當他看見人民網在招聘「五毛」，為了使自己從「自幹五」變成「五毛」，他在人民網的評論區發表評論，義正詞嚴地說道：「大家看一看，美國幕後操作南海仲裁，在韓國部署薩德系統，陰謀支持臺獨、藏獨、疆獨，挑起中國和周邊國家的矛盾，現在又要和我們打貿易戰。試問大家，我們要不要堅決反美？」幾天以後，燦龍終於接到了人民網招聘網路評論員的面試通知，他興奮得幾天睡不著覺。

那天上午，在人民網的一間辦公室內，幾個工作人員正在討論招聘的事。

「怎麼樣，這麼多應聘的，有沒有合適的啊？」主任問道。

「唉，難啊。」一個男編輯低聲歎道。

「難嗎？我們不就招一個社群小編嗎？說白了，那就是一個職業『五毛』，我們招的還少嗎？」主任追問道。

「這回跟以前不一樣了，以前門檻低，這回門檻變高了。」一個女編輯補充道。

「高嗎？我們可是人民網，要大學學歷、兩年工作經驗，這門檻還高啊？」主任有些疑惑。

「我不是指這個。主任，這回我們要招的是能夠翻牆出去，在臉書、油管、推特上面能夠寫英文稿，給外國人洗腦的那種人。」女編輯解釋道。

「咱黨國，『五毛』比牛毛還多，還招不到幾個英文好的來？」主人反問道。

「唉，主任，這不是英文的問題，是這兒的問題。」男編輯說著指了指自己的腦袋。

「什麼意思？」主任有些不解。

「你想啊，這『五毛』是怎麼練成的，還不是靠高大的防火牆圈養出來的，這一旦把『五毛』放到牆外，他們就會發現外面的世界跟自己想的原來不一樣，再被反洗腦，臨陣倒戈怎麼辦？」男編輯說道。

「是啊，主任，這事兒就跟養豬似的，豬都是圈養的，你見過散養和放養的嗎？」女編輯說道。

「散養、圈養那不都是豬嗎？好了，我知道這次招聘工作有些難度，但非常重要，你們要嚴格把關。這場武漢肺炎鬧得把全世界都招惹毛了，西方各國輪番對我們進行譴責、追償，美國有個重量級參議員，兩天前剛剛提了個議案，說如果黨國拒絕配合國際調查，美帝就將對我們進行廣泛制裁，包括凍結資產。」主任說道。

「啊，咱黨國大員的金庫可都在海外呢，這要給凍結了，這不是要了他們的老命嗎？」男編輯大聲說道。

「說得就是，所以各級領導非常重視。我們的當務之急就是儘快選出一批業務精湛、黨性堅定的社群小編，儘快占領海外輿論高地，明白了嗎？行了，時間到了，準備面試吧。」主任指示道。

第一個來面試的正是燦龍，他咋看起來有些文謅謅的，他正經地在兩名招聘人員面前坐下後，便開始了對話。

「你有兩年的網路平臺工作經驗嗎？」男編輯問道。

「何止兩年，我都工作八年了。」燦龍答道。

「可是在你的簡歷上，也沒寫你在哪個網路平臺或媒體工作過啊。」女編輯繼續問道。

「我一直是義務工作，就是志願軍，是『自幹五』。我發的帖都是針對那些在社會發生熱點事件時的不滿言論進行駁斥。到了中日發生釣魚島風波時，韓國部署薩德時，美國開打貿易戰等等重大事件，我都站在愛國的立場上憤而發帖。」燦龍說明道。

「這麼說來，你的工作經驗還是很豐富的。但是，我們是人民網，可不是百度帖吧，我們可是黨媽親生的，所以，我們招的『五毛』也不是一般的『五毛』，我們要黨性特別堅定，能夠深入敵後，在海外平臺工作，還能給洋人洗腦的『五毛』。」男編輯語重心長地說道。

「沒問題，別的我不敢說，這黨性堅定非我莫屬！」燦龍堅定地回答道。

「你先別著急啊，這黨性堅不堅定，可不是憑你一張嘴說的，得通過我們的考試。」女編輯說道。

「沒問題，儘管考。」燦龍很自信。

「好吧，結合簡歷，問你幾個問題。你在特長這一欄寫的是『愛國』？」男編輯問道。

「是啊，愛國是我的特長，我不但反美、反日、反韓，還反臺灣、反香港。對了，最近布拉格也不老實，老是跟臺灣眉來眼去的，所以我還得反布拉格，還有……」燦龍喋喋不休地回答道。「停停停，你這個愛國，還沒有什麼具體目標。」男編輯提示道。

「我的目標是『驅除韃虜，復興中華。』簡單地說，就是把這些外企統統趕回老家去。」燦龍接過話題回答道。

「你這愛國是值得提倡的，但是你抵制在華外企，有必要嗎？」男編輯考量地問道。

「這當然有必要了。你想想，外國人在我們中國的土地上開廠，剝削我國勞動人民，這太囂張了，當然得把他們攆回去啊。」燦龍答道。

「現在可是經濟全球化，這些外企給很多中國人提供了工作機會，而且工資也不錯。」女編輯說道。

「這國家利益高於一切，這一份工資就想把我們收買了？」燦龍反駁道。

「不光這些，這些產品中還包含了很多中國人創造的價值啊。」女編輯補充道。

「啥價值不價值的，啥價值能比愛國的價值更高啊？」燦龍反問道。

「這愛國好倒是好，不過，愛國者們往往好激動，一激動就砸店、砸車的，說到頭來，砸的也是中國人的店、中國人的車，受損失的，最後還是中國人，不是外國人。」男編輯繼續提示道。

「誰讓這些中國人買外國車，開外國店呢。這就是通敵賣國，比外國人還可恨呢，該砸！」燦龍回答時，兩位招聘的編輯互相對視了一下，男編輯又問道：

「那好，那你在近期的疫情之下，有沒有什麼愛國行動啊？」男編輯問道。

「有啊，這些日子，我還慶賀美日的疫情爆發，詛咒英國的詹森的病情惡化，這美國人竟敢在中國投毒，這事兒我跟他們沒完！」燦龍高聲答道。

「哦，你也認為是美國人投的毒啊，你為什麼會這麼認為？」女編輯問道。

「那還用說？我們天天反美，這美國人能不恨我們嗎？投毒這事準是美帝幹的。」燦龍答道。

「可是，美國的疫情也很嚴重啊？」男編輯問道。

「當然，這美帝投了毒，他們沒想到搬起石頭砸自己的腳，他們自己也中了毒，而且一發不可收拾。」燦龍解釋道。

「我看你的簡歷，你之前一直在一家外資工廠工作，你怎麼想到要轉行的？」男編輯問道。

「唉，沒辦法啊。自從疫情爆發以來，好多的外企都紛紛撤離了中國，我也就失業了。」燦龍回答道。

「這麼說，你的愛國行動是提前達標了。」女編輯說道。

「是啊，我本來就一直憋著一口惡氣，沒想到美帝這麼快就夾著尾巴逃跑了，真是大快人心啊！」燦龍答道。

「那你這愛國的都失業了，以後有什麼打算嗎？」男編輯問道。

「這愛國高於一切，失業算不了什麼。再說了，你們這兒不是正招人嗎？這愛國就是我的特長，正好和你們招的職業對口。」燦龍答道。

「好吧，最後一個問題。現在美國政府把推倒黨國的防火牆提到了日程上，說要撥款三十億美元——」男編輯說著。

「什麼，我們建了牆，美帝要來推？」燦龍聽到此，就暴跳如雷地叫著站立起來。

「你別激動，坐坐坐。」男編輯伸手示意讓他坐下再說。

「不好意思啊，這欺負到咱家門口來了，這還了得！」燦龍憤憤而道。

「可是，還有些人為推牆叫好，他們認為這牆把外面的世界給擋住了，把人變得像豬一樣，還把牆內比喻成豬圈。」女編輯故意說道。

「這豬圈怎麼了?!」燦龍嚷著，又情不自禁地站了起來。

「坐坐坐，別激動。」男編輯說道。

「這豬圈總比沒圈好啊，要是把牆都拆了，那豬不就無家可歸了嗎?所以啊，我們必須團結起來，一同捍衛我們的圈，哦不，我們的牆。」燦龍振振有詞而道。

「可是豬圈裡低矮潮濕且有異味，你怎麼這麼熱愛豬圈啊？」男編輯刁難地問道。

「你這個問題充滿了對豬圈的偏見和不知道從哪裡來的傲慢，我歡迎一切善意的建議，但是拒絕任何無端的指責，所以請你以後不要再提這樣不負責任的問題了。」燦龍學著外交部發言人的腔調回答道。

招聘人員微笑著點頭，說道：

「很好，你被聘用了。」

燦龍昂起頭，喜悅地露出了笑容。

就在燦龍成為「五毛」後不久，那天他突然收到了地方法院寄來的一個郵件，那是醫院的帳單，是他以前在反日遊行中把人打傷的醫療賠償費。當年警方為了安撫受害人，曾答應支付所有醫療費，事後受害人便向警方討要他所支付的所有費用，可警方一拖再拖，最後還是讓肇事者燦龍自己承擔一切費用。燦龍打開帳單一看著實嚇尿了，帳面上的數額為五十萬元人民幣。

（九）

今天我來給大家講一個軍人和警察衝突的事件，來看看中國到底是一個什麼樣的社會。

話說某軍區空軍少將參謀長林沖在他將要離休之前，竟然發生了一件自從他入伍以來對他造成傷害最大的事件。由於不久就要離休，將來出門要自己開車，林沖就脫下軍裝，穿了一件筆挺的中山裝，開著一輛借來的普通車，去火車站接一個從美國回來探親的戰友親家。平時林沖基本自己不開車，年輕時在部隊裡開的都是軍用卡車，開小轎車還有一點不習慣；不過這樣比較自由，和別人談話也可以隨便一點。平時和司機、警衛員在一起，講話要注意影響，尤其是有關海外生活的話題，不便讓普通戰士聽見。

林沖開車到了火車站，就找了一個地方把車停了下來。正當他準備下車時，就有一個在那裡守候的女人立刻來到車前，她敲了敲車窗，林沖按下車窗問她什麼事，那女的拿出一張事先開好的罰款單對林沖說道：

「你亂停車，違章罰款兩百元。」

林沖不經意地打量了一下那個年輕女人，覺得她的態度有點蠻橫，不過林沖趕著去接人，也就沒有太計較。他本能地往口袋裡掏錢，可中山裝根本就沒有錢，林沖一時也不知如何是好。他正想和那女的解釋情況，可那女的卻等得有點不耐煩了，對著林沖吼道：

「別磨磨蹭蹭的，趕快交錢，再拖延時間就加罰款四百元。」

「你說多少就多少？拿文件給我看看。我還沒有問你是幹什麼的，有證件嗎？有資格開罰單嗎？」

林沖對著那個女的怒斥道。

「你還敢查我，想搗亂是吧？」女的蠻狠地回著話，又轉身向在一邊巡邏的保安人員喊道，「你們快過來，這個老頭不繳罰款，還要找我麻煩。」

女的話音一落，立刻就有兩個年輕的保安氣勢洶洶地衝過來，對著林沖大聲斥道：

「聽著，老頭，老老實實給我把錢繳了，別惹我打你！」保安是從外地招的臨時工，言行粗鄙。

林沖瞪著這幾個男女青年，心想他們竟這樣沒有教養，出言不遜還要威脅打人，他恨不得把他們押回部隊裡，狠狠地教訓他們一下。他壓著怒火，冷冷地警告他們：

「胡亂罰款不成就想打人，想搞黑社會那一套?碰一碰我都有你們好看的。」

聽林沖的口音不是本地人，這兩個保安更加有恃無恐，想不給他一點厲害他也不會拿錢出來。於是一個保安一把把林沖拉出車後，又一把掐住林沖的脖子，並把他的頭按到車頂上，另一個對著林沖就是一腳。林沖被掐得喘不過氣來，腦子裡一片空白，畢竟他上了歲數，掙脫後就倒在了地上，氣得渾身癱軟。

「老東西，這兒是四百，到了派出所就是兩千，到了看守所那是一萬，你準備什麼時候繳？」一個保安說著，又是一腳踢向林沖。

常言道：「虎落平陽被狗欺。」平時在部隊裡，不要說普通戰士，就是團長、師長，看到他也是畢恭畢敬。此時，林沖忍受著奇恥大辱，他沒想到自己脫了軍裝出門，竟會被幾個毛頭小子敲詐並被打成這樣。突然車裡響起了一陣電話聲，是林沖放在車裡的手機響了，林沖想著一定是他的朋友在車站尋找他，他掙扎著爬起來，想去接電話。有個保安不等林沖爬起來，就先從車裡拿出手機，然後將手機掛斷，並把手機占為己有。接著，他又用力對著林沖一推，把林沖再次推倒在地。林沖倒在地上，此刻他希望有路人來幫幫他，可沒有一個人敢走出來勸阻，林沖也不想再說話了。兩個保安看到老頭被打得有點老實了，雖然沒有拿到什麼錢，卻拿了車裡的一部手機，最後他們就索性一把揪住林沖，把他押到了一個派出所。

林沖被帶到了派出所的一間審訊室，他想進了派出所自己就安全了。此時一個保安留在審訊室，另一個保安出去報告情況。過了一會，出去的保安帶著一個民警一起走了進來，那民警看起來不是很清新，他剛剛喝完酒。

「蹲下，老東西，在人民警察面前要蹲下！」一個保安對著林沖吼道。

「你們憑什麼任意打人？」林沖看見民警，以為自己有救了，就強著脖子說道。

林沖的話音剛落，就被一個保安一腳踢來，民警見狀只是冷冷地瞥了一眼說道：

「這老不死的還挺橫，你們兩個給我好好地管教一下，我還有別的事。」

隨著那個帶著醉意而且麻木不仁的民警離開後，兩個保安對著林沖又是一頓拳打腳踢，而且出手更重。林沖被打得喘不過氣來，他澈底絕望了，覺得自己成了被黑社會綁架的人質。不一會兒，那個民警又回來，把審訊紙遞給了一個保安，然後說道：

「替我審一下。」

民警轉身離開後，林沖覺得事情不妙，他不得不忍著身上的傷痛，緩著口氣對兩個保安說道：

「聽你們的，你們要什麼我都答應你們。」

「老實點，問你什麼就回答。」一個保安說道。

當問到林沖的職業時，林沖平靜地回答道：

「空軍少將。」

保安一聽，先是愣了一下，想到社會上就有冒充軍人的騙子，有的就是冒充大校、少將什麼的，而且屢屢得手，想不到這老頭也敢來這一手，就氣不打一處來：

「媽的，當我們是三歲小孩，是不是還要老子動手才肯老實回答？」

另一個保安坐不住了，起身走到林沖跟前，拍了一下林沖的頭厲聲問道：

「你知道我是誰嗎？我是軍委主席。」

林沖已經被打得渾身青腫，怕他們再對自己施暴，只好說：

「我是無業人員。」

「怎麼，不敢再說自己是空軍少將了？」說罷，兩個保安哈哈大笑。

保安本來就屬臨時工，沒有做審訊筆錄的資格，當他們把錯別字連篇的筆錄做完後，就要林沖簽字認可。林沖一看，他的罪名竟然有三條：「擾亂社會治安、擾亂公共場所秩序、襲警。」林沖看後，心想，派出所裡竟如此暗無天日，先簽了字，等自己出去後，一定派人把這裡的人個個打得稀巴爛。

由於林沖沒有繳錢，簽字後林沖就被押上一輛警車送到了看守所。在看守所裡每天都有被送來的什麼騙子、小偷、癮君子、上訪維權的等，他們都要先被集中起來，然後在進行審訊。由於審訊需要等候，林沖在看守所熬了兩天兩夜後，到了第三天上午，終於等到了審訊他的時候。在林沖被帶到去審訊的路上，一個軍官模樣的人正和林沖擦肩而過，他忽然覺得那個老頭有點面熟，他曾是一名空軍中校，轉業後到了這裡做處長，他隨即叫人把林沖帶到自己的辦公室。

林沖突然見到了一個老部下，這下他終於有了救星，他訴說了自己的種種遭遇。處長聽了，腦子都炸開了，他立馬安撫首長，又趕緊向上級報告。

空軍參謀長突然失蹤，軍區上下一片譁然，軍區首長派人四處尋找沒有蹤影。不久前省裡的一名高官，攜鉅款帶著情人逃到海外去了，這事態還沒有平息下來，現在空軍參謀長又突然失蹤；由於他有親屬在美國，軍區首長心有餘悸，突然得知林沖被關押在看守所，空軍司令親自過去辨認。

司令員見到參謀長，便讓參謀長和自己一起回去，參謀長堅決不走，向司令員哭訴道：

「我們當了一輩子軍人，保衛這個政權，看看這的政權怎麼治理社會的！無緣無故，就把我連打幾頓，打得我渾身是傷，差點沒被打死。還捏造三個罪名，把我關到這裡來。如果我是一個普通老百姓，誰會來救我？誰能救得了我？這是什麼世道？我不出去了，活著還有什麼意思？就死在這裡算了！」

勸說無果，空軍司令就向軍區司令報告了情況。軍區司令聞訊後親自過去慰問，參謀長還是堅決不出獄。軍區司令員問林沖有什麼要求，林沖要求打死那兩個流氓保安，軍區司令員也不敢答應，但又怕這個事件流傳到社會上，豈不成為一個大笑話。最後，中央政治局委員、省委書記不得不也親自出面，並親口答應道：

「可以去報仇，但不能出人命。」

林沖離開看守所後，第二天上午就回到空軍司令部，親自帶了兩個排的空軍地勤警衛戰士去那個派出所報仇，臨行前他下令道：

「戰士們，我們的任務本來是保衛祖國，現在我讓你們去派出所打人，因為他們身為警察，卻和黑社會勾結在一起欺壓百姓，還把我也打傷了，到了派出所，你們見一個打一個，不要放過任何一個人，因為他們都是地痞流氓。」

兩輛軍用卡車，載著全副武裝的士兵，直接向那個派出所開去。在派出所的頭頭，接到通知後，就把所有的民警和保安集中起來待在所裡，自己跑了。當軍車駛到派出所的辦公樓下，士兵們就一擁而入，並把樓下的大門鎖上，然後就在裡面大打出手。那些民警和保安，哪裡禁得住訓練有素的警衛戰士的拳腳，一個個被打得死去活來，哭爹喊娘。

林沖認出那兩個打自己的保安後，此時他們也已經被打得頭破血流，林沖憤怒地對著他們一人踢了幾腳。此時，他們才知道那老頭真是少將，自己打錯人了，便忍著傷痛跪地求饒，幾個戰士對著他們又是一頓痛打。

「這是你們自找的！」林沖對那兩個保安說道。

兩個保安被打得趴在地上，看上去已經奄奄一息的樣子，林沖還不解氣，又下令道：

「把這些王八蛋的辦公室也砸了，留著也是坑害百姓。」

接著又是一陣「劈劈啪啪」的敲打聲，隨後林沖帶著士兵揚長而去。那些被打得死去活來的民警，還沒弄明白是怎麼一回事。平時他們欺壓百姓慣了，這次卻被人打得不成人樣，還是被解放軍打的。他們很快明白是有人得罪了解放軍，沒想到他們出手這麼狠，比黑道上的人還厲害。被打被砸後派出所就關上了大門，許多人需要住院治療，辦公室也要重新安置。一下子又這麼多的民警就醫，他們還不敢說是被解放軍打的，怕別人幸災樂禍。

林沖也住進了高幹病房養傷，雖然他報了仇，可他的心情依然沉重。那天林沖準備去車站接的老戰友也聞訊趕來看他，一見面他就吃驚地問道：

「是誰吃了豹子膽，敢對你動手，還把你關起來？」

「是兩個當了保安的小混混，他們還以為我只是一個普通的老頭。」林沖說道。

「是啊，親家，你們常年生活在部隊裡不太瞭解外面的情況，現在這外面可亂了，尤其像車站這種地方。尤其到了春運期間，大批民工要返鄉探親，火車站是最混亂的地方。每天都有人被搶劫、被盜竊、被敲詐，那些犯罪團夥半公開地作案，旁邊的巡警、保安視而不見，悠哉遊哉。一般人看到這種局面，遇到罪犯也就屈服了，也有一些不服氣的，與盜賊扭打起來，結果寡不敵眾，人被打了，東西被搶了，報案後被帶到治安室，還要被罰款，至少要交一筆報案費；至於被小偷偷走的錢財，即使抓住了小偷，失主也拿不回來，警察會以沒收贓款的藉口私吞了。」林沖的親家娓娓道來。

林沖聽了，不禁歎道：

「沒想到我們保衛的這片土地竟如此地混亂與黑暗，所以許多有辦法的人把他們的孩子送到國外定居了，就連習主席的親屬也是如此；當年他父親把自己的兒女都弄到海外定居去了，只留下習近平一個人留在國內做官；習近平自己的孩子也在美國念書，想必將來也會在美國定居。」

不久以後，林沖就離休回老家了。他本來不想移民海外的，不過他想到自己退役以後，脫下了一身軍裝，身邊又沒有了警衛員，自己只是一個普通百姓，以後不知道會發生什麼事，就決定移民海外了。

(十)

今天輪到我講第十個故事，讓我來講一個關於乞丐的有趣故事。一個中年乞丐，他頭上戴著一頂色彩斑斕的帽子，上身套著一件半舊的紫色上裝，他雙腿盤坐在一輛帶有小滑輪的板車上，有一塊深藍色的布遮蓋著他的下半身，他身上斜背著一隻黑色小包，在街邊的一處空地上乞討。在他的前面放著一個收錢的罐頭，還有一塊豎立的紙板，上面寫著「牛逼乞丐」四個大字。此時在他的周圍，已經有不少看熱鬧的人圍觀著，那乞丐對著人群嚷嚷道：

「秀才不出門，便知天下聞。」

這時，一個戴著墨鏡的年輕人從圍觀的人群中走到那乞丐的身旁，看著紙板上寫的字，嘴裡唸叨：「牛逼乞丐，」然後他打量了乞丐一下，又道，「牛逼乞丐真牛逼嗎？我問你一件事。」

「問啥？」乞丐微微抬頭看著來人問道。

「世上最能的人是哪種人？」來者問道。

「你想問啥樣的能人？」乞丐問道。

「世上最能的人。」來者重複道，蹲下了身子。

「哦，最能的人？」乞丐思索著問道。

「是的。」來者應和道。

「說準了給錢？」乞丐問道。

「說準了給錢！」來者肯定地回答道。

「老闆，你聽我給你說說啥樣的人是最能的能人。你說說，吃一輩子飯沒有買過單的、喝一輩子酒沒有傷過肝的、泡一輩子妞沒人敢揭穿的、賭一輩子博沒輸過錢的、做一輩子惡沒人敢惹的、貪一輩子財沒人敢報案的、閒一輩子人不耽誤升官的，你說這樣的人是不是能人？」乞丐搖頭晃腦地說道。

「牛逼，牛逼，總結得真好。給你二十塊錢。」來者說著，就從擱在他手臂上的上衣兜裡掏出二十塊錢給了乞丐，然後起身就離開了。

「謝謝哦，慢走慢走，以後你會發大財的。」乞丐揮著手說道。

圍觀的人群都笑了起來。此時，只見一個中年女人身穿一身黑衣服，體態微胖，戴著墨鏡，手裡牽著一頭大黃狗從乞丐身邊走過。乞丐假裝驚慌的樣子，邊喊著便用手把狗連連推了幾下。女人見狀便對著乞丐大聲斥道：

「你摸我的狗幹啥？你這個要飯的，你不是要錢嗎？你對著我的狗叫一聲爹，我給你十塊錢。」

「真的？」乞丐問道。

「你喊呀！」女人大聲說道。

「我喊十聲呢？」乞丐引誘道。

「喊十聲給你一百。」女的立刻回答道。

「真的？」乞丐又問道，他想確認一下。

「真的！」女的肯定地回答道。

「好、好、好，喊啦！」乞丐繼續向女的確認著，他腦子裡想著那一百元。

「你喊！」女的此時只想著要侮辱一下這個討厭的乞丐。

「我的爹、我的爹……」乞丐搖頭晃腦地喊著，那女的做著手勢數數。

「十聲，給錢吧。」乞丐有些迫不及待。

「夠了？」女的問道，心裡有點不情願。

「夠了。」從看熱鬧的人群裡有人喊道。

「你再喊一聲。」女的心裡有點不甘心。

「再喊一聲，好，」乞丐怕她變卦，不由得對著狗又叫了一聲，「我的爹。」

事已至此，女的也不好賴帳，她只得從皮夾子裡取出一張一百元，說道：

「給。」

「拿來。」乞丐伸出手取錢，女的拿著錢，先在他的眼前晃動了一下，然後有點賭氣地給了乞丐，接著就對著她的狗說道：

「走，貝貝。」

「謝謝俺媽！」乞丐對著女人離開的背影揮舞著手臂大聲喊道，引得圍觀的人群大笑起來。

「人呀就是，掙錢不掙錢落個肚子圓，和氣生財。老少爺們趁這會沒事，給大家唱兩句。」乞丐說罷，他取出一大一小兩副竹響板，然後左右手同時打起竹響板，來了一段快板書：

「大老闆，你把氣沉聽我給你說說人和人，看看我說得真不真，你聽我說得神不神？熱鬧不過人看人，著急不過人等人，難受不過人想人，溫暖不過人幫人，感動不過人疼人，殘酷不過人害人，陰險不過人算人，鬱悶不過人氣人，恥辱不過人戲人，為難不過人氣人，生氣不過人比人，成功不過人上人，發財不過人騙人，幸福不過人愛人，人生就是人與人哪。」乞丐放下手裡的竹響板，又繼續說道：

「人與人，人和人，根據職務的交流簡稱就叫社會，這就是科學流行語，不相信不管，啥叫牛逼乞丐，讓你看看，千事通，萬事通，來問啥的，比算命先生都管用。」

乞丐的話音剛落，有一個年輕時髦的女人從人群中走出來向乞丐走去。

「哦，大美女啊！」乞丐衝著迎面走來的女人叫道。

那女人走到乞丐身邊，摘下墨鏡，打量著乞丐和紙板上寫的字問道：

「牛逼乞丐？」

「絕對牛！」乞丐答道。

那女人蹲下身子，把她的包捂在胸口說道：

「那我問你一個問題，給你十塊錢。」

乞丐見這女人面容姣好，衣著時髦，就連忙說道：

「十塊錢只能回答一個問題。」

「行，那我開始問了。」她撩了撩自己的頭髮說道。

「問吧。」乞丐不以為然地答道。

「我老公以前去解手都是說去洗手間，為什麼現在去解手都是說去屙屎？是什麼原因，你給我解釋解釋。」女的問道。

「這個好回答。我給你說，以前你老公解手他說上洗手間，那證明你們在戀愛；後來解手說上廁所的時候，那證明你們已經熱戀了；然後再說去大便了，那就是證明你們已經同居了；現在說去屙屎，那證明你們已經結婚快有孩子了。對不對？」乞丐侃侃而道。

眾人聽了大笑，那女人也說道：

「你說得太對了！」

「怎麼樣？」乞丐得意地問道。

「我們倆早就結婚了。唉，我想再問你一個問題。」女的又道。

「再問那就是兩條了。」乞丐提醒道。

「行，兩條。」女的回應道。

「哦，以前我老公出門晚上很早就回來，最近為什麼都是半夜十二點才回來，這是男人什麼象徵？」女的問道。

「什麼問題我一說你就明白了。以前男人回家得早，後來男人回家晚了，我給你說，六點回家那是窮鬼，九點回家那是酒鬼，十二點左右回家叫色鬼，一夜不回家到了天明才回家那是賭鬼。你想想你男人什麼樣的情況？十二點左右泡妞沒泡完他能提前回來嗎？」乞丐告訴那個女的。

「啊，原來回來那麼晚，都是在外面泡女人？」女人恍然大悟地叫道。

「那差不多。」乞丐答道。

「哼！」女人聽了，憤然起身就要離開。

「哎，給錢給錢，你還沒有給錢，兩條。」乞丐對著女人叫喊道。

女人聽了乞丐的喊話，又回過身來頓下身子，然後想從她的白色包裡取出錢包，說道：

「沒帶現金，都是銀行卡。」

「銀行卡？刷卡呀！」乞丐大聲回答道。

「你有地方刷嗎？」女的問道。

「那當然有了，乞丐我啥沒有，我是一般的乞丐嗎？」乞丐把刷卡機拿了出來。

「咦，POS機都有？」女人見了刷卡機驚詫道。

「拿卡。」乞丐手裡拿著刷卡機，提到嗓門說道，「不管是郵政的、農業的、合作社的，哪地方都能刷。」

「我的天，你們這要飯的都玩高科技了。」女人歎道。

「是呀，那叫網路乞丐。」乞丐得意地回答道。

女人蹲著從錢包裡取出了一張銀行卡，乞丐見了便道：

「農業銀行的刷得更方便。」

乞丐接過女人手裡的銀行卡，插入他的刷卡機，又道：

「那樣吧，給一百吧。」

「二十。」女人說著，連忙伸出兩根手指示意。

「這還有費用，我給你輸好了一百。」見那女人有些遲疑，乞丐連忙催促道，「密碼，按密碼，確認，確認。」

女人生氣地斜視著乞丐，連續地按了鍵。

「老不欺，少不瞞，就是給卡也不多收錢。」乞丐收起刷卡機，滿意地大聲吆喝道。眾人見此，大聲笑著。

女人板著臉，起身就離開了。在她的腦子裡，覺得自己吃了虧，可她心裡卻還想著剛才乞丐說過的那些關於男人幾點回家的話。

女人走開後，乞丐對著圍觀的人群大聲歎道：

「啊呀，這世上的難事都讓我攤上了。幹啥難，幹啥都沒有要飯難，給多給少咱不能嫌。說到女人呀，那是更難，愈長得漂亮愈難，為啥呢？你看現在，要出去跟男人說說話，說這個女人不正經；要是從哪個賓館裡出來吧，說給人家開房去了；要是跟哪個男的一塊吃飯，又說跟人家相好當小三了；要坐個別的男人的車吧，說跟別人家有一腿；要沒讓人占便宜吧，說她裝純；要上哪裡參加葬禮後從殯儀館出來，還能說她馬上就變成鬼，嚇死你。」

乞丐的一番議論，引得眾人大笑。

「啊呀，做女人特別地難。今個我也算難，大半天也沒要到幾個錢。來吧，來吧，可憐可憐要飯的，給兩個吧。」乞丐說罷，又拿出了竹響板，他左右手開弓，嘴裡繼續唸叨：「給兩個吧，天上下雨地上流，要飯的天天都發愁。誰能給點我不白要，我能回答你提出的任何問題。看看，網路乞丐萬事通。」

此刻，一個拄著一根小拐杖的殘疾老頭，一瘸一拐地從人群中出來，向著乞丐走去。

「沒有我不懂的，我可以瞬間回答你提出的任何問題，世上沒有不勞而獲的。」乞丐打量著踉踉蹌蹌走過來的殘疾老頭，嘴裡不停地說著。

「小乞丐，還怪能。」殘疾人看著乞丐調侃道。

「啥都有，不能有病。」乞丐回敬道。

「網路、百度……」殘疾人說著，舉起手裡的小拐杖，輕輕地在乞丐的身上敲打了一下。

「不是，老頭，你坐下吧。」乞丐對殘疾人說道。

「百事通？」殘疾人繼續質疑道。

「萬事通。」乞丐高聲說道。

「萬事通，還差個千事通呢。」殘疾人邊說邊吃力地放好自己隨身帶的小折疊椅在乞丐面前坐下，他頭髮花白，身穿一件黑色皮夾克，脖子上掛著一條粗粗的金項鍊，後背上還插著一根撓癢癢的，他搖晃著腦袋說道，「萬事通，我考考你，你要能回答上來，我給你掏錢。」

「給錢就能回答，你問啥？」乞丐問道。

「給你這個數。」殘疾人揮舞著伸出的兩個手指說道。

「兩千？」乞丐大聲問道。

「往下抹。」殘疾人還是伸著兩個手指說道。

「兩百？」乞丐繼續問道。

「再往下抹。」殘疾人說道。

「再往下就沒法抹了，到秤桿子頭了。」乞丐嚷道。

眾人聽了他們滑稽的討價還價，便大聲發笑。

「二十。」殘疾人伸出兩個手指示意道。

「二十，二十那也行，說吧。」乞丐答道。

「我給你說幾句成語，我當了一輩子老幹部了，小乞丐我問你，啥叫『知書達理』？」殘疾人問道。

「就是你光知道書本上那些知識是不夠的，得知道送『禮』那才能成，那就叫『知書達理』。」乞丐解釋道。

「嗯，說得還行。」殘疾人說著，伸手抓到後背上撓癢癢的，在自己的背上撓了撓。

「我再考考你，啥叫『度日如年』？」殘疾人問道。

「就是你呀，當官的時候過日子，天天跟過年一樣，那叫『度日如年』。」乞丐回答道。

「還行。我再問你，啥叫『知足常樂』？」殘疾人問道。

「你今天知道有人請你去足浴店洗腳，你覺得非常高興，非常快樂，那叫『知足常樂』。」乞丐答道。

「對，說得很好。」殘疾人坐在小折疊椅上，右手撐著他的一根小拐杖，揮動著左手的食指表示讚賞，接著又問道，「我再問你，啥叫『有機可乘』？」

「就是你出門的時候，有飛機讓你坐，那叫『有機可乘』。」乞丐回答道。

「我再問你，啥叫『見異思遷』？」殘疾人問道。

「這個在你前幾年沒有病的時候有感覺，就是你見到異性女的長得非常漂亮，想把她搬遷到你那地方去，那叫『見異思遷』，懂吧。」乞丐答道。

殘疾人先是仰著頭聽著，隨後看著乞丐，繼續揮著手指問道：

「我再問你，啥叫『夫唱婦隨』，嗯，嗯？」

殘疾人問罷，晃著腦袋連聲哼哼。

「這個意思就是男人出去上歌廳唱歌去了，女人不放心在後面緊緊跟著，叫『夫唱婦隨』。」乞丐回答道。

圍觀的人群聽罷殘疾人和乞丐的對話，大笑起來。

「說得有點意思。」殘疾人佩服地說道。

「我也沒有什麼大學問，只是隨口說說而已。」乞丐客氣地說道。

「小夥子有能耐！」殘疾人豎起拇指誇道，接著又結結巴巴地問道，「那你看我有啥毛病？」

殘疾人剛問完話，由於說話時左手動作過大，他右手拄著的小拐杖打了滑，使他的身體一下子失去了平衡，他差一點從座椅上滑倒。

「你這個身體的問題呀，我說老頭，乾脆我來給你來段快板書，我給你唱唱你就知道啥問題了。」乞丐有點得意地回答道。

「行，行！」殘疾人期待道。

乞丐拿起響竹板，就邊打響竹板邊說道：

「那就來。一種離休的好時運，應聘回去當顧問。二種離休的也不差，靠點餘熱又發電。三種離休的感情深，常去老年活動中心。四種離休的精神好，練練氣功遛遛鳥。五種離休的閒不住，老兩口辦個雜貨鋪。六種離休的缺錢花，看門打更賺補差，七種離休的搞融資，皮包冒充大公司。八種離休的沒啥事，悶在家裡練寫字。九中離休的最可笑，閒著沒事吃補藥。十種離休的心不寬，退下來得個腦血栓。」

眾人聽了，看著殘疾人一陣狂笑。殘疾人聽到最後，又被人當眾取笑，他情緒有點激動，身體一扭動，他便從小板凳上倒在了地上。隨後他索性坐在地上，用手支撐著自己的身體，看起來狼狽不堪。

「我說老頭，看嘛，你就是這個第十種人。心胸狹窄，不寬闊，想啥事想得有點太窄了，所以時間長了，好生氣就憋成這個毛病，對吧？」乞丐衝著殘疾人奚落道。

「哈哈哈，」殘疾人一手撐地，另一手伸著食指對著乞丐發笑道，「講得好，小乞丐，活神仙，有能，中！我給你掏錢。」

殘疾人說罷，就坐在地上從他的上衣兜裡取錢。

乞丐伸手拿了錢，說道：

「謝謝哦。」

「不要謝啦。」殘疾人回道。

「謝謝大爺，大爺謝謝。」乞丐又道。

殘疾人在地上用力撐著他的那根小拐杖，掙扎地從地上站了起來。

「慢點，我是殘疾人，我可沒法保護你。」乞丐看著殘疾人說道。

「小乞丐，高，佩服。」殘疾人起身站穩後，便踉踉蹌蹌地離開了。

「慢走。」乞丐說道。

「沒事。」殘疾人回道。

「慢著，慢著，」乞丐坐在小滑輪車上，轉過身子，看著一瘸一拐離去的殘疾人，連聲說道。

接著，乞丐又打起了響竹板，對著圍觀的眾人嚷著：

「來……來吧，來吧。」

從人群中又突然冒出一個西裝革履戴眼鏡的中年人，他直接走到乞丐面前，然後蹲下身體對著乞丐說道：

「我見的乞丐千千萬，還沒有見過『牛逼乞丐』，今天我專問問你『牛逼乞丐』怎麼個牛法？我要問問我有錢有權，就是心裡過得不愉快，能不能給我解釋解釋？」

「解釋解釋，絕對管用，一解釋就讓你對心就讓你對號。」乞丐提著嗓門說道。

「那你就給我解釋解釋吧。」中年人說道。

「我給你解釋。哎，你一怕小姐有病，二怕情人拚命，三怕帳款被盜，四怕偉哥夜裡失效。這四句話對不對你心？為啥不開心，就是這幾樣，你想開了就開心了，怎麼樣，老闆？」乞丐問道。

「啊呀，這個乞丐真是個能人，真叫解釋得非常對，怪不得我心裡這麼鬧心，心裡不高興……」中年人好像在自言自語。

「啊，你想開就開心了嘛。」乞丐寬慰道。

「啊呀，叫你解釋對了，乞丐。」中年人歎道。

「怎麼樣，不白要你的錢吧？」乞丐提示道。

「這樣吧，我給你二十塊錢。」中年人說著。

「給二十，謝謝！」乞丐本想多要點，但不敢得罪來者，又道，「這可是姜子牙釣魚，我直鉤的願者上鉤。」

「不客氣。」中年人說著，把錢遞給了乞丐。

「再見，再見。」中年人揮揮手離開了。

「我從來不白要人家的錢，一路走好，走了就別拐回來，明天再來呀。」乞丐打趣地說著，隨後又繼續吆喝道，「各位老闆，各位大款，可憐可憐要飯的……」

「嘟——」隨著一聲汽車喇叭的鳴響，一輛白色的寶馬車從人群邊駛過，在乞丐身邊停下。

「大老闆，來個大老闆。」乞丐說道。

「要得不少啊。」一個身穿休閒上衣的中年人下車後低下頭圍著乞丐走了幾步對著乞丐說道。

「老闆，給兩個吧。」乞丐望著中年人說道。

「牛逼乞丐？」說著中年人就從錢包裡掏出一張百元紙幣。

「有大的儘量別給小的。」乞丐看著錢幣乞求道。

「好好地幹！」中年人說著，彎腰把錢遞給了乞丐。

「老闆，老闆，大方。」乞丐說著，感到有點意外。

「你可知道我這寶馬車當初咋來的？」中年人故弄玄虛地問乞丐。

「就是這個車，咋來的？偷來的？」乞丐揶揄道。

「想當初我就是幹你這一行賺錢買的。」中年人邊說邊蹲了下來。

「想來跟我是一行的？」乞丐反問道，心裡想著來了個挖苦挑事的。

「好好地幹！」中年人逗他地說道。

「嘿嘿，兄弟我給你說，別跟哥吹牛，我家裡寶馬車有得是，我現在主要是想賺點錢買個別墅，不然的話我哪能在這裡受這洋罪。你認為你牛嗎？」乞丐大聲揶揄道。

圍觀的人群聽著大笑起來。

「厲害，前輩，厲害！……冒犯、冒犯。」中年人說著，覺得碰了個釘子。

「明白了？」乞丐提問道，感覺轉敗為勝。

「明白。」中年人占了下風地回答道。

「明白了就趕緊遛著，別耽誤我的生意。」乞丐說著，打發中年人走開。

中年人向乞丐作揖道別，上了自己的車，立馬就開走了。

「可憐可憐吧。」乞丐接著說道。

乞丐話音剛落，隨著一陣女人高跟鞋的腳步聲，人群中走出了一個美女。

「又來個大美女。」乞丐邊看邊說道著。

這美女的手腕上提著一隻紫色包，敞開的黑色外套裡，胸脯頂著白色的內衣，看著地上的紙板小招牌，好奇地問道：

「牛逼乞丐？」然後她在乞丐身邊轉悠著繼續問道，「牛逼乞丐，我問你個問題，你可能夠回答上來？」

「那當然了，你問啥我都能回答上來。」乞丐答道，心想，又是什麼情感問題？

「我給你說，牛逼乞丐，今天我問你個問題，你要是能回答上來，我給你發五十塊紅包。」美女蹲下身體說著，做了個五的手勢。

「五十？」乞丐向美女確認道。

「對，五十。」美女回答道。

「那好，你問吧，保證能答上。」乞丐答道。

「行，聽著，我給你說，男人四十跟女人四十有什麼區別？」美女問道。

「這個好回答，你得給紅包啊。男人二十半成品，三十精品，四十極品，五十樣品；女人那叫二十歲精品，三十歲變成積壓品，四十歲變成處理品，五十歲變成報廢品。你說對不對？你對對型號對不對？」乞丐調侃道。

「對對，你說得對。」美女稱讚道。

「對了吧，對了就管用了，發紅包。」乞丐連忙催促道。

「發包……我都是發微信紅包，你啥包？」女人問道。

「我不管你啥包，你得發包。」乞丐答道。

「發包，你有手機嗎？」美女問道。

「咋能沒有手機？」說著，乞丐從他的上衣內兜裡取出一個手機，又道，「這啥年景了，哪有要飯的不拿手機的？」

「喲，你的手機還不孬。」美女歎道。

「那是『破拉拉絲』，ＰＬＵＳ。」乞丐得意地說道。

「你有手機，可有微信嗎？」美女問道。

「那當然了，看我的微信號。」乞丐說著，拿著手機展示了一下。

「那我沒有你的微信號也沒法給你發呀。」美女說道。

「能加碼。」乞丐說道。

「我不會加。」美女說道。

「沒事，我會，把你的手機拿過來。」乞丐說道。

「你會加？」美女問話時，從她的包裡取出了手機。

「那當然了，」乞丐接過美女的手機，接著說道，「點開你的微信，掃二維碼，嘀……，就是進來了。」

美女拿回了自己的手機，乞丐馬上叫道：

「管了，發包，發包。」

「我給你發。」美女答應著。

「發一百，兩個問題呢，發，發……」乞丐催促道。

「接著了嗎？」美女發了五十塊後問道。

「接了，管了。」乞丐看著手機答道。

美女發了紅包後，就轉身離開了。

「好好，美女，再見。」乞丐收到了錢，高興地對著美女喊道。

這美女前腳走，後腳就走來了一個小夥子。小夥子走到乞丐面前，一言不發，蹲下身子就給錢。

「你這是給多少錢？」乞丐接過錢問道。

「一毛。」小夥子說道。

「一毛，你打發要飯的？」說罷，乞丐打量著小夥子，用手抹了抹自己的臉，又眨了幾下眼睛，然後笑道，「這不是王五？老熟人，你這人真不夠意思，幾年前我在這兒擺攤的時候，你見了都給一百，後來你給五十了，哎，打去年見了你給十塊，早兩天就給一塊了，這今天又給一毛，你這不是克扣人嘛，太不夠意思了。」

「你這個要飯的真不夠義氣，我給你一毛錢還嫌少。早幾年我一個人，有錢我能多給你兩個，現在，前年結的婚，去年又有了小孩，小孩得吃奶粉，哪有閒錢給你？給你一毛錢不少了。」小夥子抱怨道。

「你這不是拿我的錢養活你的老婆、孩子嗎？」乞丐吼道。

眾人聽後大笑。

「克扣人你這是愈來愈少了，一毛錢你拿去，不要你的。」乞丐生氣地說道。

「下回見了你，一毛錢也不給你。」小夥子說罷，扭頭就走。

「喲，下回見了我，我一毛錢都不要你的。」乞丐對著小夥子離開的背影回敬道，「一毛給誰，去死！」

乞丐說罷，把手裡的一毛錢扔了出去。圍觀的人笑了起來，只見一個小女孩去撿起了那枚一毛錢的硬幣。

「這人真不夠意思。」乞丐咬牙切齒地說道。

這時，一輛黑色轎車駛來，一個女人從車裡伸出腳準備下車，乞丐又打起了響竹板，接著一個男的也跟著下了車，下車後，他們一起走向了乞丐。

「牛逼乞丐，怎麼樣？」男的邊看邊道。

「牛逼吧？」乞丐回道。

「你咋牛逼的？」男的先問道，然後男的和女的雙雙在乞丐前蹲下。

「我跟你說，所有你想知道的事情，我都能對答上來，你想要啥給你說啥。」乞丐回答道。

「那我問你個事，人咋能才能升官發財？」男的問道。

「哈，升官發財，我說你信不信？關鍵你的飯局設在哪裡。常言說得好：常給領導吃飯，升官是遲早的事；常給大款吃飯，發財是遲早的事；你常給媳婦睡覺，那厭煩是遲早的事；常跟情人睡覺，腎虛是遲早的事；你要常跟異性吃飯，那上床也是遲早的事。你說我說得對不對？」乞丐娓娓道來。

「說得有道理，來來，給你搞根煙。」男的說罷，就遞上了一支煙。

「我這個人講究，不抽煙，不抽煙，傷肺。」乞丐搖搖手說道。

「不抽煙，這樣，我帶你去喝酒。」男的又道。

「我這個人講究，從來不喝酒，傷胃。」乞丐推託道。

「那，也不喝酒，也不抽煙，這樣，我帶你去打麻將，然後，輸了算我的，贏了算你的。」男的又逗道。

「我這個人從來不賭博，我是個文明的乞丐。」乞丐打趣道。

「要不然這樣吧，我帶你去洗桑拿，『一條龍』服務。」男的繼續調侃道。

「我這乞丐，吃喝嫖賭抽我是樣樣都不沾，還是給錢吧，老闆拿錢。」乞丐催道。

「看見嗎？」男的對著蹲在他旁邊的女人說道，「你整天說我吃喝嫖賭不正混，像這樣的不吸煙、不喝酒、不賭錢還不嫖妓，這樣一個『四好』男人，結局混成啥樣？」

「好好，你朝後幹啥我都不問你了。」女的拍了拍男的肩膀說道。

他們起身就要離開，乞丐連忙叫道：

「哎，老闆，錢！」

「錢，是這樣的，謝謝你，給俺媳婦上了一堂政治課，都給你。」男的說罷，就把從錢包裡取出的幾十元紙幣放到了乞丐的錢罐裡。

「拜拜，慢走。」乞丐給他們送上了一個飛吻。

然後乞丐又拿起響竹板，邊打邊說道：

「可憐，可憐，真可憐，世上都數我可憐，老爺們給點吧，親朋好友們，可憐可憐……」

此時，一個在圍觀的人群中站了很久的小矮人，他看見這乞丐賺錢那麼容易不由心生妒意。小矮人以為乞丐的腳是殘疾，他就打起了乞丐的主意。小矮人兩手插在褲兜內，頭上戴著帽子帽簷向後，他直接走到了乞丐的身旁。乞丐一見小矮人，就立刻停止打手裡的響竹板，睜大著眼睛，對著小矮人說道：

「巨人。」

「大哥，你咋知道我是巨人吶？」小矮人問道。

「我一看就知道，呵呵。」乞丐回道。

「大哥，這是我的地盤。」小矮人舉著一隻手，用拇指朝後面指了指。

「這是公家的地盤，什麼你的地盤？」乞丐反駁道。

「今天生意咋樣？」乞丐故意問道。

「還可以，就要了這些。」乞丐指著錢罐子裡的錢說道。

小矮人看了看錢罐子裡的錢，蹲下身體說道：

「要的不少啊。」

「給點吧，給點吧。」乞丐習慣性地說著。

「你看那邊是啥？」小矮人說著，用手指向遠處。

趁乞丐朝著小矮人手指的方向看時，小矮人迅速地拿走了錢罐子，乞丐回頭發現後大叫道：

「我的錢！」

接著乞丐立馬掀掉覆蓋在他腿上的布，從小滑輪車上起身後直接向小矮人追去，乞丐只追了幾步就逮住了小矮人，然後奪回了他的錢罐子。眾人見此忍不住大笑，小矮人驚訝地問道：

「大哥，你不是瘸子嗎？」

「我不瞞你說，那個瘸子在那上班的，這兩天有點不得勁在醫院看病，我是抵別人的班，以前我是個啞巴。」乞丐抓著小矮人的衣領胡謅道。

「你是啞巴？」小矮人仰著頭問道。

「對。」乞丐答道。

「你現在不啞巴？」小矮人追問道。

「我是扮演的，你敢偷我的錢，給點……我容易嗎？」乞丐說著，一手緊緊地揪著小矮人的衣領說道。

「你在我的地盤上是你的錢嗎？」小矮人繼續爭道。

「我昨天扮這，今天扮那，我不容易知道嗎？我給你說，我一天光化妝費，我扮演這個叫花子費，回來我下了班，我得洗洗澡、捏捏腳，我得花多少錢成本，你倒好來給我端跑了。給兩個，拿來，給點。」乞丐說罷，又怒氣沖沖地對小矮人踢了一腳。

「你敢打我?!」小矮人叫道。

「我打你！我揍你！」乞丐喝道。

「在我的地盤你還敢打我？」小矮人虛張聲勢地說道。

「啥叫你地盤，這是我的地盤，快給點！」乞丐凶神惡煞地對著小矮人喝道。

「給不給？」乞丐凶狠地說著，向小矮人又踢一腳。

「沒錢。」小矮人回道。

「沒錢。」小矮人退了幾步又說道。

「給，掏！」乞丐逼迫地說道，又一把抓住小矮人的衣領。

「兜裡沒錢。」小矮人堅持說道。

「掏！」乞丐繼續逼迫道。

「我找找，沒錢，別亂來。」小矮人被迫把手伸到他的褲兜裡。

「不給我治你！」乞丐威脅道。

小矮人不得已從他的褲兜裡掏出一張紙幣後，又轉過身去背對著乞丐，在紙幣上擤了鼻涕，然後轉回身對乞丐說道：

「給你錢！」

乞丐拿了那張擤有鼻涕的紙幣，怒氣沖沖地又一腳飛向小矮人，斥道：

「滾，讓你給我弄露餡了，弄得瘸子也沒法扮了，我這馬上就得下班，下回我毀你！」

乞丐說罷，就大搖大擺地走回去收拾好自己的行李，然後就得意洋洋地離開了，那些圍觀的眾人也笑著紛紛離散了。

第 2 天

（一）

今天是第二天，輪到我來講第一個故事，一個關於體制內的人物故事。那個叫羅成鋼的央視播音員，每天他在化妝室化好妝走進演播室，便要在鏡頭面前打起精神，呈現出一種最佳狀態。播報新聞時，他總是保持出一種語調平穩、吐字清晰、目光炯炯有神的狀態，這是他多年養成的習慣。僅僅是幾十分鐘的新聞聯播，卻要在所播的條條新聞中，充分彰顯黨和國家領導人高屋建瓴的英明決策和體恤百姓的情懷，還有體現祖國一片欣欣向榮的景象和取得偉大成就的累累碩果；最後是國際新聞，一般總要報導一些西方媒體對政府的不滿和批評。播報完新聞以後，他就可以放鬆一下自己緊張的情緒，也有一種完成了一天重要任務的成就感。畢竟，出鏡對於他來說是人生的頭等大事，是完成黨國的一項重要任務，起到了傳遞中央的精神和輿論引導大眾的職能，也是他自己職業生涯的基石。

之前，他接到了一個重要的採訪任務，採訪對象是一個有著美籍華裔背景的美國駐華大使，這本來就是中國人的驕傲。媒體人採訪西方政要是個技術活，不僅要有一口流利的英文，對當事人的履歷、背景乃至興趣愛好，甚至個人的性格、政治傾向都要有所瞭解，採訪時還要做到收放自如、調動和掌控嘉賓的情緒等，有時還要故意提問一些看似刁鑽實為善意的問題。總之，這要比一本正經地播報新聞聯播難度更大，也是提升節目的檔次、知名度和自我展現的絕佳機會。

面對有著華裔背景的美國大使，羅成鋼沒有像人們事先期待的那樣，可以利用大使的特殊背景展開一些溫馨的提問。據說大使乘坐飛機來華任職時，帶著全家一起坐了經濟艙，這有違於中國人講排場、分等級的氛圍，羅成鋼和大使寒暄後，便來了個出其不意的提問：

「大使先生，您出行坐經濟艙是否有意在提醒美國欠中國的錢？」

「節省開支是美國公務員的一般通行原則。」

大使覺得回答了一個無聊的問題，可羅成鋼對自己提的問題頗為得意，因為無論大使如何回答，都達到了他調侃對方的目的，而使中國的電視觀眾覺得自己的祖國無比強大，充滿了民族自豪感。

大使夫人事後向她的丈夫也提起了這個話題，她向她的丈夫問道：

「這個採訪你的主持人是傻呢還是瘋呢？這些年來中國的經濟高速發展，主要靠的是海外尤其是來自美國的訂單，每年和美國的貿易順差幾千億，現在GDP排名世界第二了，就覺得自己了不起了，可是他們的人均GDP還是相當地少啊，而且大部分財富都被那些權貴們分帳了，你為什麼不反駁他一下？」

大使聽了微微一笑，心平氣和地回答道：

「他們沒有什麼創新，靠的是做牛做馬的民工在血汗工廠從事加工工業所創造外匯，在科技領域不斷盜竊智慧財產權，不知道他們有什麼可以自豪的。接受採訪不是辯論，而是一種精神宴請，飯菜差一點也不用抱怨。」

之後，在一次採訪了韓國總統朴瑾惠後，羅成鋼請求朴瑾惠合影，並索要簽名。當朴瑾惠滿足了他提出的要求後，他的心裡產生了一種征服女性的感覺，無論對方的身分如何高貴，他接著又對朴瑾惠展開了進一步攻勢，說道：

「謝謝您，朴大姐。」

作為女性，又身具總統的職位，有男人的仰慕不足為怪，可她此時面對這個中國人的輕佻感到不快，便直言道：

「你很聰明，但要記住，別把『國家』一詞當成個人欲望的道具。」

其實這位曾是高考狀元出生的年輕人，已經把自己當成了于連式的英雄，征服異性，尤其是征服地位顯赫的女性是他內心深處的意志，此刻他沒有退怯，他進一步請求女總統題詞，他知道她不僅會說中文，而且會書法。

朴瑾惠雖然感到有點無奈，但是對於這個年輕人的執著，她多少有種女人的滿足，畢竟她已經是一個年近六十而且還是一個單身女人，她有點不知所措，出於憐惜之情，女總統有意告誡這個涉世不深而又輕狂的年輕人不要在欲望中迷失人生的方向，最後她在提字中寫道：

「人生在世，只求心安理得就好了。」

得到了朴瑾惠的題詞，羅成鋼感到餘情嫋繞，他甚至恨不得能與這位韓國女總統去一個高級會所幽會。

羅成鋼畢業於北京外交學院，當年他以安徽省合肥市文科高考狀元的成績進入外交學院。在校期間他成績優異，表現積極，又入了黨，畢業後，他放棄了可能成為外交官或中國銀行行政官員的機會，選擇了進入中央電視臺工作。如果說當初他憧憬著新聞事業，那麼，經過這些年的摸爬打滾，他已經充分認識到，這裡不僅是一個新聞機構，同時也是一個黨國的宣傳機構，更是高官的後宮和名利場。有的女主播一夜之間華麗轉身成了政治局常委或政治局委員的年輕夫人，也有的成了富商的妻子，不然就是成為高官的情人或是富人的情婦。總之，沒有一個女主播是等閒之輩。如果說女同事成了《名利場》劇本中的角色，他自己卻成了《紅與黑》劇本裡的角色。

除了播報新聞、做採訪節目，羅成鋼還有一個不為人知的地下工作，那就是應酬那些無所事事的高官夫人。她們首先會邀請他出席一個私人宴請，然後就以商業利益誘惑讓他委身。這份工作看起來很危險，但卻有利可圖。那些個高官早把他們的原配晾到了一邊，也就是在情感上她們被打入了冷宮，可她們大多數不甘寂寞，要麼出來做生意，要麼在社會上做一些自己感興趣的事，當然也會養小白臉。羅成鋼為了發展自己的事業，和令夫人一拍即合。

「小鋼子啊，聽說你前些日採訪了韓國總統朴瑾惠。」令夫人這樣稱呼羅成鋼有她的用意，一方面，慈禧太后稱她身邊的貼身太監李蓮英為「小李子」，這意味著他們之間的主僕關係；另一方面，由於慈禧年紀輕輕就守了寡，所以只能和其他心儀的男人偷情。

「是啊，半島局勢複雜，所以採訪工作意義重大。」羅成鋼回答道，他倒覺得令夫人對他的這種稱呼很親暱。

「在家裡不談政治，她雖然年紀比我大，可看起來還是風韻猶存啊，也難怪你見了她，又是同她合照又是要她題字的。」令夫人帶著醋意說道。

「這些都是客套，走過場。」羅成鋼解釋道。

「小鋼子啊，你在外面做什麼我不想管，你是高才生，如今在新聞界、生意上都混得風生水起的，可你要知道，什麼事都可以做，唯獨不可『越制』，不然的話，就算我是慈禧，也保不了你的。」令夫人開導道。

羅成鋼雖然是個聰明人，可對於令夫人的這番話他並不解其意，還以為這個女人藉機在敲打自己，不要和別的高官夫人有染。隨後，令夫人和羅成鋼一起喝了一點美酒，便一起雲雨了一場。

雖然那些美女主持人個個光鮮亮麗，並有機會成為高官夫人或是情人，不過也有傳出醜聞的。有個主管宣傳的高官，有次在晚宴上突然獸性大發，居然當眾扒光一個美女主持人的衣衫，見到白裡透粉、柔嫩豐滿的乳房，就迫不及待醜態百出地吸吮美女的乳頭；當事人雖然羞愧難當，但也不敢聲張。更有司法部門的高官，為了迎娶年輕的女主持，居然人為地製造一起車禍，使他的原配命喪黃泉。此後，他帶著年輕的美女老婆，到處遊山玩水。他們所到之處，猶如當年乾隆下江南，各地的地方官員極盡能事，提供他們吃喝玩樂。也有知名的女主持人，早就為某高官在美國祕密產子，在海外擁有豪宅和巨額存款，可在電視上亮相的時候，在播完〈我和我的祖國〉的愛國樂曲後，手提話筒，聲情並茂地對著演出孩子們說道：

「當你們聽到這首歌曲的時候，你們要由衷地為自己的祖國感到自豪。」

羅成鋼到訪過世界各地，可他有一個心願就是去北朝鮮訪問一次。北朝鮮的宣傳和播音有些中國特色，反過來說也可以，中國的宣傳和播音有些北朝鮮的特色。金正恩對於羅成鋼來說有一種不可抗拒的魅力，他和自己的年齡差不多，卻是朝鮮人民衷心擁戴的領袖，他覺得一個男人就應當像金正恩那樣令大眾膜拜，無限風光地過一輩子。

那年終於有了一次機會，羅成鋼隨中國新聞界代表團出訪北朝鮮。當金正恩出現在金碧輝煌的大廳裡時，由於金正恩身材魁梧使他在人群中顯得與眾不同。金正恩與來訪的代表團成員一一握手，在金正恩就要走到羅成鋼的面前時，羅成鋼把自己的雙手相握在他的胸前，並神情激動地等待著金正恩和他握手；當金正恩一走到他面前，他立刻將自己的雙手捧握住金正恩伸出的右手，虔誠地把整個身體彎下了幾乎成九十度。在金正恩走到下一個代表團成員身邊時，羅成鋼依然笑容滿面地凝視著金正恩，雙手相握依然放在他的胸口，激動的心情難以平靜。金正恩的隨同人員裡有他的夫人李雪主、他的胞妹金與正和其他政要。在新聞裡，羅成鋼早就看到過這兩個女人，這次短暫的相見，使他熱血澎湃。

雖然他仰慕金正恩，可他卻開始臆想著能和金與正幽會；她尖尖的下巴、苗條的身影，雖然是女流之輩，卻可以傲視群雄。比起這個女人的權勢，連美國總統也算不了什麼，媒體可以肆意攻擊總統，總統的權勢甚至比不上中國的一個村官。他同樣迷戀著金正恩身邊的李雪主，他想起了宋太宗臨幸後唐周皇后的那幅春宮圖《熙陵幸小周后圖》。他想，如果美國人真的斬首了金正恩，自己也許就有機會可以「臨幸」李雪主了，這個舉止得體、容貌似花的年輕皇后。

中朝關係表面上親密無間，暗地裡卻刀光劍影。金正恩犬決其姑父張成澤，是因為他是十足的親中派；不僅如此，他還毒殺了其同父異母的兄長金正男。金正男作為質子長期居住在中國澳門，這是他父親金正日的無奈之舉，由於金正日擔心他的長子金正男被中共澈底掌控，無奈把權力轉交給了他的小兒子金正恩。作為傳統，如果金正恩的政權要獲得中共的支持，金正恩也必須把他的長子作為質子交與中共；可金正恩年輕氣盛，一開始他沒有理會那種所謂的傳統。可在中共眼裡，朝鮮是他的一個藩國，歷代王朝如此，如今也不例外。不過最後為了這個金家王朝受到中國的保護和物資上的支援，金正恩還是妥協了。那年有金正恩的妹妹金與正，親自帶著金正恩的兒子來到中國，他們首先到了杭州，習近平也親自去了杭州，接受了皇太子，還臨幸了年輕的皇妹金與正。就此金正恩有了靠山，北朝鮮就可以肆意製造原子彈和氫彈，美國人也拿他沒辦法。

不久以後，金正恩也親自訪華。當金與正再次見到習近平時，她已經是金正恩的得力助手，在她雙手握住習近平時，她對習近平來了個九十度的鞠躬。巧的是當時羅成鋼正在一個會所通過電視直播看到了這個畫面，他看得津津有味；此時在他身邊的令夫人看在眼裡，令夫人知道習近平曾經對金與正幹了什麼，不過這是絕密，保密是黨的紀律。不一會兒，電視畫面轉到了戲曲頻道，裡面正播放著京劇〈梨花頌〉唱段：

梨花開，帶春雨
梨花落，帶春泥
此生只為一人去
道他君王情也癡情也癡

「小鋼子啊，那個金與正比起朴瑾惠恐怕對你更有吸引力吧，畢竟她年紀和你差不多，也有幾分姿色，還有一股子公主的傲氣。」令夫人說道。

「我上次去朝鮮訪問，在金正恩接見我們時，和她見過一面，她也不會記得我。」羅成鋼回覆道。

「如果她還能記得你，你就『越制』了，會遭殺頭的。」令夫人冷冷地說道。

「你好像以前也說過這樣的話，到底什麼是『越制』呢？」羅成鋼好奇地問道。

「中朝關係淵源已久，當年著名演員金山隨團訪問朝鮮，因為金山和陪同他的金日成的女祕書發生了曖昧關係，結果女祕書被處決了。金山的妻子孫維世因曾在毛澤東訪問蘇聯期間被主席臨幸過，孫維世當時是隨訪問團的俄語翻譯，因為這個原因金山才撿回了一條命。至於金與正，她是皇妹，只有中國的皇帝才有資格臨幸她，你懂嗎？」令夫人對羅成鋼敘述道。

「『習核心』身邊還缺美女嗎？」羅成鋼不解地問道。

「這不是他的口味重、眼光差，這是一種男人雄霸天下的滋味，如果別的男人也有這樣的企圖就是『越制』，你這個文科狀元不會不懂吧？」令夫人解釋道。

「你是說，當今的『習核心』真的……」羅成鋼想問個明白。

「你聽一聽〈梨花頌〉裡的唱詞。〈國際歌〉是在人民大會堂裡唱的，〈我和我的祖國〉是你們電視臺用來感召老百姓的，只有這首〈梨花頌〉，才是中國文化裡的基因。我們都只為一個人活著，一個人的意志活著，懂了嗎？你們央視的新聞聯播還有《人民日報》的內容，都只是為了歌頌和取悅最高領導人，這就是國情。」令夫人陳述道。

「謝謝夫人，成鋼不才，要百煉成鋼還得靠夫人的教誨和提攜。」羅成鋼奉承道。

「看來叫你『小鋼子』是抬舉你了，你不會不知道慈禧身邊的『小李子』是怎樣出人頭地的吧。」令夫人提醒道。

羅成鋼知道慈禧身邊的「小李子」只是個太監，因為得寵雖然最後他的官位升到了二品，可他畢竟是個廢人。羅成鋼滿腦子地把自己當成了《紅與黑》中的于連，于連征服了市長夫人，他想他征服了令夫人，雖然令夫人肥大的肚子和她發黑的乳頭令他感到在床上有一種被對方姦淫的滋味，可令夫人的丈夫的官位可要比市長大多了。因為有了令夫人作為靠山，所以羅成鋼在外面慢慢變得目空一切，他以為自己不僅業務強，而且後臺很硬。

又一場政治風暴席捲而來，這次從政法委書記、軍委副主席、中央辦公廳主任、省市委書記等統統遭到清算。事發的導火索居然是一個市公安局長被一個市委書記打了一個巴掌，情急之下被打的公安局長跑去美國領事館尋求政治庇護，因而揭開了一場未遂的政變陰謀。不久，令夫人受她丈夫的牽連也被關進了牢房，央視的不少美女主播也受牽連而被調查受審，羅成鋼也下了獄成了囚徒，幾乎和于連同樣的下場。至於那些落馬高官的醜聞、遭韓國國會彈劾並下獄的朴瑾惠的結局和羅成鋼的所作所為以及他的下場，都只是成了坊間人們飯後茶餘的談資。

（二）

聽了上面的精彩故事，接下來我要發揮一下，如同根據《水滸傳》裡西門慶的風流韻事而引出的另一部小說《金瓶梅》，給大家講講一個高官落馬的故事。

一輛囚車駛過重慶市的朝陽大道，後面緊跟著一排警車，車上閃著警燈，這場景一看便讓人們覺得警方正在押解一名重犯。

自從新來的市委書記薄一鳴上任後，在市公安局長李軍的堅定配合下，一次大規模的「打黑」行動在全市大張旗鼓地展開了。在呼嘯而過的警車裡，不少是大公司的老闆，這些被捕的企業主，他們的罪名幾乎如出一轍，那就是組織具有黑社會性質的犯罪團體。說來也怪，每當人們看到那些昔日耀武揚威的有頭有面的人物一旦被抓捕下獄，市民們總會感到歡欣鼓舞，好像平日裡的那些令人不滿的生活，只要把那些黑老大統統抓起了，社會的治安就會變好，財富的分配也會公平一些，人們的生活水準才會改善。

除了「打黑」，還要「唱紅」，在市委的帶領下，全是掀起了一股高唱「紅歌」的熱潮，唱的都是那些歌頌共產黨的革命歌曲，像〈沒有共產黨就沒有新中國〉、〈唱支山歌給黨聽〉、〈解放區的天是明亮的天〉、〈讚歌〉、〈毛主席的話記在我們的心坎裡〉、〈紅梅讚〉、〈學習雷鋒好榜樣〉等上百首所謂世紀歌典，許多單位有組織地唱，從企業到部隊，從機關到學校，甚至在監獄裡也不例外。市裡還經常舉辦歌詠比賽，人們的歌唱熱情很高，他們一方面懷舊，同時也是寄託著一種情懷。

此刻，警車裡押解的正是前市公安局長李軍，他曾是赫赫有名的「打黑」英雄，可如今他下獄的罪名除了有收受賄賂，還有就是參加和組織具有黑社會性質的犯罪團體，這是以前公安局一貫為那些被打擊的對象所冠以的罪名。如今，打黑的英雄被打倒了，這讓那些曾經對他恨得咬牙切齒的人算是出了一口惡氣。市委書記薄一鳴對在打黑行動中立下赫赫戰功的手下出重拳的原因令人感到迷惑，李軍下獄後，很快就被處決了。人們為這個前公安局長感到惋惜外，街坊紛紛議論起他被處決的緣由。

隨著昔日「打黑」英雄的隕落，全市的「打黑」風暴也漸漸地平息了下來，只是市民們高唱「紅歌」的熱忱並沒有消退。廣播裡、電視節目中，人們幾乎天天聽到和看到歌唱的文藝節目，那些唱通俗歌曲的歌手也變著法子將那些「革命歌曲」唱出了搖滾味。在那些歌唱演員中年輕的軍旅女歌手可謂風光無比了，在她們表演的節目中，無論是舞臺造型還是排場，可謂氣勢磅礡，加之歌手身著帶有大校或是少將軍銜的軍裝，音樂聲一響起，這風光勁無人匹比。不過人們也知道一些，能夠這樣風光顯赫，她們有著神祕的後臺，不過這些對於市民來說都無關緊要，只要在各公安機關的嚴厲打擊下，社會治安有所改善，黑社會的勢力不再那麼猖獗，人們就感到心滿意足了。市委書記向市民許諾，還市民一個社會秩序良好、孩子有書讀、病人有醫治的美好明天。

市委書記薄一鳴有著紅色的血統，他對他的父輩的賦有傳奇色彩的革命經歷充滿了敬仰之情，同時也對共產黨一貫使用的那種暴力鎮壓運動滿懷激情，當然，他自己平時也喜歡唱些革命歌曲。不過他從小到大，也沒有唱過其他的什麼歌曲，除了他在年輕時唱過的前蘇聯歌曲。當他親自指揮著周圍的群眾一起高唱革命歌曲時，他會沉浸在那種高亢的嘹亮歌聲中，歌唱的群眾揮舞著他們手裡的小國旗，薄書記就會感到他自己是一名將軍，雖然不是指揮衝鋒陷陣，卻也能使萬眾一心聽他的號召。

那次他參加完他父親的追悼會，一走出會場，他就在人群中帶頭唱起了〈國際歌〉，於是大家圍著他一起高唱，他的父輩在戰爭年代中就是在這樣的歌聲中贏得了最後的勝利。還有一次他心血來潮去一個監獄視察，他要求在監獄裡也要唱紅歌，於是犯人們也被集合起來圍坐在地上，在典獄長的帶領下，他們一起歌唱了〈我們是共產主義的接班人〉，那歌聲更是響徹雲霄。

再來講講那個前公安局長，這個「打黑」英雄落馬的緣由。在整個的這場「打黑」運動中，李軍可謂是馬首是瞻，可他萬萬沒想到，自己長期苦心經營的一切，只因他的情人在一次酒後失言中，因得罪了市委書記薄一鳴的情人，竟招惹了殺生之禍。薄書記的情人，她先前只是一個普通的文藝女兵，自從被波書記看上之後，她的軍銜就升為了少將，還經常有機會出國演出，風頭無人可比。至於那位李局長的情人，她本是一個商界的女名人，自從投入了公安局長的懷抱後，從此她在商界呼風喚雨。在一次聯誼會上，這兩個要強的女人喝酒喝過了頭，隨後就彼此鬥起嘴來。

「要說我的男人，正統的『紅二代』，將來還要到中央做領導；你的男人，其實只是我的男人的一個馬仔而已。」女將軍譏諷地說道。

「我的男人雖然沒有你的男人官位高，可他濃眉大眼，還要常常刮鬍鬚；可你的男人，要眉毛沒眉毛，又不長鬍子，倒像個太監。」女商人也不示弱。

「什麼，你敢罵我的男人是太監，我會讓你的男人死無葬身之地！」女將軍聽了大怒，說罷摔杯而去。

「說你怎麼了？也不看看自己是什麼身分來著……」女商人繼續說道。

在場的工作人員見此大驚失色，不知道她們之間為何爭吵；不過他們明白，女商人這回闖了大禍，女將軍是不會放過她的。

自從女將軍有了市委書記作為依靠以後，無論是軍界、文藝界還是商界，哪個不買她的帳？別人見了她，討好巴結都來不及，哪有敢頂撞的，更何況還敢在大庭廣眾侮辱她的男人？他是當今的市委書記，也是未來的中央領導。

事後，女商人也後悔自己酒後失言，生怕女將軍在市委書記那裡告狀，不僅自己的男人地位不保，自己的商業利益也會受損。於是，女商人主動向女將軍賠不是。

「大家姐妹一場，請將軍不要計較我酒後的胡言亂語，以後給將軍當面叩頭謝罪。」女商人在電話裡賠罪道。

「怎麼，服輸了？害怕了？生意場上的人我見得多了，哪個不是削尖了腦門伺候我們軍界的、政界的？如果你衝著自己有幾個錢，就不把我放在眼裡也就罷了，連薄書記你也敢罵，看來你真的是活膩了。」女將軍怒氣未消。

「我心裡也是很敬仰薄書記的，他雄才大略，將來是我們國家的領導人。在電視裡我也經常觀看你的演出，實在是美輪美奐。」女商人說著，希望對方消消氣。

「少來這一套。常言道『酒後出真言』，你就等著為你的男人收屍吧。」女將軍不依不饒。

女商人自知世態炎涼，靠自己難以收拾這個局面，她不得不向李軍說了事情的原委。李軍聽後大驚失色，知道他的情人闖下了大禍，連連哀歎道：

「這下完了，這下完了。」

見李軍聽後如此恐慌，女商人寬慰地說道：

「最多你也不要做這個官了，我們一起搞搞生意，一樣可以過得不錯。」

「你不懂啊，薄一鳴這個人，表面上看起來挺豪情仗義的，可他骨子裡是個雞腸鼠肚、睚眥必報的人，對於得罪過他的人，他是永遠不會放過的。」李軍說道。

「都是我不好，闖下了大禍，那現在我們怎麼辦？」女商人不安地問道。

「過幾天他兒子要過生日，弄一輛名貴的跑車送給他兒子，順便讓這孩子為我們求求情。」李軍無奈地說道。

「那樣有用嗎？一輛名貴的跑車要花幾百萬呢。」女商人有點心痛地說道。

「現在只有死馬當活馬醫了，如果他這次不放過我們，我也讓他不得好死，我手裡有他的老婆殺人滅口的證據，還有他指使手下的人販賣從異己人士身上活摘的器官等罪狀，你把這些材料保管好，一旦薄一鳴對我先動手，你就把這些材料在海外的媒體公佈，到時候來個魚死網破。」李軍說道。

就像李軍預料的那樣，雖然他做了種種努力，一切還是無濟於事。不久，李軍就被捕入獄。薄一鳴要對李軍痛下殺手，不僅僅是女商人的酒後失言，還有李軍掌握了許多他的黑材料，為了保全自己以後能順利晉升到中央，所以薄一鳴就趁此機會動手了。為了羅列李軍的罪證，公安人員就逮捕了女商人。在開始的審訊中，女商人什麼也不說，為了儘快取得有價值的犯罪證據，審訊人員開始對女商人展開心理戰。

「你只要澈底交代出李軍的問題，你自己才會有出路啊。」一個審訊人員說道。

「我真的沒有什麼好交代的，我是個做生意的，他是個當官的，彼此就是關係比較好而已。」女商人回道。

「看來你是不想配合我們的工作了，你和他混了這麼久，會不知道他的那些底細？」另一個審訊人員提問道。

「那麼你們到底要我說些什麼呢？說他收受賄賂、貪污腐化還是謀財害命？他可是人們心目中的『打黑』英雄，是你們薄書記的紅人啊，也是你們過去的領導，不是嗎？」女商人質問道。

「誰讓你說這些廢話了？老實告訴你，只要是你進來了，你想交代也得交代，不想交代也得交代，就是死在這裡，最多也是『畏罪自殺』。到時，我們照樣可以得到我們所需要的材料。」審訊人員大聲威脅道。

「不就是得罪了那個女人嘛？要關關我好了，和李軍無關，我一人做事一人當。」女商人哭著說道。

「看來你還挺講義氣的，哎，可惜了，那姓李的可從來沒有把你當一回事啊，你以為她真的會娶你？利用你斂財罷了。老實告訴你，他在外面還包養著別的女人呢。」審訊者開始誘供。

「其他女人，哪個女人？我不相信。要不是出來這件事，我和他就快結婚了。」女商人繼續哭泣道。

「這樣吧，我們做個交易，我們拿出他在外面胡搞的證據給你看，你把他貪污受賄的事實交代出來，這樣總可以了吧？」審訊的說著，互相對看了一眼。

很快，刑偵科就通過技術手段，把男女廝混的照片通過移花接木，換上了李軍的頭像。當審訊人員把這樣一疊照片向女商人展示時，她的情緒立刻就崩潰了，她真的以為李軍一直在欺騙和玩弄她，她一口氣道出了許多有關李軍收受賄賂的事件。有了這些第一手材料，李軍很快就被判了死刑。

後來，女商人得知那些照片來歷的真相後，她悔恨不已，並陷入了深深的自責之中，她決心要為她的男人報仇。大約在李軍被處決一年後，薄一鳴正躊躇滿志地準備接任下一屆中央政治局常委時，由於他參與的一起未遂政變，最後薄一鳴也遭審查，最後被判刑入獄。那個曾風光無限的女將軍歌唱家，更是像人間蒸發一般，是死死活，沒有人知道她的下落。

（三）

在中國有兩個高危職業，一個是底層的煤礦工人，另一個卻是高層的政治人物。底層的煤礦工人，他們在地下幾百米的深井作業，如果遇到瓦斯爆炸或是地下滲水，悲劇就發生了；中國是世界上煤礦深井事故最多、死亡人數最多的國家。高層的政治人物，只要站錯隊，或是被懷疑圖謀不軌，就會被清除，不僅自己鋃鐺入獄，家屬也要受牽連。自中共有史以來，僅僅是最高層的政治局常委中，就有一半以上的人要麼叛逃，要麼鋃鐺入獄，要麼死於非命。

接下來，我也給大家講講一個新上任的市委書記的故事。話說前任市長是工程院士出生，年輕時曾留學德國，是個治學嚴謹的科學家。自從他被調任領導崗位，像所有懷有抱負的知識分子一樣，一心想著為民請命，做一個對得起天下百姓的父母官。市委書記卻整天想著自己的政績和個人的未來，他注重城市建設和投資專案，在他的心目中，只要經濟搞好了，就萬事大吉了。可市長卻有自己的想法，借鑑國外的理念，他認為，要把一個城市治理好，首先要搞好人文建設，要維護社會的公平和正義，尤其要做好對弱勢群體的生活保障。由於出發點不同，在人事安排方面也有很大的差別。對於市委書記來說，個人的能力大小沒有關係，關鍵要聽話，要按照領導的意圖辦事，哪怕貪點小便宜、撒點謊話也沒關係。市長喜歡那些有同情心和富有正義感的人，就是脾氣差一點也沒關係，不須奉承拍馬，但要有真才實幹。這樣一來，市委書記對市長愈來愈不滿，開始他只是在會議上不點名批評，可市長根本就不理睬他，漸漸地他們的矛盾愈來愈深。最後，市委書記到省裡告狀，省長倒也俐落，一下子把兩個部下都調離，市委書記調到省裡，市長調到其他部門做領導。這樣一來，原來的馬副市長連跳兩級，做了幾個月的代理市長後，就又被任命為市委書記。

馬書記大喜過望，沒想到自己這麼快就做上了堂堂的市委書記。他上任沒多久，就想著要建一幢豪華的辦公大樓，他曾去北京開過會，這天安門城樓的氣勢使他念念不忘，他想著自己為什麼不選一塊風水寶地，在辦公大樓前，仿照天安門城樓，也建一座城樓，那該多有氣派。一想到此，馬書記就激動得睡不好覺，他整天想著，將來等新的辦公大樓建成了，自己每天進進出出，感覺就像從前的皇上一樣，再招一群美女做自己的後宮佳麗，這輩子才算沒白活。

上任不久，馬書記就請來了一個風水大師，在城裡近郊的幾個依山傍水的地方選址，最後選好了一處風水寶地，就開始了他的建設規劃。風水大師還告訴馬市長，他的官運並沒有止步，等這個宮廷一般的建築樓群建好以後，還要「采處」，即只有破了一百個處女之身之後，他的官運才得以亨通。為了儘快完成建造辦公大樓，由於日夜操勞，一天馬書記突然感到胸口不太舒服，很快，他就住進了「高幹病房」。當一個四十出頭的女護士為馬書記打點滴時，他就立馬不安分起來，他左手輸著液，竟用右手三兩下輕鬆地解開了護士的白大褂紐扣。在那護士成了馬書記的情人後，那護士便求馬書記為她的剛畢業還在家待業的女兒安排工作；她不慎把自己的女兒送入了「虎口」，可憐的姑娘，馬書記一年之中兩次使她懷孕墮胎。為了平息情人護士，不久她就被調到有線電視臺當文藝部主任。

兩年以後，這個耗盡無數錢財的一個山寨版的天安門城樓和圍繞著城樓的一幢幢樓群在半山腰上突兀而出。馬書記拜了山神之後，就急急忙忙地遷入了這別具一格的辦公大樓。可是，在他的心裡還急需處理兩件事：其一是「采處」，這件事想起來就令他欣喜，既可以一次次地玩弄處女，又可以保佑自己官場通暢；其二就是縈繞在他心頭多年的怎樣除掉他的「糟糠」，由於她的存在，馬書記做什麼事都要偷偷摸摸，而且還要防止她的翻臉舉報。馬書記想好了，人生苦短，做什麼事就要抓緊時間，不能拖拉。於是，一方面，他佈置給下級為他提供處女的任務；另一方面，他開始策畫一起車禍，除掉他的這個名存實亡的老婆。

說實話現在到外面成年的處女不好找，更何況還要找一百個，於是馬書記的一個部下想到了去學校找。在學校處女好找，只要先打通學校的校長，每次帶幾個女生出去，一段時間下來這事就幹成了。雷區長很快找到了一個小學的劉校長，說明了來意，他們一拍即合。於是，每過一段時期，就有幾個官員出身的成年人，堂而皇之地帶著幾個學生模樣的女孩子進入賓館開房。

殺妻需要製造一起嚴重的交通事故，而且要做得天衣無縫。為了這次行動，馬市長模擬了幾個草案。他開始還有些思想鬥爭，可一見到他妻子老去的模樣，再想想自己身邊的年輕女人，他感到實在是受不了他妻子現在的這種「鬼樣」。為了說服手下，他說他自己這樣做也是不得已，因為他妻子手裡掌握了他的許多材料，並曾揚言，如果他要提出離婚，就去中紀委告狀，所以，殺妻也是萬不得已。當然，製造一起車禍是最好的一種選擇，但必須一次成功，如果未遂，以後就很難再下手了。為了確保一次成功，馬書記手下的人策畫好在馬書記的妻子的車底下安裝一顆可以引爆的炸彈。

這天上午，暗殺的行動開始了。馬書記在他的山寨天安門城樓裡焦急不安地等待著消息。他不禁回憶起他和他妻子剛剛結婚的那些個歲月，那是他才三十出頭，還是一個幾乎一無所有的人，可是她並沒有嫌棄自己，也沒用像其他的女人那樣總喜歡和別人比，只是認為憑自己的勞動，生活總會過得去的。馬市長感到他的妻子心地善良，就和她結了婚。自從和他的妻子結婚以後，他的官運就變得順暢起來，從一個小小的鎮幹部一路升遷，就連他自己做夢也沒有想到，如今他做了市委書記，一個地方上的土皇帝，還建造了自己的行宮。這一切，自己的這個妻子也算是「旺夫」之命，如果這些年沒有她的任勞任怨，自己的仕途也不會這麼順風順水。馬書記感到如今自己到了非要除掉她不可的地步，也是出於無奈，現在自己這麼有權勢，年齡又五十好幾了，不能枉費了自己的一生，人的生命是短暫的，官場上就更是變幻莫測了。

到了中午時分，一個他手下的人來報告消息了。

「怎麼樣？」一見到他的手下，他就驚慌地問道。

「在中山環路上，發生了一起嚴重的車禍，不幸的是夫人在車禍中喪生了，事發現場好像還出現了爆炸的情況。」他的下屬裝腔作勢地向他報告。

「廢物！」他打了他手下一個耳光，然後說道，「車怎麼會爆炸的，叫人馬上封鎖現場，並澈底把事情弄得乾乾淨淨。」

手下捂了捂自己被打的臉，心想，這下好了，被打後就會馬上得到升遷，這是慣例。於是，他繼續說道：

「派出去的人正是這樣做的，現在現場已經被清理乾淨，就是一起再普通不過的交通事故。」

馬書記聽了，且喜且悲，他含著眼淚又對他的手下說道：

「辛苦你們了，我會節哀順變的。再去現場指揮一下，不要有什麼疏忽的細節。你的職位我會儘快幫你重新安排的，人總不能老是在原地踏步走。」

手下領了命，滿懷喜悅地走了。

馬書記此時站在城樓上，眼觀遠方，雖然有點內疚，可在心裡的一塊石頭總算落了地。他想著，自己這輩子註定是要成就一番大事業的，也算上對得起祖宗，下對得起子孫。又想著怎樣為自己的妻子舉行一個隆重的葬禮，也算對得起他們夫妻一場。

在他的妻子死後不久，馬書記就娶了一個本地電視臺的女主播，年齡小他整整三十歲。這個女主播早就是他心目中的女神，是他多年暗自愛慕的偶像，本來這只是一個他心裡的意淫，如今居然成了現實。起初在他剛剛被任命為市委書記時，在他的內心深處就預謀好了，有機會一定要把那個女主播弄到手，和她一起在自己的行宮裡徜徉。如今，馬書記的這個夢想終於實現了，他現在就等著有朝一日自己能夠在官位上「更上一層樓」了。

娶到了女主播後，馬書記就帶著他的女人馬不停蹄地去世界各地到處遊山玩水，購買了數不清的時尚物品。馬書記還得意忘形地對他的小女人說道：

「我的愛妃，當初我建這個行宮就是為了和你共享榮華啊！現在我像個封地上的大王，也擁有了宮殿、美女和無數的金銀財寶，你說，人這輩子還有什麼可以再求的呢？」

「我的大王陛下，小女跟著您享受榮華富貴，受寵若驚，若有不慎，舉止行為有失體統，還請陛下多多包涵。」女主播撒嬌地說道。

由於地方上長期強拆徵地開發房地產，又一味地招商引資，加之官員的貪污腐化，導致民不聊生，社會治安愈來愈差，環境污染日益嚴重。人們看到市政府大樓建得如此氣派，官員對百姓的訴求從來不聞不問，於是導致不斷有人「上訪」告狀，引發的抗爭事件頻頻不斷。馬書記決定加大管制力度，對「上訪」的一律採取截訪、拘留，對抗爭的一律抓捕、下獄。

馬書記的小舅子陸永勝早已對馬書記心懷不滿，對他的所作所為看在眼裡、恨在心裡。出事那天，消防隊第一時間就趕到了現場，而陸永勝是消防局的一個負責人，在得知死者是他的姐姐後，他心裡揣測這是一起有預謀的謀殺。為了銷毀證據，死者的屍體很快就被火化，燒毀的車輛也不見了蹤影。不過陸永勝當晚以調查事故為由，親自帶人在事發地點的周圍採樣取證，他收集了被燒焦的瀝青、旁邊的樹枝以及清理場地時殘留的污水。最後在被燒焦的瀝青中發現了有TNT爆炸物的殘留物。在得到了確鑿的殺人證據後，由於市政法委系統都是馬書記的手下和親信，所以雖然有了證據也不敢輕易拿出來，因為很可能訴訟不成反被滅口，所以他不得不向一個無路可走的「訪民」那樣，走「上訪」的道路。陸永勝把收集的證據直接交到了省公安局後，就像他擔心的那樣，這個案子就一直被壓了下來，沒有一個法官願意去接這種草民告官的案子，所以這樁官司基本上處於一種不了了之的狀態。

大約兩年後，由於中央的權力角逐，一個省長遭到了中紀委的查處，馬市長隨後就被「雙規」了，即在規定的事件和規定的地點交代自己的問題。不久，馬書記用製造車禍殺害他妻子的事件也被暴露出來。就在馬書記被收押期間，他最放心不下的就是他的愛姬，因為受自己的牽連，她也會身敗名裂，弄不好也會坐牢，況且，他們倆還有一個剛出生不久的女兒。就在馬市長萬般糾結的時候，他的女人很快向他提出了離婚的要求，雖然也是預料之中的事，卻還是令他感到世態炎涼，以前所發生的一切，這不過是黃粱一夢。

不久，一輛警車開到了女主播的家裡，她被幾個穿便衣的人帶走了。此時，她神情茫然，身邊只有她的母親，哭泣著攙扶這垂頭喪氣的女兒……

（四）

《紅樓夢》裡說道：「金滿箱、銀滿箱，展眼乞丐人皆謗。」中國的體制造就貪官污吏，而他們又往往私欲過於膨脹，最後落得了可悲的下場。下面我來說說一個高官潛逃國外的故事。

當嚴嵩第一眼看到楊小蘭時，他就被這個長得水靈靈的南方姑娘迷住了，他似乎對楊小蘭愈看愈著迷，幾乎到了不可自拔的地步；雖然他見過的美女不少，可沒有一個有像楊小蘭那樣有一種豔壓群芳的美豔或者說氣場，致使像嚴嵩這樣的官僚，也像一個少年那樣，對楊小蘭沉浸在自己的迷幻之中。他想像著和他和楊小蘭一起到一個人煙稀少的國度，過著世外桃源的生活。說實話，身為副省長的嚴嵩，深諳官場的爾虞我詐，每天忙著各自利益的分配，個個都在貪污受賄、包養情婦，可畢竟官場黑暗險惡，沒準哪一天，自己就會遭人暗算。於是，他心裡早有撈一把就開溜的打算。所以見到了楊小蘭，他就情不自禁地沉迷到了自己的美夢之中。

雖然嚴嵩有種危機感，可他還要堅持頂著，他的名譽地位和生活來源，所有的奢侈享樂，都離不開官場這條賊船；他要贍養前妻和他們的孩子，還有現在的老婆和孩子。自從遇到了楊小蘭，他心裡就有了新的期盼。可嚴嵩也擔心，像楊小蘭這樣美豔風流的女子，現在憑自己的權勢要拴住這個小美人並不困難，可再過十年，她依舊風韻楚楚，可自己已經無權無勢，而且還會變得老態，到那時，她還會心甘情願地跟著自己嗎？所以要不要為她捨棄一切，嚴嵩的內心很是糾結。不過，他還是敵不過誘惑，他想先包養楊小蘭幾年，走一步算一步，暫時先不拋棄自己現在的老婆，跟她混一輩子人生也不算太壞，畢竟人家是頭婚，還為自己生了個孩子，自己這些年累積的財富，也夠輕輕鬆鬆地過一輩子了。可是要是選擇了楊小蘭，情況就大不一樣了，那些演藝界的名女人，她們的開銷高得離譜，自己累積的財富，比起那些貪得多的，只能算是小打小鬧，根本不夠讓楊小蘭過上豪門一般的生活。嚴嵩打算在官場再堅持幹上三五年的，再聚斂更多的財富，這樣才能讓楊小蘭過上她所想要的那種生活。

嚴嵩總是想著法子和楊小蘭去賓館偷偷幽會，雖然他對楊小蘭一見傾心，可他明白自己現在只是花錢買享受，也不指望這樣年紀輕輕的美女會真的愛上自己；不過他還是本能地對楊小蘭花言巧語，只想能夠在床上瘋狂地做愛。在和楊小蘭相歡的時刻，嚴嵩真的好想永遠占有這個女人，和她一起共度餘生。雖然他的性能力已經不如從前了，頭上的白髮也愈來愈多，每天還要吃些降壓片。隨著時間的推移，他對自己的老婆已經愈來愈沒有興致了；應了那句老話，所謂：「妻不如妾，妾不如偷。」他還利用職務之便收受賄款，然後給楊小蘭購買了豪宅、豪車，還有大量的金銀首飾。

雖然嚴嵩在私底下抱怨這個體制所帶來的種種弊端，可他明白自己也是這個體制的受益者。由於他這些年的精心鑽營，他才爬到了如今的這個位子上。他對上司的態度一直採取「六字」方針，即「同意、解釋、表演」。對上司的任何計畫和意圖，在聽取了報告後，不管心裡有多麼不贊同，首先要表示服從；在表明了服從的態度後，然後就要對外說明這些方案和意見的合理性，即使下面的人和他一樣有意見，最多也只是在私底下發發牢騷，一旦回到工作層面，就要積極展開各方面的工作，完成領導的意圖。這樣，他的官位保住了，利益分配自然也有他的一份。

俗話說：「貴易交，富易妻。」如果不是得益於某領導的賞識和提攜，嚴嵩這輩子基本上就是和平常人一樣，娶妻生子，一輩子守著一個女人，沒沒無聞地度過一生。他覺得命運還是眷顧他的，他能夠從一個農村的孩子混上了正部級幹部的高位，而且聚斂了上億的財富，如今又有心目中的女神陪伴在自己的身邊，無論如何，自己這輩子既幸運又成功。當然，在官場時常令人感到如履薄冰、心驚肉跳，無法確定自己的未來的走向是什麼，是繼續聚斂財富，到了退下以後，和自己這個心愛的小女人度完餘生？或是受牽連被告發下臺，甚至鋃鐺入獄？到底結局如何，還是一個未知數。

隨著中央新一屆的領導人上任，那些舊領導的部下往往成了被清算的對象，嚴嵩也在為自己留一條後路，萬一局勢對他不利，「三十六計，走為上計」。

隨著對官員查處的風聲愈來愈緊，嚴嵩開始籌畫自己逃亡的路線，這是在他心裡醞釀已久的計畫。雖然以前也有過出逃的計畫，不過最後有所緩和，所以他還是留守在自己的工作崗位上。自從他迷上了楊小蘭之後，他一方面繼續斂財，另一方面時刻準備帶著情人出逃。不過，他明白，出逃以後，自己就得隱姓埋名，手上的錢再多，也會坐吃山空的。他算了一筆帳，手裡的錢折合成澳幣，到海外賣一棟豪宅，自己留一部分，其餘的都放在楊小蘭的帳戶下，這樣，這個小女人就可以安心地和自己過日子了，就算她讓她的父母一起去海外養老，也是沒有問題的。當然，自己手裡的錢，要給自己的前妻和兒子留一部分，讓他們母子平平安安地度過一輩子；還有現在的妻子和女兒，也同樣要讓他們母女一輩子不愁花錢。至於今後到底需要多少錢才能滿足自己和楊小蘭在海外一輩子的開銷，以及在他自己死後留給楊小蘭多少遺產，他自己心裡也沒有底，不過那肯定不會是一筆小數目。

「寶貝，現在外面風聲很緊，一大批高官遭到整肅，我也要跑，不然說不定會在監獄裡度過一輩子的。」嚴嵩光著膀子摟著他的情人說道。

「那我怎麼辦？你跑了，他們就會調查我，我也會坐牢的，我可不想坐牢……」楊小蘭哭訴道。

「我當然想帶著你一起跑，怕你不願意，你爸媽就你一個孩子。」嚴嵩解釋道。

「我們得趕緊準備好，來不及轉移的財產，可先由我父母保管。」楊小蘭盤算道。

他們倆緊緊地依偎在一起，似乎命運讓他們永遠不能分離。

做好了逃離的準備後，為了掩人耳目，嚴嵩向他的祕書安排了工作計畫，有事讓他自行處理，不必請示。祕書雖然口上答應，可他心裡直打鼓，許多重大事情，他哪裡做得了主？在嚴嵩離開後的開始幾天，他的祕書還能勉強應對各種事物，後來，他實在招架不住了，又聯繫不上自己的主人，就在他焦頭爛額之際，忽然聽說自己的主人攜鉅款和一個女人跑到海外去了。這晴天霹靂的消息，使每一個人感到震驚。不過，慢慢地別人也想明白了，畢竟，這種事情也並非個案；只是把他身邊的人害苦了，該抓的抓，該降級的降級，一個人犯了事，會牽涉到他身邊許多的人。

初到國外，由於語言不通，又舉目無親，於是嚴嵩就聯繫上了以前的一個熟人叫永根的，算起來他還是嚴嵩的一個老部下，早年他通過商務簽證來到澳洲，後來通過和一個做妓女的結了婚才有了居留權。由於永根在大陸時就養成了好逸惡勞的習性，到了澳洲雖然在餐館做幫工，可平時花錢又大手大腳，還沾毒好賭，生活潦倒可想而知。眼下看到有大陸來的官員向他投靠，又知道嚴嵩的一些底細，永根立馬打起了他的主意——他做官做到他這個份上，手裡哪有不貪上幾億、幾十億的？於是，等永根幫嚴嵩和他的女人安排好了臨時住處，就開始向他們提要求了。

「老首長啊，你老真是會享福啊。不像我這樣的人，處境潦倒啊。我近來想在中國城開個地下賭場，需要投入一筆錢，你看能不能轉些資金給我，等將來盈利了再全數還你。當然，你也可以考慮成為我的合夥人。」永根在電話裡這樣提出。

「老弟啊，我初來乍到多虧了你的安排，以後的日子還會有求於你。至於你想借錢開賭場，不瞞你說，這次出來走得很匆忙，身上帶的錢恐怕買一套房子的錢都不夠，不過我先給你幾萬周轉一下。到了海外，我只想太太平平地過日子，不想再折騰自己了，已經折騰了大半輩子了。」嚴嵩半推半就地說道。

「常言道：『瘦死的駱駝比馬肥。』誰不知道你們的錢來得又快又容易，我只是向你借而已，又不會不還。況且，我手下還有幾十個兄弟跟著我混飯吃，平時收點保護費自然不在話下。當然，我也可以保護你的人生安全，只是如今我也年紀不小了，也要給自己留條後路。你也一樣，到了外面，不比在國內，一定要明白破財消災這個道理。」永根威脅道。

「那你到底需要多少錢周轉？」嚴嵩明白來者不善。

「開個賭場要租個大場地，而且還是在中國城，還要打理黑白兩道上的人，這樣算下來，五百萬怎麼樣？」對方在電話裡慢條斯理地說道。

嚴嵩聽了，頓時腦袋一炸，心裡又氣又急，要錢，一開口就是五百萬澳幣，又說他們是黑社會的，自己才剛逃出來，驚魂未定，又人生地不熟，現在又遭人勒索。雖然嚴嵩手裡有不少資產，可大都屬於不動產，而且在出逃之前都已分別轉入了親朋好友的名下，就算有些金銀財寶，大都也留在了國內的祕密地點，身上可支配的錢財很有限，於是就討價還價答應先給人家兩百萬，餘額以後再補上。

為了掩人耳目，嚴嵩不得不搬去了郊外的一個隱祕處，和楊小蘭一起，過上了所謂世外桃源的生活。可是楊小蘭畢竟還很年輕，生性風流又愛交際，雖然眼下生活無憂，可時間一久哪裡耐得住這種寂寞？雖然通過祕密管道，不斷有錢財從中國進來，可面對盡顯老態又無權無勢的嚴嵩，又整天無所事事，加之對國內親人的思念，楊小蘭在心裡籌畫自己的未來，並開始不斷在她自己的帳戶上存錢，把從國內弄來的錢又悄悄地通過她自己的帳號再轉出去。等她弄到了一大筆錢後，在永根的帶領下，又偷偷地離開了澳洲，然後去巴拿馬買了一本護照，再以華僑的身分回到了國內。期間，楊小蘭不僅給了永根一大筆錢，還一路包攬所有的開銷並陪吃陪睡。

自從嚴嵩潛逃以後，他的兒子就先被抓了起來並被判了幾年的徒刑，他的第二任妻子也被拘押審查，而楊小蘭攜款而逃後，嚴嵩的身體狀況就日趨漸下，更有什麼高血壓、心臟病一直纏繞著他。他時常還念起他的前任妻子和孩子，他自己也弄不明白自己的生活為什麼最終會落入這樣的境地，不過比起以前那些坐牢的同僚，他還是為自己感到欣慰的。

一轉眼十年的時光過去了，如今，他已年逾古稀，一個人孤苦伶仃地生活著，從前貪來的鉅款，被人騙的騙、拿的拿，也沒有人再願意和他保持聯繫。現在，只有當地的醫療機構派出的看護人，會定期地來照看他一下。他每天基本上就是一個人長時間地呆呆地坐在家門口，看著來來往往的路人，回想著自己的人生經歷過的歲月和往事。他想他的人生就像從《荷馬史詩》裡描寫的奧德賽的奇遇最後演繹成莎士比亞戲劇中李爾王的悲劇……

(五)

據說三國時期魏國大將軍司馬懿在他年老病重躺在床上時，他的結髮之妻聞訊後心急如焚地趕到了他的臥榻前，看見自己的丈夫滿臉病容、呼吸不暢一副病怏怏的樣子，便責怪他身邊的小妾照顧不周，就不由得泣不成聲。可醒來後的司馬懿，睜眼一看是自己又老又醜的妻子，便生氣地說道：「我已病得不輕，你這鬼樣又來嚇唬我！」看著她丈夫身邊年輕貌美的小妾，不由傷心地扭頭哭著離開了……

再來說說前中共中央總書記江澤民，整天面對歪著脖子的又老又醜的老婆，他也懶得多瞅她一眼。不過，一想到那個央視女主播和那個女歌唱演員這兩個地下情人，他的心裡總是美滋滋的。他出國訪問時，就有這個女主持作為隨行記者同行，平時在中南海的居所，就有女歌唱演員手持紅牌通行證來和他幽會。比起當年毛澤東身邊的女祕書和女護士，一點也不差。江澤民當年能夠入駐中南海，也算是天賜良機。由於「八九」民運遭鎮壓後，同情學生運動的中共總書記也隨之被「老人幫」趕下臺，時任上海市委書記的江澤民被匆匆調往北京擔任中共總書記。這樣的安排，當然會引起許多其他中央官員的不服和內心的抗拒，尤其是時任北京市委書記的陳希同，由於他當時的一時怠慢，導致了他後來的被捕入獄，他的下屬最後也飲彈自盡。至於江澤民被調任為新的中央總書記的緣由，據說主要是因為在上海的學潮運動中，作為市委書記的他，及時有效地掌控了輿論，並封殺了幾家政治上不可靠的報紙，這是他的政治資本，還有就是坊間傳說他被時任國家主席的李先念的欽點。

那年國家主席帶著他的年輕女人到處遊山玩水，到了上海後，得到了時任市委書記的江澤民最上乘的招待。那天晚上天氣突變，雷聲隆隆，風雨交加，忽然，國家主席所住的賓館斷電了，市委書記立刻派人在國家主席所住的套間裡點上了許多洋蠟燭，房間裡頓時充滿了溫馨、浪漫和祥和的氣氛，這年輕的女人一開心，年已遲暮的國家主席更是心境大好，感覺比人在北京城無拘無束多了。那天又正時逢小女人的二十七歲生日，市委書記聞訊後，又立馬組織人員去一家知名的高級飯店定製大蛋糕，不到一個時辰，生日蛋糕和成千上百的玫瑰花送到了。當然，這件事，為市委書記以後上調成為黨的總書記留下了契機。讀過《紅樓夢》的人都不會忘記賈雨村中舉做官後就把他誤以為紅塵知己的別人家的一個丫鬟收為了他的小妾，詩云：「偶然一回頭，便為人上人。」

任人唯親是中國官場的操作模式，古代從進士、舉人中委任政府官員，科舉制度被取消後，近代中國又沒有走上真正的民主憲政，所以選拔官員就只有靠上司提拔這條路了。這樣，人才遭排擠、奴才被重用的境況就不可避免了。在國家最高領導人的班子中，政治局常委兼政法委書記周永康可謂是權傾一時，這個年逾花甲的政法委書記，在他上任後不久，就把一個年輕漂亮的央視女主播抱回了家，把結髮之妻打入冷宮。縱觀中共高官的情史，當年革命成功後，城裡的女人很快取代了鄉下的老婆。

周永康娶了他新的嬌妻之後，帶著她到處遊山玩水，所到之處，當地的官員無不竭盡全力加以奉承，勢同當年的乾隆下江南。這種夫貴妻榮的風光，引得其他的女主持同僚望塵莫及，就連已經結了婚的有夫之婦，也想千方百計地委身於他。雖然周永康有了新歡，可對於其他投懷送抱的女人也是來者不拒。有一個央視女主持，因為她的丈夫在生意場上受挫，這個女主持想到了同事嫁給了政法委書記，於是她求助於周永康。周永康把這事交給了他的一個祕書去辦，人家一個電話，就把那個女主持的丈夫在生意上給搞活了，並在銀行得到了巨額貸款。不過這個女主持並不就此甘休，她看到了權力的魅力，她想從她的女同事身邊爭奪周永康，便以身相許，而周永康自然樂在其中。

政治局委員兼重慶市委書記薄熙來也非等閒之輩，雖然他是「紅二代」，是靠他的老子的庇護成了一個政府高官。據說他在學生時代，曾一腳踹斷了他父親的兩根肋骨，當年他父親遭到了黨內的整肅，他就和他的父親劃清了界線，並把他的父親視作階級敵人。直到毛澤東死後，他的父親才又恢復了黨內的職務，此後，薄熙來也從一個革命群眾逐漸變成了一個省部級官員。

再說前北京市委書記陳希同，他不滿江澤民從上海市委書記一躍成為中共的總書記，又看不慣江澤民的所作所為，便私下收羅了一些有關江澤民黑材料，交到了幕後的最高掌權者鄧小平那裡。鄧小平看了那些材料，也沒用採取什麼行動，只是委託元老薄一波去處理。薄一波對這個從上海調來做總書記的江澤民也沒有什麼好感，只要他做進一步調查，確認那些控告江澤民的黑材料屬實，那麼江澤民的命運基本上就是他的官職被罷免。可薄一波眉頭一皺計上心來，他想這是一個天賜的契機，他的兒子薄熙來在官場上將來的仕途並不明朗，自己已經老了，只要此次庇護江澤民，將來他兒子薄熙來就有飛黃騰達的機會。這樣一算計，薄一波把陳希同告江澤民的黑材料直接交到了江澤民手上，江澤民一看大驚失色，又羞愧難當。薄一波寬慰道：

「我最不喜歡背地裡搞這樣的黑材料，當年我也是這樣遭人誣陷，鄧大人把這件事交託給我，你看這事怎麼辦？」

「澤民不才，工作有誤，初來乍到又遭人嫉恨，還請薄老指點迷津，幫助澤民渡過難關，將來有機會必定知恩圖報，委以令公子重任，也是為黨為國選拔棟樑，造福人民。」江澤民誠惶誠恐地說道。

「大道理我就不說了，薄熙來將來自然拜託總書記多多關照。趁我現在還能講幾句話，鄧大人那裡你倒不用太擔心，以前無論是胡耀邦還是趙紫陽的廢立，我都有發言權。再說他和我一樣，也有『託孤』之虞。這件事你就放心，由我全權處理。只是你現在大位未穩，還有變數，需要韜光養晦，少樹政敵，到了鄧大人百年之後，順我者可用，逆我者必誅。」薄一波關照道。

「您老德高望重，這事必可化險為夷。澤民銘記在心，以後謹慎處事，不被別人拿捏話柄。還望薄老多多保重，萬壽無疆！」江澤民迎合道。

薄熙來的未來有了著落，薄一波甚感欣慰，他回到家裡就要召見時任遼寧省委書記的兒子，他希望薄熙來努力工作，並打造好自己的形象，沒準將來他有機會成為「一代君主」。看看其他元老家族的孩子，沒有哪個像他那樣膽大、果斷、有魄力，這是政治家的必要的素質；現在又天賜良機，他們這樣一鬧，薄家的機會就來了。當晚，薄熙來就帶著老婆一起趕來，事關重大，薄一波不希望他的兒媳對中央的事知道得太多，就令他的夫人帶著兒媳出門去了。薄熙來看出了名堂，便問道：

「父親，您是有什麼事需要吩咐嗎？」

「熙來，你能給我分析一下當前中央的局勢嗎？」薄一波問道。

「中央的事我哪裡能插手？我只是幹好我這個省長。」薄熙來回答道。

「司馬懿有兩個兒子，一個是司馬師，一個是司馬昭，最後司馬昭的兒子司馬炎廢掉曹奐稱帝。我也有兩個兒子，你現在雖然官居部級，只有升到政治局委員，才可有免死金牌，官居政治局常委，才有坐牢的豁免權。政治鬥爭從來就是你死我活的，這和你的工作幹得好不好沒有關係。」薄一波講述道。

「兒子愚鈍，還望父親指教。」薄熙來道。

「陳希同整了江澤民的黑材料，鄧小平交給我處理，你看我應該怎麼辦？」薄一波問道。

「你喜歡姓江的，就讓他軟著陸；不喜歡，就像處理胡耀邦、趙紫陽那樣，反正再換一個總書記，也沒什麼了不起的。」薄熙來回答道。

「熙來啊，每當你處理一件事，一定要考量利益關係，他是下臺好還是上臺好？」薄一波繼續問道。

「父親您說留著他將來對我們薄家有好處？」薄熙來問道。

「這回要是我把江澤民從海裡撈出來，將來他自然會報答你的；如果幫了陳希同，你又有什麼好處？這回鄧小平把這個案子交給我辦，就好像戰爭年代我們知道了敵人的作戰計畫，我們就可以有對策。」薄一波說道。

「兒子沒有想到這一層，父親費心了，我要好好栽培兒子瓜瓜，讓他成為當代的司馬炎，光宗耀祖。」薄熙來躊躇滿志地回答道。

陳希同把整江澤民的材料轉交給了鄧小平以後，等來等去不見有任何的動靜，他開始煩躁不安起來。他想，自己在中央的根基很穩，又深得鄧小平的信任，怎麼就扳不倒一個從上海來的江澤民？他不明白中央有這麼多的人選，怎麼就偏偏選上了他？他有何德何能，又是誰保舉了他？鄧小平重用他又是如何考量的？

由於舉報江澤民的材料沒有起到任何作用，以他的政治敏感，他覺得江澤民背後有元老支持，可他想不出是誰。如果鄧小平不動江澤民，是為了政治上的穩定，那麼，自己的仕途充滿了不確定因素，而且還會有致命的威脅。他想既然動不了江澤民，那麼退一步該怎麼辦？是轉而支持江澤民，在他手下任職？鄧小平活著還行，他一死，自己恐怕不是靠邊站就是進秦城監獄。

有了薄一波的袒護，江澤民總算逃過了一劫，他一方面通過鄧小平的兒子安撫鄧小平，同時放下自己的老臉通過薄熙來轉達對薄一波的感恩戴德之情。這下，這場政治風波暫時平息了下來，只是陳希同給自己埋下了一顆定時炸彈。不過他也心存僥倖，他想憑著鄧小平與他的關係，雖然自己沒有告倒江澤民，鄧小平也許壓下了他的舉報材料，此事應該就不了了之了。

果然，等到鄧小平一死，江澤民成了真正的掌門人，他立馬把陳希同連同他的兒子一起抓了起來，又重用了薄熙來，還晉升了幾名上將，其中郭伯雄從一個軍區的軍長上調為軍委副主席。話說當初江澤民和一個女明星在一所賓館淫亂，身為軍長的郭伯雄換下了警衛親自在外站了幾個小時的崗，事後江澤民頗為滿意，和他自己飛黃騰達的經歷同出一轍。

薄熙來仰仗著江澤民的勢力，他基本上目中無人，而且處事高調，從市委書記進京升了政治局委員，做了商務部長，成了政壇上的政治明星。他的兒子薄瓜瓜也成了媒體追蹤的人物，他帶著女友，也是一個元老的孫女，一起去西藏遊山玩水，一路上有警車開道。在薄熙來的眼裡，薄瓜瓜是薄家的血脈，理所當然也是未來的政治明星。薄熙來當然明白，除了江澤民是他的靠山，自己必須籠絡軍方將領，同樣是江澤民提拔的軍委副主席徐才厚，薄熙來和他組成了政軍聯盟，一個雄心勃勃，一個留條後路。

政法委書記周永康、軍委副主席徐才厚、商務部長薄熙來等，他們不僅權傾一時，還共用情婦，什麼電影明星、歌星、文藝女兵、央視女主持成了他們驕奢淫逸的後宮。當然，在政治上，周永康覬覦國家主席，薄熙來覬覦總書記、徐才厚圖個靠山。

江澤民等政治老人出於個人考量，最後推舉了看似平庸的習近平擔任了黨的總書記、國家主席、軍委主席的職務。習近平上任後不久，被他視為政敵的周永康、薄熙來、徐才厚和郭伯雄等先後落馬成了階下囚，他們要在秦城監獄度過餘生。習近平帶著他的明星老婆出國訪問，風光無限，那些成了階下囚的政敵只能在監獄中終日哀歎；還有那些跟著他們出盡風頭的女明星，也被收監或是離職；同樣和那些成為階下囚的政敵的夫人們通姦的男明星，也逃脫不了下獄的命運。

（六）

下面讓我來展開一下上將徐才厚的故事。在他任職軍委副主席期間，除非有公務在外，他每天要做的一項重要事情就是去他的地下祕密儲藏室巡視一番，看看那些黃金、美鈔、古董、字畫，還有堆積如山的人民幣，這似乎已經成了他的生活習慣和心理需求。當然，他也擔心有人來偷盜或是發生火災什麼的意外，所以他特地佈置了防盜和防火的措施，並到處裝有監控，還有士兵日夜站崗。除了把他在東北老家的老房子修繕一番以外，平時他絕不對外顯露自己的財富，也不穿什麼講究的衣服；他平時穿上一套上將的軍服，這氣勢已經是威風凜凜了；雖然手腕上戴著一塊名錶，不過這也不算奢侈，無論如何也要配得上這套軍服。這軍服就是他的人生的一切，包括金錢、美女和榮耀。只要有了這套軍服，無論他出現在什麼場合，就會有掌聲、歡呼聲，還有拍馬屁的下屬和投懷送抱的女人。

所有的軍區幹部都是他的手下，什麼中將、少將、大校、上校等都是他的下屬，他總是覺得自己一人高高在上，呼風喚雨，軍中的人事安排由他一個人說了算。才厚將軍除了斂財，他最大的興趣就是美女了，他平時喜好收集美女的照片，在他的花名冊裡，已有成千上百的美女照，什麼電影明星、歌星、舞蹈演員、美女運動員、部隊文藝女兵等，都是他心儀的對象，他恨不得能像帝王那樣有自己的後宮，宮裡有成群的美女，日日歌舞昇平。

那天才厚將軍早上起來，和以往一樣驅車來到他的密室，然後他獨自開門進入，對著依牆一排排高高矗立像書架一樣的櫃子，透過玻璃櫥窗，掃視了一下裡面堆滿了疊放得整整齊齊的美元、港幣、人民幣等，他伸手取了一疊錢，大概是五萬美鈔，然後裝進他的公事包裡，就心滿意足地離開了。司機把他送到了一處別墅，這是他經常和女人幽會的地方，室內的裝修盡顯氣派豪華，牆上處處是精美的大型玉雕，室內好似玉雕的展覽廳。才厚將軍看了看錶，離約會的時間還有一個多小時，他便脫下軍裝，在浴室裡洗個澡。洗完後，他披上浴衣，然後對著鏡子打量了一下自己，中國人升官發財講究面相，他不確定自己的這張臉是不是有貴人相，還是自己的命裡有貴人相助，不過他確信自己就是貴人，多少人因為他的關係升官的升官、發財的發財；還有那些個美女，開銷大得驚人，要不是他長期供養，她們哪有別墅？哪有花不完的金錢？才厚將軍照著鏡子，用力拔掉了幾根露出鼻孔的鼻毛，然後從一個櫃子裡拿出了壯陽藥，吞了一片後，就回到客廳，又沏了一杯上好的綠茶，然後坐在沙發上，一邊看報紙，一邊等那個當下紅極一時的軍旅歌唱明星的到來。她本來是一個民歌歌手，因為唱紅了，被才厚將軍看上後，就把她調到部隊當文藝兵；因為背景大，所以沒多久她就有了少將的軍銜。每當她在電視螢幕上一出現，她的那張本來就有些妖嬈的面孔，經過精心化妝後顯得更加狐媚花哨，加之絢麗的舞臺造型，美輪美奐的唱腔，使她幾乎成了家喻戶曉的歌唱明星。

才厚將軍的電話鈴響了，他以為那個女歌星到了，一看顯示幕，來電的是另外一個女人，是他最近又包養的一個影視明星。

「乾爹，今天下午我們見個面好嗎？」那女人嗲聲嗲氣地問道。

「在電話裡要叫『首長』，不許叫其他的稱呼。」才厚將軍說道。

「那我叫你『乾爹首長』，行嗎？啊哼……」女的笑道。

聽了她酥骨的聲音，才厚將軍又問道：

「寶貝，什麼事？」

「人家就想要和你見個面嘛。」女的說道。

「白天不行，軍委要開會，晚上我打電話給你，再約時間見面。」才厚將軍說道。

「首長，乾爹，我喜歡上了一款跑車，你幫我弄一輛行不行啊？」女的問道。

「跑車，要多少錢？」才厚將軍問道。

「大概三百多萬。」女的回答道。

「三百多萬，那麼貴？」才厚將軍問道。

「我真的好喜歡那輛車的車型，求你啦，首長。」女的說道。

「好了，好了，晚上見面再說，我要去開會了。」才厚將軍說道。

剛掛了電話，才厚將軍感到身體有些發熱，那是藥物的反應。他忽然想起了袁世凱，這位中華民國首任總統，才厚將軍很是羨慕他有老婆和姨太太共有十個女人養在家裡；他想他自己和女人幽會，多少要偷偷摸摸的。畢竟時代不同了，這一百多年來鬧民主，鬧來鬧去還是鬧了個假民主、真專制。可能這樣的體制比較適合中國，如果沒有毛澤東領導建立了了這樣的共產黨專政體制，哪有自己今天的一切？才厚將軍正想得出神，突然他的門鈴響了，是那個姓湯的女人來了。一見到這個風姿綽綽的美人，才厚將軍就拉著她的手問寒問暖。

「這件呢大衣很漂亮啊，還有這雙靴子，比平時穿制服更漂亮啊。」才厚將軍誇道。

「穿制服威風，肩上有三顆星就更威風了。」湯氏說道。

「哎，女孩子要那麼多星幹什麼，有個靠山不是比什麼都強？當然，不管什麼級別，要想晉升就得花錢，這年頭，和從前的王朝一樣，花錢捐個官做做也是常事。」才厚將軍信口說道。

「那做個上將要花多少錢？」湯氏問道。

「哪有花錢買皇帝寶座的？我這身軍服是我奮鬥了整整二十年才有的。寶貝，咱們進屋裡再說罷。」才厚將軍撩了撩湯氏的呢大衣，看到了她腰下的緊身褲，整個大腿和臀部的曲線一覽無餘，便又笑眯眯地說道，「還是主席說得好：『天生一個仙人洞，無限風光在險峰。』」

才厚將軍迫不及待地和湯氏雲雨了一番，看著她雪白的肌膚，在她的光溜溜的屁股上摸了親，親了又摸，又歎道：

「更喜美人白如雪，將軍摸後盡歡顏。」

「更喜岷山千里雪，三軍過後盡歡顏。」湯氏躺在床上，輕聲地吟唱起毛澤東的詩句。

才厚將軍滿足了色欲後，就從公事包裡取出了事先準備好的五萬美金，交到了湯氏手裡，然後說道：

「祝你這次出國演出圓滿成功！」

湯氏收了錢，便歡喜地說道：

「謝謝將軍，回來再見，記得要想我哦。」

「當然啦，寶貝。」才厚將軍的臉發著紅光，微笑地送別了湯氏。

到了每年的「八一」建軍節，部隊除了照例有許多紀念活動，還有思想教育工作，各電視臺也要重點播放軍事題材的故事片和紀錄片，影片的題材照樣還是有關國共內戰和抗日劇。在文藝紀念的晚會上，才厚將軍和其他的軍界高層一同出席觀看演出，當他看到臺上有幾十個女性一起在翩翩起舞時，才厚將軍想像著自己能像以前的帝王將相一樣，時常一邊飲酒一邊觀賞美人表演歌舞節目。他甚至想到明末農民起義領袖張獻忠，命令家宅裡的侍女全部都穿上「開襠褲」，以便供他隨時淫樂。才厚將軍眯著眼睛，彷彿是在聚精會神地觀賞著歌舞表演，心裡卻期待著出現有他心儀的女人，然後就有機會把她招到自己的密室。才厚將軍主管政工和軍機，人事也歸他管，部隊裡將領的升遷和領導崗位的調動基本上是他一個人說了算。事實上，同在臺下觀看文藝節目的將軍們和部隊幹部，幾乎個個都賄賂他，只有那些投機取巧鑽營拍馬的人才會被重用。

有個叫李達的大校，在一個軍區做師參謀長已有多年，眼看自己快到離休的年齡，有些曾經和他同級別的人升到了少將甚至中將，這使他感到非常地鬱悶和嫉恨，他覺得自己生財無方，到了他的級別再要晉升沒有上千萬肯定不行。有一天，他忽然眉頭一皺計上心來，他想方設法和才厚將軍的勤務兵和管家打通關係，於是李達時常趁才厚將軍不在家時，便用小恩小惠去打點他們，不久，李達就和那些勤務兵和管家混熟了。到了中秋節那天，李達打聽到才厚將軍要外出，他就特意召集了一幫旅團級幹部一起去才厚將軍家裡拜訪，那些家丁一見到李達，個個都十分殷勤，別人一看就覺得李達參謀長和才厚將軍之間關係密切。李達趁機對那些旅長、團長炫耀說，才厚將軍馬上就要重用他了。這一招果然奏效，那些李達的部下，為了自己將來的前途，個個爭先恐後地打點李達，沒過不久，上千萬的禮金就這樣湊齊了。於是，在才厚將軍管家的安排下，禮金很快就到了才厚將軍手裡，沒過幾個月，李達便升為少將並擔任軍參謀長。

為了答謝才厚將軍，那天李達特意邀請才厚將軍到他家裡挑選一些他精心準備的寶物，像什麼百年人參、名貴酒，還有古董、字畫等應有盡有。才厚將軍的專車抵達後，在門外恭候的李達就把他的貴客帶入了客廳。此時，李達的女兒李嬌嬌剛好走過客廳，她身上穿著睡衣，一看就是剛剛睡醒的樣子。李達馬上叫他的女兒上前招呼才厚將軍，她只是乖巧地叫了一聲「首長好」，然後就回自己的房間了。

李達吩咐傭人上點心後，他就拿出了一些他收藏的字畫，讓才厚將軍挑選，不過才厚將軍此時的心裡還惦記著李嬌嬌穿著睡衣睡眼惺忪的樣子，心想，沒想到他的女兒居然如此花容月貌，比起軍營裡的美女更多了一份純樸嬌嫩的味道。傭人很快就上了點心和水果，還有人參雞湯。才厚將軍什麼也不想吃，心裡又想著怎樣把李達調出去為他站崗，想當年前任軍委主席在一個部隊招待所裡和他的情人在房間裡交歡時，就是現在和自己同級別的郭伯雄，當時擔任軍長郭伯雄親自站的崗。

「我現在只想一個人喝點人參雞湯，思考一下部隊建設問題，叫傭人出去，你能不能親自站崗？」才厚將軍豁出去了。

李達聽了一陣心慌，早知道才厚將軍是個貪官和色鬼，沒想到現在連他的女兒也不放過，便支支吾吾地說道：

「等一下我們去基層，有幾個新來的文藝女兵，那騷勁十足。」

「我們都是軍人，服從命令吧，一個人飛黃騰達的時機稍縱即逝。」才厚將軍說道。

李達想了想，就真的照辦了。

才厚將軍站起了後，就一股腦兒地上樓去找嬌嬌在哪個房間裡。嬌嬌的房門虛掩著，一看有人進來，她立刻慌忙地從床上坐了起來，連身上的短背心帶也從她的左肩上滑落，頓時露出左邊的乳房和右邊的上半個乳房，看上去滑嫩滑嫩的。才厚將軍在她的身邊坐了下來，嬌嬌驚慌地問道：

「我的爸爸呢？」

看到女孩子驚慌失措的樣子，才厚將軍安撫道：

「不要怕，孩子，你爸爸在外面站崗。你這麼漂亮又這麼細皮嫩肉的，讓我這個大將軍實在抵抗不住要繳械投降了。」

才厚將軍說著就忍不住地在嬌嬌的身上撫摸了起來，這嫩勁、這酥軟勁是他從來沒有體驗過的。嬌嬌知道他是中央首長，覺得這是自己的父親特意安排的，也就順了才厚將軍。才厚將軍又匆忙地脫了軍裝，露出了他那肥大的肚子和身體上鬆弛的肌膚，因他事先沒有吃性藥，但不知怎的一亢奮他的下體就勃了起來，他立馬就撲到嬌嬌的身上做了愛。事後才厚將軍興奮不已，說要重重地賞她。

回到客廳，才厚將軍美美地喝完了人參雞湯，又讓嬌嬌為他取來紙筆，便欣然寫下「臣有功，少升中」六個字，然後就心滿意足地空手離開了。李達雖然心中有所不悅，他覺得有點對不起自己的女兒，但他轉眼想到從前漢高祖劉邦在一次戰役中敗逃時，為了加快逃跑的速度，他毅然地把同在馬背上的女兒推下了馬，獨自揚鞭而去的場景，便也想開了一些；再回房看見才厚將軍留下的字條，頓時心裡一陣喜悅，並想像著自己飛黃騰達的未來。

才厚將軍在驅車離開的路上，看到郊外路邊密密的叢林還有遠處層層的山巒，才厚將軍讓司機播放光碟裡的現代京戲《智取威虎山》裡的唱段，又興致勃勃地放聲和唱道：

「朔風吹，林濤吼，峽谷震盪。望飛雪漫天舞，巍巍重山披銀裝，好一派北國風光。山河壯麗，萬千氣象，怎容忍虎去狼來再受創傷。黨中央指引著前進方向，革命的烈焰勢不可擋。解放軍轉戰千里，肩負著人民的希望，要把紅旗插遍祖國四方……」

才厚將軍不僅對此類歌曲情有獨鍾，他還時常懷念領袖毛澤東，念念不忘東歐社會主義國家陣營時代，那時候美帝也不敢像現在這樣猖狂，他覺得像什麼地拉那、平壤、河內、金邊、仰光、萬象，這些從前聽慣的、富有革命的詩意的城市名字要比什麼華盛頓、倫敦、巴黎等那些象徵著資產階級的城市的名稱聽起來順耳多了，他甚至懷念恩維爾·霍查、金日成、胡志明、尼古拉·齊奧塞斯庫等前社會主義國家領袖。其實才厚將軍的學生時代的生活還是非常貧苦的，他在家鄉上小學的時候，正是所謂「大躍進」時代，由於天災人禍，全國鬧起來大饑荒；他清楚地記得他父親當時瘦得兩條腿像秤桿，連走路都不行，只能趴在地裡種紅薯的情景。他上學時經常餓著肚子，記得有個女生經常會帶兩個窩窩頭送到他手裡，他和那個女生一人一口地分著吃，那個女孩子後來就成了他現在的妻子。他曾無數次想過要是能把自己現在的錢隨便抓一把給從前的自己用，那該有多好。

才厚將軍出訪美國回來後，就又出訪北韓，慶祝所謂「太陽節」。在北韓他受到了極高的禮遇，並在「太陽節」那天和金正恩一起檢閱了遊行的隊伍。看到北韓的軍人對金正恩的絕對忠誠，使才厚將軍羨慕不已。由於美日軍事同盟，中國對日本占有釣魚島束手無策，同時在南海同領國的爭端也處於不利的事態。為了抗衡美國，才厚將軍支持北韓擁核，並加強同俄羅斯的軍演。為了進一步加強部隊的思想教育，才厚將軍在一次軍隊的高級軍官會議上，嚴厲指責部隊裡有「資產階級自由化」的傾向，他認為這是很危險的，同時對有人提出的「軍隊國家化」的言論給予了駁斥，他堅定地指出黨指揮槍是不容質疑和改變的。雖然在公開的場合，才厚將軍總是站立在軍委主席的後邊，不過在日常的軍務工作中，他並不受制於軍委主席，而是效忠於前任的軍委主席江澤民，他是被前任的軍委主席提拔和重用的，雖然現任的軍委主席對他的獨斷專行和任人唯親很不滿，不過也奈何不得他，只能對他的行為忍氣吞聲。

果然，李達不久便從少將晉升為中將，官職也升至總後勤部副部長，這可是個肥差，李達利用職權勾結商人倒賣軍火，並發了大財，就連才厚將軍在軍中的明星情人，什麼燦燦、瀾瀾、晶晶也在暗地裡對他投懷送抱，他還和好幾個女人生有私生子，真所謂：「一人得道，雞犬升天。」

才厚將軍在兩會（全國人民代表大會、全國人民政治協商會議）期間，作為主持軍委日常工作的中央軍委副主席接受新華社採訪時，就有記者向他獻媚道：

「現在部隊的思想作風治理得相當好啊！」

「是啊，我一直用自己的言傳身教來教育全軍指戰員，只有廉潔的部隊才能是打勝仗的部隊。」才厚將軍侃侃而道。

「是啊，現在部隊幹部的作風通過您的指導，現在都十分過硬啊！」記者繼續奉承道。

「沒錯，我最大的缺點就是廉潔。」才厚將軍微微笑道。

幾年後，經過了一輪又一輪的權力交鋒之後，以習近平為首的新的最高領導人班子出爐了，才厚將軍一開始並不把他們放在眼裡，他自以為自己依靠的勢力集團根深柢固，沒有人可以動搖他們。由於政治勢力的角逐，甚至傳出了兵變的消息，不過才厚將軍也因涉及政變陰謀，最後也被拘押審查。之後，傳出的有關才厚將軍貪腐和桃色新聞不絕於耳。就在才厚將軍接受審查的期間，才厚將軍患了癌症的消息也傳了出來，而他曾經提拔的手下也一個接著一個落馬，還有他的那些情婦們，有的受牽連被抓，有的很快投入他人的懷抱。才厚將軍病魔纏身，又悔恨交加，想來想去，還是交代了自己的問題並供出了有關同僚的罪行。在被羈押期間，才厚將軍還未等到法庭宣判，由於他的病情突然惡化，就在醫院裡一命嗚呼了。

（七）

剛才聽到故事的主人公會唱戲，接下來我就來講講一個有關唱戲的故事。先請大家聽一個戲迷的唱段：

紅旗飄，軍號響，
山河震盪。
驅日寇，除漢奸，保國土，挽危亡，
中華兒女慷慨高歌上戰場
國民黨反動派賣國求榮不抵抗
假抗日，真反共，
屈膝投降，為虎作倀。
毛主席、共產黨，
領導抗戰，指引方向，
全國人民團結成鐵壁銅牆，
揮戰刀，舉長槍，
全民武裝，

將敵寇埋葬在大海汪洋，
新四軍英勇奮戰沙家浜，
子弟兵眾鄉親魚水情長，
為祖國為人民來把敵抗，
鋼鐵漢英雄膽堅貞頑強，
求解放全靠著毛澤東思想武裝，
敢鬥爭敢勝利，
緊緊握住手中槍，
革命精神永發揚。

中國人喜歡看戲，而且戲迷也多。戲迷們不僅愛看戲，有的還會唱，每當閒暇時他們就會拉幾嗓子。戲迷中唱功好的，有時還會上臺客串表演，俗稱「票友」。戲種主要有京劇、越劇、黃梅戲、評劇和豫劇，當然還有其他幾百種的地方劇目。故事開頭的那個唱段是革命交響音樂《沙家浜》裡一開始的大合唱唱段，雖然抗戰是由國軍的英勇奮戰和世界反法西斯同盟的建立，尤其是美國人的參戰才使中國人取得了最後的勝利，共產黨卻把一切勝利的成果歸功於自己，並極力宣揚國民黨的消極抗日，真所謂歷史是勝利者書寫的歷史。在抗戰中的三個政治勢力中，蔣介石領導的國民黨堅定抗日，為國捐軀的國軍將領就有二百多人，國軍的傷亡人數達三百八十萬人。汪精衛降日，他企圖和日本人合作，建立一個日本人規劃的「大東亞共榮圈」，在當時日本人企圖取代西方列強在東方的勢力範圍，汪精衛的行徑被後人指責為「大漢奸」。毛澤東領導下的共產黨，他們在創立之初就打著「馬克思列寧主義」的旗號，建立國中之國，附屬於俄國的蘇維埃，國民政府視之為「漢奸」行徑，並對共軍進行多次圍剿，一直到了日本人發動侵華戰爭，已經到了瀕臨滅絕的共軍力求停戰，並歸屬於國軍和國軍一同抗日。不過共軍卻以抗日的名義不斷擴大自己的勢力，還在暗地裡勾結日本人打壓國軍。到了抗戰勝利後，國共再次爆發內戰，由於蔣介石政府失去了美國杜魯門政府的支持，而共軍在史達林領導的蘇共支持下，最後贏得了內戰，並竊取了所有的抗戰的勝利成果。

再來說說在毛澤東時代，文藝界發明出的「革命現代」京劇，這些被稱為「樣板戲」的劇目，無一不是宣揚在毛澤東和共產黨領導下，共軍在打倒國民黨、抗日戰爭，以及抗美援朝時期中湧現出的革命英雄事蹟。那個時期的中國人，只要一打開廣播電視，就有這些所謂「樣板戲」的劇目，學校、單位組織看，看到幾乎人人都會唱。不過到了毛澤東一死，隨著他的老婆被打成「反革命」入獄後，這些由她主導的「樣板戲」也被打入了冷宮，老百姓終於不用再看這些早就看膩的東西了。

隨著那些在毛澤東時代遭受排擠和打擊的領導人紛紛重新回到領導崗位上後，毛澤東基本上也被打入冷宮，媒體開始吹捧新的中央的掌門人鄧小平，他的隨口一句話都會被上升至理論和哲學高度。鄧小平青年時代曾去法國勤工儉學，事實上他只是在那裡的一個工廠裡做了幾年的學徒工，後來共產黨在法國有了黨支部，他也加入了共產黨，並又去蘇聯學習了一陣子。由於他是早期的共產黨員之一，經歷過共產黨發展的歷程，在共產黨的歷次政治鬥爭和運動中，他參與過不少工作，也遭受過幾次打擊。

在鄧小平掌握了最高權力之後，「毛澤東不在了，我說了算。」這是他的想法。雖然沒有像以前鋪天蓋地地頌揚毛澤東那樣吹捧鄧小平，可黨媒的宣傳機構還是聲嘶力竭地突出他的領導地位，在他死後又拋出了「鄧小平理論」，所謂「鄧小平理論」就是沒有什麼理論。到了後來的被他指定的繼任者江澤民和胡錦濤的執政時代，黨媒又先後炮製了所謂「三個代表」和「科學發展觀」作為他們的理論寫入黨章，用那些令人啼笑皆非的玩藝兒來安撫他們。

轉眼到了習近平掌權，在他成了中南海的掌門人以後，他就開始搞什麼領導「核心」，廢除任期制，並再次高舉馬克思主義的旗幟，沿用毛澤東的治國理念，重新搬出了早已被唾棄的「階級鬥爭」的理論。上有所好，下必甚焉，黨媒繼續為最高領導人炮製了所謂「習近平新時代中國特色社會主義思想」，其聲勢直逼當年黨媒宣揚的「毛澤東思想」。光有一個抽象的思想還不夠，為了進一步對習近平進行吹捧，黨媒還把他的思想具體劃分為什麼「習近平經濟思想」、「習近平外交思想」、「習近平治國理政」、「習近平生態文明思想」等，還要大動干戈地在各重點高校成立「習近平思想研究院」，彷彿一個智力平平的人一旦掌握了最高權力，搖身一變就成了思想家、經濟學家、外交家等無所不能的超人，當然這一切都成了國際笑話。

可老百姓也不是吃素的，給喜歡往自己臉上貼金的習近平取了個外號叫「習包子」。在習近平的一次外出活動中，媒體播出了一段他在一家包子鋪吃包子的新聞，所以有人就索性戲稱他為「習包子」。沒想到這個外號在網路瘋傳，然後導致那個給習近平取外號的人被判入獄兩年，可「習包子」這個綽號成了人們私底下對習近平的尊稱。事實上習近平只有小學文化程度，這是毛澤東時代的產物：紅衛兵。所謂紅衛兵基本上就是文盲加流氓，他們是被紅色政權的政治風雲毀掉的一代。不過在習近平擔任地方大員的時候，他給自己弄了一個法學的博士學位，以此來彌補自己在知識層面上的囊中羞澀。

習近平成長在一個令人悲催的時代，沒有完整地受過中小學教育，卻因他父親在政治上遭受迫害而受牽連，經歷了輟學、關押，並在剛剛成年後就被下放到農村勞動。毛澤東死後，他的父親在家人的奔走訴求下，最後恢復了黨內的職務，因此習近平起死回生，他從農村被保送大學，成了一名大學裡的「工農兵」學員，之後又轉入部隊，然後成了一名地方官員。不過在習近平成了最高領導人之後，他卻一反常態沉湎於過去，尤其是他的青年時代，他以自己在農村下放的經歷為榮，對毛澤東的強權政治有著難以割捨的情懷，因此他的執政理念也是繼承了毛澤東的那一套。

再來看看習近平成為最高領導人出訪期間，為了彰顯自己多麼有文化，他竟大肆標榜自己所讀過的世界名著和對歷史名人的敬仰之情。到美國出訪時，他對著稿子唸道：

「中國人民一向欽佩美國人民的進取精神和創造精神，我青年時代就讀過《聯邦黨人文集》、湯瑪斯・潘恩的《常識》等著作，也喜歡瞭解華盛頓、林肯、羅斯福等美國政治家的生平和思想，我還讀過梭羅、惠特曼、馬克・吐溫、傑克・倫敦等人的作品……」

到蘇俄出訪時，習近平接受俄羅斯電視臺專訪時說自己讀過不少俄國作家的作品：

「我讀過很多俄羅斯作家的作品，如克雷洛夫、普希金、果戈里、萊蒙托夫、屠格涅夫、陀思妥耶夫斯基、涅克拉索夫、車爾尼雪夫斯基、托爾斯泰、契科夫、肖洛霍夫，他們書中許多精彩章節我都記得很清楚……」

到了法國國事訪問，習近平在巴黎出席中法建交五十週年紀念大會講話時表示，他在青年時代就對法國文化抱有濃厚興趣，法國的歷史、哲學、文學、藝術深深吸引著他。

「讀法國近代史特別是大革命史，我讀過孟德斯鳩、伏爾泰、盧梭、狄德羅、聖西門、傅立葉、沙特等人的著作，讓我加深了對思想進步對人類社會進步作用的認識。讀蒙田、拉封丹、莫里哀、司湯達、巴爾札克、雨果、大仲馬、喬治・桑、福樓拜、小仲馬、莫伯桑、羅曼羅蘭等人的著作，讓我增加了對人類生活中悲歡離合的感觸……」

在習近平訪問英國時，他提到：

「莎士比亞、華茲華斯、簡・奧斯丁、狄更斯等人的作品讓中國人感受到英國傳統文學的魅力。在我年輕時在陝北當農民的七年青春時光裡我想方設法尋找莎士比亞的作品，讀了《仲夏夜之夢》、《威尼斯商人》、《第十二夜》、《羅密歐與茱麗葉》、《哈姆雷特》、《奧賽羅》、《李爾王》、《馬克白》等劇本……」

在各種座談會上，習近平點了一百多位中外文學大師的名字，當然是唸稿。雖然他謊言連篇，可與會者個個正襟危坐，像小學生一樣不停地記筆記。事實上在毛澤東時代，習近平提及他所讀過的許多外國名著是屬於「資產階級」的作品而成為禁書，有些還沒有中文譯本，當時只有「無產階級」的作品流行於市，除了馬、恩、列、斯、毛的著作，就只有像蘇聯時代的高爾基的《童年》、《在人間》、《我的大學》等，奧斯托洛夫斯基的《鋼鐵是怎樣煉成的》，美國記者斯諾的《紅星照耀中國》等。雖然習近平的行為愚不可及，讓人替他害臊，可他卻洋洋得意，中國人有了這樣一個諧星君王，有人悲催，有人幸災樂禍。

再回過頭來說說中國人喜歡看戲，不少戲迷還愛唱戲，中國人相信：「人生如戲，戲如人生。」豫劇《大腳皇后》中，圍繞著馬皇后的腳大還是小的問題，演繹出官場的眾生相，諷刺與鞭撻了官場上那些阿諛奉承、指鹿為馬、寡廉鮮恥的宮廷裡的各色人物。

戲的開始先說了一個燈謎，謎面是：

一人肩上挑扁擔，
卻能挑穀到月邊，
王爺頭上頂白髮，
反字去又一口填。

按照中文的字形，謎底是「大腳皇后」四個字。古人說女人大腳是罵人，女人只有小腳才是合情合理，更何況說的是皇后。京都府伊潘俊臣將之告發到皇帝朱元璋那裡，題寫燈謎的王庸身陷「文字獄」被判死刑。然而馬皇后聞訊趕到法場，命令刀下留人。為了明辨是非，馬皇后又巧設了一個在後宮開庭，由她親自庭審，審的就是她自己的那雙大腳。

在庭審中馬皇后問道：

「你那條燈謎的謎底是什麼？」

「乃是大腳皇后。」王庸答道。

「是說我嗎？」皇后又問道。

「那就要看看娘娘的腳到底是大還是小。」王庸答道。

「那就來看看娘娘的腳究竟是大還是小。」皇后伸出一隻腳問道。

接著皇后要在場的幾個人一一回答，她先面向告發的潘俊臣問道：

「你來看看吧。」

「娘娘，我？」潘俊臣茫然支吾道。

「是什麼就說什麼。」皇后問道。

潘俊臣無奈，跪地後唱道：

「娘娘的這雙腳，長得格外巧，遠看是那麼樣地好哇，近看，近看也是那麼樣地嬌，雍容、華貴，雍容華貴又精巧哇，真的是，不大不小，不長不短，不寬不窄，不肥不瘦，不大不小，不長不短，不寬不窄，不肥不瘦，人間天上都難挑，人間天上都難挑！」

此時，一個大臣想藉口上廁所離開，被一個女侍從叫住，皇后便說道：

「宋大人，你說說。」

「娘娘千歲。」宋濂說罷跪下。

「你都七老八十了，還跪啥跪，要折我壽哇。」皇后道。

宋濂用一種無奈的表情唱道：

「想走又走不了，想躲又躲不了，我心裡七上八下咚咚咚咚似鼓敲，我只好暗渡陳倉，我明修棧道，娘娘啊，老朽我人老了，眼花了，看不清大也辨不出小，迷迷糊糊、縹縹緲緲，眼神兒實在孬，實在孬。」

「宋濂，真是愈老愈精了。」一個公公說道。

「該你說了。」皇后對著公公說道。

「娘娘您就別難為奴才了。」公公回道。

「公公，老朽正要聽聽你的高見呢。」宋濂跟著說道。

「這、這、這……」公公結巴著，然後又跪地說道，「娘娘的腳，腳小，小！」

「看來你也覺得這腳小比大好。」皇后追問道。

「那是啊，打小啊就聽俺爹說過，要知女人好不好，不看臉面先看腳。腳小人就好。」公公說罷又唱道，「娘娘的鳳腳，好，好，好！恰似那三月裡的花瓣兒分外嬌，針尖兒上能跳舞，掌心兒裡能賽跑，站著迷人眼兒，走起來，水呀水上飄。近處看，猶如那蝴蝶花中繞，遠處看，就像那乳燕穿柳登樹梢。」

「王庸，給本后說句實話。」皇后忍不住發問，「我這雙腳是大還是小？」

「大，大就大嘛。」王庸跪道。

「大膽。」皇后一聲斥後接著唱道，「大膽書生太狂傲，你太狂傲，你竟敢戲謔本后蔑當朝，金殿上我為你求情惹人惱，刑場上我為你擋掉頸上刀，可你卻自命不凡恩將仇報，你罵我大腳定斬不饒。」

唱罷皇后又假裝怒道：

「推出去砍了。」

「娘娘，看在老臣的份上，就饒了這個畜生一條命吧。」宋濂求情道。

「大膽刁民，」皇后斥道，「本后再來問你一遍，我這雙腳，究竟是大還是小？」

王庸表現無奈地唱道：

「皇后追問腳大小，她步步緊逼不依不饒，說假話也許混頂烏紗帽，說空話也許能賺件紫羅袍，若是說真話腦袋也難保。空留下，空留下老母嬌妻受煎熬，這、這、這、這可讓我如何是好？這可讓我如何是好？我口中無言，我的內心焦哇。」

「快說吧，願死願活，刀把子可是握在你自己的手裡。」皇后緊逼道。

「你寫詩那麼順溜，怎麼說話反倒犯難了？」一個侍從說道。

「你、你、你快說話呀。」公公附和道。

「皇后娘娘，王庸祈死，王庸祈死啊。」王庸哭訴道。

……

習近平大搞個人崇拜，並以反腐的名義絞殺政敵，這個在檢閱車上用左手行軍禮，在讀發言稿屢唸白字，四處彰顯自己才高八斗人稱「習包子」的當朝諧君，再看看他手下的那些臣子們唱戲的嘴臉，外交部長道：「習近平的外交思想領先西方三百年。」一個市委書記說：「不是絕對忠誠，就是絕對不忠誠。」人大委員長道：「要定於一尊。」

當然，也有頭腦清醒的人期盼，習近平的倒行逆施的下場堪比法國大革命時期的羅伯斯庇爾和羅馬尼亞的獨裁者齊奧塞斯庫。

（八）

上一個故事說到習近平成長的年代，那是一個在政治上血腥風雨的年代，下面我來敘述一下當年的國際和國內的政治大清洗運動。

自從康生從莫斯科回到了有中國的「紅色之都」之稱的延安後，他認識到，所有革命的基本任務有兩種，一種叫武裝革命，還有一種就是整肅反革命。武裝革命基本上是對外的，而整肅反革命，尤其是潛伏在黨內的反革命，是在體制內部的。他回到延安時，正是史達林在蘇共內黨內「大清洗」時代，他清醒地認識到，回到延安後，他所面臨的工作是什麼。當時，毛澤東在黨內剛剛建立起他個人的威望，黨內還有不少的「托派」（托洛斯基派，托洛斯基是蘇聯紅軍的主要締造者之一，後因反對史達林的獨裁，遭史達林清除），要像史達林一樣為領袖樹立絕對的權威，是他的職責。如果毛澤東是中國的列寧，而他必將成為中國的捷爾任斯基（蘇聯十月革命後肅反機關「契卡」的首任領導人）。

在抗戰全面爆發後，毛澤東打著抗戰日的旗號，藉機發展壯大自己的武裝力量，他時刻不忘打倒蔣介石和國民黨，除了在軍事上、政治上、經濟上採取了許多措施外，在思想上，一方面，毛澤東處心積慮為中共的奪權製造了一整套「革命理論」，另一方面，毛澤東在延安發動「整風」運動，清除異己。毛澤東任命康生擔任中央社會部部長兼情報部部長、敵區工作委員會副主任。就此，康生成了中共情報和政治保衛工作的最高負責人。他很快將延安的保衛機構分門別類並使之完善起來。社會部開始在延安的各機關、學校祕密佈置情報偵察網，吸收可靠的黨員擔任「網員」。中央社會部在延安「工作人員培訓班」的基礎上，又創辦了一個培育情報人員和肅反幹部的祕密學校，對外稱「西北公學」，康生是該校校長。康生敬仰列寧和史達林的暴力革命，也崇尚「法國大革命」，對於英國的「光榮革命」，他覺得那是不屑一顧的，那種保守的改良，既不「光榮」，也不「革命」。他對雅各賓派的羅伯斯庇爾讚賞有加，尤其是有關他的革命理論：為了實現共和國的理想，必須消滅革命的反對者。如果說在和平時期政府的根基是美德，那麼在革命時期就是美德和恐怖。沒有恐怖的美德是有害的，沒有美德的恐怖是無力的。恐怖就是嚴厲不可動搖的正義，它是美德的源泉。恐怖不僅僅是一個原則，它是民主原則的結果。在康生看來，羅伯斯庇爾關於革命與手段的理論尤為經典：任何人，只要是阻礙了革命目標，除了死亡，沒有其他選擇。人類文明最偉大的進步無須顧忌什麼犧牲和代價。

而此時的蘇聯，在蘇共十七大後的「大清洗」運動中，在一千六百六十五名蘇共黨代表中，有一千一百零八人遭逮捕，中央委員、候補中央委員一百一十八名中有一百零二名被處決。與此同時進行的就是對蘇聯軍方的處決，所謂「紅軍拿破崙」、戰略軍事家圖哈切夫斯基元帥被處決，蘇聯紅軍政委加瑪律尼克元帥被處決，總參謀長葉戈羅夫元帥被處決，蘇聯遠東特別集團軍司令布柳赫爾元帥被處決，蘇聯彼得格勒衛戍區司令亞基爾元帥被處決；蘇聯陸軍的最高指揮官，四名當中的三名被處決；蘇聯一級集團軍司令員，十二名中的十二名全部被處決；蘇聯的九十七名軍長中的七十九名被處決；二十六名政委中的二十二名被處決；六十四名師長中的六十四名全部被處決；七十九名旅長中的七十九名全部被處決；四百五十六名團長中的四百零一名被處決；共有三萬五千名被判刑和處決。同時那些在俄國避難、受訓、工作的其他所謂社會主義兄弟黨的那些頭頭們也大批被處決，其中就有遭康生在俄期間整肅陷害的在蘇中國共產黨人。

一九四二年春，中共在延安展開全黨整風運動，中共中央政治局設立中央總學習委員會，毛澤東任主任，康生任副主任。不久，康生在中央大禮堂召開的幹部大會上，做了「搶救失足者」的報告，號召「無論青年人、老年人，無論男人、女人，無論是自覺地為敵人服務，還是不自覺地為敵人服務，我們共產黨中央號召你們趕快覺醒吧，號召你們不要再為敵人（指國民黨）服務了——不要放鬆一秒鐘的時間，失掉這個寶貴的時機。」會後，從延安到各共產黨的根據地，從黨政軍學團體到市民群眾，從城鎮到農村，直至到監獄內，由此開始了全線進攻，大搞坦白檢舉。在延安的窯洞內大搞車輪戰，並公開案情、分析、規勸。有的甚至徹夜揭發，不達目的，規勸不止，逼著大家交代問題。有時還押著已被關押的人去參加機關的搶救大會，有時組織被關押的頑固分子到群眾大會上去坦白交代。使用的手段就是通過主觀臆斷、欺騙恐嚇、刑訊逼供。

有一個從淪陷區到延安的進步青年（延安當時被認為是革命聖地），當時只有十九歲，由於她的親戚中有一人是漢奸，她就被懷疑是日本特務，將她逮捕關押。審訊她時，三天三夜不許她睡覺，並且威脅她說，如果再不承認自己是特務，就放兩條大蛇到她被關押的窯洞裡，然後她被嚇得按照小說裡的情節胡編了一套假口供。在搶救運動中，為了逼出口供，對被審訊人員施以各種各樣的肉刑或變相肉刑，甚至把人打死。審訊人員採用過車輪戰、壓桿子、打耳光、舉空摔地等二十四種肉刑。延安青年劇院為了逼一個趕大車的人承認自己是特務，捆綁吊打，活活折磨致死。僅延安一地，自殺身亡者就有五六十人。遭受迫害的不僅有青年知識分子，也有一些是黨內的幹部。在延安的一個師範學校，有一百六十多人覺悟悔改，在大會上自動坦白者二百八十餘人，被揭發者一百九十餘人。有一個十四歲的小女孩走上臺，她的個子只比桌子高一點，她坦白自己參加了「復興社」。還有一個十六歲的小男孩，手裡提著一包大石頭，他坦白自己是「石頭隊」的負責人，說這包石頭是他在特務組織指使下，謀殺人用的武器。師範學校控訴會一直開了九天，在這些十幾歲的小孩中，最後竟挖出了二百三十個特務，占該校人數的百分之七十三。

在搶救運動中，延安地區各縣共挖出二千四百六十三個特務，軍委電訊學校兩百多人中，竟挖出了一百七十個特務，在中央祕書處六十餘人中，也挖出了十幾個特務。西北公學五百多人，只有二十個人沒有被搶救，百分之九十六的人被認定是特務。搶救運動使正常的工作秩序被打亂，造成大批錯假冤案，有些人經受不住冤枉折磨而自殺。運動造成人們互相猜忌，人人自危，在精神上留下了深重的創傷。

通過這場整風運動，劉少奇、康生、彭真等人為了自身的利益把毛澤東在黨內的地位推到了絕對的權威，同時還為毛澤東建立政權以後控制國家、幹部和人民積累了豐富的經驗，如控制傳媒，鉗制民眾思想；控制幹部，使之服從領袖；建立完整的政治運動模式等一系列措施。一九四九年十月一日，中國共產黨以暴力推翻了在中國大陸上的中華民國政府，建立了中華人民共和國。毛澤東在天安門城樓上宣佈：「中華人民共和國中央人民政府成立了！」中國共產黨從反政府力量變成了執政黨，然而在這以後的幾十年裡，「以解放無產階級為己任」的中國共產黨在毛澤東的領導下從來沒有停止過「鬥爭」，整個中國一直處於各種各樣的運動之中。一九五〇年始，中華人民共和國剛剛成立，戰場上的硝煙還尚未散去，中共中央已經指示各地準備實行「土地改革」，接著就有「鎮壓反革命運動」、「三反五反運動」、「肅反運動」、「反右運動」、「四清運動」直至「文化大革命」運動期間還有多次各種政治和思想、文化運動和其他的若干運動。

毛澤東在建立政權後的社會主義改造中的「農業合作化」的運動和工業「大躍進」運動中遭受了嚴重的挫折，全國出現了大饑荒，餓死了上千萬人，這引起了人們的不滿和質疑，面對惡劣的形勢，時任國家主席的劉少奇也採取了一系列的補救措施，包括「包產到戶」，劉少奇還列舉了列寧當年從「戰時共產主義經濟」的失利調整為「新經濟政策」的舉措，劉少奇認為如果不能一下子進入社會主義的公有制，就先要允許一定程度上的資本主義經濟，等社會條件成熟了，再過渡到社會主義的農村合作化經濟。毛澤東沒有從失敗中總結經驗和教訓，他堅持認為農業合作化的失敗是人們的「私心雜念」和那些還有「資產階級思想」的官員的工作指導錯誤，這些直接影響了社會主義進程的改造，他相信史達林的「農業集體化」，並看到蘇聯在工業化的過程中創造了令帝國主義國家都無法比擬的成就。毛澤東設想的人民公社裡人們不僅一起在田間勞動，公社還要有自己的學校、工廠、醫院，甚至有自己的鐵路，人們在公共食堂吃飯，像部隊裡的戰士一樣不須交錢。毛澤東想著制度的改造還要有「新人」的配合，他要發動一場文化革命，首先要掃除「走資本主義道路的當權派」，像國家主席劉少奇、北京市委書記彭真等人，這些在「延安整風」中毛澤東的得力幹將。其次要有革命思想的新人來領導這個新社會。於是，他利用紅衛兵造反，在全國範圍內實行了「文化大革命」。一九六六年文革開始，也就是「延安整風」二十四年後的康生，擔任了「中央文革小組」的顧問，毛澤東的夫人江青擔任了該小組的副組長。康生覺得自己的機會再次到來，他的目標很明確，他要清除毛澤東的政敵、自己的政敵還有江青的政敵。他先是利用職權，首先指使造反派打到中央調查部部長孔原。孔原在三十年代曾在莫斯科列寧學院學習，最瞭解康生在共產國際工作時期緊跟當時的中共駐莫斯科代表王明，在敵區幹部訓練班上作報告時，帶頭呼喊「我們黨的天才領袖王明同志萬歲」。在孔原下臺後，康生又直接把矛頭指向主持日常工作的副部長鄒大鵬，他同樣知道康生在莫斯科工作時追隨王明的一些底細，康生認為他是心腹之患，就以莫須有的罪名指使造反派對鄒大鵬進行大會批鬥，康生又親自在深夜打電話給鄒大鵬，追問他的「歷史問題」，追問他同「反革命叛徒集團」的關係。鄒大鵬不堪忍受康生加給他的奇恥大辱，在巨大的政治壓力下，他們夫婦雙雙自殺身亡。不久。康生如願以償，他實際主管了中央調查部的工作。有關調查部的業務、運動、幹部任免等重大問題都必須向他請示彙報。康生還給江青寫了一封親筆信，信中寫道：「送上你要的名單。」江青看到信後，她首先想到的是那些對她過去的歷史有所瞭解的知情者，還有當時中央機關裡反對毛澤東和她結婚的中央幹部。當年毛澤東已是中共最高領袖，而江青是一個在上海攤鬧得滿城風雨的影星，在上海江青曾經被捕並寫有「悔過書」，加上她和名人的先後兩次婚姻，大報、小報紛紛登載，因此她和毛澤東的婚事招來眾多意見。由於康生的幫助，使江青渡過了這一關。而當時毛澤東和他的第三任妻子賀子珍還沒有辦離婚手續，因此，江青和毛澤東戀愛的消息傳出，反對者大有人在。有人認為，賀子珍是優秀的，有鬥爭歷史，又經過「長征」，多次負傷，應該受到尊重。同時有人向中央負責人反映了江青當年在上海的複雜歷史情況，並認為毛澤東作為黨的領袖，與這樣的女人結婚不合適，並有書面反對者共同署名，而且一一摁了指印，表示鄭重其事。現在，是江青和他們算舊帳的時候了，在文革中，他們一一被康生下令逮捕，有的被迫害致死，有的遭長期關押。對於毛澤東的政敵，江青、康生等文革小組對他們進行立案、抄家，並通過所謂的證人口供先後對國家主席劉少奇、中央書記處書記鄧小平、北京市委書記彭真等分別以「叛徒」、「特務」、「托洛斯基分子」、「修正主義分子」等罪名進行關押和迫害，受牽連的幹部群眾不計其數，僅中央委員、中央候補委員遭誣陷、迫害的就占了總人數的百分之七十左右。康生在「文化大革命」中，羅織罪名，直接點名由他批准逮捕的國家領導人三十三人，中央委員、候補委員一百二十人，各省市自治區、解放軍高級幹部兩百多人。從文革開始，康生就任中共中央政治局常委，在他的支持下，江青也成了中共中央政治局委員，數年後康生擔任了中共中央副主席，同時以江青為首的在文革中上臺的「左派」人物，在中央委員會占了絕大多數。整個文革中，在四千三百多次規模性武鬥事件，死亡了十二萬三千七百多人；兩百五十萬幹部被批鬥，三十萬兩千七百多名幹部被非法關押，十一萬五千五百多名幹部非正常死亡；城市有四百八十一萬各界人士，被打成歷史反革命、現行反革命、階級異己分子、反革命修正主義分子、反動學術權威，非正常死亡六十八萬三千多人；農村有五百二十萬地主、富農（包括部分上中農）的家屬被迫害，有一百二十萬地主、富農及其家屬非正常死亡；有一億一千三百多萬人受到不同程度的政治打擊，五十五萬七千人失蹤。恩格斯曾經滿懷信心地說過：「沒有哪一次巨大的歷史災難不是以歷史的進步為補償的。」事實上，馬克思所創立的共產主義社會的理論，是人類歷史上最大的烏托邦，加之他的那些信徒們對他的扭曲乃至背叛。

無獨有偶，從一九七五年春至一九七八年底，波爾布特執政僅三年又八個月，就以各種形式屠殺了兩百多萬人，占全國人數的三分之一左右。波爾布特在他的實踐中發揚了在中國文革時期學到的「無產階級專政下繼續革命」的理論，在執政期間，波爾布特進行了九次大清洗。除了舊政府的官員和軍人遭到大規模屠殺外，商人、僧侶和知識分子都以「不易改造且對新社會有害」為由一律肉體消滅。隨後，波爾布特又從黨內嗅到了不祥的氣息，一九七六年他在黨的會議上憂心忡忡地指出「黨的軀體已經生病了」。接著，一大批曾經和他一起戰鬥過的「兄弟們」，從巴黎的馬列小組同學到叢林中的同志，都遭到血腥的清洗。中央高層領導幾乎被處決殆盡，連柬共兩位主要的創始人、波爾布特的親密戰友符寧和胡榮在內都沒有逃脫被從肉體上消滅的命運。軍隊方面，柬埔寨革命軍總參謀部人員，除總長宋成以外全部被捕殺，即使宋成最終也難逃一劫，波爾布特終於在幾十年後的一九九七年以反叛罪將其全家十一口成員全部殺光，波爾布特為他的屠殺冠名為「清理階級隊伍」。

早在一九六五年底和一九六六年初，波爾布特先後兩次到中國取經，當時康生接見了他，從康生這裡，波爾布特學到了不少「黨內清洗」的理論實踐知識和寶貴經驗。後來的事實證明，波爾布特遠超康生，赤棉的血腥，從「民主柬埔寨」的國歌中可見一斑，攻下金邊的四月十七日被定為新高棉日曆「元年一日」，國歌歌詞唱道：

「紅色、紅色的血
灑遍了柬埔寨祖國的城市和平原
這是工人和農民的血
這血以巨大的憤怒和堅決的鬥爭要求而噴出
四月十七日，在革命的旗幟下
血，決定了把我們從奴隸制下解放出來。」

毛澤東曾經盛讚波爾布特：「你們做到了我們想做而沒有做到的事情。」波爾布特因此而驕傲地宣稱：「全世界的革命都可以從柬埔寨學到很多經驗。」波爾布特為了儘快實現澈底的「共產主義」試驗田所做的消滅城鄉差別，消滅私有制包括消滅私有財產、消滅貨幣、消滅商品，消滅階級差別，消滅文化，黨內大清洗等，毛澤東是認可的。由於長期的軍旅生涯，毛澤東覺得部隊中的統一指揮和絕對服從，加之優秀的統率就可以戰無不勝。他認為搞社會主義經濟也是如此，政府可以集中資源，把工業財產和土地收為國有，在計畫經濟的統籌下，經濟發展突飛猛進。雖然美國造出了第一顆原子彈，可蘇聯在短短的幾十年的社會主義建設中，首先把人造衛星送上了天。他認為「東風可以壓倒西風」，並提出了「十五年超英趕美」的口號。毛澤東喜歡具有「軍事共產主義」色彩的供給制，對於波爾布特的所言所行，毛澤東欣慰地說道：「吾道不孤也。」不過到了一九七六年毛澤東一去世，江青就被毛澤東的繼承人下令逮捕，後來她在獄中自殺。由於康生比毛澤東早一年去見馬克思，他被以前遭受過他迫害，後又重新掌權的中央領導人開除黨籍、撤銷原悼詞，其骨灰盒也被從八寶山（中共高級領導人死後放置骨灰的場所）中移走。當年的悼詞最後這樣寫道：「中國人民的偉大的無產階級革命家，光榮的反修戰士康生同志和我們永別了。我們要化悲痛為力量，在以毛主席為首的黨中央領導下，以階級鬥爭為綱，認真學習無產階級專政的理論，堅持黨的基本路線，堅持無產階級專政下繼續革命，為鞏固無產階級專政，反修防修，為把我國建設成為社會主義的現代化強國，為共產主義事業的勝利而奮鬥。

康生同志永垂不朽！」

（九）

我們看到了在史達林統治下，那些被處決的元帥，今天我來講講在毛澤東統治下，開國元帥林彪和彭德懷的下場。

在文革時期，每當最高領導人出現在天安門城樓上，依次出現的是中國人民的偉大領袖毛澤東和作為毛澤東的接班人林彪，接著是政府總理周恩來等黨和國家領導人。他們個個身著綠色軍裝，除了軍帽上的紅五星和軍服上的紅領章，緊跟著領袖出場的所有城樓上的人，他們個個手裡手裡持著一本「紅寶書」，並不時地把它舉起揮舞幾下。毛澤東向城樓下數以萬計的人的海洋揮舞著手臂，他們個個身著綠色軍裝，手持「紅寶書」，人群裡插著一排排紅旗，還有成列地舉著毛澤東像，他們不停地向著城樓上的毛澤東高呼：「毛主席萬歲！」城樓下被接見的都是紅衛兵，他們來自全國各地，此刻，他們終於見到了心中的紅太陽，他們激動地高呼著，跳躍著，眼睛裡充滿了喜悅的淚水。

伴隨毛澤東接見紅衛兵大軍後，林彪同往常一樣，他收起了偽裝的笑容，在警衛員的護送下，回到了自己居住的地方。在離天安門城樓十幾里外的西北處，坐落著一座典型的中式舊居，淺灰色的瓦牆，鏽紅色的門窗，地上鋪的是青磚，牆角邊放有幾個盆栽。在僻靜的門面裡，有元帥軍銜和副統帥稱號的李彪，脫下軍裝後，看起來他只是一位有點沉默寡言、中等身材的普通老人。不過，這裡戒備森嚴，時常有軍方高級將領進進出出。除了參加會議，林彪一般在家讀報看書，很少出門。祕書送來的文件，基本上在他這裡只是過過場，他早已沒有興趣看這些東西了。不過林彪的老婆葉群並不甘心這種平靜的生活，她要四處活動，更重要的是她要為自己唯一的兒子的前程操心，當然還有她兒子的婚事——他已經二十四歲了，到了結婚生子的年齡了。和普通的老百姓不一樣，她兒子的婚事在葉群心目中可是國家大事，她心裡清楚，主席毛澤東的兒子死在了朝鮮戰場上，當年噩耗傳到北京，舉國上下一片悲哀，可是在她的內心卻產生了一種異樣的感覺，雖然當時她的兒子才六七歲的樣子。她是個精明的女人，對歷史也瞭解一些，打天下時，毛澤東和他手下的那些將領是「共天下」，打下天下後便是毛澤東的「家天下」了；這也是當初毛澤東面對世界第一號強敵美國主導的朝鮮戰爭中，毛澤東執意要彭德懷元帥帶他的兒子一起去朝鮮戰場的原因。她心裡明白，毛澤東為培育「儲君」。現在「儲君」沒有了，總理周恩來無嗣子，將來最有希望成為中國頭號人物的人就是自己的兒子「老虎」了。葉群在心裡暗暗盤算過自己作為「第二夫人」的前景，雖然「第一夫人」江青眼前很得勢，人人都懼怕她，讓她三分，她在作為革命文藝的旗手在文藝界到處插手，由她指導出來的戲，尤其是所謂的現代京劇「革命樣板戲」，竭盡全力歌頌她的男人，讓人感到既幼稚又可笑；而且她心裡並看不起這個曾經是上海灘上的二三流電影演員，認為她只是她丈夫手上的一枚棋子，就像從前的漢朝，漢高祖劉邦利用呂后誅殺大將韓信那樣；她還堅定地認為，毛澤東是當代三國時期的曹操，而自己的男人則是當代三國時期的司馬懿，司馬懿的兒子後來被封為太祖，將來中國的天下必定是林家的。

為了兒子的婚事，葉群正張羅著為她的兒子「選妃」，不過她知道自己的這種行徑在林彪那裡肯定通不過，所以她不得不藉機向林彪說道：

「我們的地位接觸面小，又不好直接出面，哪去找首長要求的條件，我看還是請一些人幫忙吧。首長有不少老部下，他們有兒女，讓人去看看，有合適的就挑一個吧。」

「兒女的事由孩子們自己戀愛，你不要去麻煩人家。」林彪說道。

「老虎老實害羞，這種事他從來不主動，人家都抱上孫子啦，等孩子自由戀愛我們都老啦。這件事我們不去想，等到毛澤東找一個給你，把我們捏在他的手上呀。」葉群說道。

林彪覺得也是，便點頭同意。他曾在錦州地區打過仗，還有印象，那裡的女性模樣不錯，他的一些部下也留置在那裡，就信口說了一句：

「錦州的女人長得不錯。」

這次談話後，林彪再未過問選人之事，直到葉群發展擴大到全國範圍選美，並有幾個女孩子帶給林彪看，他還以為是老部下幫忙介紹的。林彪身邊的工作人員騙林彪的口氣十分隨便輕鬆，在葉群的榜樣作用和威逼下，以及錯綜複雜的政治關係中，祕書們已磨練得遊刃有餘，甚至有恃無恐。他們知道，對林彪說謊不會構成罪名，相反，誰違背了夫人的意思，才會大禍臨頭。葉群怕祕書在林彪面前說漏了嘴，又覺得祕書們都是男的，不懂審美，便召見了幾位總參謀長、副總參謀長的夫人，向她們訴苦，第二夫人開口請幫忙的事，誰也不好推卻。為了成人之美，幾位夫人的丈夫分管海陸空三軍，她們又都是其夫的辦公室主任，過問起這件事，一張網撒下去廣及三軍，加上親朋好友老部下，大網拉開撒向京城到二十八個省市自治區，「選美」就此拉開序幕。

候選人從四面八方一個接一個地送往北京，陸軍總參謀長夫人從家鄉西安選送了一個省委幹部的女兒，讚譽她是「楊貴妃第二」，空軍司令夫人從軍隊藝術學院選了一個揚州籍女孩，讚譽她是「西施再現」，海軍副司令夫人從哈爾濱選到一個女子，誇她是「當代貂蟬」。可這三位人選，到了葉群那裡，她只是說了句「老虎不同意」便打發掉了。那一位「楊貴妃」曾作為重點對象安置在陸軍總參謀長夫人的家，以最好的膳食款待，這又是葉群的主意。不到半個月她果然發胖，葉群說：

「她這麼快就胖得像個冬瓜，到我家來吃我的伙食不得更胖啦，送回去吧。」

經過了上上下下、來來回回地多次折騰，葉群終於選定了一個部隊裡的文藝女兵，她的兒子老虎也開始沉迷於她，這件事就算搞了一個段落。不過中央鬥爭的形勢在加劇，這次就連二號人物林彪也和毛澤東產生了分歧。林彪似乎受夠了這些年來「以階級鬥爭為綱」的政治路線，他看到政治鬥爭整垮了絕大多數的中央領導幹部，而他們對革命都是有貢獻的，這樣下去國家會愈搞愈糟。可毛澤東並不認可，他熱衷於搞「階級鬥爭」，搞掉所有他容不下的人，哪怕是一點點的不順心，除非向毛澤東「低頭認罪」爭取毛澤東的「寬大處理」，否則就被整肅。就連總理周恩來也不例外，他曾是毛澤東的上級，後來成了毛澤東的臣子，現在已是毛澤東的一個忠實的奴僕，就連「第一夫人」也敢對他無端指責，而他居然在公開場合高呼「江青萬歲」，這是全國人民對領袖的高呼。林彪是副統帥，也高呼領袖萬歲的口號，不過他還算有點骨氣，這個在戰爭年代立下赫赫戰功的大將軍，他被蔣介石稱為「戰爭魔鬼」，被史達林譽為「無敵元帥」的軍人，把毛澤東奉為「偉大的導師、偉大的領袖、偉大的統帥、偉大的舵手」的無敵元帥終於和毛澤東產生了分歧。毛澤東一貫強勢，戰爭年代他有打敗所有敵人的勇氣，建立政權後，他有把握清除所有的政敵和持不同政見者。

在形勢不利於林彪的情況下，林彪的夫人在不斷地向第一夫人服軟，這使她感到有點得意，再威風的人，到了自己面前也得乖乖臣服。雖然林彪曾經當面斥責過第一夫人，他老婆的態度多少也反映出她背後的男人。倒是林彪的兒子林立果，這位才被升為空軍少將的少壯派人物，他絕不甘心自己家裡的首長會同其他靠邊站的元帥一樣，或是被免職，或是被批鬥，他甚至覺得毛澤東等人正在把中國的國家機器變成一種互相殘殺、互相傾軋的絞肉機，把黨和國家政治生活變成封建專制獨裁式家長制生活。他不否定毛澤東在統一中國的歷史作用，正因如此，多少革命者在歷史上給過他應有的地位和支持。不過，林立果清醒地認識到，毛澤東現在正在濫用中國人民給他的信任和地位，他已成為當代的秦始皇，他不是一個真正的馬列主義者，而是一個行孔孟之道、借馬列主義之皮、執秦始皇之法的中國歷史上最大的封建暴君。在林立果看來，毛澤東利用封建帝王的統治權術，不僅挑動幹部鬥幹部、群眾鬥群眾，而且挑動軍隊鬥軍隊、黨員鬥黨員，是中國武鬥的最大宣導者。毛澤東在他們內部製造矛盾，製造分裂，以達到對他們分而治之，各個擊破，以鞏固維持他的絕對統治地位。毛澤東今天拉那個打這個，明天拉這個打那個；每個時期都拉一股力量，打另一股力量；今天是甜言蜜語地哄騙被拉攏的人，明天就以莫須有的罪名置於死地；今天是他的座上賓，明天就成了他的階下囚。林立果從回顧幾十年的歷史看，他父親周圍的領導幹部，每一個人開始都被他捧起來的，到後來大都都被判處政治上的死刑。他過去的祕書，自殺的自殺，關押的關押，就是在大元帥中，幾乎個個被他整肅。

林立果認識到，毛澤東是一個懷疑狂、虐待狂，他的整人哲學是「一不做，二不休」。他每整一個人都要把他置於死地而後快，一旦得罪就得罪到底，而且把全部壞事嫁禍於人。在他手下一個個像走馬燈式垮臺的人物，其實就是他的替罪羊。他愈來愈感到毛澤東將對他的父親下手，於是他開始展開反擊，他開始聯絡自己的親信和那些同樣對毛澤東懷有怨恨的人，並組織自己的「小艦隊」和武裝政變方案。他還堅持地認為自己的行為如同戰國時期「荊軻刺秦王」，無論成敗都將是可歌可泣的英雄行為，可惜他的行動得不到他父親林彪的支持。趁著毛澤東帶著他年輕的女祕書外出視察，林立果佈置了三套刺殺毛澤東的方案：

第一，是用火箭噴射器，零四火箭筒打毛澤東的專用列車。

第二，是用一零零高射炮平射，打毛澤東坐的火車。

第三，趁毛澤東接見手下時，帶上手槍在車上行動。

不過以上三條計畫最後都被否決，因為這樣的行動非同小可，必須萬無一失，否則後果難以想像。有人提出採取炸鐵路的辦法，可也有人認為不妥，這時又有人提出炸油庫，因為曾經發生過一次油庫燃燒事件，油庫燒起來威力很大，他們可以趁機動手，他們畫了一張從油庫到毛澤東的專列停靠位置的地圖。不過最後由於種種意外，政變計畫洩露，林家的人不得不帶來幾名手下工作人員，連夜乘機外逃，最後飛機墜毀於蒙古的溫都爾汗。在出逃的過程中，林彪遲遲不肯行動，雖然他和彭德懷元帥一樣，敢於當面頂撞毛澤東，可他並不想「弒君」。他的兒子和夫人不得不向他攤牌他們的行動計畫已遭毛澤東的察覺，他們才不得不一起離開。林彪也是傷心欲絕，既怪兒子的衝動魯莽，又怨毛澤東的昏庸殘忍，他一個堂堂的大元帥此刻竟落得如此下場。他是公認的無敵將軍，早在紅軍初創的「長征」時期，年僅二十四歲的他已經是紅軍主力的一、三兩個軍團的第一軍軍團長。當時任第三軍軍團長的彭德懷元帥，幾年前因不合毛澤東的心意，早已被趕下臺，他的妻子也因此離開了他，這個曾在朝鮮戰場上令不可一世的麥克・亞瑟將軍氣餒的人物就這樣被孤零零軟禁起來。這兩個軍團長使當年的紅軍從弱到強，並在奪取政權的戰爭中，他們各自指揮了人類歷史上最大的內戰，國共雙方共投入總兵力六七百萬人，最後死傷近一半，為毛澤東爭天下打下了大半個中國。革命初期林彪的理想是為了平等、公道、安全打天下，打下天下後，才知道，世界上哪有這些東西，很可笑。

早在五〇年代初，在是否入朝鮮參戰的問題上，只有彭德懷一個人支持毛澤東出兵朝鮮的主張，當時林彪對毛澤東說：「主席啊，蘇聯為什麼不出兵？蘇聯老大哥建國幾十年了，我們才建國幾個月，需要休養生息，為拯救一個幾百萬人的朝鮮，而打爛一個五億人口的中國委的划不來。」毛澤東最後還是出兵了，把「支援軍」改為「志願軍」。當時蔣介石則期望隨著戰事的擴大，爆發第三次世界大戰，蔣介石藉機反攻大陸，奪回他失去的天下，這是他後來一生未實現的願望。毛澤東不怕爆發第三次世界大戰，他認為，第一次世界大戰打出了一個蘇聯社會主義國家，第二次世界大戰打出了一個社會主義陣營，第三次世界大戰可以在全世界都可以實現社會主義國家。他的這種想法始終沒變，後來他甚至鼓動當時的蘇共總書記赫魯雪夫和美國開戰，打第三次世界大戰，把美軍主力引到中國戰場，再用原子彈消滅他們，中國人多，死一半也無所謂。當時中國還沒有原子彈，當年廣島第一顆原子彈爆炸後，雖然殺傷力巨大，不過毛澤東以他特有的氣魄認為原子彈沒有什麼了不起，戰場上起決定因素的是人，而不是武器。他自己的經歷就是如此，在武器不如對方的情況下，他打了許多勝仗，最後取得了政權。不過後來一個法國科學家告訴他，要不懼怕核武必須自己擁有，那個人是居里夫人的女婿，他是法國共產黨人。毛澤東後來動用了全國的力量，在蘇聯專家提供的有限資料裡，由中國幾十個頂級科學家帶領下屬單位的幾十萬人，花了大約七年時間終於在一九六四年成功試爆了第一顆原子彈。在領軍的科學家中，他們早年都有美國的留學背景。

被譽為副統帥的林彪出事了，沒有人敢相信那是事實。在大街小巷的許多宣傳標語裡，還張貼著他的語錄和人們對他的頌揚之詞。毛澤東被呼作「萬歲、萬萬歲」，林彪則被稱作「永遠健康」，毛澤東希望林彪對自己絕對忠誠，林彪沒有扶持毛澤東的親信，反而是讓自己的兒子出頭，加之林彪不屈服的個性，像被整倒的任何一個政治局委員裡的人那樣，悲劇再次重演。

當有人把林彪一家機毀人亡的消息報告給總理周恩來時，他竟當著眾人的面失聲大哭起來；因為他心裡清楚，自從毛澤東沒能傳位於自己的兒子後，第一夫人為了搶班奪權，林彪是她最大的政敵，接下來他自己就是首當其衝的目標；他心裡預感到，自己的存在將是他們奪權的絆腳石，自己很有可能被他們以種種理由打倒。

當時被囚禁多年並已身患重病的彭德懷元帥聽到林彪機毀人亡的消息後，他的心裡充滿了恐懼和憤怒。他想起了早在紅軍「長征」時期，那個臉上還有些稚氣的年輕軍團長，如今卻落得如此下場；他還想到托洛斯基，「十月革命」的第二領袖，蘇聯紅軍締造者，流亡墨西哥後在家裡被人用斧子活活砍死的事件；還有被譽為「紅色拿破崙」的圖哈切夫斯基等第一批元帥一一被處決的事例。他開始思考：為什麼社會主義國家都是這個樣子？難道是社會制度出了問題還是領袖的個人問題？從前從唱〈國際歌〉開始就一直立志為共產主義事業而奮鬥，難道現實就是這種局面？彭德懷元帥始終想不明白，不久他就鬱鬱而死，他的屍體火化時連個姓名也沒有。

（十）

今天是第二天的最後一個故事，讓我來講講毛澤東晚年的時光。中南海永遠是最神祕的地方，這裡是中國的權力中心，而毛澤東住的豐澤園更是權力中心的中心。

中南海由元、明、清三朝逐漸擴大建成的一座皇家園林，這裡由人工所打造的山水湖泊、亭臺樓閣，在陽光下，水面波光粼粼，樹木鬱鬱蔥蔥，樓宇古色古香，如同杭州的西子湖畔，在春夏秋冬不同的季節，分別有著像蘇提春曉、曲院風荷、平湖秋月、斷橋殘雪的詩畫般的意境。古往今來，這種湖光山色的地理環境，是古人作為歸隱之處的棲息地，尤其是那些早年為了獲取功名，晚年棄甲歸田的士大夫們，或是官場失意者，他們如同閒雲野鶴，或是醉心詩畫，或是一葉扁舟垂釣江中，甚至有看破紅塵遁入空門者。元朝畫家黃公望的傳世之作《富春山居圖》，是由於他當時處在宋朝遭到外族的滅亡之後，鬱鬱不得志，後來遁入空門成為了道士，從此他寄情於山水，用畫筆抒發情志所創作的最佳典範。當然，在詩歌方面，後人不得不推崇唐代詩人張若虛的〈春江花月夜〉了。在音樂的里程碑上，要數王朝末年阿炳的二胡曲〈二泉映月〉了。毛澤東同樣是個詩人，在他青年時候，當時中國正處在內憂外患時期，面對奔流的湘江水，他心潮澎湃，激揚文字，滿懷激情地在他的詩詞〈沁園春‧雪〉中，留下了「數風流人物，還看今朝」的豪言壯語。至於他後來接受了馬列主義思想，並試圖以此來改造中國和最終所遭受的挫折，那是後話。

在南海與中海之間，有一座漢白玉橋，向北，眼前的一座大宅院便是豐澤園。院內的頤年堂是毛澤東晚年會見中外政要的地方。園內東側的菊香書屋，就是毛澤東平日生活起居的地方。臥室被屏風圍著，靠窗是一張雙人床，在床頭的方桌上，有一盞檯燈，還有煙灰缸、香煙、鉛筆、文件等東西。毛澤東喜歡讀書，素來手不釋卷，在他碩大的床側，便是一大堆書籍。他熟讀古代的詩、文、史。室內光線昏暗，和窗外的明媚的陽光形成了鮮明的對照。如今，他患了眼疾，是白內障，需要動手術。由於看不清東西，他不能看書讀報，他的脾氣變得暴躁起來。他又不肯聽醫生的話做手術，他始終認為醫生的話十句中只能信三句，他相信自身的抵抗力，直到後來連放大鏡都不起作用了，於是他的機要祕書張玉鳳不得不報告中央，請他們聯繫眼科醫生專家為毛澤東治療。

這機要祕書姓張名玉鳳，名義上是毛澤東的機要祕書，其實是他的生活護理。早在一九五〇年代末，那時張玉鳳還是一名鐵路局的餐車服務員，由於她說話時聲音優美，所以還擔任列車的廣播員。後來她又出任毛澤東專列的服務員，毛澤東看上她時，那年她才剛好十八歲，斯文的外表長得眉清目秀，而且舉止得體。毛澤東看上她後，知道她的名字姓張名玉鳳，雖然毛澤東一直欣賞知書達理的女性，不過他相信自己是「真龍天子」，這個小女人的名字和自己是「龍鳳配」，就像紫禁城裡的柱子上所雕刻的龍鳳呈祥的圖案那樣。在他練書法的紙張上，寫的就是「張玉鳳」這三個字。警衛局長汪東興得知後，就立刻把張玉鳳調到毛澤東的身邊做祕書，這個文化程度並不高的女人，從此就成了毛澤東身邊的女人。警衛局長汪東興，也是毛澤東最信任的人之一，毛澤東相信汪東興這個名字對他有利，「東興」兩個字可以「興東」，有興旺自己的暗喻。就是他的住處豐澤園，「豐澤」這兩個字和他的名字也是有某種內在吉祥的巧合。

眼下最重要的事是為毛澤東醫治他的眼疾，為此中央政治局已經召開過多次會議，作為非黨員的眼科專家也列席會議，共同商討治療方案。當時，這被視為國家的最高機密。為了獲得第一手資料，被指定的醫生已經跟蹤調查了好幾個月，不過一直沒有得到毛澤東本人做手術的許可。就這樣一拖再拖，到了毛澤東實在看不清任何東西了，有天中午，毛澤東正在用餐時，張玉鳳就帶著趕來的眼科醫生，悄悄地進入了毛澤東的房間。毛澤東聽到有動靜，就問道：

「是誰來了呀？」

「是張大夫。」張玉鳳細聲細語地對毛澤東說道。

毛澤東知道這個張醫生，以前他勸過毛澤東幾次，毛澤東就是不願意。這次毛澤東隨口說道：

「吃飯也要看？」

毛澤東的飯菜很簡單，一段武昌魚尾、一盤蔬菜、幾片白切肉，還有一碟辣椒醬。

醫生走到毛澤東的身旁，此時毛澤東正好剛放下碗筷，醫生就趁機在毛澤東身邊蹲了下來，小心地托住毛澤東的大手，將它握成拳頭，慢聲細語地說道：

「主席啊，這隻握著的拳頭好比是一個眼球，眼球前面中央最外面黑色眼珠，叫做角膜，已經渾濁的晶體就在它後面的這個位置。」

「啊，原來是這個問題。」毛澤東歎了一口氣。

醫生接著用一根手指頭按住拳頭的另一個位置，繼續說道：

「主席啊，做針拔時，這裡就是進針的地方。」

毛澤東認真地聽著，好像在猶豫著什麼。這醫生倒也機靈，又順口背誦了一首唐代詩人白居易寫的一首與治療眼疾有關的詩：

「案上漫鋪龍樹論，盒中虛貯決明丸，人間方藥應無益，爭得金篦試刮看。」

毛澤東聽後，他的表情有些鬆動，醫生認為，毛澤東同意給他做手術治療了。

在住進中南海的幾個月來，醫生看到毛澤東晝夜不分，無論是吃飯、睡覺還是讀書、見人，沒有作息的規律。在決定手術前，醫療小組為毛澤東進行十天的術前準備，並把毛澤東的一間書屋整理出來作為臨時手術室，大家只等毛澤東的「一聲號令」了。眼科醫生每天做著沖洗眼囊和三天一次的結膜囊培育、滴眼藥水等，但毛澤東一直沒有讓醫生做手術的表示。整整過了十天，這是手術前準備的最後一天，整個白天，醫療小組全體人員嚴陣以待，卻沒有接到毛澤東的任何指令。一直到了晚上十點，毛澤東的屋裡還是靜悄悄的。有人等不及了，只能讓眼科醫生去遊說一下毛澤東。

醫生先見了張玉鳳，她隨後就把醫生帶到了毛澤東的身邊。此時毛澤東正靠在床頭，好像在等人。醫生進入毛澤東的臥室，俯下身體，輕聲地問道：

「主席啊，今天感覺好嗎？」

毛澤東微微轉過頭，他已經看不清是誰了，不過他熟悉醫生的聲音，便說道：

「你來了，我還好。」

「主席啊，手術前的準備工作已經有十天了，您看，我們做不做啊？」張醫生問道。

「都準備好了？」毛澤東反問了一句。

「是的，主席。」張醫生答道。

「沒有問題了？」毛澤東又問道。

「昨天在給您沖洗眼道的時候，我知道您有些疼，是麻醉沒有弄好。」張醫生解釋道。

毛澤東聽了，笑了笑，揮揮手，說道：

「做！」

隨後，張玉鳳和醫生就把毛澤東攙扶起來，走進了隔壁的臨時手術室。此時，被通知趕到的周恩來、鄧小平等中央主要領導人在窗外觀望著手術過程。

做手術前，毛澤東叫張玉鳳為他準備好岳飛的〈滿江紅〉彈詞，毛澤東非常喜歡這首詩。隨著音樂聲響起，開始了〈滿江紅〉的彈詞：

「怒髮衝冠，憑欄處，瀟瀟雨歇。抬眼望，仰天長嘯，壯懷激烈。三十功名塵與土，八千里路雲和月。莫等閒，白了少年頭，空悲切！

靖康恥，猶未雪。臣子恨，何時滅！駕長車，踏破賀蘭山缺。壯士飢餐胡虜肉，笑談渴飲匈奴血。待從頭，收拾舊山河，朝天闕。」

每次聽到這首詩，毛澤東在心裡就會回憶起他的崢嶸歲月，這是他最為艱辛的年代，也是他醉心於此的時光，從他青年時立志革命，拯救中國人民於苦難之中，如今他已是大權在握的最高領袖，就連美國總統尼克森幾年前也千里迢迢從華盛頓來到北京，就在這個房間和他會面。尼克森雖然不贊同共產主義，但是毛澤東魁偉的巨人形象卻給他留下了深刻的印象。尼克森同樣敬佩毛澤東把一個一窮二白的落後的農業國，改變成了當時世界上只有極少數國家才擁有的核武器國家。雖然革命早已成功，如今毛澤東已經是老驥伏櫪，他常常懷念那馳騁疆場的歲月，他還是有許多未盡人意之事，譬如澈底改造社會、澈底解決臺灣問題，還有至關重要的自己的繼承人問題等大事等還都有待於解決。

手術時，毛澤東一聲不吭也不動，很快手術就順利完成。當醫生告訴毛澤東手術已經做完，毛澤東還有點意外：

「已經好了？我還當沒有開始做呢。」

當毛澤東恢復視力以後，他的妻子江青想來探望一下毛澤東。其實毛澤東和江青早已是名存實亡的夫妻，江青平時要見到毛澤東也很不容易。在政治上，毛澤東是信任她的；在情感上，年逾八旬的毛澤東早就投入到年僅三十多歲的張玉鳳身上了。江青最怕的就是自己成為「賀子珍第二」，當年毛澤東看上她時，就把他的第三任妻子賀子珍弄到蘇聯去養病了。為了有機會接近毛澤東，這個平時目中無人，甚至有點驕橫跋扈的她不得不放下自己的身段，千方百計地去討好張玉鳳；她有空就找張玉鳳聊天、拍照、吃飯以及打電話，經常送衣服等東西給張玉鳳。得知江青要來，毛澤東不同意見她，張玉鳳便向毛澤東求情道：

「幹什麼老不見人家啊，老太太怪可憐的。」

「你就見她可憐了，你還沒有見到她可恨的時候呢。」毛澤東說道。

「喔，那你看看我身上這條真絲圍巾漂亮嗎？」張玉鳳指了指圍在她脖子上的真絲圍巾問道。

毛澤東打量了一下，說道：

「好看，好看，誰給你的？」

毛澤東以為張玉鳳在測試他的視力恢復得如何。

「這是江青同志送給我的。」張玉鳳回答道。

「快把它摘下來，一點都不好看，以後不要她的小恩小惠。」毛澤東馬上把臉沉了下來，又道，「讓她快點離開這裡，然後給我讀一首陳亮的〈念奴嬌・登多景樓〉。」

張玉鳳走到門外幾十米處的一個崗哨外，對江青說道：

「主席讓你回去，他的視力還沒有完全恢復，還是過一陣再來探訪他老人家吧。」

江青聽了，自覺沒趣，就只好自行離開。其實，她早就習慣了毛澤東這樣對她，畢竟張玉鳳現在年輕漂亮，自己已是年近六旬；好在毛澤東在政治上還要依靠她，她想等毛澤東百年之後，自己就是當今當之無愧的呂太后，到時候，自己也能像毛澤東一樣一言九鼎，那個張玉鳳又算得了什麼，誰想讓自己成為「賀子珍第二」，將來就讓她成為「戚夫人第二」。

戚夫人的故事至今已近過去了兩千多年，不過有關她的故事流傳至今，聽了令人感到毛骨悚然。她是漢高祖劉邦的寵妃，她不僅年輕漂亮，能歌善舞，跟著劉邦在爭奪王位的戰爭中，逐漸得到了劉邦的寵愛，尤其是在她為劉邦生了一個兒子劉如意後——劉邦看到自己的這個兒子，很像自己，而且聰明乖巧，劉邦就十分喜愛。於是戚夫人有了非分之想，憑藉著劉邦對她的寵愛和兒子的優勢，她要求劉邦改立太子，欲從呂后手中奪取她兒子的繼承權。呂后得知後，頓時覺得天崩地裂，最後在謀士張良的暗助下，才擺脫了危機。從此，呂后對戚夫人懷恨在心，在劉邦駕崩後，呂后大權在握，隨即把戚夫人囚於牢房。不久，呂后又設計毒殺了戚夫人的兒子，又把關在牢中的戚夫人，使人剃光她的頭髮，挖去她的雙眼，割掉她的耳朵並致聾，又灌藥致啞，削掉她的鼻子，再砍去她的雙腿和雙臂，然後把剩下的一段身體連著像骷髏一樣的頭顱裝入一個大缸裡棄在一所茅廁裡，命名為「人彘」，即如豬之人，讓人觀看。對於這段帝王身邊女人鬥爭的歷史，毛澤東當然心知肚明，加之他瞭解江青睚眥必報的性格，毛澤東對於將來她們的命運，已經有了部署。

張玉鳳回到毛澤東的身邊，像以往那樣，找出了那首宋詞，坐到了毛澤東的旁邊，為他朗讀起來：

「危樓還望，歎此意、今古幾人曾會？鬼設神施，渾認作、天限南疆北界。一水橫陳，連崗三面，做出爭雄勢。六朝何事，只成門戶私計！因笑王謝諸人，登高懷遠，也學英雄涕。憑卻長江，管不到，河洛腥膻無際。正好長驅，不須反顧，尋取中流誓。小兒破賊，勢成寧問強對！」

張玉鳳一字一句地讀完了，毛澤東坐在沙發上聽著，他好像陷入沉思，又好像在追憶往事，他的表情凝重，略帶傷感。張玉鳳注意到，此時他的眼淚正掛在他的臉頰上。張玉鳳知道，毛澤東自己就是一個詩人，容易動情，剛中有柔；只是現在他上了年紀，由於他權高位重，沒有人可以輕易地接近他，他的內心也很苦悶；所以他只能在古詩中得到一點點慰藉，尤其是這類借古喻今的作品。

張玉鳳看見後，就起身離開他一會兒，又準備了熱毛巾為他擦洗了一下臉部，隨後問道：

「主席，要不要在床上躺一會兒？」

毛澤東聽了，點了點頭，於是，張玉鳳就把他扶到了床上，又幫他脫了外衣。毛澤東躺下後，看到張玉鳳正要離開，便叫住了她：

「玉鳳，你回來。」

張玉鳳聽後，就又回到了毛澤東的身旁。

「去把門關上，我們躺在一起，我有話要對你說。」毛澤東說道。

張玉鳳脫下了外衣，就和毛澤東一起鑽進了一個被窩裡。

「我年紀大了，不久就要去見馬克思了。我想交權給江青，可又不放心你。所以我在圈出了五個常委後，又添加了汪東興和你。」毛澤東說道。

「我可不想當什麼常委，也沒有這個本事。我只想天天為你倒茶送飯，像現在這個樣子就好了。」張玉鳳不假思索地回道。

「我死後，她不會放過你的。現在她對你好，是想利用你。將來她一定回迫害你的，我可不想讓你變成當代的戚夫人。」毛澤東語重心長地說道。

「那你為什麼還要把權交給她，交給別人也行啊。」張玉鳳說道。

「不行，別人我信不過。以前史達林把權交給了他最信任的赫魯雪夫，你看看，後來怎麼樣？公開反對史達林。中國也有像赫魯雪夫這樣的人。所以，在政治上，她還是靠得住的。雖然華國鋒排名第一，不過他為人過於老實，可是老實也就是沒用；他上位的好處是中間派，既不會左，也不會右，也容易被各方面接受。所以讓你也進常委，和她平起平坐，加之汪東興保護你，這樣你就安全了。」毛澤東說明了自己的用意。

張玉鳳聽著，淚流滿面，她怎麼也沒有想到，毛澤東會這樣安排她的未來。接著，張玉鳳又問道：

「那將來我們的毛毛怎麼辦？」張玉鳳指的是她為毛澤東生的那個兒子。

「他還小，將來再說。我和你說的事不要和江青他們講，也不要讓華國鋒知道。」毛澤東關照道。

張玉鳳聽了，連連點頭。她輕輕地摟住毛澤東，想讓他安心地休息一下。此時她還是不敢想像自己有一天能當上中央政治局常委這樣的大官。

僅僅過了三個月後，毛澤東就去世了。由於事發突然，新的政治局常委名單還沒有在中央最後落實，張玉鳳和她的孩子就成了孤兒寡母。毛澤東死後，江青以為自己終於成了皇太后，她對毛澤東的繼任者華國鋒態度傲慢，華國鋒內心對江青極為不滿，不久，他就暗中串聯了幾個中央高層和中央警衛局的負責人汪東興等人，把毛澤東的遺孀江青等人逮捕入獄。

在江青等人所謂的「反黨集團」被判刑後，張玉鳳以為，江青成了罪犯，自己就理所當然地會被承認為毛澤東夫人，趁此機會，正好要求黨中央為自己和她的孩子正名。她先後給中央打了幾次報告，並要求中央負責人接見她。最後，中共中央辦公廳的一個姓馮的人來到張玉鳳的住處找她個別談話。這個姓馮的對張玉鳳本來就好奇，一見到她，就產生了憐香惜玉之心。張玉鳳雖然年近四十，她膚色潔白，眼睛明亮，風韻猶存。就是這個來自牡丹江的女子，在長達十八年的日子裡，毛澤東對她不厭不棄，在她身上，一定有她的特殊的魅力。

張玉鳳含著淚花，抱著一種無依無靠、哀戚動人的嬌態，向中央派來的辦公廳主任吐露自己的滿腹酸楚時，她哭成了淚人兒。馮已經陷入了對這個奇女子的極其的渴望之中，他想極力克制自己的欲望，他早在青年時就知道毛澤東的這個寵妃，還曾多次在新聞中看見她伴隨毛澤東接見外賓。如今她就在自己的眼前，而且傷心欲絕地有求於他，他實在無法控制自己，開始只想趁機擁抱她一下，以此安撫她的情緒。馮為她擦拭眼淚，撫動她的秀髮，這是毛澤東生前擁有的權利，自己也擁有了，他感到無上的榮耀和亢奮。他想和張玉鳳進一步地親熱，像毛澤東那樣對她，此時張玉鳳深知自己已經無依無靠，便無奈地委身於他，希望他能解決自己的問題。馮事後答應張玉鳳，給她副部級的政治待遇，雖然她的孩子是毛澤東的親骨肉，不過中央也有中央的難處，希望她顧全大局，為毛澤東的名聲考慮。

事後，張玉鳳癡癡地待在馮為她安排的警衛森嚴的中央辦公廳的招待所裡，一等就是三個月。馮不再露面，開始還能通電話，後來電話也打不通了。張玉鳳明白自己是上當受騙了，激憤之下，她給中央紀律檢查委員會的首長寫了一封上訴信，指名道姓地檢舉馮利用個別談話的機會，玩弄了她。迫於壓力，馮被撤職，後來又被調任中央黨校做負責人。張玉鳳最後還是嫁人生子，過上了隱居的生活。她最終沒有當上政治局常委委員，也沒有落得像戚夫人那樣的悲劇，而是成了一介平民。

當年毛太祖要不是擔心張玉鳳成為戚夫人的下場，也許他真的就把最高權力直接傳給了江青，中國的政壇就會繼續由「左派」掌控，當然也就不會由所謂的右派人物鄧小平主張的「改革開放」的國策了。毛澤東死前最擔心的所謂「赫魯雪夫式的人物」還是在中國出現了，鄧小平公開批判了毛澤東搞「個人崇拜」和「黨內清洗」等錯誤，他得到了大多數中國人的擁護。

第 3 天

我們聽到了戚夫人的遭遇和毛夫人的下場，今天讓我來說說中國古代女性的多舛的命運吧。

（一）

有詩曰：

昨夜風開露井桃，未央前殿月輪高。
平陽歌舞新承寵，簾外春寒賜錦袍。

未央宮是西漢帝國的正殿，建於漢高祖七年（西元前二百年），在秦咸陽宮（建於西元前三百五十年）的一處章臺的基礎上修建而成，坐落於漢長安城地勢最高的西北角龍首原上；因在長安城安門大街之西，又稱西宮。未央宮占地約五平方公里，是中國古代規模最大的宮殿建築群之一。在這個帝宮中，已經先後經歷了漢高祖、漢文帝、漢景帝、漢武帝，直到西元前七十四年，昭帝於未央宮暴病而崩，年僅二十一歲。自古皇帝短命的多，後宮佳麗三千，天天驕奢淫逸，縱欲無度，難免青春年少時，就一命嗚呼了。只是那些被選作陪葬的宮女倒了楣，昭帝一死，緊接著宮裡的太監便選出了幾十個和昭帝年齡相仿的宮女準備殉葬。由於事發突然，昭帝的陵墓才動工沒幾年，於是，只能加緊施工。到了昭帝入殮下葬的那天，太監先讓那些被選定殉葬的宮女們在後殿外用餐，待她們吃完後，就被帶到殿內，隨著太監一聲「賜諸位自縊殉葬」的宣讀聲後，宮女們頓時哭聲震天，她們知道自己馬上將被縊死。太監們事先在殿內房間中放好了與殉葬人數同等數量的凳子，凳子上方是繞在樑上的七尺白綾。膽大一點的宮女一咬牙站到凳上便將自己的頭伸向了白綾結成的套扣內，然後一腳踢開下方的凳子，幾分鐘便沒了性命。膽小一點的宮女，太監會強行將這些嚇得半死的宮女扶上凳子，把宮女的頸部套入套扣內，然後再移掉凳子，很快也就一命嗚呼了。幾十個鮮活的生命，頃刻間便變成了一具具屍體，接著就是和死去的昭帝一同下葬。除了幾個殉葬的嬪妃以外，其他那些陪葬的宮女平時連皇上的面都從來沒有見過。

西元前三十六年，漢元帝昭示天下，遍選秀女。有個叫王昭君的女孩為南郡首選。不久，漢元帝下詔，命所有被選女子擇吉日進京。王昭君之父哀求道：「小女年紀尚幼，難以應命。」無奈聖命難違，到了春節過後，王昭君淚別父母鄉親，登上雕花龍鳳官船，順著香溪而下，入長江，逆漢水，過秦嶺，歷時三月之久，於同年初下到達京城長安，為掖庭（漢朝時期的後宮宮殿）待詔。所有待選入宮的女孩，她們平均年齡十二三歲，總人數五千左右，一同集結於長安城，然後由專門的太監挑選，先將高、矮、肥、瘦的淘汰；第二次再選，檢查耳、目、口、鼻、髮、膚、領、肩、背等，有一處不周正的就淘汰；然後再用尺子量她們的手足，再讓她們行走數十步，觀其「豐度」，去其腕稍短、趾稍巨，除舉止輕躁者；最後將剩下的引入宮中密室，探其乳，嗅其腋，捫其肌理，合格之後才可以在宮中生活；一個多月後，又根據她們的性情、言行以及帝王的喜好，選出上百個嬪妃候選人。皇帝則通過宮廷畫師呈現的宮女畫樣隨意挑選，被選上的就成了嬪妃，沒有被選上的就繼續留在後宮，遙遙無期地等待著。

在這些新選的宮女中，只有王昭君留名青史。雖然她天生麗質，但漢元帝卻從來沒有見過這個宮女，其實她在宮中已經等待了好幾年，她終日鬱鬱寡歡，直到北方的匈奴單于呼韓邪入朝求后妃，漢元帝賜他五名宮女，在告別那天，元帝令五名宮女出來舉行送別儀式。待王昭君一出來，漢元帝怦然心動，他立刻想把王昭君留下，但又怕失信友邦，損害了「和親」的國策，最後只好忍痛割愛。事後漢元帝遷怒畫師，沒有把這個絕世美人的樣貌畫出來，使他不幸錯失了這段鴛鴦情。元帝令人斬殺了畫師，但還是不能消解元帝的心中之怨。

再說王昭君出塞到了西域之後，雖然衣食無憂，單于呼韓邪對她寵愛有加，可畢竟游牧民族的生活習慣和中原地區的生活習性差異很大，加之對故土的眷戀，她的內心時常惆悵無比。不久，她就和呼韓邪先後生育了兩個孩子，她的地位猶如「皇后」。到了呼韓邪死後，他的長子復株累若鞮繼承單于，依照胡人習俗，要娶王昭君為妻。王昭君上書給漢朝廷，希望回國，遭到拒絕，繼位的漢帝要求她遵從胡人的生活習俗。於是她不得不再嫁給自己的繼子，後來又生了孩子，到了她的繼子死後，王昭君便要和其他遺產一樣又被新繼承的單于繼承。後人有詩云：

群山萬壑赴荊門，生長明妃尚有村。
一去紫臺連朔漠，獨留青塚向黃昏。
畫圖省識春風面，環珮空歸月夜魂。
千載琵琶作胡語，分明怨恨曲中論。

說了宮女在敘「烈女」，聽說過許多千奇百怪有關「烈女」的故事。到了明朝的時候，「男女授受不親」的戒條愈演愈烈。據說在崇禎年間，有一年的冬天有土匪四處作亂，有個小婦人柴氏和她的丈夫一起躲進山裡避難，結果還是被盜匪擋住了去路。見小婦人長得漂亮，匪首頓起邪念，他立刻叫人把柴氏的丈夫綁解到山下，自己就開始輕薄起柴氏。柴氏激烈反抗，她被捆綁起來帶進一個山洞。為了自己的節操，由於首匪才摸過她的手，柴氏就一口咬下手上的肉，血淋淋吐在匪首的臉上。匪首有點氣急敗壞，就令人把她綁在了座椅上開始撫摸她的乳房，接著柴氏就又一口咬掉了自己乳房上的一快肉，她血流滿身。最後匪首惱羞成怒，就用大刀把柴氏小婦活活砍死。

明朝有個姓陳的女子，從小熟讀《三字經》、《列女傳》等教育女子的書籍。她年紀輕輕就守了寡，她立志守節，就一人獨居在房屋的二樓，藉此與所有的男人隔絕。為了打發寂寞無聊的夜晚，她就每晚天一黑，就把手中的一百枚銅板撒落一地，然後再黑燈瞎火地跪爬在地上一顆一顆地尋找，等到找完了一百枚銅板，她也已經是精疲力盡了，然後倒下就睡。年復一年，銅錢上的字幾乎都被磨平，而且很光滑。她這樣整整過了三十年。平時有病也不瞧大夫，因為醫生都是男人，而其時醫生診病須觸碰病人的手進行「號脈」。直到她死前，彌留之際對她的婢女最後的叮囑就是：「我死了，千萬不要找男人來抬我的屍體。」

清朝道光十一年，沿江地區洪水氾濫，在安徽桐城有一獨身女子李氏被洪水所困，眼見湍急的河水已過腰部，看見她驚慌失措的樣子，一男子伸手救援，抓住她的左手臂將她救起，當該女子上岸後回過神來，她沒有感激別人的救命之恩，而是失聲痛哭道：「我幾十年的貞潔，怎麼能讓陌生男子污了我的左臂。」說罷，她搶下逃難人的一把菜刀，硬生生地將自己的左臂砍下。後來水災過後，當地官府的人就為這個獨臂女李氏立了一塊「貞潔牌坊」。

至於對那些所謂「不貞」的女人，從宋代開始，為了專門懲治那些勾結姦夫謀害親夫的女人，則用「騎木驢」的酷刑。木驢的製作是一面長形的木板，下面安裝有四條支撐的驢腿或滾輪，如同一張條凳，不過其表面呈現一定的弧形，類似驢背的形狀；另外在長木板中間，安裝一根約二寸粗、一尺餘長的圓木橛子向上直豎，象徵陽具。凡被判死罪的女犯定罪以後，就將她的衣褲全部剝光，衙役們將女犯捆綁後，將她雙腿分開，陰戶對準那根木驢背上的木陽具直插進去，接著，用鐵釘把女犯的兩條大腿釘在木驢上，防止其因劇痛而掙扎。再由四名大漢抬著木驢上的女犯遊街，在遊街過程中，隊伍前安排衙役和兵丁敲著破舊的鑼鼓開道，並有兵丁使用帶刺的荊條不斷地抽打女犯背後，並令其高喊：「淫婦某某，通姦殺夫，罪有應得。」最後將其押到刑場，斬首示眾。

接下來再來說說中國古代女子的小腳文化。據說自宋朝以來，凡是富貴人家的小女孩，從四五歲起，大人們就要強迫她們開始纏足。一個女子的長相、身材再好，如果不是一雙小腳，就會被人恥笑，並且嫁不出去。當時的人，不論男性或女性，都以女子足小為美，而且，男人們相信，裹腳的女人容易待在家中不出去，更有利與保持她們的貞潔。當然對男性來說，女人的小腳具有性的吸引力。古人用「三寸金蓮」一詞讚美女性的小腳，四寸之內的則稱為「銀蓮」，大於四寸的稱為「鐵蓮」。清代有一本書叫《香蓮品藻》，據說和唐代陸羽的《茶經》一樣受許多文人的追捧。在《香蓮品藻》中，把女人的小腳，從形狀、尺寸、裝飾、氣味等方面做分類品評，又有「香蓮四忌」說：「行忌翹趾，立忌企踵，坐忌蕩裙，臥忌顫足。」據說，由於女人纏足後行走困難，恰好鍛鍊了陰道周圍的肌肉，防止陰道鬆弛，就連婚後的女子也可以像處女般的緊縮狀態。女性平時絕不裸足，對男性而言可窺其私密之處，令人迷戀。由於小腳「香豔欲絕」，玩弄起來足以使人「魂銷千古」，玩弄的方法包括：聞、吸、舔、咬、搔、捏、推等無奇不有。在中國古代，一向視女人的腳除了陰部及乳房以外的第三「性器官」。這樣的習俗一直延續著，到了清初，入關的滿人很是弄不明白漢人為什麼要讓女人纏足，皇帝就想廢掉這種漢人的惡習，還命朝中為官的漢人帶頭做起，沒想到漢人不從，皇帝就以罷官威脅，結果漢人官員哭啼道：「臣的腦袋可以掉，『三綱五常』的祖訓不能改。」

最後滿清皇帝無奈，只得作罷。

清末民初首屈一指的大師辜鴻銘，學貫中西，不僅古文造詣深厚，同時還精通英、法、德、拉丁、希臘、馬來西亞等九種語言，一生獲得過十三個博士學位。這位大師對女人的小腳可謂情有獨鍾，還特別嗜好小腳裡發出的異味。在他動手寫書的時候，他就讓自己的小腳太太淑姑坐在他的身邊，一邊撫摸她的小腳，一邊思考寫作，還時不時地把她的小腳捧起了，嗅一下，然後奮筆疾書，據說許多的好文章就是這樣寫出來的。他還總結出女人上品的小腳必須具備小、尖、彎、香、軟、正、瘦七個標準，和明末清初的文學家、戲曲家李漁在其《閒情偶寄》中的對女人小腳的品味可謂異曲同工。中國的中上層男人，平日裡品著茶，抽著大煙，同時把弄著女人的小腳，悠哉遊哉地享受著生活。

一直到了二十世紀初，入侵中國的「八國聯軍」退出北京城以後，逃難的慈禧太后回到北京後不久，她驚訝地看到了一個文明有序的北京城，她覺得洋人雖然凶殘，但治國理政還是有一套的，痛定思痛，她不得不又開始在積貧積弱的中國推行了一系列的改制，其中就包括了強制廢除女人裹腳的習俗。又過了幾年，清政府被推翻後，從此中國不再有宮女和太監，社會上也慢慢地廢除了長達千年之久的女人纏腳的習俗。

（二）

今天我來講講明朝的那些事，還有關於「美人盂」和「紅鉛丸」的女性故事。在明朝的中後期，宦官當道，貪污腐化成風，民不聊生。雖然宦官的庭院金碧輝煌，但由於下體挨過一刀，心裡多少有些扭曲與變態，因為絕後，不必考慮後代的遺產繼承，只要在宮裡伺候主子得了勢，就能為所欲為，有的還妻妾成群，人稱「菜戶」。這還不夠張揚，有人從買來的奴婢中，選那些年紀輕輕、容貌姣好的，令她終日跪在房中伺候，等到主人一咳嗽，美人就立刻張開櫻桃小嘴，接住主子從嘴裡吐出的痰，然後面帶微笑嚥下去，這就是「美人盂」。

隨著宦官風的盛行，「美人盂」風行一時，誰家的「美人盂」美麗動人，主人臉上也就愈有光。當時的豪族富戶對此舉也爭相效仿，誰家權勢熏天、財大氣粗，誰家就要擺個活生生的美人做「盂」，那「美人盂」愈是光鮮漂亮，愈能顯得主人身分顯赫。

為了討好皇帝，有宦官獻上「紅鉛丸」，那是宮中特製的一種春藥，它的製法特別：須把童女首次月經盛在金銀器內，加上夜半第一滴露水、烏梅等藥，連煮七次濃縮，再加上乳香、沒藥、辰砂、南蠻松脂、尿粉等攪拌均勻，用火提煉，最後才形成固體，製成丸藥。為了製作「紅鉛丸」，宮廷裡的侍臣從周邊地區先挑選十一至十四歲少女三百人入宮，數年後又陸續從民間挑選宮女，前後共計一千零八十人，這些尚未成年的小姑娘，後來都成了皇帝製春藥用的「藥渣」。有詩曰：

兩角鴉青兩箸紅，靈犀一點未曾通。
自緣身作紅丸藥，憔悴春風雨露中。

為了保持宮女的清潔，宮女們在宮中不得進食，而只好吃桑葉、飲露水，動輒予以毆打，有二百多位宮女被打死，被徵召的宮女都不堪其苦。那晚，皇上吃過一顆「紅鉛丸」，又連續召幸曹妃和王妃等幾個嬪妃，直到次日淩晨時分皇上才安然入睡。此刻，十幾個宮女決定趁皇上熟睡時把他勒死。先是楊玉香把一條粗繩遞給蘇川藥，這條粗繩是用從儀仗上取下來的絲花繩搓成的，蘇川藥又將繩套遞給楊金英。邢翠蓮把黃綾抹布遞給姚淑皋，姚淑皋蒙住皇帝的臉，緊緊地掐住他的脖子。邢翠蓮按住他的前胸，王槐香按住他的上身，蘇川藥和關梅秀分把左右手。劉妙蓮、陳菊花分別按著兩腿。待楊金英拴上套繩，姚淑皋和關梅秀兩人便用力去拉繩套。眼看就要得手，繩套卻被楊金英拴成了死結，最終才沒有將這位皇上送上絕路。宮女張金蓮見勢不好，連忙跑出去報告方皇后，前來解救的方皇后也被姚淑皋打了一拳，王秀蘭叫陳菊花吹滅燈，後來又被陳芙蓉點上了，許秋花、鄭金香又把燈撲滅。這時，管事的被陳芙蓉叫來，這些宮女才被一一捉住。嘉靖皇帝雖然沒有被勒斷氣，但由於過度驚嚇，一直昏迷著，好久才醒來。

事後，司禮監對她們進行了多次嚴刑拷打，對她們逼供，但供招均與楊金英相同。最終司禮監得出：「楊金英等同謀弒逆。張金蓮、許秋花等將燈撲滅，都參與其中，一併處罰。」最後，方皇后下令，將楊金英等十餘名宮女「押至西市，梟首示眾」。而首謀之一的王寧嬪和知情的曹端妃，則在皇宮內一個僻靜的角落被吊死。

到了明末的最後兩個皇帝，兄長天啟皇帝朱由校沒什麼文化，基本算是個文盲，但是他的愛好不少，其中最著名的一個愛好就是木匠活，而且手藝精湛。每天清晨，皇宮中就能聽到他做木匠活發出的「叮叮噹噹」的聲音，這聲音有時到了半夜都不消停。因為每天忙於打家具，皇帝把朝中的事交給了一個宦官魏氏，把家裡的事情交給了自己的奶娘客氏，這兩個人正是一對「菜戶」，他們大權在握，把大明朝當成了自己的家，只要是他們覺得不順心的人，基本上就是死路一條。最後，大明的政事烏煙瘴氣，而皇帝自己也絕了後，不到二十二歲就一命嗚呼了。他唯一的弟弟十六歲朱由檢成了新皇帝，在宮中生活的最初幾天，每天吃的是自己從家裡偷偷帶來的飯菜，宮中的美味佳餚不敢碰。人們都估計這個小皇帝堅持不了多久就會死在宦官魏氏的手裡，或者是成為魏氏的傀儡；但是，後來發生的事出乎所有人的意料。雖然新皇帝對魏氏和客氏相當禮遇，但魏氏心裡並不踏實，他照樣選一些美女，當然還有「紅鉛丸」。新皇帝不怎麼好色，把春藥扔了，但對魏氏不動聲色，依然是褒獎不斷。就在魏氏以為自己安然無事的時候，新皇帝最後藉機除掉了魏氏。樹倒猢猻散，魏氏餘黨很快都遭到清算。事後新皇帝贏得了一片恭維之詞，大臣們紛紛稱他為明君聖主，最後他自己也堅信自己就是一位英明果敢的君王。

由於長期的貪官污吏盛行，導致國庫空虛，加之陝北地區連年旱荒，農民紛紛暴動。其中有個年僅二十一歲名叫李自成的驛卒，他的工作就是傳遞公文，護送過往官員和重要賓客，運送重要物資。這是一種苦差事，報酬卻很低，一天不過工銀三分。那個時候，十里置鋪，六十里置驛，但驛站這個公共設施卻成了官員謀利的工具，常常以此損公肥私，驛卒們本來就很低的工資，也常常被貪官們克扣得分文不剩。朝廷為了節省開支，裁撤數萬驛卒，一年多共省下六十八萬兩左右的白銀。但由於裁減驛卒，李自成成了一個無業者，憤而參加了農民起義軍。後來，他成了起義軍的領袖之一，自稱「闖王」；經歷了多年的英勇奮戰，他率起義軍於河南殲滅明軍主力後，在陝西西安建立了大順政權，並準備進攻北京。

在這生死存亡的緊要關頭，這個平日裡極愛面子的崇禎皇帝，放下皇帝的尊嚴，哀求大臣和親戚們捐款，他想儘快募捐一百萬兩銀子作為軍餉。結果內閣首輔捐了五百兩，太監首輔捐了一萬兩；皇帝的意思是「以三萬為上等」，但沒有一筆捐款達到此數，最高一筆也只有兩萬兩，大多數的捐款數只不過是幾百幾十而已，只是敷衍了事。平日裡貪贓枉法的權貴們個個都在哭窮、耍賴、逃避，一時間什麼「新鮮」事都出來了：有的把自己家的鍋碗瓢盆拿到大街上叫賣，有的在豪宅門上貼出「此房急售」，這一切都是在告訴皇帝：我真的沒錢捐，看你能怎麼樣？

皇帝著急，於是想樹個榜樣，想來想去想到了自己的岳父周氏。皇帝知道周氏有錢，本以為國家大難臨頭，周身為國丈，與皇室休戚與共，怎麼也應該有些擔當吧。於是皇上派了一個太監去拜訪周氏，先不提錢的事，上門先給周氏封侯，然後說：

「國難當頭，皇上希望你捐銀十萬兩做軍餉，給大家帶個頭。」

周氏一聽，馬上哭得死去活來，說道：

「我怎麼會有那麼多錢啊，不瞞你說，就連家裡的米發了黴，我還照樣吃著。」

皇上聽了太監的回覆，很鬱悶，也不好逼國丈太甚，於是把數額從十萬兩減到兩萬兩。周氏眼看糊弄不過去了，就進宮找女兒周皇后求援。倒是皇后深明大義，自己立馬拿出五千兩銀子，要求他父親為權貴們做個表率。周國丈拿了女兒的五千兩銀子，他只肯捐出三千兩，另外兩千兩還是私下藏了起來。

事實上這幫文武百官、皇親國戚有種普遍的心理：皇帝不缺錢，整個天下都是皇帝的，為什麼要出錢？再說這是朱家的天下，完了就完了，自己有錢，換個朝代一樣過自己的日子。至於守城的官兵，沒有軍餉，誰也不願賣命。僅僅是七天以後，李自成帶領的起義軍就攻陷了北京，在起義軍的酷刑下，那些曾在皇帝面前哭窮的人，紛紛交出了巨額的財富。皇帝要皇室大臣捐一百萬兩銀子打叛軍，大家哭窮，最後勉強湊到了二十萬兩，李自成進京後向他們追銀子，嚴刑拷打後竟捐出了七千萬兩。而崇禎的岳父周氏，當初哭著、喊著只肯掏一萬兩銀子的守財奴，後被「闖王」軍抄出了無數珍奇異寶，拉了幾十車，光是現金就足足有五十三萬兩之多，這當然是後話。

一六四四年的正月，這一段時間，京城始終是天色晦暗，塵土飛揚，北京城冥冥中似乎瀰漫著一種不祥的氣氛，節日的喜慶早已被焦慮不安所取代。有錢的富戶開始挖地窖藏金銀財寶，宦官人家也開始暗中收拾細軟，做好了離京的準備。

勸降失敗以後，農民軍開始攻城了，一時之間火炮齊發，震耳欲聾。大順軍早已準備好了雲梯，吶喊聲中蜂擁而上，前排是幾隊架雲梯的，後排則是攜盾持刀的攻擊隊。他們前排倒下，後排跟上，連續衝鋒。很快西直門、平直門、得勝門被一舉攻占，有太監開彰義門投降。

此時崇禎登上了紫禁城的最高處，見北京外城烽火連天，起義軍攻城不止，卻看不到任何援軍的影子，感到大勢已去，大順軍攻內城是早晚的事。他回到乾清宮，對張惶失措的皇后說道：

「大事去矣！」

然後崇禎開始安排後事，他先是令人將太子們換上便服，送到皇親們家去，以備東山再起。送走了太子，崇禎來到後宮，他命令皇后和妃子自殺，周皇后懸樑自盡，元貴妃自盡未果，崇禎揮刀砍去，接著他又連續砍傷了好幾個平時寵愛的嬪妃。可面對自己最喜歡的年僅十五歲的長平公主，崇禎還是有點心軟，他向長平公主連砍了兩劍都砍偏了，長平公主失掉了一條胳膊，暈倒在地。接著，崇禎的小女兒昭仁公主被他一劍砍死，嘴裡說道：

「誰叫你不幸生在帝王家！」

到了拂曉時辰，往日莊嚴肅穆的紫禁城一片混亂，崇禎披散著頭髮，穿著藍色的衣服，左腳光著，只有右腳上穿著一隻紅鞋，和一個太監相互攙扶著爬上了紫禁城北邊的煤山，在一棵像歪脖子模樣的槐樹上，拿出隨從帶的繩子，在樹上上吊自殺了。

這一年，先是明朝的崇禎皇帝自殺，接著起義軍領袖「闖王」李自成攻占紫禁城。同年，多爾袞帶著清兵又占據了北京，從此，紫禁城便是成了清王朝的皇宮。

（三）

明朝灰飛煙滅了，明朝的故事卻永遠被世人津津樂道。我也來講講發生在明朝的那些事。一天在皇宮裡，崇禎帝和周皇后等侍從正興致勃勃地看著田貴妃彈奏著樂琴。此時，皇上正聽得著迷，就連上茶的侍女也被他示意驅走。看著這個美人兒撫琴的姿態，不免想起了當年唐明皇李隆基癡迷楊貴妃的場景。見皇上看得如此著迷，全然忽視了自己的存在，一旁的周皇后不禁心裡感到酸酸的，也恨不得自己也能像田貴妃那樣既會彈琴又能跳舞。可又想到，自己身為六宮之主，哪能像她這般整天風風騷騷，盡失體統，沒有一點皇后的威嚴。可自己旁邊的男人，偏偏對這個女人寵幸有加，還時常冷落自己和其他嬪妃。想到這裡，一股怒氣油然而生，便開口對皇上說道：「陛下喜好風雅之樂，記得臣妾小時候也曾想學吹簫彈琴之藝，可樂師都是男人，就不得不放棄了。」皇上正在興頭，忽聽皇后此言，不免心裡一愣，想到和自己朝夕相處的愛姬，從前不知道被琴師手把手地教了多少回，沒準還被琴師趁人不備撫摸過也說不準。從此，皇上每每念到此事，心裡老是感到不快。

再說周皇后也耿耿於懷，時常以六宮之主自居，故意找茬整田貴妃。貴妃得寵又脾氣急躁，便時常頂撞周皇后。為了顧及皇后的尊嚴，以及讓田貴妃跋扈之性稍加收斂，皇上讓田貴妃從承乾宮搬到啟祥宮反省思過，且不再招田貴妃侍寢。

自從田貴妃搬出承乾宮移居到啟祥宮之後，顏面盡失，又不見皇上來召喚，夜夜獨自期盼，孤苦難熬。想到以前日夜伴隨皇上，又卿卿我我，又是持琴又是起舞，三千寵愛在一身，如今因為那個周氏的讒言，使自己的境地一落千丈，她既恨周皇后，又不滿皇上如此絕情，終日裡鬱憤交加，不久便染上重病，臥床不起。常言道：「禍不單行。」就在田貴妃染疾之際，她的幾個兒子又相繼夭折，身心遭到連連打擊。想當初自己何等得寵，獨居承乾宮，夜夜笙歌歡舞，好不熱鬧；只因得罪了周皇后，便落得如此下場！一想到此，不免悔恨交加，不久便一命嗚呼了。

皇上本無意冷落田貴妃，只是礙於皇后的臉面，又想讓變得日益驕橫的田貴妃反思收斂，沒想到竟會弄到這個地步，想到往日彼此的恩愛、美人的才藝，不免也覺得後悔不已。見皇上時常終日悶悶不樂的樣子，也怕皇上遷怒於自己，周皇后不得不更加小心翼翼，不敢有半點造次。就這樣，皇上時常懷念著田貴妃，宮裡也沒有其他的貴妃或娘娘可以讓皇上減緩他的思念之情，皇上不時唉聲歎氣，借酒消愁。他還常常獨自來到承乾宮，回味往日裡的相歡的日子。

花開花落，一晃便又是幾個年頭過去了。自從田貴妃離世以後，那承乾宮一直閒置著，裡面的一切還是按照田貴妃生前的擺設，只是偶爾路過此地，也會進入宮裡環顧四周，寄託一番哀思之情。那天又逢秋雨瀝瀝的時節，皇上路過承乾宮，忽聽見宮裡傳來隱隱琴聲，又似當年田貴妃在世時所彈奏的〈崆峒引〉，自己曾經讚美她彈奏的琴曲有「裂石穿雲」的效應，此時此刻，皇上頓覺悲從心來，正打算進去探個究竟，忽有太監神色匆匆前來稟報，李自成率領的暴徒武裝已經快要攻破北京城了，形勢十分危急。

皇上聽後驚訝不已，從前也有蠻夷鐵騎三攻京城，均告慘敗，為何這次李自成一個驛卒之輩，何以聲勢如此浩大。正當皇上焦灼之際，忽然想起了遼東總兵吳三桂，覺得在此危難時刻，只有他的部隊可以解京城之圍，遂命太監傳旨吳三桂，命他火速回京保駕。

總兵吳三桂奉命帶著幾千鐵騎星夜兼程，一心想為皇上救駕；再說救駕成功，也可更加名聲顯赫，再和自己住在京城的愛妾陳圓圓重溫舊夢。這陳圓圓的來歷也是頗費周折，她色藝雙全，且冰雪聰明，曾為秦淮一帶梨園名妓。那年田貴妃之父仗勢將其劫奪入京，後來就成了家樂演員；又因田貴妃不幸去世，他也日漸失勢，為了自己的地位和在亂世之中找到依靠，便有意結交聲望甚隆且握有重兵的吳三桂。雖然田父對陳圓圓平日裡十分寵愛，有次他有個會看相的朋友來做客，一見陳圓圓此人便目瞪口呆了。田父本以為他也癡迷圓圓的美貌，卻不料那人開口便說道：「此婦不可留，此乃貴人也。」為了巴結吳三桂，田父便有意將其贈予吳總兵。將來她真的貴如自己的女兒，也可有個關照。不過他明白男人的心思，雖然圓圓美若天仙，也不可將其平白無故地贈予別人，那樣男人得到後不會珍惜。於是他趁吳三桂在京之際在家宴請他，席間讓陳圓圓「猶抱琵琶半遮面」地獻上一曲。果然吳三桂對圓圓一見傾心，後又再三懇請田父將圓圓許配給他。

吳三桂得到了這個美女，不僅才藝雙全，更有那江南美女水靈靈又嬌滴滴的姿色，他恨不得天天和其相伴；可畢竟軍務在身，又不想把這個江南的嬌弱女子帶去遼東邊陲受苦，便把她留在京城，和在京的家眷一起生活。不料這次救駕回京，便一路想著再次和圓圓相歡的場景。

李自成的大順部隊勢如破竹，在吳三桂的部隊到達北京城之前，卻傳來了京城淪陷的消息。又聽說皇上自縊而死，宮裡的周皇后和其他貴妃等也被皇上斬殺而死。大順軍在占領燕京後，燒殺姦淫，無惡不作，吳三桂悲悵不已，更擔心自己的家眷和圓圓會遭不測。戰事到了如此地步，吳三桂也不敢貿然進京，便駐守在山海關，進退兩難。

吳三桂一生戎馬生涯，戰功彪炳，可如今他和他的部隊，兵臨城下，正準備出生入死為皇上救駕，又牽掛自己的愛妾和家人的安危，卻不料李自成這個信差出生的暴民卻如此勢不可擋，就連征服高麗的皇太極之流也曾三度攻打未能攻克。面臨如此驍勇善戰的部隊，是拚死一搏還是順勢歸順，使他倍感猶豫不決。果然，李自成派人送來了招降書，使年輕氣盛的吳總兵深感舉棋不定。如果拚死一戰，可能會全軍覆沒，男子漢大丈夫豈能苟且偷生，就是戰死沙場，為國捐軀，也要留得萬世英名。如果不戰而降，也可割據稱臣，獨霸一方。正當他舉棋不定之時，卻又傳來京城已是一片滿目瘡痍，百姓更是紛紛逃離。正當吳總兵憂憤之際，卻又傳來吳家遭劫，愛妾陳圓圓也被逆賊將領所擄，且生死不明。吳總兵哪裡受得住如此惡氣，便想到了關外的多爾袞，想借師共討逆賊。於是連夜修書一封，直送多爾袞的大本營。

自從努爾哈赤統一女真各部以來，早對明皇朝虎視眈眈，又曾三次攻城未破且死傷慘重。後繼皇太極掃平了高麗，使其稱臣，卻無法再有建樹。到了多爾袞，雖為大清攝政王，也只是地處關外，割據一方。正看著明王朝被李自成部隊推翻，卻也不敢輕舉妄動，只能望洋興歎。不料明朝總兵吳三桂請兵增援，放開三海關，一起圍打京城。此等機會送上門來，又是前朝幾度勸降未遂的總兵，多爾袞猶豫了，他擔心吳總兵已經歸順，此乃設計誘兵，伺機消滅大清而已。

吳三桂正急切尋求多爾袞借師南下，連連數封急件傳送到多爾袞手裡，可多爾袞不知是否是計，又想藉機招降吳三桂，於是雙方處於膠著狀態。

李自成進入紫禁城之後，這皇宮裡的氣派哪裡是他從前所能想像，加之眾多嬪妃美女，想到從此一切將歸他所有，這喜悅之情難於言表。可他明白，雖然如今攻下了京城，可局勢還是相當不穩，況且，吳三桂部隊還未歸降，更有北方的鐵騎虎視南下。於是他未敢先黃袍加身，只是摸了摸那把龍椅，又命部下將自殺的崇禎帝和自殺的周皇后一同葬入田貴妃之墓，也算盡了朝綱之義。

正當李自成封妃加爵，準備登上皇位之時，城外吳三桂卻帶領數萬鐵騎向京城殺來，李自成聞訊派遣兩路人馬進行包抄。不料吳三桂的騎兵愈戰愈勇，很快就突破了防線。李自成只得親率主力，企圖一舉殲滅吳三桂部隊。由於寡不敵眾，吳三桂的部隊節節敗退，接著又被李自成的部隊攔腰而斷。就在這緊急關頭，多爾袞率領的十萬鐵騎從後路包抄李自成的部隊。這個突如其來的戰況，使李自成的部隊驚慌失散。最後李自成帶領少許人馬突圍而逃，白白丟下了整座京城。多爾袞沒有像事先約好的那樣直接增援吳三桂的部隊，而是繞過山海關對李自成的部隊形成了南北夾擊之勢。見李自成的部隊被打得四處逃竄，多爾袞一鼓作氣，率領將士一舉拿下了京城。吳三桂的部隊也乘勝追擊，和多爾袞的部隊在京城會合。多爾袞占領京城後，立刻對吳三桂進行封賞。隨後，吳三桂帶著陳圓圓及其家眷，還有他的殘餘部隊，到西南邊陲做他的平西王了。

李自成的殘餘部隊兵敗如山倒，一路撤退到西北一帶，風餐露宿，風雨兼程。黃昏時分李自成等人露宿在一個寺廟，在瀝瀝大雨之下，看到了如同皇城屋簷上的騎鳳仙人，不禁潸然淚下。想當年明太祖是從寺院裡走出來的，最後建立了大明王朝，而自己斷送了大明王朝，卻從紫禁城的皇位上落到了寺院裡。雖然心有不甘，但他明白，這裡也許是他人生的最後歸宿了；只是把九死一生打下的大明的江山，拱手讓給了蠻夷之輩，不覺悲從心來，愧對黎民百姓。又想著，也許此乃天意，自己的一切壯舉，最終使別人受益，這人生的是是非非，因果輪回，本來就是無常，還是選擇歸隱吧，自己畢竟也是一個做過皇帝的出家人。

吳三桂帶著家眷和部隊離開京城，一路上可謂聲勢浩大。雖然自己得到了大清的封賞，也和愛妾圓圓團聚了，然而他心情複雜。可眼前的這個美人，千人貪，萬人迷，得到她，也算是人生最好的犒賞。要不是為了她，自己本該歸順李自成的，自己終究因為愛美人而投靠了蠻夷。自己一生戰功輝煌，都是因為防守山海關抵擋女真清兵，豈料為了這個冤家美人，今後再也無用武之地了。反正人生苦短，從此自己獨霸一方，做個邊陲土皇帝也不錯。只可惜先帝崇禎皇上在絕望中上吊自盡。至於多爾袞之輩，區區幾十萬人馬，又怎麼能夠統治如此大片江山，用不了幾年或是幾十年，必定再會有像李自成之流起兵造反，再易江山。

如今多爾袞進駐燕京城，他從未想到紫禁城的規模如此宏大，坐在龍椅上的感覺真乃普天之下，唯我獨尊。相比先帝努爾哈赤在盛京的宮殿，其規模和氣勢不可同日而語。從今往後，如此美好的大片江山，將歸大清八旗所有。先帝的雄才大略，積蓄了征戰的力量，又遇千載難逢的機會，才會成就自己名垂青史的偉業。自皇太極之後，八旗子弟中已無人超越自己，如今外敵已被掃平，內爭卻無可避免。看在孝莊皇太后玉兒的情份上，暫立其兒福臨為帝，自己把握朝政，又可和玉兒重溫舊夢。

自皇太極駕崩以後，孝莊雖貴為皇太后，帶著兒子福臨在宮中並無靠山，如今多爾袞為攝政王，加之她和攝政王舊情未了，福臨雖也貴為大清開國皇帝，卻因年幼只能成為一個兒皇帝而已，從小便對多爾袞和皇太后言聽計從；可到了他慢慢懂事以後，看到自己的母后時常侍寢多爾袞，多爾袞又專橫跋扈，把持朝政，他慢慢變得憂憤起來；不過面對多爾袞的淫威，他也無計可施，只能強忍著，希望自己到了大婚以後，就可以擺脫攝政王，自己親政。

到了福臨大婚以後，卻不見多爾袞有絲毫交權的跡象，照樣把持朝政，並隨意出入太后的後宮。他感到鬱鬱寡歡，好在身邊有個董鄂妃，可以經常訴說苦惱。可就是這樣的日子，卻也難以為繼，愛妃突然得傷寒去世，這使他感到萬念俱灰，竟也有了出家的念頭。

他常去寺廟裡聽和尚講經，而且愈聽愈入迷，想到天竺的釋迦牟尼王子悟道成佛，自己也早已厭倦世俗的紛爭，仰望著屋簷上的騎鳳仙人，心裡感歎道：「就是有著至高無上的皇權，終究也逃脫不了萬事皆空的輪回。」不久以後，大清的開國皇帝順治帝竟也剃度出家了，和起義失敗的李自成竟也殊途同歸了。

（四）

中國的歷史送走了明朝，迎來了清朝，我接著就來講講發生在清末的故事。十八世紀末，正是歐洲資本主義發展上升為帝國主義時期，為了尋找海外市場，一七九三年，有一艘名為「獅子號」的炮艦，從英吉利海峽出發，在首領喬治・馬戛爾尼的帶領下，不遠萬里來到了中國。他們帶來了一些洋玩藝，以為皇上拜壽的名義，得到了當時清王朝乾隆皇帝的召見。皇帝以為那是外夷來我朝進貢，便威儀天下地接見了英國人。面見乾隆皇帝的英國人見到皇帝時被要求雙膝跪地向尊貴的皇帝磕頭，卻遭到了英國人的拒絕，皇帝龍顏不悅，不過見到一個會說中國話的小洋人湯瑪斯，皇帝面有喜色，還賞賜了他。由於英國人沒有向皇帝陛下行下跪禮，最後皇帝不得不以英國人不懂禮數同意他們單膝下跪覲見。在清理他們帶來的禮品當中，有代表當時最先進的工業文明的產品，包括科學儀器天體運動儀、地球儀、望遠鏡、透鏡、氣壓計等和工業設備蒸汽機、棉紡機、梳理機和織布機等，還有軍事裝備榴彈炮、迫擊炮、步槍、連發槍等。為了回應這些自以為是的洋人，乾隆帝讓英國人參觀圓明園，他想用這座「萬園之園」，澈底擊破英國人的自大心理。圓明園是乾隆度過童年的地方，在這裡他第一次見到他的皇爺爺康熙皇帝，並給他的皇爺爺留下了好印象。在後來經過幾代皇帝的擴建，圓明園已是豪華大氣、應有盡有。為了顯示泱泱大國的慷慨和禮儀，回去的英國人帶回了滿船的絲綢、茶葉和陶瓷等物品，價值遠超英國人帶來的禮品，這是歷來朝廷對外邦來朝進貢者的一貫禮儀。不過對於英國使者的禮品，乾隆感到震驚和不快，覺得他們有挑釁的意圖，卻被滿清大臣認為那些貢品純屬是奇技淫巧之物，並把那些他們看不懂的科學儀器統統收入倉庫。英國人的中國之行，使他們真正見識到了傳說中的東方的「文明古國」，他們看到了一個神權專制的古老帝國，人們生活在怕挨竹板的恐懼之中，男人拖著長辮，婦女裹腳，人們生活極度貧困，處於半飢餓狀態，以任何食物為食，就連腐爛的食物也不放過，英國人扔進江河裡的死豬、死雞被打撈起來醃在鹽裡。在圍觀的時候，有一艘小船因為擠的人太多翻了，船上的人掉進水裡，雖然周圍有不少隻船在行駛，卻沒有一艘船去救援在水裡掙扎的人，岸邊的人也無動於衷。最後還是英國人開船過去救援。即便是這樣，其他的中國船隻也都不理不睬。街面上到處是乞丐，人們幾乎都不識字，衣衫襤褸甚至裸體，人們膽怯、骯髒但是麻木、殘酷。他們還看見中國的很多碼頭，苦力們幾乎個個背都駝得厲害，還是那麼拚命地幹活，絲毫沒有像西方的工人有的那種公民人身權利的意識。他們終於發現：「中華帝國只是一艘破敗不堪的舊船，它將像一個殘骸那樣到處漂流，然後在海岸上撞得粉碎。」英國人感歎道：「國家有此種下級社會作為基礎，真是統治者的幸運。」至於英國使者提出的派遣駐中國使節、進行港口貿易、對商品進行免稅減稅等要求，更是一概不許。老態龍鍾的乾隆皇帝，給馬戛爾尼下了一道聖旨：

「爾等小國太偏僻，朕就不派人往你那裡去了，爾等代傳吧。」

他還以居高臨下的狀態問候了英國國王喬治三世：

「我天朝物產豐富，無所不有，原不惜外夷貨物互通有無。但絲巾、瓷器、大黃乃爾國必需之物，故加以體恤，每年賞賜若干，不必算錢。爾國偏在海嶼，心向天朝。」

乾隆皇帝死後，時間到了嘉慶皇帝，這次英國人又來了，他們同樣帶來了許多禮品，在所有的禮品上，中國官員一律在上面插上了寫有「貢品」的小旗幟，以示「八方來朝」的貢品。他們想和清朝政府談商業和貿易，事後，嘉慶皇帝有些不耐煩了，在接見了使者（他們只肯向皇上行單膝下跪禮）後，給他們也下了一道聖旨：

「天朝富有四海，豈需小國之些許貨物哉？」

他擬文明確告知英國國王：

「你誠心向化，朕很高興，不過你的使臣無禮，所以朕就把他們趕走了。英國與中國萬里迢迢，你們來一回也不容易。以後呢，大可不必來得那麼勤，能傾心孝順就可以了。」

英國人回去了，而中國的產品卻源源不斷地輸入英國，幾年間形成了巨大的貿易順差。英國人本來來華開拓市場，沒想到中國的市場無法打開，卻被中國人占了大便宜；於是，英國人靈機一動，便向中國輸出大量的鴉片，以抵消他們的貿易逆差。從此，中國人開始大量吸食英國鴉片，而從英國幾乎每天都有裝有鴉片的商船駛入中國。時間一久清政府自然不高興了，到了道光年間時，派欽差大臣林則徐到廣東虎門進行大規模的禁煙運動，還從英國商船上繳獲了大量的鴉片進行銷毀。中國官員還肆意查扣英國商船，雙方發生了武力衝突。英國人的商業利益受到創傷，於是，遠在大西洋的大不列顛國會開始爭議要不要向中國開戰，維多利亞女皇也拿不定主意。結果，那個當年被乾隆賞賜的小孩湯瑪斯參加了國會是否向中國發動戰爭的諮詢，他在國會解釋道：

「中國人不懂商業語言，他們只承認炮火的威力。」

英國議會終於同意了向中國宣戰，大英帝國最終決心對中國「戰而後商」。

當時繼承英國國王的是年輕的維多利亞女王。據說英國人要想和中國人開戰，道光皇帝想要給蠻夷一點顏色看看，結果在臺灣那邊中國人被英國人打敗了，聽說清兵抓到了幾個英軍俘虜，道光立刻派人提審俘虜。在得知英吉利只不過是由三個小島組成的國家，人口還不足大清的二十分之一，道光很放心。又從俘虜的口中得知，英吉利國王是個二十二歲的年輕美女，道光按捺不住連續地問了三個問題。一是：「女王可結婚了？她的丈夫是幹什麼的？」二是：「一個二十二歲的女人，怎麼能當上國王？」三是：「女王年輕漂亮，怎麼管理國家？」當英國人告知中國人，他們的國家已經實現了「君主立憲制」，可惜沒有一個人聽得懂那是什麼蠻夷的治國把戲。

一八四〇年六月，一陣前所未有的炮聲，震徹了中國大地，炮聲來自英國海軍，清軍在廣東沿海抵禦。由於英軍炮火猛烈，守軍將領認為，英國人的火炮在海洋中就能打中陸地的守軍，必定是運用了邪術，中國人將火炮視作有靈性的雄性物，他們相信可用婦女陰部、月經、尿糞、衣褲等陰穢物來使槍炮的法術失靈，叫「陰門陣」。據說明朝末年農民起義軍為了使明軍的炮火失靈，就在附近的村落姦殺了幾百名女性後，將她們砍頭，把她們的屍體倒插在地上並暴露下體，他們相信可使官軍的火炮失靈。明朝的守軍慘不忍睹，碰巧的是火炮真的發生了故障，明軍守軍急忙應對，他們在陣地擺下了許多裝有女人糞便的馬桶，然後奇怪的是火炮回復了正常威力。如今面對英軍的火炮，廣東守軍到處收集婦女用的馬桶堆放在陣地前沿，想要藉此破邪，最後當然慘敗。

英國遠征軍擁有一百多艘風帆戰艦和蒸汽明輪船，全部海陸軍不過一萬人，竟然縱橫中國東南沿海，直逼大沽口京津門戶。廣州、廈門、定海、上海失手，英軍最後進入長江，攻克鎮江，兵臨南京城下。清軍官兵的英勇，終究難敵英軍的堅船利炮，萬里海防線頃刻土崩瓦解，最終迫使中國投降，對外國貿易開放門戶。在英艦「康華麗號」船艙，簽署了不平等條約《南京條約》，中國向大英帝國割地賠款，並不得不開放許多港口，讓英國商人進行商貿活動，並把香港割讓給英國。一向採取鎖國禁海的中國政府，從此似乎有了海洋、海權和海軍的意識。

清政府以為條約可以永保太平，由於中國以自給自足的自然經濟為主，以致英國的商品大量滯銷，加之中國人固有的處事方法和英國人時有衝突，連法國傳教士也遭殺害。到了咸豐年間（一八五八年），英法聯軍遠征中國，他們沿著中英之戰的路線到達天津，當時清政府正在全力鎮壓「太平天國」（一個以「拜上帝教」名義發起的農民起義軍），清政府慌忙和聯軍談判。幾經談判失敗後，咸豐下諭與英法聯軍決戰，中國主將扣押了英國談判代表三十九人，在羈押中又將其十多人凌虐致死。在八里橋的決戰中，最後大約八千名英法聯軍在強大的炮火助力下，以死亡五人、幾十人受傷的代價戰勝了包括騎兵、步兵的數萬清軍。清軍傷亡兩萬餘人，他們在英法聯軍炮火中作戰無比英勇，也使聯軍肅然起敬。戰後，咸豐皇帝帶著皇后、貴妃以狩獵為名逃亡承德避暑山莊。

一八六〇年十月十三日，英法聯軍從安定門攻入北京，在西北區近郊的皇家園林圓明園內，發現多具遭清軍虐殺的英法使節的屍骸，他們決心報復中國人的野蠻行為。十月十八日，英法聯軍洗劫並放火燒毀了圓明園。圓明園大火持續了兩天兩夜，三百多名太監和宮女葬生火海。聯軍在北京城郊搶掠燒殺五十天，清漪園、靜明園、靜宜園、暢春園等均被付之一炬。當時擔任英國公使翻譯的龔半倫代表英國與恭親王談判，他百般刁難清政府，恭親王怒罵道：

「你等世受國恩，卻為虎作倀甘做漢奸。」

龔半倫早已恨透了腐朽無能且把百姓視作奴隸的清政府，便反唇相譏道：

「我本良民，上進之路被爾等堵死，還被貪官盤剝衣食不全，只得乞食外邦。今你罵我是漢奸，我卻看你是國賊。」

在被迫和英國、法國簽訂了賠款和通商的條約後，美國和俄國也相爭和中國簽訂了條約，俄國人要的不僅是商業利益，他們同時瓜分了中國的大片領土。

短命的咸豐皇帝死後，通過政變，最後清王朝的權力落入了慈禧太后的手中。由於列強勢力在華的不斷擴張，引起了以「義和團」為主的民間反抗力量，他們燒使館、殺洋人，就連中國的教徒和用洋貨的中國人也不放過。清政府更是縱容民間的這種抵抗洋人、洋貨的情緒，使得「義和團」的活動日益猖獗，團民沿途進入京津地區，他們個個頭裹紅巾，燒教堂、拆電線、毀鐵路，進攻天津租界。各國使館要求清廷取締「義和團」，但未獲回應。

一九〇〇年六月十六日起，一萬多名「義和團」成員開始進攻天津使館區內的西什庫教堂。當時，教堂內除了法國教士和在此避難的中外教徒，還有法國和義大利士兵約四十人，武器只有四十一條槍。即便如此，防守薄弱的教堂，清軍和義和團合力卻久攻不下。於是有人發現了，西什庫教堂內的祕密。他們認為，教堂牆壁俱人皮粘貼，人血塗抹，又有無數洋女人赤身裸體手持穢物站於牆頭，故清軍和義和團的火力被邪穢所沖，不能克敵。朝廷中的朱理學大儒在散朝後演說道，法國教主割教婦陰戶列「陰門陣」以禦槍炮。朝廷大臣察覺了洋人的法術，覺得僅憑「義和團」的法力難以抵禦，便提議由佛門高僧參與戰鬥。「義和團」也說他們的法力都已失效，所以要進行反制，說家家戶戶都要把煙筒用糊紙蒙上，女人不能洗臉。但高僧擋不住洋人的槍炮，拳民被打得死的死、爬的爬，不堪一擊。西什庫教堂內的騾馬和戰馬被全部吃光後，人們開始食用院內的樹皮和野草。三萬「義和團」拳民和清軍，本以為幾天內可將使館區夷為平地，沒想到攻打了五十五天後，使館區仍安然無恙。好幾次差點失守，可最後還是沒有攻破。

八國聯軍的援兵終於到達京津地區。六月二十一日，慈禧獲悉洋人要她還政於光緒，光緒帝因維新變革失敗遭慈禧囚禁，她怒不可遏地向英、美、法、德、義、日、俄、西、比、荷、奧列強十一國宣戰。慈禧並不相信「義和團」刀槍不入的神話，至於洋兵的凶狠，她也早領教過了。一八六〇年，那時年方二十五歲的她和咸豐帝一起被英法聯軍趕出了圓明園，她逃得如此驚恐，連她最愛的一隻北京獅子小狗都做了聯軍的俘虜。這次八國聯軍打到北京，光緒帝向慈禧提出（她的兒子同治帝死後，由她任命她的胞妹和醇賢親王的兒子繼任皇位，年號光緒）願意留下和洋人談判，慈禧不許，挾持光緒，帶著宮中數人準備出逃。此時，大家都換上了百姓布衣聚集在寧壽宮，慈禧忽發感觸，便讓人帶出囚禁中的珍妃，她覺得自己落得如此下場，珍妃心裡必定笑話自己，於是強詞帶走珍妃不便，留下又恐年輕惹出是非，即命太監將樂壽堂前的井蓋打開，要珍妃自盡。珍妃堅決不從，眾人遂令太監出手，太監連忙將珍妃頭朝下推入井中溺死。

在八國聯軍打到北京城之前，七月十四日，天津首先淪陷。八國聯軍進入天津時，居民爭向北門逃走，多被洋兵打死在街頭。洋兵大肆搶掠，首當其衝的是當鋪、金號、銀號，然後再搶其他商家和大戶人家。各衙署也都被搗毀。聯軍入城後縱兵大掠，死人如麻。城中有鼓樓一座，洋人率教民登樓，連放排槍，每一排必倒斃數十人，又連放開花炮，死者眾多。在爭逃的眾多人群中，有被打死、炸死的，有失足倒地後被踐踏致死的。破城之日，天津老城從鼓樓至北門外水閣，積屍數里。商業中心地帶，如城北的估衣街、鍋店街、竹竿街、肉市口都遭洗劫。城東的宮南、宮北、小洋貨街一帶盡被搶光。西門被殺者不計其數，屍體堆積如山。海河上漂屍阻塞河流，三天不能清理。

八國聯軍占領天津兩天後，聯軍指揮官開會協商恢復城市秩序，由當時派兵最多的英、日、俄三國委派三名軍官擔任委員，組成一個臨時政府，取名為天津都統衙門。衙門是一個軍政府，為了維持聯軍在天津的統治，都統衙門成立以後，面臨著一個殘破的經過戰爭破壞的天津，當時他們指定的任務大致有這麼幾項：一個就是要迅速恢復整個城市的秩序，因為它當時已經處於無政府狀態；建立了一支以外國軍隊為骨幹的巡邏隊，來負責維持秩序，天津首次出現了在街頭站崗維持治安的警察。政府財政最初由各國各墊款五千英鎊開始運行；還第一次建立了城市稅收制度，它利用這些稅收開始整理城市遭受嚴重破壞的街區。組成了工程局，專門負責道路的恢復和修繕。老城裡有一點石板路，其他都是泥路，到下雨時道路非常泥濘，所以他們修馬路，修排水系統，修下水道。還有一些宣導允許私人修建自來水事業；當時天津供水非常原始，非常落後，平民喝的是河水，河水裡到處是便溺和垃圾，人們喝了非常容易產生各種傳染病。

臨時政府成立後不久，便做出決議，建立公廁，成了專門清潔工隊伍，並命令城區禁止隨便便溺，違者罰洋錢一至二元。對於城市衛生的公共管理，它下了很大的力量，而且用了很嚴酷的手段。如果隨便大小便的話，那麼就要罰做苦力，就是去修公共場所。可是中國人，尤其是那些平民進城的，就沒有這個習慣，八國聯軍的士兵端著刺刀押著他們去公共廁所，逼著他們養成這種衛生習慣。到了十一月份，臨時政府做出決定，要求天津城區馬路兩側每隔一百步要安裝一盞路燈。有了路燈以後，夜晚燈盞齊明，如同白晝。臨時政府還拆除了天津城牆，在原址上天津第一輛有軌電車於一九〇一年出現。洋衙門對中國的反抗勢力進行無情鎮壓的同時，也開始對戰後混亂的私有財產進行整理登記工作，向能夠出示財產證書的人發行房產證，並頒發了契約註冊辦法，保護天津居民的私人財產，就不允許再進行掠奪了。天津居民終於發現，在租界地民事糾紛可以通過法律訴訟解決，老百姓不用向官員磕頭，也不會遭受挨打和受連坐等處罰。八國聯軍占領天津的時候不會想到，他們在無意中，已經將他們母國的契約精神和民權意識帶到了天津。

（五）

我們來看看慈禧身邊的大太監李蓮英的生活片段。慈禧太后在宮裡每天吃兩頓飯，平時每頓飯得有一百道菜。在她用膳之前，每一道菜都必須經過她身邊最信任的一個人一一試過，才會端到她面前。她享用試過的菜的目的，最主要就是為了防毒，必須保證每一道呈上的菜都是安全的。

一八七一年十一月十三日，紫禁城內長春宮西面的平安室裡，慈禧「老佛爺」正等著用午膳，那個站在旁邊一直在替主子試菜的小太監叫李蓮英，他今年只有二十二歲，剛剛過完自己的生日。他來到慈禧身邊當差，才不過半年時間。等著用膳的慈禧，得知新來到自己身邊的小太監，在宮外大辦壽宴的事情後，看著在一旁認真試菜的李蓮英，慈禧漫不經心地問道：

「小李子啊，聽說昨兒個是你壽辰，可有吃些應景的東西？」

李蓮英趕忙低頭回話道：

「謝太后惦記，奴才吃了些自己做的壽麵。」

慈禧又笑著問道：

「聽說前去祝壽的人還不少呢。」

聽了慈禧這話，李蓮英一臉慌張，他的頭更低了。看著慈禧臉上的笑，李蓮英的心裡開始哭起來，他不知道眼前的這位主子，今天腦子裡又在打什麼主意。

慈禧喝了一口湯，拿筷子夾了一些李蓮英遞上來的菜，她一邊細嚼慢嚥，一邊看似自言自語地說道：

「這倒是有些『小安子』的做派。」

一聽到這話，李蓮英頓時汗如雨下，他慌忙跪倒在地，一邊磕頭如搗蒜，一邊心裡盤算著該如何回答，說是「託太后的福」，還是說「奴才該死」，或是說點別的什麼。

慈禧口中的那個「小安子」，就是李蓮英的前任安德海；他原來是慈禧身邊的大紅人，雖然是六品藍領太監，可他仗著慈禧的寵幸，平時飛揚跋扈，即便是朝廷的文武百官，也不敢隨意地得罪他。李蓮英卻非常清楚地知道，就在幾個月前，慈禧利用安德海南下為同治皇帝籌辦大婚龍袍之際，借刀殺人，除掉了安德海。本來當時是給安德海替班的小太監李蓮英也就直接接管了伺候慈禧日常起居的差事，頂替安德海位子的竟然是這樣一個沒沒無聞的小太監，這讓朝中大小勢力對慈禧身邊的這個新人產生了好奇。就在昨天李蓮英在宮外的家裡，擺起了壽宴，朝中大小官員們，都想要藉著這個機會一探虛實，李蓮英得意洋洋地接受著各路官員的祝賀。在前來祝壽的人中，親近的有宮中的諸多太監，熟識的有內務府的一干官員，不熟的多是朝中官員。來的各個派系的人都有，但此時李蓮英還不清楚其中的厲害關係，所以來者不拒，一應接待，這讓年輕的李蓮英結識了不少官員。送走了所有的客人，他回到了自己的院子裡，抬頭看著天空的夜色，涼風習習，想著那堆積如山的賀禮，他有種興奮但同時又有一種虛幻的感覺。他沒料到，第二天一回到宮裡伺候慈禧的時候，提到過被她除掉的「小安子」，這絕不會是信口之詞。也許旁人不知道慈禧在說什麼，可李蓮英心裡卻非常明白。

「奴才是託了太后的福氣，昨兒個確實來了一些人，擺了幾桌。」

慈禧聽後沒有說話，過了一會兒，慈禧話鋒一轉說道：

「你這『英』字確是好，哀家見你應當是個出眾的人，賜你一個『蓮』字，以後便叫李蓮英（他的本名叫李英泰）吧。」

李蓮英聽罷，還是跪在原處一動不動，大氣不敢出。通過前任總管安德海的死，讓李蓮英清楚地明白了一點，那就是「伴君如伴虎」，會因為說錯一句話，或走錯一步路，而遭到滅頂之災。

慈禧又道：

「時時警惕自己該做的事情，懂事的人總是要過得順承些。起來吧，陪我去花園走走。」

從這一刻起，年輕張揚的小太監，變成了一個謹言慎行的李蓮英；他從此開始不斷地提醒自己，危險時刻都在身邊，一個錯誤的行為，都有可能隨時讓他人頭落地。李蓮英開始慢慢涉足到了清廷神祕的權力地帶，而對於李蓮英來說，最重要的就是揣摩慈禧的心思，投其所好。在此之後，李蓮英的一生中，再也沒有給自己祝過一次壽，每次他的壽辰來到之前，他都會故意請假躲起來。他還私下對小太監們說：

「主人是老虎，我受恩深重，不可一刻失慎。天恩浩大，性命愈險，吾人不可不慎。」

李蓮英站在慈禧這個當時最有權勢又最殘酷的女人面前時，他需要付出什麼樣的代價，才能求得安穩和生存？三十七年間，從一八七一年開始（同治十年）到一九〇八年（光緒三十四年）慈禧死的那一年，李蓮英一直在慈禧變幻莫測的刀鋒上行走，躲過了一次又一次的劫難，每一次幾乎都是死裡逃生。

太監制度是中國封建社會制度下一種特殊產物，在中國漫長的歷史上，一直持續了兩千多年，直到清朝覆滅才得以廢除。雖然生理上的太監被終止了，可是精神上的「閹割」卻繼續蔓延著，好像民國初期的人剪掉了頭上的辮子，可心裡的辮子卻難以根除。

一般情況下去做太監的人，都是生活所迫，可是李蓮英卻不是由於家庭所迫；他出生在順天府（今河北）大城縣，家裡兄弟八人，他排行第二。在他七歲的時候，發生了一件意外的事情，從此改變了他的一生。這一年春節，李蓮英的爺爺從北京回老家過年，有一天他和大哥跟著爺爺到村裡的海潮寺燒香擺供，請神仙進宅。在他們回家的半路上，李蓮英一不留神，把他的右膝蓋扭傷，還劃了個口子。起初家裡人以為一點小傷，所以都沒有太在意。可是好幾天過去了，李蓮英的腳傷還是沒有好轉，疼得他走路一瘸一拐，而且膝蓋處還腫成了一個潰爛的大膿包。村子裡的好幾個郎中都看了，可都沒有治好。四個月後，他父親李玉帶著李蓮英去北京找爺爺，他們希望能在京城找個名醫給李蓮英看看。一天，一家人走在街上，發現個算命的，旁邊還立一牌子寫著「野藥算命」，爺爺和父親帶著李蓮英湊了過去。算命的看了看李蓮英腿上那流著膿水的瘡，說道：

「這是一個人面瘡啊，日後它還會長出鼻子、眼睛，還會開口說話，到那個時候就不可能治好了，現在治還不晚。」

算命的人說完遞給他們一帖膏藥，又說道：

「治好了，你們給我傳傳名，治不好你們也別罵我。」

他邊說邊打量了李蓮英一番，又看了看他的手相，一臉詫異地說道：

「這孩子是個鐵掃帚命，等到他十歲之後，你們家可就大難臨頭了，他上克父母，下克兄弟姐妹。」

聽了這話，李蓮英的爺爺和父親兩個人都不寒而慄。這算命的繼續說道：

「想要躲過這場災難，辦法有兩個：一是讓他入空門，出家當和尚；二是入宮門，淨身當太監，別無他法。」

這話讓李蓮英的爺爺和父親十分沮喪，付了錢之後，他們就有些垂頭喪氣地回家了。巧的是，算命的給的這藥還真治好了李蓮英的腿傷，這瘡一好，李家人可就把算命的打的這個卦信以為真了。咸豐六年，也就是一八五六年，這年的早春，天氣非常寒冷，到了二月底三月初，李蓮英被他的爺爺帶著來到了京城南長街會計司胡同畢五家中，李蓮英做了閹割手術。對於實施完閹割手術的男人，一日則說話聲音立變，三天鬍鬚、腋毛脫落，十五日傷口平復，二十日便可以下地，下地這天稱為「初劫成道」。閹割手術有一個文雅的名稱叫「淨身」，意思是把不乾淨的東西從身體上切除，身體就潔淨了。切下來的東西，可不能隨便扔掉，因為太監死了之後，原物要放在原來的位置，以示全屍，才能蓋棺下葬。關於原物的保存方法，就是先將割下物用水洗淨，然後用香油炸透，濾淨油滴，將油炸物沾滿八寶散，再用黃色油綢包好，然後將油綢包裝在黃緞口袋內，盛在一個特製的木或者金玉翠等盒中，再寫上被閹人的姓名、年齡、籍貫、生辰八字，還有被閹割的年月日。太監們都把它稱作自己的「寶」。李蓮英的「寶」在手術之後就被取了回來，裝在一個木匣裡，外面套上一個柳條編織的繩，吊在房樑上，懸在空中。每年的除夕之夜，李蓮英都要往上拉一拉自己的「寶」，年復一年，直到拉到靠近房樑的位置為止。這一年一年地拉高，也表示著他在宮裡的地位在年年地升高。

一八七四年，是李蓮英在慈禧身邊的第三個年頭，那一年李蓮英再次險些因為同治皇帝的事情掉腦袋。那年皇帝的病情日益嚴重，關於病情的各種流言已經傳遍京城。有一天，李蓮英在匆匆趕去侍奉慈禧的路上，發現有幾個御醫房的太醫正圍成一團竊竊私語。他趕緊放輕腳步，悄悄地繞倒柱子後面，豎起耳朵聽個究竟。當他聽到同治皇帝的病因時，李蓮英心裡一驚，他偷聽到的這個祕密對於清廷來說可是非同小可的醜聞。偷聽是李蓮英十分擅長的一個方法，自從他取代前任安德海開始侍奉慈禧，李蓮英便經常利用偷聽的方法窺探別人的祕密。這樣做不但可以瞭解宮中的很多內幕和隱情，能夠為慈禧彙報各路的消息，而且還可以讓自己在說話的時候能夠掌握主動。李蓮英能夠屢屢地偷聽成功，而且不被人發現，其實由於長年陪在慈禧的身邊，李蓮英的身體和精神，長年處於高度緊張的狀態，使本來就身材矮小的他身形消瘦如竹，走路步履輕盈，幾乎沒有聲響，與那些體態臃腫的老太監形成了極大的反差，所以李蓮英常常可以躲在紫禁城巨大的立柱後面像個幽靈一樣不被發現。但這一次李蓮英並沒有將自己偷聽到的驚天祕密立刻彙報給主子。自從同治皇帝病了以後，朝中局勢也愈發緊張，宮中的人都惶惶不可終日，慈禧也在為鞏固她的權力做打算。其實，慈禧此刻最擔心的是同治皇帝效仿咸豐皇帝臨終前那樣留下遺詔，找八大臣來輔佐；而且一旦皇后肚子裡懷的孩子是個阿哥，那恐怕慈禧就沒有機會再來一次「辛酉政變」了。所以慈禧希望他快點死——李蓮英似乎是聽到了慈禧的心裡話，可他又想，剛才偷聽太醫們說皇帝得的是「花柳病」，也就是性病，可是誰又敢說出當今天子得了這個病呢？猶豫再三後，李蓮英試探性地對慈禧說：

「奴才斗膽，奴才擔心皇上病情被拖延，早日確診才有利保重龍體呀。」

慈禧聽著覺得有理，便叫來那幾名太醫為皇帝診斷。其實李蓮英現在比任何人都明白，不管同治皇帝得的是什麼病，現在都無藥可救了，因為慈禧已經不打算再救他了。慈禧現在需要的是一個解釋，一個能夠保全皇家顏面的解釋。慈禧反覆地問御醫，皇帝的病情到底如何，可是跪在地上的這些御醫們，竟然沒有一個人可以領會慈禧的意圖，他們只是吞吞吐吐地不敢說出實情。就在這個時候，李蓮英卻說：「太后，我看皇上這病，跟當年順治爺的毛病有幾分相似，莫非是……」

看著慈禧面無表情，李蓮英腿一軟，「咔嚓」跪在了地上，他左右開弓，開始抽打自己的嘴巴子，一邊抽嘴裡還說：

「奴才是一片忠心，才口出狂言，求太后責罰。」

跪在一旁的御醫們，為了保住腦袋，也都紛紛地順著李蓮英的話說道：

「經過診斷，皇帝極有可能得的是『天花』。」

就這樣，李蓮英的一句話，便將同治皇帝的病情定性為「天花」，而宮中如此多的太醫，卻沒有一個人敢吱聲。從此，太醫們也就用醫治「天花」的藥方給同治皇帝治「花柳病」，所以皇帝的病不可能治好。轉眼到了十二月底，皇帝身上的紅疹愈發嚴重，傷口不但全部化膿潰爛，而且身體已經腫得不成人形。可即便皇帝病成這樣，皇后也不被允許近前探望。宮中的人開始議論紛紛，李蓮英也聽到了不少，但他不知道的是他即將迎來一個大麻煩。慈禧不讓皇后見皇帝已經十幾天了，按捺不住的皇后，終於忍不住偷偷跑來，找李蓮英幫忙，李蓮英嚇得跪倒在地。他倒不是懼怕皇后，而是他很清楚，皇后便裝來見自己，這要是讓老佛爺知道了，自己的腦袋可就沒了，況且皇后肯定也是無事不登三寶殿的。果不其然，皇后來求李蓮英幫忙的，讓她能夠有機會去探視一下同治皇帝。李蓮英清楚，因為一時衝動而拔刀相助的行為是做不得的，他暗暗地想：如果這次皇后輸了，將來慈禧知道自己曾經暗中做過的事，就會覺得自己有二心；如果這次皇后成功了，將來小皇帝登基，慈禧也不會給自己什麼好果子吃。幾番思量過後，李蓮英告訴皇后，請她先回去等著，等自己有了主意，再和她聯絡。說完也不管地上跪著的皇后，便匆匆地離開了。

李蓮英直接到慈禧那兒去了。一路上，他快速思索著該如何應對皇后的請求；等見到慈禧的時候，他已經想出了一個萬全之策。李蓮英跟平常一樣，見到慈禧就「咕咚」一下跪在地上，一口一個「奴才有罪」、「奴才該死」，嘴裡接著說道：

「奴才剛才看見皇后穿著宮女的衣服，好像在偷偷窺視什麼，茲事體大，不敢不稟告。」

慈禧一聽，頓時暴跳如雷，怒斥道：

「皇后有辱國體，不知廉恥！」

慈禧沒有立即傳皇后過來訓斥，她強壓怒火，向李蓮英問道：

「你說應該怎樣責罰皇后？」

其實李蓮英等的就是慈禧的這句話。善於察言觀色的李蓮英，在慈禧的身邊也不過三年，可他早已摸清了慈禧的脾氣，而他的這番謊言，就是給慈禧的這個決定而準備的。李蓮英明白，自己的處境十分不妙。隨後，慈禧擺了擺手，讓他退下。就在他戰戰兢兢往下退的時候，他沒想到，慈禧又甩下了一句話：

「只要你對哀家忠心，聰明點兒也無妨。皇后的事情由她去吧。」

這句話只有李蓮英能夠明白其中的含義，而慈禧當然知道，李蓮英是明白的。

同治十三年十一月二十日，在哀求李蓮英沒有結果後，為了能見同治皇帝最後一面，同治皇后阿魯特氏選擇了鋌而走險：她準備扮成自己貼身丫鬟的樣子，等到下半夜值班的侍衛們換班的時機混進同治皇帝的寢宮。事情出乎意料地順利，沒有任何人盤查和懷疑，就這樣，皇后溜進了乾清宮。皇后來到同治皇帝床前，此時的同治已經病得完全沒有了人形，全身紅腫發亮，潰爛的地方惡臭逼人。皇后看見這般場景，心裡明白，皇帝是撐不到自己的孩子出世了，就坐在床邊哭起來。皇后鼓起勇氣要求同治皇帝能夠留下一個遺詔給自己，也好保護好肚子裡的孩子。同治知道自己命不久矣，長歎一聲後，就讓皇后取來自己的玉璽，當即立遺詔。可就在這時，宮門突然被推開，慈禧叫人去給穿著宮女服的皇后掌了嘴，同治還沒有把話說完，就一頭栽倒在地昏死過去。眼看著皇帝昏死過去，慈禧也懶得再理會皇后，命令李蓮英擺駕回宮。李蓮英小心地攙扶著慈禧，兩人並排走在一起，卻各自心懷鬼胎。此時慈禧導演的劇情總算走上了正軌，她知道自己即將失去兒子，但絕不能再失去權力。李蓮英在皇后的事情上，也算死裡逃生，不但皇后想不到是他告的密，慈禧也沒有抓到他的任何把柄。通過這件事，李蓮英在內心反覆告誡自己，以後的日子要更加地收斂，除了小心伺候慈禧外，一定要遠離是非和衝突。

李蓮英的一生可以說一直活在得意洋洋和擔心受怕之中，一直到慈禧臨死之前，他不但沒有陪伴在慈禧身邊，甚至於他都沒有去西苑儀鑾殿看望過慈禧；他託人稟告慈禧，怕看到病中憔悴的太后傷心，所以才不敢去探望。聽了他的這種說法，慈禧不但沒有生氣，心裡還挺高興；畢竟，這幾十年來，他們既是主僕一場，也是一生幾乎朝夕相處的伴侶。在慈禧病重的這段日子裡，李公公幾乎每夜都不能安睡，他最害怕的事情總是會出現在他的夢裡，每個夢的內容也幾乎都差不多；他時常從噩夢中驚醒，在床上猛然坐起，渾身是冷汗，額頭也冒著汗。他夢到自己跪在西苑的儀鑾殿上，看見慈禧病得迷迷糊糊的，他用手搭住慈禧的手，只聽到慈禧慢慢地說道：

「小李子，哀家與你主僕一場，不如你隨哀家『去』了吧。」

殉葬制度，也就是奴才陪著主子一起死的制度，最早始於殷商時代，終止於清代康熙年間。問題在於慈禧這幾十年來和他形影相隨，他自己的小命始終都在慈禧的手裡。一九〇八年十一月十五日，慈禧就駕鶴西去了。悲傷之餘，李蓮英又開始擔心自己的命運了：他最大的靠山倒了，以前奉承過他的人，又有多少人暗地裡對他懷恨在心？在為慈禧守孝滿百天後，請求告老還鄉。第二年二月初二，李蓮英離開了這個讓他擔心受怕了五十二年，同時也是他的人生走向巔峰的地方。他九歲進宮，六十一歲出宮，他看著愈來愈遠的紫禁城，沒有人知道，此時此刻他的心底是一種什麼樣的滋味。而他在紫禁城裡留下的痕跡，也像冬天的白雪一樣，融化在了紅牆黃瓦上。

李蓮英的名字和慈禧一起被後人津津樂道，慈禧曾經打破「太監品級以四品為限」的皇家祖制，封李蓮英為正二品總管太監，統領全宮所有二千多個宦官。一九一一年三月十四日，李蓮英在家安然去世，次年二月十二日，清廷下詔退位。

（六）

我們從太監的故事看到了當今中國官員太監式的嘴臉和在中國盛行的閹割文化，今天我們來講講清末洪秀全領導的農民起義和「太平天國」的故事，因為共產黨領導的農民革命和它有著一脈相承的關係。

「太平天國」運動領袖洪秀全，他的形象基本上就是一個頭裹白布、氣宇軒昂的農民起義軍領袖，和古典小說《水滸傳》中封的一百零八將那樣，除了天王洪秀全以外，還有東王、西王、南王、北王、翼王等諸多將領。「太平天國」這場轟轟烈烈的農民起義，占據了大清王朝的半壁江山，最後由於內訌和在清軍與洋人的共同打擊下，這個維持了十四年的政權轟然倒塌，天王府也被付之一炬。可是，作為農民起義的領袖，洪秀全的一生，充滿了傳奇色彩。洪秀全個人以及「太平天國」政權，基本上被官方教科書以「反帝反封建」的革命英雄事蹟而加以渲染。

洪秀全的故鄉坐落在廣東花都的郊區，他的父親叫洪金陽，在村子裡算是一個有地位的人，雖然也不識什麼字，作為村裡的長者，在宗族裡經常調解一些鄰里糾紛。他有點錢就給他的小兒子洪秀全在私塾裡讀書。洪秀全是家裡四個兄弟姐妹中最年幼的一個，從七歲開始，他就進入私塾讀書，漸漸地他成了村裡為數不多能夠識文斷字的孩子；而洪秀全的兩個哥哥和一個姐姐都要幫家裡務農，而且目不識丁。洪秀全是家裡唯一的讀書人，他自小聰慧，自然就被家裡乃至家族寄予厚望。只要他有朝一日步入仕途，全家人就會覺得非常有臉面。所以他從十三歲開始，就踏上了科舉考試的征途。雖然考試失敗，因為年齡還小，事情很快就過去了。他基本上不用幹農活，到了他十六歲的時候，他就在私塾裡讀書識字了，並以此得到一些食物補貼家裡。除了讀書、教書，他最大的興趣便是賭博。時間一晃到了他二十三歲那年，他和一個叫馮雲山同村的遠親結伴去廣州應試。馮雲山也是一名私塾教書的，他比洪秀全小三歲，他好結交江湖上的三教九流，為人豪爽、講義氣。

那次他們都沒有考上，雖然洪秀全通過了初試，可他複式同樣沒有考取。兩個都在私塾教書的人都很無奈，覺得沒有中秀才，回家鄉也沒有什麼臉面。朝廷裡任命的漢人總督，那可都是些考取了進士的人。那天在廣州的街市上，他們遇到了幾個傳教士，洪秀全得到了一本只有薄薄幾十頁的小冊子，淡黃色的封面上印有《勸世良言》。其實這樣的小冊子在街面上並不稀罕，市面上經常有什麼《三字經》、《手相面相奧祕》、《民間疾病良方》等諸如此類的小冊子。不過這是一本宣傳基督教的普及性小冊子，當時正值大英帝國和其他西方列強打開中國門戶之際，西方傳教士也紛紛來到中國傳教和建設教堂和組織教會。《勸世良言》這本小冊子也就是當時在教會手下工作的一個叫梁發的雕版工人，幫傳教士刻一些宗教性作品，因為他識文斷字，在刻字的過程中受到宗教教義的影響，所以他決定皈依宗教；本著他自己對教義的一些理解，把內容刻成文字而流傳街市。《勸世良言》裡講述了伊甸園的傳說、諾亞方舟的故事，還翻譯了《馬太福音》和《啟示錄》當中的一些佳句。不過當時的洪秀全，還是滿腦子的「四書五經」，對這本小冊子裡的內容並不感興趣，他隨手把它放入了行李，隨後就帶回了家。

一直到了一八三七年，在洪秀全二十五歲那年，他參加了三次同樣的考試，結果出乎所有人的意料，最終還是以失敗告終。就是這場考試的失敗，給他帶來巨大的打擊，他神志惶惑，幾乎失去了生存的勇氣。

他用盤纏裡剩下的錢，雇了兩個轎夫把他抬回去。轎夫抬著他，一路走走停停，夜宿旅店。當他回到村裡時，出來迎接他的人看到，此時的洪秀全已經奄奄一息了。洪秀全的家裡人悲愧交加，有人找來了郎中，為他號了脈，開了一劑安魂的藥方，服藥以後他就繼續昏睡了過去。

病中的洪秀全一直處於一種癲狂的狀態，為了防止他外出傷人，他的兩個哥哥日夜看護他，並時常把他反鎖在家中。村裡的人都把這個考試落第的曾在私塾教過書的年輕人看成了瘋子。不過，鬧騰了近一個月的時間，有一天他突然清醒了過來，並說自己做了一個夢，夢見自己上天去了，在天上他夢見一個黑影人賜給他一把寶劍，並告誡他用此劍去斬除天下的妖魔鬼怪，然後讓他去做天王。

在洪秀全慢慢地平靜下來以後，不久，他的妻子為他生下了一個女兒。他去了附近的一個村莊，繼續在私塾裡教書。先後三次考試落第的經歷使他耿耿於懷，屆時年已二十五歲的洪秀全，離他第一次參加縣裡的秀才考試已經過去了十二個年頭；他每次帶著家族的期望和自己的勃勃雄心去應試，結果是一次又一次地落敗。眼看出人頭地的希望就要破滅了，他感到萬念俱灰，因為連跨入仕途的最低等級的秀才都不能考取，更不用說什麼舉人和進士了。要當上地方官起碼要中個舉人，只有考取進士後，才能成為天子腳下的京官。他想著自己的第一步就這樣失敗了，他本來設想自己在三十歲前考取進士，然後榮歸故里。他還曾在夢裡夢見自己中了進士，還得到了皇上的重用，後來自己還娶了一個皇族的女人為妻。

他只能待在家裡，他覺得所有的人都在看他的笑話；即使是那些前科的秀才，見了面和他打招呼，他想著別人一定在心裡鄙視自己。如果考上了秀才，雖然不能做官，但在堂上見到縣裡、鄉裡的官員，自己不用像普通人那樣磕頭；自己不但可以娶妻納妾，還可以使用奴婢，可以免除兵役和徭役，家裡人也可以減免男丁的徭役；自己不但可以穿長衫、戴方巾、穿長靴，這些普通百姓不能擁有的特權自己都可以擁有，就連富商、地主見了自己，也得敬重三分，即便自己犯罪入獄，衙門也不可以對他隨便用刑。

時間到了一八四二年，也就是中英戰爭爆發的第二年後，當時年屆三十歲的洪秀全第四次參加科舉考試失利後，他在家族中的顏面喪失殆盡，他覺得自己對不起父母，沒有給家人帶來出人頭地的機會。為了麻醉自己，洪秀全基本上經常在村裡賭博。此間有個叫李敬芳的人在洪秀全的家裡無意中看到了那本《勸世良言》的小冊子，然後就帶回了家。當年洪秀全帶回家中隨手一放的小冊子，在家裡被擱置了多年，幾乎成了他第二次參加考試帶回來的一件紀念品。李敬芳入迷地看完了這本小冊子，他勸洪秀全也看一看它。洪秀全照他說的做了，他第一次全神貫注地讀了起來。儘管這本小冊子裡，充滿了許多古怪的詞語和名字，但其中的祕訣，還是啟開了洪秀全的頭腦和心靈。他突然從這本小冊子中，找到了曾經那個奇怪的夢的解釋。在以前的那場病中，他曾夢到了上帝，夢到了自己是上帝的兒子，自己是太平天子。積壓多年想出人頭地的願望，這下有了突破口，他覺得自己不用再通過科舉考試而成為一個大人物，他感到一種欣慰。他向村裡人講述，自己是上帝的兒子，上帝派他來帶領大家脫離苦難走向天國。

村裡人都以為他又瘋了，但他卻說服了兩個人，其中一個是他的堂弟，名叫洪仁玕，另一個就是曾和洪秀全一起參加考試也同樣落第的馮雲山。一八四三年，洪秀全說服了這兩個人，皈依了耶穌。馮雲山也是個看相大師，他覺得洪秀全的面相貴不可言，所以後來他一生是死心塌地地要扶持洪秀全。洪秀全原名洪火秀，後來他改成洪秀全，他以為自己是人間之王。只要把「全」字分成上下兩部分，即可讀成「人」、「王」兩字。那麼，他的堂弟洪仁玕的名字，把「玕」分成左右兩部分，就可解釋成他以後被封的「干王」了。同樣出身鄉村私塾教師的馮雲山，還是一名天才的組織家和宣傳家，在他的策畫下，洪秀全正式開始了祕密的傳教活動。

為了澈底向曾經的科舉考試決裂，洪秀全宣稱天下獨一真神皇是「上帝」，其他都是邪神，必須全部搗毀。他和馮雲山二人決定拿私塾裡的孔子牌位開刀。在一次上課時，洪秀全在眾目睽睽之下，砸掉了私塾中供奉的孔子牌位，馮雲山也跟著效仿，結果他們的這個舉動激起了強烈的反應，童生們紛紛從私塾退學，他們也因此丟掉了飯碗。同時，他們在家鄉也沒有招到什麼信徒，洪秀全的心情淪落無奈，可馮雲山引用了古往今來這種先是經歷了很多磨難再成大事的例子來說服他，讓他堅持下去。

第二年過了新年，洪秀全和馮雲山被迫前往廣西謀生。可是沒過多久，他們再次搗毀了當地供奉的六烏廟，因而惹怒了本地人。他們不得不再次逃離，並因此走散。後來洪秀全獨自回到了廣東，而馮雲山卻留在了廣西紫荊山，並隨後創立了「拜上帝教」。「拜上帝教」的發展，引起了在華傳教士的注意。一八四七年初，洪秀全受到了一個叫羅孝全的美國牧師的邀請，請洪秀全前往他的教堂聽他講道。年輕的羅孝全是耶魯大學神學院的高才生，一八四二年，羅孝全從美國田納西州來到中國，他是第一次中英戰爭後返回廣州的第一個洋人。洪秀全雖然是個基督徒，可他沒有讀過《聖經》，所以他就和洪仁玕一起去了。

洪秀全和洪仁玕第一次見到了羅孝全，這位牧師誠懇地接納了他們，在他的督導下，這兩位堂兄弟研讀了《聖經》新舊約全書。不久以後，洪仁玕不太適應洋人的教規，便離開了教堂；洪秀全卻堅持了下來，並要求羅孝全為他做正式的洗禮。羅孝全答應考慮他的請求，並派了兩個會員去洪秀全所在的村莊調查他的聲譽，一切反應良好，於是就準備為洪秀全洗禮。然而由於洪秀全一直非常窮，他想著要掙點錢，他問及了在教會工作能不能給工資，考察他的人就認為他動機不純。羅孝全告訴他教會裡做的是義工，並說要重新考慮洪秀全洗禮的要求。其實按照等級，教會裡也有發洋銀的，只是不能作為目的。

一八四七年夏天，洪秀全憤然離開了羅孝全的教堂。隨後，他得知馮雲山在紫荊山後，就立刻趕了過去。洪秀全一路情緒低落，可他萬萬沒有想到，當他剛到紫荊山下，馮雲山就帶領幾千教徒迎接教主的聖駕。此時洪秀全發現，三年後再次踏進廣西時，馮雲山發展的教徒已經達到三千多人，他不禁感慨萬分。當初他們在家鄉，連他自己也只有三個人成為教徒。這三年來，馮雲山一邊替人打工，一邊繼續傳教，然後尋機建立組織，並創立了許多規章制度。

看到紫荊山的大好形勢，遠遠超出了自己的期望，洪秀全大喜過望，他決定利用「拜上帝教」的強大力量，清除異教徒，搗毀偶像。不久他和馮雲山帶人遠赴象州，搗毀了當地香火最盛的甘王廟。隨後，洪秀全下令，該處永遠不得再立此廟、拜此邪魔，敢抗命者，定與此妖一同治罪。洪秀全又派人把紫荊山地區所有社稷神壇全部搗毀，宣佈在當地只能信奉唯一真神皇上帝。

牧師羅孝全博古通今，可他哪裡知道，他拒絕為洪秀全洗禮的行動，卻製造了中國歷史上一個巨大的偶然；僅僅幾年之後，這個廣東青年，就使得他瞠目結舌，他不僅帶領教民在廣西的金田發動了起義，並把獨一真神皇上帝傳送到了數以億計的中國農民手中。

「太平天國」在軍事上取得的節節勝利主要歸功於東王楊秀清，如果說馮雲山是個天才組織家、宣傳家，為「太平天國」開了一個好頭，那麼楊秀清卻具有那種組織和軍事的天賦，他為起義軍和清軍作戰中在軍事上取得了留名青史的輝煌戰績。

楊秀清本不會讀書識字，他家以燒炭為生，他從小就開始在紫荊山一帶燒炭；那裡位於水陸要道，商人和腳夫常常從這裡通過，而盜匪也是這裡的常客。從小在這裡長大的楊秀清，沾染了濃厚的江湖氣息，他結交廣泛，精通黑白兩道，因此成為紫荊山燒炭工的頭領。在他的周圍，聚集著同他一樣掙扎在生死邊緣的燒炭工，在金田起義前，他組織的燒炭工已經達到數千人。一八四六年，在馮雲山的鼓勵下，楊秀清加入了「拜上帝教」；隨後，大約三千多名燒炭工，成為了「拜上帝教」成員。除了像楊秀清一樣的赤貧者之外，還有金田村的大地主韋昌輝、石達開、胡一晃。按照「拜上帝會」的要求，參加者都要主動放棄財產，收歸聖庫，集中由上級分配。所有有家產者幾乎都將田產全部變賣，一把火燒毀房屋，舉家遷入軍營。

教徒們一面招兵買馬、擴充教眾的同時，他們在韋昌輝家裡開爐煉鐵，日夜鑄造兵器，被陸續運到金田村附近的犀牛潭裡，祕密封存，沉入潭底。與此同時，洪秀全宣稱即將降下瘟疫，唯有信教者可得救。楊秀清也假借天父下凡，並稱他將遣大災降世：過了八月後，有田無人耕，有屋無人住，凡堅信「拜上帝教」的將得救。從一八五〇年八月開始，廣西拜上帝教會組織陸續接到通知，各地人馬以金田為中心，迅速聚集，稱為團營。這年年底，洪秀全正式以拜上帝教教主的身分發號施令，準備起兵反清。

宣佈起義那天，洪秀全站在旗壇上說道：「現在是上帝賜予我們的，給我們吃，給我們穿，給我們田地，我們大家要同心合力聽上帝的話。」然後洪秀全叫教眾跪下，教眾一臺頭就看見太平天國的大旗，神聖的拜旗儀式過後，教眾們群情激昂。隨後在太平真主洪秀全的帶領下，一萬多教眾前往犀牛潭，取出早已祕密儲存的武器。那些領到武器的農民，對上帝賦予自己的使命深信不疑；當許多人還沒有掂量清楚大刀與鋤頭的區別時，大部隊已經浩浩蕩蕩地出發了。不過隊伍中也有那些不信拜上帝教的人，但是他們也反清政府，也有許多老實巴交的農民，稀裡糊塗就跟著隊伍走了。

聚集在金田的教眾日益增多，很快就超過了萬人，箭在弦上，不得不發。一八五一年十二月二十五日，楊秀清派出數千人馬，向駐紮在思旺墟的清軍開戰，猝不及防的清軍很快潰散，數千人馬損失殆盡，連全軍首領伊克坦布也在戰鬥中被亂軍砍殺。這一仗被史學家稱為金田起義。一八五一年一月一日，就在洪秀全三十八歲生日這天，拜上帝教舉行恭賀洪秀全萬壽的大典。在慶典上，洪秀全正式宣佈，拜上帝教起兵反清，教徒組織的部隊稱為太平軍。一八五二年二月，幾乎與大清國咸豐皇帝登基同步，洪秀全在抵達武宣東鄉後改稱天王，政號「太平天國」。

自從今田起義後，太平軍勢如破竹，陷安慶，攻武昌，克長沙，在短短的兩年時間裡就打入南京，建立了太平天國政權。而後，他們又大舉北伐、西征，先後兩次攻破清軍封鎖線，長江以南半壁河山落入太平軍手中。太平軍的最高將領指定了一個「小天堂」的目標，承諾他們在造反成功之後一定會享受榮華富貴，會被封作王侯將相，會享受天國一般的生活。不過那些被裹挾著拋家捨業舉家捲入太平軍的農民很快也就明白，所謂的天堂其實並不屬於每一個人，那些以解放民生為己任的農民領袖迅速便成為了階級分明的官老爺。這個以平等作為信仰的政權，從一個具有摧枯拉朽之勢的政權，就在它如日中天的時候驟然陡轉直下，迅速地瓦解衰落，直至滅亡。

據說明代首輔大臣張居正有一頂轎子，面積在五十平方米左右，差不多是現在的一個小戶型，裡面有臥室、客廳、廁所，轎子兩邊還有觀景迴廊，這麼一來，張居正不但可以實現移動辦公，還可以在勞累之餘走出轎門，放鬆休息，這頂轎子要足足三十二個人才能把它抬起來運行。萬曆年間，張居正回老家奔喪，從北京到湖北荊州坐的就是這頂轎子。

作為太平天國的領袖們，還有那些層出不窮的王爺們，雖然都是農民出身，可是在如何享受生活方面，都表現出極高的適應水準。

一八五三年，太平軍進入天京後，洪秀全總是唸叨兩句話：「正是萬國來朝之時，大興土木之際。」當時根本沒有一國來朝，西方列強忙著在沿海地區打開通商口岸，但底下的大臣們聽懂了洪秀全的意思，天王是想修修房子，享受享受生活了。最終天王府的建設，從進城的第二個月就開始了。洪秀全放棄了明故宮的原有建築，選擇在原南京江寧總督府基礎上進行擴建。新的天王府面積方圓十里，四周有三丈高的黃牆環繞，幾十座宮殿群金碧輝煌。洪秀全自己還設計了九重天庭、天父臺等建築，其規模和華麗程度不在北京故宮之下。太平天國下令從各地，從長江的上游湖北、安徽、江西徵集各種建築材料，或者徵集錢財運到天京來建天王府，同時把原來明故宮西華門一帶的城牆都拆了來修天王府。由於洪秀全全心投入天王府的建設，所以過程進展非常迅速。從一八五三年三月開始動工，到十一月份天王府主體工程基本上完成了。但天意弄人，到了十一月底，一場意外的大火把新建的房子全部燒毀了。洪秀全沒有氣餒，他毫不猶豫地指揮施工人員，重新又造了一個天王府。如此一來，天王府的造價比原來的高了一倍。

天王府裡的金龍殿是以黃金的色彩來塗飾的，還有很多奇珍異寶，那些都是太平軍在各地的將領打仗之後，收羅各地財富，把金銀珍寶按等級一級一級往上送，最好的是到天王府。天王府裡不僅有奇珍異寶、湖泊、花園，洪秀全還養了不少老虎、獅子之類的猛獸，寓意著天王府裡有人王和獸王。除此以外，天王府裡除了天王、幼天王以外，便是清一色的女人。服侍天王的全部都是宮女，裡面的女官就將近三千個人，最多時女官到達六千五百多人。幾千個女人紮堆在天王府，她們大概是這麼分佈的，有可以識字辦公的、打雜跑腿的，行政人員大概在千人左右，其他大都是漂亮的床上用品。女人們在天王府裡的唯一任務，就是把洪秀全伺候好。太平軍每占領一個地方，就把那裡的男人擺到男館裡去，女人擺到女館裡去。在男女分開之後，挑那些姿色比較好的，就交給上級淫樂。太平軍的上級也不准帶家屬，所以宮裡的王就有送來的女人陪伴。

在天京城裡，要求南京城裡十四歲以上的少女，都要去報到，以備候選入宮。這樣導致南京城裡很多的女孩子，為了避免被選入宮，都在臉上抹鍋底黑煙，或者把自己的臉抓破。天王府沒有像歷朝歷代那樣使用太監，曾經試圖用太監，在天京城裡找了八十個男童，做太監手術，由於水準不高，整死了七十七個，剩下三個也殘了。洪秀全沒想到，閹割太監是個技術活，由於太平天國的醫學水準還達不到自產自銷太監的程度，後來天王府全部都用女人。洪秀全還憑一己之力來管理這幾千個女人，他沒有按照嬪妃的等級進行劃分，而是按數字來命名的。

洪秀一八五三年來到天京到一八六四年去世，在這其中的十一年裡，他大門不出，二門不邁，竟然從來沒有出過天京城；就連天王府，他也只出去過一次。在天王府裡他也沒閒著，他針對天王府裡的幾千號女人，全部通過編號組隊，王娘從一號到八十八號，嬪妃從一號到三百多號。到了後來，因為他又分封了二千七百多個王爺，他的工作量也因此加大，編號也就出現了例如一千七百三十號禮王、一千八百二十七號同王等等。他還寫有五百首〈天父詩〉，作為行為守則，教給宮裡的女人。其中最經典的要數「十該打」系列：服侍不虔誠一該打，硬頸不聽教二該打，起眼看丈夫三該打，問王不虔誠四該打，躁氣不純淨五該打，講話極大聲六該打，有嘴不應聲七該打，面情不歡喜八該打，眼左望右望九該打，講話不悠然十該打。

洪秀全對后妃虐待不僅是打、是殺，而且使用各種酷刑慢慢消遣。用來懲罰嬪妃的酷刑包括用硫磺火點天燈，將宮女慢慢燒死；讓受刑的宮女綁跪大鍋水中，慢火煨水升溫，至臀煮爛而死。

除了在女人方面荒淫無度之外，奢華無比，天王府用的尿壺、娘娘們騎馬用的馬鐙都是用黃金打造的。天王的純金製造的王冠重八斤，又有金製項鍊一串重八斤，他的繡金龍袍也用金紐扣。

太平天國最盛時期金山銀海，但是到了一八六四年天京被攻破之前，城內已經是彈盡糧絕，天王府裡也是一貧如洗。成千上萬的金銀財寶，在這短短的幾年時間裡就全都花光了。

太平天國裡的各個王爺都是花錢的好手，一八六〇年李秀成攻占蘇州、常州，建立蘇福省，一夜之間江南最富庶的地區成了李秀成的財富之源。在太平天國軍中，李秀成以忠勇著稱，同時，在生活上忠王也是雄財一方。他在蘇州的忠王府，它的豪華僅次於天王府。後來蘇州被清軍攻克之後，清朝的李鴻章也對忠王府大為讚歎，說它宛如人間仙境。蘇州的拙政園，這個江南名園，只不過是忠王府的小小一角。

東王楊秀清，雖然他早早死於內訌之中，但他在有限的生命裡，其豪華生活的程度，也足以令人歎為觀止。楊秀清有一張幾十平米的大床，用珍珠做帳，嵌以寶石，床的周圍還流水不斷，養有金魚、烏龜。床在夏天可以降溫消暑，冬天可以取暖驅寒。東王出行時，他的儀仗隊有一千人左右，為了給東王出行這個場面，所以要拓寬兩旁的道路，還會把民房拆了才能讓儀仗隊能夠行走。除了盛大的儀仗隊外，楊秀清在日常生活方面，也都保持了他作為太平天國第二號人物相應的水準。在一八五四年的時候，也就是定都第二年，他有三至四個女人；到了天京事變，也就是一八五六年的時候，他最終有五十四個女人，那時天王已有八十八個女人。後來有人問楊秀清，太平天國的這些領袖，妻子的數量是如何定的？楊秀清回答說是由天定的。在巨大的變化面前，這些當初號稱要建立一個「分田地、均財富」的天堂社會的農民起義軍領袖們，沒有人抵擋得住誘惑。

一八六〇年，可以說是太平天國後期歷史中最重要的一個年份。在這一年裡，攻破了清軍用來抵禦太平軍的江南大營，攻占蘇州，組建了蘇福省。浙江富庶的魚米之鄉，已經基本上被太平軍占領了，而在這個時候，太平天國的干王洪仁玕和忠王李秀成萌生了一個大膽的計畫：他們要購置西洋輪船，組建一個現代化的海軍，然後沿江而上，直搗湘軍老巢。為了實現這個偉大的戰略計畫，太平軍就必須占領位於長江入海口的對外通商口岸，就是上海。

一八六〇年七月一日清晨，當天光剛剛亮起的時候，上海城頭值守的清軍士兵，意外地發現了一個讓他們絕望的現實：在黃浦江對岸，一夜之間，太平天國忠王李秀成在攻陷江南大營之後，兵鋒直指清軍在蘇南唯一的據點上海，上海澈底變成一座孤島。此時的上海，已經變成國際化的商貿港口，英、法等國已經在上海設有租界，大量洋行都在這裡展開貿易。為了妥當地占領上海，太平軍並沒有立刻攻城，在出征前夕，還特意發信告訴外國人，要在門口懸掛黃旗表明他們的身分，以免被誤傷。在這樣精心準備之後，一八六〇年八月十九日，李秀成坐著軟轎，帶了三千人馬，開始向上海挺進。但是在他們到了上海縣城西門的時候，迎接他們的不是招展的黃旗和洋人的鮮花，早已埋伏好的英法士兵，向密集的太平軍佇列瘋狂地射擊，李秀成的轎子也遭到炮擊，臉頰被彈片劃傷。雖然太平軍一向優待洋人，以為他們和自己一樣都是基督徒，並且洋兵和清兵還發生過戰爭。不過在這個時候洋人會和他們兵戎相見，是因為外國列強在上海建立的通商口岸，把中國的財富集中起來運到國外去，所以太平軍打上海，影響了他們的商業利益。可是太平軍並不明白這些，以為他們都是基督教信徒；可是洋人對於他們的所作所為，認定他們是基督教名義下的邪教。西方列強從一開始就中立觀望，到最後他們認為太平天國定都南京以來，他們本可以將南京建設成為中國的首都，但十年中，太平天國卻證明了自己充滿著邪惡，到處進行著摧毀和破壞，南京與其說是一個政府的首都，不如說是一群強盜的巢穴。最後英國國會正式決議，放棄中立法則，幫助清政府圍剿太平天國。

一八六二年，忠王李秀成再次集結優勢兵力攻打上海。當兵臨城下的時候，外國傳教士不見了，黃旗不見了，英法軍隊不再僅僅固守城池拒絕太平軍，而是用最新式的武器裝備，開始和清軍一起圍剿太平天國。大約四千名英法士兵直接參戰，太平天國的士兵，帶著他們對天國的夢想和對洋人的幻想，在炮火中灰飛煙滅，太平天國對於上海的第二次進攻也最終失敗。

上海之役的險勝對於清軍來說是保住了蘇南的最後據點，此後他們以上海為基地，逐漸蠶食了太平軍在蘇南的領土。而對於太平軍來說，這場戰爭的失利，最後直接導致了太平天國對外關係的全面破裂，從此以後，英法聯軍和清軍聯合，公開地武力鎮壓太平天國，導致了太平天國加速滅亡。上海之役之後，江浙地區大量飽受戰火侵襲的士紳商賈，為了躲避戰亂，逃亡到上海的英法租界，這樣就加速了上海的發展步伐。在太平天國敗亡之後不久，上海迅速崛起，成為了亞洲最繁華的商貿港口。

當年馬克思得知太平軍勝利進軍的消息萬分高興，並寄予熱切的期望，想像著一個充滿自由、平等、博愛的中華共和國出現在東方。不過後來當他知道太平天國推行的各種暴政之後歎道：「太平軍就是中國人的幻想所描繪的那個魔鬼的化身，只有在中國才能有這樣的魔鬼。」

在今天的歷史教科書中，國民黨認為太平天國諸領袖是民族革命的英雄，共產黨認為太平天國諸領袖是農民起義的英雄。在共產黨的教科書中，「金田起義」的人物被定為英雄人物、正面人物，只能歌頌，不得批評。

（七）

我們見了太監、農民起義領袖的形象，再來看看晚清重臣李鴻章的故事，以此來瞭解當時中國和西方的差距。李鴻章執掌晚清外交大權長達三十年，是近代史無法迴避的重要人物。一八九六年，李鴻章曾經在古稀之年訪問美國，過程看似平常，卻讓他的身心受到極大的震撼，甚至間接改變了歷史。

「倘無駟馬高車日，誓不重回故里車！」這是青年李鴻章赴京趕考途中所作的詩句。觀其行文，是何等意氣風發。李鴻章的自信來源於其天資聰穎，五歲精通琴棋書畫，是連私塾先生都對其嘖嘖稱奇的神童，二十一歲輕鬆中舉人，二十四歲那年他就考中進士。李鴻章很快以進士的身分加入翰林院，從此他在仕途上可謂是平步青雲。

一八五一年，洪秀全廣西起義，滿洲八旗軍和漢人綠營軍，在太平軍的攻勢下兵敗如山倒，眼看著南京就快淪陷，咸豐帝只好把希望放在曾國藩訓練的地方武裝——湘軍身上。「混亂是成功的階梯」，這句話放在李鴻章身上尤其貼切。當時湘軍和太平軍的戰事激烈，正是曾國藩用人之際，憑藉著過人的才華，李鴻章被曾國藩看重，被招入湘軍擔任幕僚。李鴻章文筆很好，曾國藩給朝廷的上書，都放心交給他起草。然而，胸懷壯志的李鴻章，不甘心做一名寂寂無名的幕僚。於是，他向曾國藩請求讓他回老家安徽，去建立一支新軍。曾國藩看李鴻章的能力、經驗都磨練得差不多了，就同意了他的想法，親自上奏朝廷，讓李鴻章到合肥招募新軍，建立淮軍。親眼目睹過在第二次鴉片戰爭中，西方先進武器對清軍裝備的碾壓，李鴻章在訓練淮軍的時候，用重金聘請洋人戈登為教練，成功抵禦了太平軍對上海的進攻，之後幾年，湘軍和淮軍勾結洋人，逐漸奪得了戰場的主動權。一八六四年，清朝收復南京，太平天國滅亡，李鴻章因功封一等伯，成為整個清朝歷史上屈指可數的漢人公爵，那一年，他四十一歲。

在洋務運動中，李鴻章跟隨老師曾國藩的腳步，先後創建了江南製造總局、輪船招商局等近代軍工廠。李鴻章還是最早意識到海防重要性的大臣，自從兼任北洋大臣後，在慈禧太后的支持下，他派人到英國採購當時世界上最先進的炮艦，創建了當時理論實力排行世界第九的北洋水師。然而，取得再大的成就，李鴻章依舊是清廷的鷹犬、慈禧太后的馬前卒，從十九世紀七十年代到甲午戰爭之前的二十年間，李鴻章到處奔波，和法國簽訂《越南條約》，和英國簽訂《煙臺條約》——從此背上了「賣國賊」的罪名。

李鴻章不得不自嘲自己是清廷的「裱糊匠」，在清帝國這艘破船上，他能做的就是東破一個窟窿補一個，西破一個窟窿堵一個，最終左支右絀，進退失據，還是無法力挽狂瀾於既倒。一八九四年的甲午戰爭爆發，李鴻章苦心經營的北洋艦隊在黃海海面上，被日本海軍打得全軍覆沒，他氣得一連好幾天都沒合眼。清軍在甲午戰爭的慘敗，原因很複雜，不單單是李鴻章的個人因素，然而慈禧太后把鍋都甩給李鴻章，把之前賞的黃馬褂收回，讓李鴻章給朝廷擦屁股，前往日本簽訂條約。李鴻章這個裱糊匠以七一歲高齡，出使日本，在簽訂《馬關條約》的過程中，李鴻章差點被日本人暗殺，幸好子彈從他的左眼瞼下方擦過，只受了輕傷。

一年後，朝廷突然重新賜李鴻章黃馬褂，還贈予三眼頂戴花翎，李鴻章立即意識到，朝廷一定是要交代他重要的任務。不久，朝廷命李鴻章出使俄國。原來，自《馬關條約》簽訂後，清廷高層制定的戰略是「聯合沙俄制衡日本」，原來派出的是湖北巡撫王之春前去和莫斯科商談，結果俄國大臣嫌棄王之春的職位太小，點名要「東方俾斯麥」之稱的李鴻章去商談，清廷不得已只好急調他趕赴沙俄商談。

李鴻章和俄方代表在黑海進行洽談，憑藉著熟稔的外交藝術，成功和俄方簽訂了《中俄密約》。雖然該條約也是以犧牲中國的東北利益為代價的不平等條約，但是好歹促成了清廷「聯俄制日」的戰略。李鴻章回國後，清廷嘗到了甜頭，決定繼續讓李鴻章訪問歐美。清廷選擇李鴻章一方面是固然是由於其成熟的出使經驗，另一方面是因為李鴻章優秀的外在條件：一米八的個頭，能夠不辱清廷那點僅剩的國威。

一八九六年夏天，李鴻章展開了為期八個月的歐美之行，他第一站到訪的是德國，在德國訪問期間，李鴻章最大的收穫就是他見到了前德國宰相俾斯麥。俾斯麥很看重和李鴻章的這次會面，親自穿著威廉三世賜予他的皇家軍禮服接待。接著李鴻章來到法國和英國，除了參觀他們在軍事科技上的成就以外，沒有任何收穫，正當李鴻章覺得歐洲之行乏善可陳之時，美國之行讓他大為震驚。

恐怕連李鴻章自己也低估了他的「東方俾斯麥」的名氣，他帶領著二百多人的巨大使團，裡面有負責中餐的廚師團，也有負責為他抬轎的轎夫，美國派出「聖路易斯號」郵輪迎接李鴻章一行，美國總統克利夫蘭為了接待他，甚至放棄了和妻子去夏威夷旅遊的計畫。

李鴻章剛下甲板，就看到幾百名美國士兵在紐約碼頭上恭候。當時資訊不發達，三十多萬人湧上碼頭去見李鴻章，他們看著中國人後腦勺留著辮子，覺得和野蠻的非洲酋長相差無幾。《紐約時報》的記者看到李鴻章穿著黃馬褂，把他誤當作皇帝，直接以「清國皇帝訪美」為標題。李鴻章知道後，嚇得直呼「大逆不道」，趕緊和記者解釋清楚，怕傳到國內。然而，李鴻章不知道的是，這只是他鬧笑話的開始。最先和李鴻章握手的是退役的威爾遜將軍，他問道：「將軍，您在美國算是富人嗎？」在西方人眼裡，直接問關於私人財產的問題，這也給翻譯出了道難題。最終，翻譯官在愣了幾分鐘後，靈機一動，在李鴻章的原意上補充了一句：「這句話沒有任何冒犯您的意思，在中國是正常的問候語，希望將軍不要介意。」在國內生活了大半輩子，又位極人臣，李鴻章踏上美國土地，依舊保持著隨心所欲的作風，覺得嘴裡有痰就往地上吐，結果被巡警看到，警察不管這些亞洲人是什麼身分，直接按照規定，讓李鴻章親自把他吐在地上的痰擦拭乾淨。李鴻章讓一旁的隨行人員去做，結果被警察拒絕。最後，為了保持自己的體面，李鴻章只好認栽，交了罰金了事。李鴻章一路上像《紅樓夢》裡的劉姥姥進大觀園般，到處感受到美國這個發達資本主義國家和大清國的巨大差別。當天，李鴻章一行參觀了紐約的一些農場，他們發現這裡的農民很富足，長得很壯實，精神也很飽滿，和國內面黃肌瘦的農民簡直是天壤之別。當天下午，逛了一天的李鴻章拖著疲憊的身軀到了華爾道夫酒店，在酒店的門口，幾十名總統列兵在外面駐守著。美國此次對李鴻章的隆重程度完全是總統待遇，這倒不是美國人熱情，而是美國人看到了李鴻章訪美的巨大價值。在李鴻章乘電梯的時候，李鴻章再次感到震撼：「吾等諸人首次坐上美利堅所謂之電梯，約莫本國廁所一般大小，不過一會兒即達七層，甚訝之。」李鴻章第二天的行程，是去參觀美國最先進的槍炮和戰列艦。不過，那天最讓他倍感震撼的不是這些先進的武器，而是路過紐約最繁華的華爾街時，一路上動輒幾十米的高樓大廈。這一幢幢混凝土構成的龐然大物給李鴻章以最直觀的衝擊，近代西方建築的高大和大清國低矮的封建建築，形成了鮮明的對比。李鴻章原來以為中國衰落主要在於武器落後，然而，他現在才知道，美國和中國的差距是各個方面的。想到自己這輩子是看不到清朝趕上美國的任何可能，李鴻章站在大樓中間，久久地佇立，一連倒吸了好幾口涼氣：「我大清是不可能趕超美國的，連趕上都很難，我們要付出幾代人的努力啊！」這句話不僅僅讓隨從們感到心寒，一百多年後的今天我們都能感受到李鴻章內心深處的絕望。當天晚上，紐約有個記者到酒店去採訪李鴻章，其中一個問題是：「您此次訪問美國，印象最深刻是什麼事物？」李鴻章頓了頓說：「來到美國很多事物都讓我極為震撼，以至於我都無法說出最深刻是哪個。但我說最令我驚訝的還是貴國的建築，足足有二三十層，比歐洲的城堡還高。我們中國就無法建造這麼高的樓層，因為我們是木質結構的房子，就算建成了也會被颱風颳倒的。」此後，李鴻章在面對歐美列強，尤其是美國的時候，他的傲氣消了一大半。

原本，李鴻章的美國之行已經結束，不過他還想多留幾天，倒不是他對美國的訪問流連忘返，而是要辦一件事——力圖使美國廢除排華法案。當時美國對華人的歧視是根深柢固的，早在美國建立之初，美國就對華工充滿了敵意。早在十九世紀初，那時美國處於淘金熱，很多中國人聽說後都紛紛湧入美國的西海岸三藩市等地尋覓金礦。由於人數眾多，沒多久金礦就都被淘光了，華人只能到美國人不屑做的鐵路工、餐飲業、採礦等行業從事勞動。中國人以吃苦耐勞著稱，在這些行業上，華人幾乎形成了「壟斷」。況且，在許多美國人的印象中，矮小的華工個個拖著一條辮子，總是嘰哩呱啦地大聲說話，他們還會吃老鼠，把在美國所掙的錢又全部帶回到中國去。到了一八五四年的時候，美國遭遇了經濟危機，很多美國人失業在家，他們覺得如果沒有中國人，他們也可以去從事那些底層的工作。排華的情緒從美國西部一直蔓延到全國，直到最終美國聯邦政府推出了排華法案，這是美國歷史上唯一一部針對單一族群的移民法案。在法案中針對華工規定了一系列殘酷的剝削手段和高額的稅率。李鴻章一到美國，就有不少華工向他哭訴排華法案的種種規定，所以他決定在走之前把這件事辦了。李鴻章接受了《紐約時報》的採訪，地點就選在華爾道夫酒店。為了顯示出大國的威嚴，他特地穿著清朝官服，頭頂三眼花翎，在椅子上正襟危坐，採訪全程他面無表情，採訪的記者也感受到這位異國大臣身上的凜凜寒意：「李始終高昂著頭顱，有著雄獅般的傲慢。」記者不知道的是，她正步入李鴻章精心設計的語言陷阱中。「總督，您認為在美國這幾天的訪問，有沒有讓您覺得失望的地方？」李鴻章吸了兩口煙槍，說：「這些天貴國的招待很用心，我沒有什麼感到失望的，只是有一點，貴國的政體和我大清相差甚遠，政黨太多了，會不會經常攻訐？」

記者似乎覺得李鴻章這番話有些幼稚，笑了笑說：「總督有所不知，美國政府是依靠政黨間的競爭運行的。」

李鴻章問道：「聽說貴國最近在選舉是嗎？」

記者答道：「是的。」

李鴻章問道：「我大清有句話叫『新官上任三把火』，貴國新選出來的政黨一般會推行新政策是吧？」

記者答道：「一般來說是會的。」

李鴻章順勢問道：「到那時會不會廢除《排華法案》？」

記者被李鴻章問的這句話驚到了，畢竟美國也不願意把這件事擺到檯面上：「這……這我也不太清楚，總督我們不說這個了，談一下……」

李鴻章那張面無表情的臉上，終於有了點情緒：「不好意思，記者小姐，打斷您一下，我想說的是，我很清楚《紐約時報》在貴國的巨大影響，我不敢奢望貴國能廢除《排華法案》，只是想藉貴報的影響能夠使新政府對這個法案進行修改，很多飽受該法案剝削的華工都希望我能為他們出頭，我希望他們能夠獲得和貴國公民一樣的權利。試想一下，如果我大清國也排斥貴國的在華貿易和美國人，會怎麼樣呢？貴國不是一向宣稱民主自由，制定《排華法案》不應該是先進的文明國度所為。再說了，把華工都逼走了，對貴國也沒有什麼好處吧？屆時勞動力成本上升，貴國公民的物價也會水漲船高。」

雖然這番話有理有據，不卑不亢，懟得那位《紐約時報》的女記者啞口無言，然而，弱國無外交，李鴻章的這番話並沒有產生任何的效應，《排華法案》依舊沒有被廢除，就連修改也沒有。李鴻章很生氣，以至於在他回國的時候，不經過美國的西部，而是借道加拿大。其實李鴻章心裡也很清楚，中美國力差距大，美國完全可以不用理會大清的訴求。從此，李鴻章也看清了美國真實的一面，表面上說的是「人道主義」、「民主與自由」，實際上做的處處體現狹隘的民族觀念。

李鴻章回國後，他的仕途再次跌落到低谷：先是到北京覲見光緒皇帝後不久，就遭到文官彈劾「李中堂擅入皇宮」，結果被「罰俸祿兩年」。李鴻章平時十分喜歡斂財，那句「宰相合肥天下瘦」的傳言，諷刺的就是他。李鴻章一生嗜錢如命，在安徽合肥、巢縣等地購置了大量田產，以至於金錢刻在了他的骨子裡——無怪乎在他訪美時，見到威爾遜開口的第一句話還是錢。這回老人忙活快一年，俸祿卻被停了，自然心情鬱悶。很顯然，背後是慈禧太后在操弄。對慈禧而言，李鴻章貢獻再大也不過是自己的奴才，對他的處罰就是為了敲打他一下。直到一九〇〇年八國聯軍侵華，這一次，情勢危急，連首都北京都被八國聯軍端了，慈禧太后挾著光緒皇帝連夜出逃。在逃亡的時候，慈禧太后想起了李鴻章，急令他和八國聯軍談判。李鴻章已經七十七歲了，身體欠恙，經常吐血，自知已經時日無多了，但是接到命令後，他還是強撐著病體，和八國聯軍坐在談判桌上。此時的李鴻章已經不復在和日本簽訂《馬關條約》時正面硬剛伊藤博文的豪氣，一方面是由於他的身體不行了，另一方面就是他在四年前的美國之行，使他面對列強失去了底氣。談判因李鴻章吐血而多次中斷，不過列強依然咄咄逼人，催促其趕緊簽訂條約。最終，中國歷史上最屈辱的條約——《辛丑和約》簽訂，國內對李鴻章的罵聲也達到了高潮。

幾個月後，李鴻章因病去世，慈禧太后聽說後「大慟之」，她知道，清廷再也沒有像李鴻章這樣的「裱糊匠」了。

（八）

我們來聽聽在清王朝覆滅前夕有關孫中山和革命黨的故事。

鞏金甌，
承天幬，
民物欣鳧藻，
喜同胞，
清時幸遭。
真熙，
帝國蒼穹保，
天高高，
海滔滔。

清朝末年，革命黨人四處活動，在孫中山和黃興等人的策畫下，革命黨人連續組織了多次暴動；不過收效甚微，根本無法撼動大清王朝的根基。只可惜了那些跟在後面暴動的革命黨人，他們少則幾十上百，多則上千，每每慷慨赴死，命歸九泉，還落得個「逆賊」的名聲。在暴動無果的情形下，激進的革命黨人又策畫起一系列的刺殺活動，如：一九〇七年，革命黨人徐錫麟在安慶刺殺安徽巡撫恩銘；一九一一年，廣州將軍孚琦在廣東諮議局附近被革命黨人溫才生刺殺；一九一二年，皇族後裔陸軍將領良弼在家門口被革命黨人彭家珍炸死。

一九一一年初，革命黨人集中人力、財力準備在廣州再次起義。由於水師提督李準手握兵權，曾經屠殺過起義的革命黨人，為了減少起義的阻力，革命黨統籌部擬派人暗殺李準。三月，南洋同盟會會員溫才生回到國內準備參加起義，因路費不足，滯留廣州，做起了鐵路傭工。他怕走漏風聲，未與任何人協商，日夜懷揣手槍，尋找機會。四月八日，比利時人在廣州東門舉行飛行表演，因事屬新鮮，省府將有不少文武官吏前去觀看，廣州副都統孚琦前往查看地勢，順便也去觀看。孚琦為滿人，時任駐防將軍，官位僅次於兩廣總督。

溫才生估計李準可能也去觀看，屆時他便守候在城東門外諮議局前的「悅來」茶館裡假裝品茶，此地為進城必經之路；直等到日落時，忽然聽到人聲嘈雜，並有軍隊開來，前呼後擁著一座八抬大轎。有人喊了聲：「提督大人來了！」溫才生斷定是李準的座轎到了，便快步從茶館中走出，衝到轎前，對著轎門就是一槍。左右的清軍護衛也驚慌逃竄，轎夫也扔轎逃跑，溫生才恐其不死，對著轎內又開三槍。轎內之人，挺臥而死，腳伸出轎外。而轎內被擊斃之人不是李準，而是孚琦。溫才生暗殺得手後，便向諮議局左側的一條小街跑去。槍響時，諮議局守衛聞聲出來巡視，看到溫才生逃跑，便尾隨其後，遇到站崗巡警，才鳴笛告警，與其他巡警、偵探一起將其逮捕。

被捕後在審訊時，他面無懼色，侃侃而談，痛斥滿清腐敗，大談革命主義。被問及同黨主謀時，他說：「普天之漢人，皆為同黨。」

總督張鳴岐親自審訊，問道：

「何故暗殺？」

溫才生道：「是明殺。」

張鳴岐又問：「為何明殺？」

溫才生道：「滿清無道，日召外辱，皆此輩官吏為厲之階耳，殺一孚琦固無濟於事，但藉此以為天下先，此舉純為救民族起見，既非有私仇，更非有人主事。」

審訊後張鳴岐奏請朝廷將溫才生處死，清廷諭旨准奏處死。刺殺孚琦事件發生後，總督張鳴岐、水師提督李準格外戒備，紛紛調兵入城，可新的起義已是箭在弦上。張鳴岐總督在恐慌中得知革命黨人即將舉事的情報，立即與水師提督李準會商，然後派出大批偵探，抽調防營進城，實行戒嚴。四月二十七日下午五時左右，張鳴岐的總督府前突然槍聲大作，一百七十多名起義人士，他們臂纏白布，腳穿黑面膠鞋，手持槍械炸彈，開始攻打總督衙門。而正在此時，張鳴岐在府內召集部下的文武，商議如何對付革命黨人，哪知道革命黨人已經到了。

都府很快被黃興等人率隊攻破，張鳴岐倉皇逃走，革命黨人直入大堂、二堂、後堂遍搜，不見張鳴岐，只在後堂搜出張鳴岐的父親及其一妻一妾。他們瑟縮戰慄，口叫饒命，革命黨人對他們說：

「不是你等之事，不必害怕。」

追問張鳴岐在何處，說已逃出。原來張鳴岐登上樓頂，從瓦面流落街坊民居，再逃亡不遠處的水師衙門；隨後，立即指揮軍隊反撲，大肆捕殺革命黨人。有革命黨人退入一家米店，堆米袋據守，並拋擲炸彈，清兵不敢接近。張鳴岐下令縱火燒街，有不少起義者被俘。死難的烈士橫屍街頭，大都折臂斷腦，血肉模糊。由於天氣熱，那些遺體開始腐爛發臭，張鳴岐繼續搜捕革命黨人，使他們紛紛躲避各地，死者的親屬也不敢出來認屍。看到革命黨人的遺骸橫陳街頭，有人決定冒死前往安葬，並將墓地改為「黃花崗」，用菊花來象徵死者的革命精神。

被俘者林覺民在獄中寫下了〈與妻書〉：

「吾今以此書與汝永別矣！吾作此書時，尚是世中一人；汝看此書時，吾已成為陰間一鬼……。吾至愛汝，即此愛汝一念，使吾勇於就死也。吾自遇汝以來，常願天下有情人都成眷屬；然遍地腥羶，滿街狼犬，稱心快意，幾家能彀？……初婚三四個月，適冬之望日前後，窗外疏梅篩月影，依稀掩映；吾與汝並肩攜手，低低切切，何事不語？何情不訴？及今思之，空餘淚痕。……吾誠願與汝相守以死，第以今日事勢觀之，天災可以死，盜賊可以死，瓜分之日可以死，奸官污吏可以死，吾輩處今日之中國，無時無地不可以死。……汝幸而偶我，又何不幸而生今日之中國！……卒不忍獨善其身。嗟乎！紙短情長，所未盡者尚有萬千……」

孫中山不懂軍事，但他看出來中國的軍事水準非常之低，中國自一八四〇年「鴉片戰爭」以來的多次對外戰爭中，每次都是以失敗告終。雖然從一八六〇年以後，改革派展開了所謂「洋務運動」，練兵、開礦、設廠、修鐵路、辦學堂，又從西方購置了大量的堅船利炮，擁有了當時亞洲最先進的艦船，然而經過了三十多年的努力，在一八九四年「中日海戰」中，還是那麼不堪一擊，還是沒有改變落後挨打的局面。他認識到了僅僅引進西方的器物是遠遠不夠的，必須改變制度，必須從社會制度上向西方學習。他認為如果有一天武裝水準高的話，不在於它的人數，任何一次暴動都可能成為結束滿清統治的致命一擊。他高舉漢人種族主義的旗幟，呼籲：「驅除韃虜，恢復中華。」他希望用武力推翻滿清政府，再行民主建國。可他的革命主張並未得到各階層的回應，而康有為、梁啟超等改良派鼓吹的「君主立憲」的思想普遍受到歡迎。言論領袖梁啟超告訴人們，改良要比革命的代價小得多，法國大革命，動亂八十年，血流成河，其他歐洲十五國，實行「君主立憲」，和平立國。梁啟超給革命黨開出的公式是：革命、動亂、專制。自一九〇〇年至一九一一年四月，革命黨人策畫的恐怖活動多達二十多次，但都以失敗告終。梁啟超在《新民叢報》上撰文嘲諷道：革命黨領袖是唆使別人送死，自己謀取名利的「遠距離革命家」。康有為、梁啟超所提出的變法只維持了一百零三天就告失敗了，史稱「戊戌變法」。變法失敗後光緒皇帝遭軟禁，維新派譚嗣同等人被殺，康有為、梁啟超流亡日本。在日期間，梁啟超不僅把政治、經濟、哲學、民主、憲法、組織等詞彙從日本引入中國，同時他呼籲講自由、有個性，具備獨立人格，有權利、守義務的一代新民，把中國傳統文化和西方文明接軌。他的那些關於革命黨領袖的文章一經面世，僑界一片譁然，孫中山創建的同盟會在南洋幾無立錐之地。這一切，讓革命派言論領袖汪精衛悲憤欲絕，他希望以一死來告訴梁啟超，革命派領袖並非唆使別人送死的卑鄙之輩，他們視死如歸。汪精衛在〈革命之決心〉一文中寫道：國民黨人的角色有二：一作為薪，為薪的人需要奉獻的毅力，甘心把自己作為柴薪，化自己為灰燼來煮成革命之飯；二作為釜，為釜的人需要堅韌的耐力，願意把自己作為鍋釜，煎熬自己來煮成革命之飯。汪精衛表示自己願意當革命的柴薪，臨行前，他給摯友胡漢民留下血書：我今為薪，兄當為釜，此行無論事之成否，皆必無生還之望，弟雖流血於菜市街頭（清朝時期對要犯殺頭示眾的地方），猶張目以望革命軍之入都門也。

汪精衛一行來到北京之後，以一家照相館為掩護，最初擬炸親王奕劻和從歐洲考察海陸軍歸來的貝勒載洵、載濤，但均未得手，最後汪精衛選定了攝政王載灃。為了加大炸藥的威力，汪精衛在一家鐵鋪定造了一個可盛四五十磅炸藥的「鐵西瓜」，然後和同夥一起在空的農田裡做試驗。試驗時雖然聲音很響，但那裡地僻人稀，沒人注意，給大家堅強了信心。汪精衛之所以要選擇載灃，他是宣統皇帝溥儀（末代皇帝）的生父，他登上政治舞臺，源自於一九〇〇年的「義和團」之亂。盲目排外的拳亂讓大清幾乎亡國，後來朝廷逐漸意識到變法立憲是保住政權的唯一希望。立憲派紛紛上奏，慈禧太后最終拍板，取外國之長，去中國之短，開始實行「新政」。所謂新政，就是開國會、暢言論、廢科舉、行立憲。一九〇〇年的時候，談改革、談立憲這些都是大逆不道的，然後到一九〇五年的時候，基本上已經沒有人不談改革，沒有人不談立憲了，不談立憲就沒有立足之地了。那時候皇族，哪怕最保守的人，也不會公然地反對立憲了。「立憲」、「立法」這種字眼，在清朝晚期的時候，在中國已經是深入人心了，凡是識字的人，都已經把它當真理了。為推行新政，慈禧決定起用光緒的弟弟載灃。載灃一出現，人們把對光緒的一些懷念、一些期望都放到了他身上。但清政府的改革，卻引發了孫中山革命黨的不安，他們覺得立憲是可以救中國，可是只有漢人能立憲，滿人不能立憲，讓滿人實行君主立憲，那個君王可以傳世萬代，這個是革命黨絕對不能接受的。由於出國考察回來的人告訴慈禧，憲政可以使皇上世襲往替，慈禧最怕的就是滿清政府被推翻，行政權讓內閣去做，讓議會去管理國家，出了錯是他們的事，可以換議會、換內閣，皇上不用承擔責任。一九〇六年七月，清政府提出預備仿行立憲的改革，並將載灃推到臺前，準備將他樹立為新一代領導核心。他雖然沒有行政的經驗，但是他聽話，他有一句名句是：「有書有富貴，無事小神仙。」慈禧也希望扶他上馬送一程，老太后沒想到諭旨第一天下，第二天她就死了。沒有人扶持載灃了，他沒有行政經驗和官場上的心狠手辣，這一套他都沒有。一九〇八年，光緒、慈禧先後辭世，年幼的溥儀登基，其父載灃順理成章地成為攝政王，但他說話沒人聽。

載灃上臺後，面臨的局面極其複雜，海外的革命黨和國內的立憲派都不滿清政府的新政，他們覺得滿人再也不能統治下去了。慈禧一死，滿族高層的控制力就弱了，他們已經缺乏了一個強有力的凝聚核心，能夠把滿人凝聚起來。朝廷失去了一個重心，這種重心很少有人能填補的。怎樣實現立憲，沒有人能夠做，於是決定九年實行立憲，對於全國上下的期望，是完全不符的。

一九一〇年開始，各省諮議局組織大規模的請願團，進京給中央政府施加壓力，要求儘快組織責任內閣，頒佈議院法和選舉法。從一九〇九年到一九一〇年以後，舉行了三次大規模的立憲請願運動，直接影響到北京，甚至到督察院來請願，請求提前召開國會。長沙教員徐特立（毛澤東的老師）在湖南赴京請願送行會上，斷指寫下：「請開國會、斷指送行。」各代表團赴京後，分路前往載灃的府邸請願。有東北學生代表攔路高呼：「國家瓜分在即，非速開國會不能挽救。學生等與其亡國死於異族之手，不如今日以死餞行，代表諸君之行。」說著，當場切腹。被勸阻後，又揮刀從自己的胳膊和腿上割下肉來，將鮮血抹在請願書上疾呼：「中國萬歲，代表諸君萬歲。」各地又一天一個電報敦促，催促要趕快進行立憲。在這個過程中沒有把心態放下來，要對土壤和溫床進行慢慢地培育。晚清的整個改革，從慈禧太后一發動，就呈現出一種加速度進行。中央非常願意改革，所有的人都擁護改革了，中央也在不斷地放權，可愈放下一步就愈難做，所有的好政策到底下都走樣，還有大量的群體性騷亂，大都是由改革引發的。

一九一一年四月，汪精衛等革命黨人看好了路線，將炸彈埋在載灃上朝的必經之路的一個橋下，但在佈置過程中有人報了案，巡捕取出了炸彈；他們發現炸藥是外國製造的，但鐵罐上的螺絲釘卻是新做的，巡捕們立即到京城各鐵匠鋪核對，一個老闆剛好記起這個「大鐵桶」是一家照相館的人要他做的。巡捕們於是順藤摸瓜，找到了那家照相館，並將汪精衛擒獲。汪精衛被捕後，民政部尚書肅王親自審訊，汪精衛在其供狀中草成洋洋萬餘字，字既娟秀，文又淋漓痛快，肅王起憐才之念。汪精衛圖謀顛覆政府刺殺攝政王按律當誅，但肅親王說汪精衛是未遂罪，以「誤解朝廷政策」為由，判處汪精衛永遠監禁。

在獄中的毫不知情準備赴死的汪精衛寫下了「引刀成一快，不負少年頭」的詩句，他還寫了一首絕句給同志、親友：

落葉宮庭夜籟微，
故人夢裡兩依依，
風蕭易水今猶昨，
魂度楓林是也非。
入地相逢雖不愧，
擘山無路欲何歸。
記從共灑新亭淚，

忍使啼痕又滿衣。

此詩傳到在香港的同盟會機關，胡漢民和黃興讀罷，泣不成聲。這時，肅王親自到獄中看望汪精衛，肅王對汪精衛說道：

「汪先生在《民報》的篇篇大作我都拜讀過，目前，朝廷正在籌備預備立憲，建立國會，讓民眾參政議政，這些不正是先生所爭取的革命目標嗎？」

汪精衛說：「我們革命黨人所主張的絕不是立憲，而是要推翻封建專制。」

肅王答道：「用和平的憲法方法來實現自己的主張，不是比用大量人命財產損壞的革命方式來實現自己的主張更好嗎？」

肅王以禮相待，談吐文雅，讓汪精衛十分吃驚。攝政王載灃、肅王善耆等滿清貴族官僚的開明，讓汪精衛感到意外，他在獄中開始反思，革命的手段是否正確，但一切已不可逆轉。

（九）

如果說由於激進的革命黨導致了中國的「君主立憲」流產了，那麼嗷嗷待哺的民國在開創之初，中國的思潮卻轉向了社會主義，接下來讓我們來看看共產黨在中國又是如何誕生的。

一九二一年春天，一位名叫馬林的荷蘭籍共產黨人，從莫斯科出發前往中國。出生於荷蘭的馬林，曾任荷蘭全國總工會主席，一九一三年後，長期在印尼領導革命工作，一九二〇年在共產國際的二大上，被選為共產國際執行委員。由於他在領導印尼革命期間優異的表現，加上豐富的革命經驗，被列寧看中，欽點為共產國際駐中國代表。馬林此行肩負著一項重要的任務，那就是推動中國共產黨的成立，並且組建共產國際遠東局。當然他還有一項重要的使命，那就是要推動中國共產黨在建立後加入共產國際接受莫斯科的領導，也就是接受蘇共的領導。

一年前，共產國際的另一個代表維經斯基來到中國，他分別在北京和上海會見了李大釗和陳獨秀，商議建立共產主義小組的事宜。六月，馬林抵達上海，很快，他就促成了中共一大的召開。由於此時中國共產主義小組的發起人陳獨秀還在廣東擔任教育委員會委員長，因他無法抽身，沒有參加一大，不過由於他的威望和號召力，他還是被選為共產黨的第一任書記。

為了避免受制於共產國際，開始陳獨秀和馬林採取不合作態度，並拒絕他提供的經費。不過就在馬林和陳獨秀的矛盾公開激化的時候，一個意外事件的發生，卻使得這二人之間的關係驟然發生了逆轉。一九二一年十月四日，陳獨秀突然被捕了，就在他從廣州返回上海的時候，他被一個人發現了，因他辦過宣傳馬克思主義的《新青年》雜誌，那人報告給了租界當局，於是陳獨秀被租界當局盯上了，一到上海，他就被捕入獄。

陳獨秀覺得此次被捕凶多吉少，他做好了長期坐牢的心理準備。作為新文化領袖被捕的消息傳出後，引起強烈反響，社會各界紛紛奔走營救。此時，馬林也已經很長一段時間沒了陳獨秀的消息，在與陳獨秀的矛盾激化後，兩人之間的聯絡幾近中斷。聽到陳獨秀被捕的消息，馬林焦急萬分，他首先找了一個法國的著名律師替陳獨秀辯護，同時也拿出共產國際的經費疏通關係，花錢打點巡捕房。這樣，一九二一年十月二十六日，法庭最終以私藏《新青年》雜誌為由，判陳獨秀罰金一百元，隨後陳獨秀被保釋出獄。

陳獨秀出獄當天，馬林派他的翻譯張太雷到陳獨秀的住所，轉達他對陳獨秀的慰問。陳獨秀得知自己能夠順利出獄，馬林起了關鍵作用，陳獨秀對這個共產國際的代表很是感激，便當即表示，一定當面表示感激。在陳獨秀出獄之後，他開始冷靜思考中共的客觀生存狀態，甚至中共與莫斯科的關係。中國共產黨要推進中國革命，確實在經費上遇到了很大的困難，而他本人的被捕也使他認識到反動勢力的強大和共產黨的弱小；特別是各地的軍閥勢力，他們都有自己的外國勢力作為靠山，中國共產黨要發展壯大，光憑自己的力量是不行的，還需要像共產國際這樣的組織支持。最終他還是同意中國共產黨接受共產國際的領導，接受共產國際經費的援助。

一九二一年十二月上旬，共產國際駐中國代表馬林，在其翻譯張太雷的陪同下，專程拜訪了正在桂林大本營的孫中山。作為孫中山的客人，馬林先後輾轉廣州、汕頭等地，對中國南方革命形勢進行了深入考察。期間他正好趕上了省港大罷工，國民黨人支持罷工的情景，給他留下了深刻的印象。經過深入分析，馬林認為國民黨是一個民族主義的政黨，非資產階級政黨。基於這樣的認識，馬林產生了通過中國共產黨加入國民黨，從而改造國民黨實現國共合作，以此來推進中國國民革命運動的想法。

馬林的想法很快得到了孫中山的認同。此時由於剛剛結束了主政廣東的陳炯明叛亂的陣痛，孫中山的內心異常苦悶，他覺得國民黨的成分太過複雜，在對軍閥及歐美、日本諸國失望後，孫中山也轉而把目光投向了蘇俄。

在得到孫中山的直接回應後，馬林很快結束了南方之行回到北京，他一面向蘇俄方面報告共產黨和國民黨的情況，建議蘇俄政府向南方政府派駐代表團與孫中山建立聯繫，一面從北京啟程前往上海，與陳獨秀會面提議國共合作。當他到達上海，把這一建議陳述給陳獨秀時，卻遭到陳獨秀的斷然拒絕。陳獨秀認為孫中山領導的國民黨內部嚴重分化，又投靠軍閥和洋人勢力，在反對袁世凱的二次革命失敗後，孫中山把失敗的原因歸結為自己的權威不夠，所以他改組國民黨，並要求黨員按手印效忠他個人，陳獨秀對此當然極為反感。在次年的四月六日給共產國際方面維經斯基的信中，陳獨秀明確闡述了自己反對共產黨加入國民黨的六條理由。信中陳獨秀提出共產黨與國民黨革命之宗旨以及所據之基礎不同，國民黨聯美國、聯張作霖、段祺瑞軍閥等政策和共產主義太不相容。國民黨未曾發表黨綱，在廣東以外各省人民，視之仍是一爭權奪利之黨。共產黨倘若加入該黨，則在社會上信仰全失，永無發展機會。在最後陳獨秀寫到，廣東、北京、上海、長沙、武昌各區同志對於加入國民黨一事，均已開會議決絕對不贊成。眼看國共合作的建議受阻，馬林便於四月二十四日離開上海，返回莫斯科尋求支持。在中共二大召開前夕的七月十一日，馬林正式向共產國際提交了國共合作的建議。建議中說，如果他們不願意與國民黨聯合，這些小團體開展宣傳工作的前景將是暗淡的。馬林的建議與莫斯科對中共的認識不謀而合，因此共產國際方面很快採納並批覆了國共合作的建議。為了表明共產國際方面對這一建議的支持，維經斯基代表共產國際專門為此起草了一個文件，特意指示中共中央密切配合馬林，遵照共產國際的指示辦事。

共產國際把這個決議，列印在馬林的衣服上面，由馬林從蘇聯帶到中國來。當年八月馬林隨同來訪的俄國革命者越飛帶領的代表團來華，很快在馬林的督促下，中共中央召開了西湖會議；會議的中心議題就是討論國共合作。為了這次會議，馬林做了極為細緻的準備和安排，他專程從北京請來了一貫支持國共合作的李大釗參會。最後馬林抬出了共產國際的決議，說服其他領導成員。就在一個月前中共二大剛剛召開，在二大上，中國共產黨明確表示加入共產國際，接受共產國際的領導。最終在大多數人的支持下，共產黨員以個人名義加入國民黨的決議得以順利通過。

儘管西湖會議上迫於共產國際的威懾，中共加入國民黨的問題得以通過，但是黨內大多數人對此仍有很多的顧慮，會後只有陳獨秀、李大釗等少數的中央領導人加入了國民黨。直到一九二四年一月二十日，國民黨第一次全國代表大會召開的時候，在共產國際駐國民黨代表鮑羅廷的積極斡旋之下，共產黨員才正式全面以個人名義加入國民黨。一九二六年四月二十九日，就在中山艦事件爆發一個多月之後，身兼廣東國民政府總顧問及共產國際駐中國代表的鮑羅廷從莫斯科返回了廣州，他不僅可以過問國民黨的一切大小事務，而且還可以干預共產黨的方針政策。鮑羅廷此次回來最關心的問題就是如何重新恢復蘇聯和蔣介石的關係，特別是經歷了抵制和打壓共產黨和蘇共顧問的中山艦事件後，如何不讓蘇聯在中國革命上的投入付之東流。對於鮑羅廷的到來蔣介石頗為不安，這位大權在握的國民政府總顧問，一直令蔣介石心存顧忌。然而令蔣介石有些意外的是，鮑羅廷對他的態度極為緩和，蘇俄方面儘管對中山艦事件心存不滿，但迫於國際形勢的變化，他們並不希望國共雙方發生分裂，更重要的是他們還想倚重蔣介石完成統一中國的北伐。對於共產黨的態度，蔣介石沒有退讓，他隨後提出要求限制共產黨人在國民黨內的職務，也就是要「整理黨務」。這樣，在軍事上的中山艦事件和在組織方面的排擠共產黨領導機構。鮑羅廷對於蔣介石限制、排斥共產黨採取承認的態度，蔣介石也讓他繼續擔任國民政府高等顧問。其實鮑羅廷退讓更重要的原因是在於站在他背後的史達林，史達林對國民黨和蔣介石一直抱有好感，他認為相比共產黨而言，國民黨更有可能帶領中國實現革命，進行反對軍閥和背後支援他們的西方列強，這樣蘇共就可以在以後的中國政權中扶植自己的親信。

在蘇聯顧問鮑羅廷的力推之下，最終蔣介石登上了北伐軍總司令的寶座。然而好景不長，雙方就在北伐路線上產生了分歧。北伐軍占領武漢之後，鮑羅廷主張越過中原，打通西北，接通蘇聯，而蔣介石則主張占領南昌通往上海，向東南沿海去發展。對於蔣介石的這個主張，鮑羅廷大為不滿，他認為蔣介石的這個路線，有試圖接近歐美、日本等帝國主義勢力，擺脫蘇聯影響之嫌，為此他們之間開始產生嫌隙。鮑羅廷認為，軍事上北伐軍一定會勝利，但政治上蔣介石註定要滅亡，原因是中山艦事件後，蔣介石統率的國民革命軍已經不是與人民大眾聯繫在一起的革命隊伍，而退化成為了軍閥。至此，鮑羅廷想以汪精衛制衡蔣介石的策略，他向共產國際駐華代表通報說：「我們已經決定應當在武漢召開廣泛的代表會議。並且我們已經採取措施，與汪精衛保持經常聯繫。我同前線將領們交談後知道，在這個時候汪精衛的名字，可以把蔣介石所有的反對派聯合起來。」隨後，莫斯科方面很快與汪精衛達成協議，對汪精衛給予一千萬盧布的援助，以支持他回來後武漢政府的運行。與此同時，鮑羅廷為了在軍事上削弱蔣介石的力量，又積極扶植國民革命軍第八軍軍長唐生智上臺。

由於在北伐中的軍事失利，最終在蘇聯方面的壓力之下，自知地位危險的蔣介石，表示為了黨的前途，與汪精衛共同一致，始終無間。至此開始了蔣介石和汪精衛合作的局面。不過蔣介石心中惱怒異常，但是又無可奈何。這種情緒一直蓄積到了一九二七年，在關於國民政府遷都問題上，蔣介石和鮑羅廷的矛盾澈底激化，終於在一九二七年四月十二日爆發。四月十八日，蔣介石正式成立南京政府，不久以後，他就向蘇聯顧問鮑羅廷下了逐客令。

一九三一年一月七日，在上海武定路修德坊六號一幢西式洋樓裡，一場祕密會議在此舉行。令人意外的是，許多代表直接到了現場才知道這次召開的竟然是中共六屆四中全會。更加不可思議的是，在這場原本全部由中央委員參加的會議上，居然出現了十五名非中央委員，數量占到整個代表的百分之四十以上。隨後在這些非中央委員的直接參與下，掌控中共中央的李立三、瞿秋白相繼出局；原來不是中央委員的王明，不僅被補選為中央委員，而且成為政治局委員候補委員，王明由此一躍成為了中共領導大權的實際執掌者。而這一切的操縱者就是會議的主持者，共產國際遠東局的書記米夫。此時的米夫剛剛擔任共產國際遠東局書記不久，他具體負責共產國際對中國革命直接領導。米夫被史達林看重，他很年輕，史達林把米夫看作是中國問題的專家，所以關於中國問題的決策性東西也都聽米夫的。米夫和王明是師生關係，當莫斯科中山大學剛剛成立的時候，王明就是這裡的學生，而米夫則是這所大學的副校長。王明在校期間，能流利使用俄語，有機會和米夫交流。米夫是蘇共黨內有名的青年理論家，也是中國問題專家。師從米夫，王明能言善辯的優點，得到了淋漓盡致的發揮。聰明機靈的王明很快得到了米夫的真傳，成為中山大學青年學生中，少有的能夠精通宣講馬列理論者。六中四屆全會召開幾個月後，一九三一年四月下旬，中央政治局候補委員，中央特科負責人顧順章被捕叛變。時隔兩個月，中央書記向忠發也被捕並叛變。顧、向二人的叛變，使中共地下組織遭受致命的破壞，遠東局和中共領導人相繼撤離上海，調到莫斯科的共產國際去。但是，臨走的時候周恩來就改變了主意，他不去莫斯科了，決定到蘇區去，因為他懂得軍事。王明不懂軍事，但俄語好，共產國際也比較瞭解王明。一九三一年九月下半月，在周恩來、王明離開上海之前，根據共產國際遠東局的決議，中共成了了臨時中央政治局，曾與王明同在莫斯科中山大學學習的博古擔任了中央的總負責人。博古擔任臨時中央負責人之後，共產國際方面實現了對中共的滲透式控制，這些來自莫斯科的馬列理論家，和共產國際一脈相承，對共產國際言聽計從，很快使得中國革命嚴重偏離了實際。而王明在抵達莫斯科的第三天，便由米夫提議，王明擔任了中共駐共產國際代表團的團長。

一九三一年十一月七日，中華蘇維埃共和國在江西瑞金成立，毛澤東出任政府主席。這個由莫斯科方面一手策畫的紅色政權，極大地刺激了蔣介石的神經，共產黨顯然是要和國民黨政府分庭抗禮。對此國民黨很快指定了圍剿中央紅軍的計畫，而且一次比一次凶猛，中共在南方的根據地遭到巨大破壞。從一九三二年年初開始，國民黨在上海的破壞行動日益嚴重，中共中央機關隨時有被破壞的危險，在向共產國際請示後，在上海的中共中央隨博古、洛浦等人，於一九三二年底轉移到江西的中央蘇區。此時身為中華蘇維埃共和國臨時中央政府主席毛澤東是中央蘇區根據地黨、政、軍最高負責人，然而隨著博古臨時中央的到來，中共內部的矛盾很快顯現。王明就一直講，山溝溝裡出不了馬克思主義，毛澤東就是山溝溝裡出來的，所以他們就一直格格不入。但是毛澤東在江西、湖南一帶打出了一片根據地，跟朱德的紅軍形成了一支軍隊和建立了最大的一個根據地。

來自上海的臨時中央，取代了毛澤東、朱德等人的實際領導職務，權力轉移到了臨時中央負責人博古的身上。博古本是一介書生，沒有任何軍事鬥爭的經驗，他從上海來到蘇區後，很想有一番作為，因為不懂軍事，他自知壓不住毛澤東，他必須找一個懂軍事的人替他出謀畫策。德國共產黨人李德，進入了博古臨時中央的視線。李德本名奧托・布勞恩，一九三二年春，時年三十二歲的奧托・布勞恩從蘇聯的伏龍芝軍事學院畢業，隨後又緊急受命，帶著一張奧地利護照，乘坐快速火車穿越西伯利亞，經滿洲里到哈爾濱，後從大連轉乘船來到上海。他此行的目的是，為蘇聯紅軍總參謀部駐中國情報機構佐爾格小組承擔送錢救人的任務。

李德到上海完成送錢救人的任務後，並沒有繼續待在上海，為了瞭解情況他多次旅行，直到秋天，他才移居在上海。李德與當時擔任共產國際遠東局負責人亞瑟・尤爾特一起，經常與中共領導層接觸，當時在上海的中共中央負責人是博古。一九三一年九月，二十四歲的博古臨危受命，出任中共臨時中央的總負責人，在中央委員會祕密辦事處，尤爾特、李德和博古、洛浦討論政治和軍事問題。博古對李德的軍事知識非常欽佩，一貫仰仗共產國際支持的博古，由此建立了對李德的信任。在博古從上海動身前往蘇區後，為了達到從軍事上壓制毛澤東的目的，博古、洛浦主動要求共產國際遠東局負責人尤爾特將李德派往蘇區擔任軍事顧問。最終，共產國際執行委員會的答覆是，李德作為沒有指示權力的顧問受支配於中國共產黨中央委員會。

不過這位共產國際派出的非正式的軍事顧問，卻在博古的一手策畫下，執掌了中共的軍事大權。李德主管軍事戰略、戰役戰術領導訓練等軍事上的重要工作，他把從軍事學院學來的正規化思想貫徹到了工作中，這樣就不可避免地和紅軍歷來所習慣的那種游擊觀念和傳統的作戰思維、作戰方式造成了衝擊。相比較而言，莫斯科似乎更關心的是世界力量對比的變化，而不太注意中國的現實。當時國際上出現了日本對遠東的侵略和希特勒在歐洲的威脅，這促使莫斯科重新評估中國，莫斯科覺得需要利用毛澤東的威望，來加強紅軍和中國共產黨的力量，因而在一九三四年一月舉行的六屆五中全會上，儘管毛澤東沒有參加會議，但是仍然恢復了毛澤東政治局正式委員的地位。當然這種變化絲毫沒有影響李德對中共軍事方針的全面控制，決策權仍然掌握在李德、博古等人的手中，毛澤東已經不指揮軍事了。

在李德的指揮下，中央紅軍與國民黨軍隊相對峙一年之久，只是中央紅軍敗多勝少，根據地愈來愈小，李德對反圍剿的勝利已失去信心，他向博古提出，中央紅軍要準備做一次戰略轉移。於是在一九三四年五月，中共中央書記處委託李德草擬了《五、六、七三個月戰略計畫》，提出轉入游擊戰，將其作為鬥爭的最重要方法，但同時準備將紅軍的主力撤到另一個戰場。這兩種供共產國際選擇的方案向共產國際請示。當時的無線電傳送情報由中共上海中央局負責，瑞金和莫斯科沒有直接的聯繫，必須通過上海中轉。共產國際與中央蘇區之間電報聯繫，在當時最快捷的電報也需要五天以上，所以中共中央將上述兩種戰略轉移方案報告共產國際後，於六月十六日才收到共產國際的覆電。不過十天後的六月二十六日，國民黨大批特務、軍警出動，中共上海中央局被破壞損失嚴重，但共產國際遠東局和上海中央局同共產國際聯絡的電臺並沒有隨之而破壞。由於這時中央蘇區第五次反圍剿形勢日益艱難，共產國際便考慮同中央蘇區建立直接的電訊聯繫。不過，電臺建立只有二十多天，一九三〇年十月十日，紅軍迫於軍事上的失利，不得不離開瑞金進行戰略大轉移。這個能夠收到共產國際電報的電臺，功率大，又很沉重，就沒有隨軍帶走。就在中央紅軍開始戰略轉移的前一天，上海中央局的電臺也遭到破壞，電臺臺長在和中央局進行聯繫的時候，被蹲點的軍警抓獲，後來就叛變了。至此，中共中央同共產國際和上海中央局同時中斷了電訊聯繫，由此同外界的聯繫完全隔絕。這樣一貫聽命於共產國際的中共突然沒有了行動的指示，無奈之下，李德只好自行其事，博古也是如此。不過對於整個中共中央來說可能是一件好事，客觀上給當時還處於幼年的中國共產黨獨立思考、自主行事。然而共產國際和史達林卻不希望中國工農紅軍主力退出中央蘇區，進行前景不明的戰略大轉移，共產國際和史達林此時希望的是中國紅軍能夠牽制住侵略氣焰甚囂塵上的日本，減輕蘇聯在遠東的國際壓力，以便把戰略重點放在對付法西斯德國在歐洲的擴張，避免東西兩條戰線同時作戰。

史達林在共產國際負責人的報告後，得知中央紅軍已經長征的消息之後，十分惋惜地說：「他們怎麼說走就走了呢？」紅軍進行戰略轉移前，毛澤東身患嚴重虐疾，出發後他一直在擔架上被抬著行軍，與他走在一起一路同吃同住的是王稼祥和張聞天，這是毛澤東主動要求的。當時王稼祥負重傷，也是被抬著行軍，張聞天身體不太好，他們都跟著休養連行軍。他們三個人都是政治局委員，張聞天和王稼祥是從蘇聯留學回來的，毛澤東和他們一起行軍、一起宿營，不停地和他們談心，講形勢，談軍事。不到一個月的時間，王稼祥首先倒向了毛澤東一邊，張聞天也已經相信毛澤東是正確的。李德不懂中文，因而他不懂毛澤東、張聞天和王稼祥的討論，可是他猜到了大意，他就告誡王稼祥和張聞天，他們都是從蘇聯回來的，中國革命需要他們齊心合力。不過李德的話並沒有奏效，張聞天和王稼祥二人和李德、博古愈來愈疏遠。

一九三四年十二月初，經過湘江之戰後，紅軍從出發時的八點六萬多人減員到不足四萬。李德已經無法全面指揮，他只能根據各部隊來的電報提出意見，真正部署作戰行動的是周恩來。在面對往湘西轉移和二十六軍團會合還是放棄這個進入敵軍包圍圈而要往貴州走的問題上，產生了嚴重的分歧，一向聽從李德的張聞天和王稼祥最終聽取了毛澤東打貴州的提議。在紅軍面臨生死關頭的時刻，在奪取指揮權的問題上，最終毛澤東占了上風，最終撤換了博古和李德的最高指揮權，改由周恩來、王稼祥和毛澤東負責。

一九三五年一月十五日至十七日，中共中央政治局在遵義召開擴大會議。會議上李德的處境很不利，他自己顯然也意識到了這一點，開會時一直處於中心位置的他，這次他遠遠地坐在門旁，似乎有意遠離領導中心的位子，此時他只能通過翻譯，來瞭解會議的內容。毛澤東在會議上，繼續闡述他的游擊方針，雖然也有人提出異議，不過他的意見還是取得了大多數人的贊同。遵義會議結束之後，紅軍又繼續了長征，在途中，中央派人到莫斯科向共產國際回報中共中央和中國工農紅軍領導機構的變動情況和紅軍在進行的戰略轉移。一九三五年十一月十五日，在共產國際執委書記處會議上，遵義會議得到了共產國際的認可，隨後王明派中共駐共產國際代表團成員分兩路回國，向中共傳達共產國際七大文件，同時表達張聞天代替博古的認可。一九三六年六月，中共中央和共產國際的電訊聯繫終於恢復，兩個有之後的八月二十三日，共產國際就中國共產黨成立十五週年，給中共中央發出了賀電，讚揚中國共產黨已經成長為一個強大的布爾什維克主義的政黨，紅軍也表現出令人讚歎的英雄主義。

一九三七年冬，由於抗日民族統一戰線政策的成功，蔣介石派人請王明他們乘蘇聯飛機回國。就在王明回國前的一九三七年八月十日，共產國際總書記季米特洛夫在共產國際執委會書記處討論中國形勢的會議上認為，中共過去領導紅軍建立蘇維埃而鬥爭，現在還是這些人卻要轉變政策，遵循一切服從統一戰線，一切通過統一戰線的原則。季米特洛夫對曾與國民黨有過十年血戰的中共領導人能否正確地實行政策和策略上的轉變明顯信心不足，因此季米特洛夫就派一些既瞭解共產國際的基本精神，又能夠影響中國局勢的人回國協同毛澤東等人來完成抗日民族統一戰線。史達林指望中國拖住日本，使日本陷入中國戰場的泥沼而無力進攻蘇聯。對於共產國際和史達林的這一意圖，王明心中異常清楚，他明白不使中共的獨立自主原則影響蔣介石的抗日戰，是他回到延安的首要任務。延安的冬天寒風刺骨，王明到達延安十天後即一九三七年十二月九日，中央政治局在延安城內鳳凰山麓的一個岩洞裡召開會議，會議的核心內容就是如何領會莫斯科帶來的統一戰線問題。對於毛澤東提出的統一戰線中的獨立自主原則使史達林感到憂慮，他擔心中國共產黨和毛澤東的獨立自主政策會惹怒蔣介石，由此可能造成統一戰線的破裂而拖不住日本。對於毛澤東本人，史達林既不熟悉也不放心，對於毛澤東能否忠實貫徹莫斯科的戰略意圖，他十分懷疑。王明的到來就是為了正確傳達共產國際推進統一戰線的意圖，他強調中共必須加速轉變內戰時期的策略，建立廣泛的抗日民族統一戰線，這些主張在黨的核心層占據了上風。不過王明扮演的那種捧著尚方寶劍莫斯科的天使的角色，講話的態度又彷彿是傳達聖旨似的表演，造成了高層一些不安的情緒，毛澤東在會議上的表情自然有些尷尬——從軍事上好不容易擺脫了莫斯科的軍事顧問李德的束縛，現在又要面對共產國際的黨內代表的發號施令。不過毛澤東面對其他所有的政治局委員對王明的一致擁護，他最後還是在表面上採取了妥協的姿態。

一九三七年十二月十八日，王明、周恩來、博古率領中共代表團抵達武漢。由於王明遠離延安，這樣就可以避免出現毛澤東和王明二主並立、分庭抗禮的尷尬局面。從一九三一年十一月，毛澤東出任蘇維埃中央臨時政府主席以來，雖然受到過黨內對他的排斥，可對毛澤東的領導能力、軍事能力和政治能力，他所開創的中央根據地、所建立的紅軍和軍事上的勝利，共產國際對此評價頗高。毛澤東在此刻和王明黨內最高領導權的較量中，他再次得益於曾在長征中支持他的王稼祥。王明回到延安後，他在積極促使國共的統一戰線。而王稼祥暫時接替了原來由王明擔任的中共駐共產國際代表團團長的職務，他和毛澤東一起經歷過長征並最後倒向了毛澤東一邊；如今他多次向季米特洛夫談及毛澤東，闡述了毛澤東在中國革命走向問題上的卓越表現。季米特洛夫對毛澤東表示認同，同時要求不懂軍事的王明不要和毛澤東爭黨內領袖之爭。一九三八年八月，王稼祥從莫斯科返回延安，帶回共產國際總書記季米特洛夫的指示。在隨後召開的中共六屆六中全會上，共產國際的指示被正式下達，毛澤東通過這樣的外交戰術迅速鞏固了自己的領袖地位。

（十）

中國有被世界譽為的二大奇蹟，一是古代長城，二是當代中國紅軍的「長征」。今天我來講講國共內戰中的共軍引以為傲的「長征」的故事，尤其是在長征中紅軍爬雪山、過草地的那段可以說是可歌可泣的經歷。

一九三四年十一月，中央紅軍在敵軍的強烈的炮火下渡過了湘江，中央紅軍和軍委兩縱隊，已有出發時的八點六萬人銳減到三萬人，折損過半。到了一九三五年五月，為了突破敵人的封鎖線，又強渡了大渡河，中央主力紅軍又繼續突破了兩道防線。從離開根據地開始，僅僅歷時幾個月的時間，歷經數次戰鬥，紅軍傷亡慘重，人數減至二萬多。

他們還是天天被敵軍追擊和圍剿，沒有重型武器，連糧草也不足，官兵們的士氣普遍低落。此時，他們唯一的期望就是和駐紮在藏南地區的另一支部隊紅四軍會合，可眼前的一座叫夾金山的雪山擋住了他們的去路。這裡的地形屬於四川盆地，面對陡然升起的青藏高原和高原上連綿的雪山，紅軍猶豫了，他們連過山的棉衣都沒有，加之山上氣溫極低，氧氣不足，時常有暴風雪。在他們的東側，雖有比較好走的大路，但川軍已經在那裡佈防。紅軍已別無選擇，只得翻越雪山。部隊到了雪山下結集，他們忽然發現後面幾乎沒有了追兵，這讓疲憊不堪的紅軍鬆了一口氣。國軍斷定，紅軍缺衣少糧，根本翻不過這一連串的皚皚雪山，他們的隊伍只要守在山口外面，等紅軍一出山口，就可以輕而易舉地消滅他們。

在南京的總統府，蔣介石幾乎天天忙著看軍事地圖，觀察紅軍的行動方向，聽紅軍傷亡數字的報告。他很滿意，在先前的幾個戰役中，紅軍都有較大的傷亡，現在紅軍傷亡的數字少了，是因為紅軍的總人數少了很多。紅軍狼狽地跑到了偏遠地區的山腳下，他們自然不敢走大路，想要北上和另一支部隊會師，就要翻越連綿的雪山，到時，缺衣少糧的紅軍不是被凍死就是逃跑。蔣介石心裡正盤算著，突然想起了他的夫人，他想和她聊聊。雖然蔣介石有時會給她講戰況，不過夫人並不是太感興趣，她喜歡高雅的生活和有藝術的氛圍。此刻，唱機裡正播放著古典音樂，看到她的丈夫，蔣夫人希望他也一起來欣賞這個樂曲。蔣介石在他夫人的身邊坐下，過了片刻，蔣夫人問道：

「聽說共軍敗得很慘，僅湘江一戰，共軍就傷亡了好幾萬，江面上漂浮著成千上萬具屍體。」

「是的，夫人，戰爭總是殘酷的，雖然他們損失慘重，可還是跳出了包圍圈，他們接下來的行動就是要翻過雪山和在藏南地區的另一支部隊會合。可對於缺衣少糧的共匪來說，那是一種自殺的行為。」蔣介石告訴他的夫人。

「我覺得共軍現在的處境，倒像是當年猶太人出走埃及。」蔣夫人說道。

「他們不是猶太人，摩西帶領猶太人出走，雖然一路經歷了千難萬險，摩西創立了猶太教，使猶太人有了共同的信仰。」蔣介石說道。

「可共軍不是信仰共產主義嗎？」蔣夫人又道。

在悠揚的音樂聲中，蔣夫人歎息以前清政府學英國的君主立憲不成，後來經過革命黨人的拋頭顱、灑鮮血，好不容易走上了美國式的民主憲政政體，現在又要革命。共軍要學蘇俄式的共產革命，而且信徒還不少。蔣夫人希望國軍看在上帝的份上，暫時不要圍剿他們，他們目前連生存下去都很困難，士兵們也都是百姓的子弟，其中不少還是娃娃兵，雖然他們是共產主義的信徒。

夾金山的主峰海拔有將近五千米之高，而且終年積雪，山上氣溫低，氣候惡劣，空氣稀薄，連呼吸都很困難。當地的藏族人視它為一座「連鳥兒也難以飛過」的神山。隊伍中的官兵大都出生在南方，從來沒有見過雪，不知道什麼是極地的寒冷。更何況經過了數月的被各方勢力的追擊，這支只剩下兩萬多人馬的隊伍中，他們幾乎個個衣著單薄襤褸，身背土製的槍，手裡也幾乎沒有什麼子彈，有少些像樣的武器也是從死去的敵人和俘虜那裡繳獲的，況且此時他們還都餓著肚子。士兵們的年齡多數在十四到十八歲之間，師團長在二十歲左右，軍級將領的平均年齡也只有二十五歲左右。有當地的知情者告訴他們，早上不能上山過早，下午不能下山太遲，不能在山上停留，要穿上棉衣，帶點烈酒和辣椒，還要用棍子當拐棍。

一九三五年六月十二日，天還沒有亮，先遣部隊向山上出發。剛爬山不久，士兵都開始流汗了，一直爬到雪線，士兵覺得身上涼快；不過一過雪線，氣溫就到了零度以下，而且腳埋在雪裡行走相當費力。由於身上的衣服過於單薄，士兵們的四肢很快就被凍得麻木了。雖然做了充分的準備，出發前找了木棍，還喝了烈酒和吃了辣椒，他們利用刺刀、鐵鏟在雪地上挖著踏腳孔，這樣後面的人就可以沿著前面的人闖出來的蜿蜒曲折的小路往上爬。愈往上爬，空氣愈稀薄，呼吸愈困難，有人頭暈目眩，一步一停、一步一喘，互相攙扶著，幾乎都是拚著全身的力氣在同殘酷無情的大自然搏鬥。路上的雪被前面的人踩了，後面的人在上面走，雖然阻力少了，卻非常容易滑倒。許多人沒有鞋子穿，打滿血泡的腳上纏著乾樹皮，路上處處可見血跡。他們身上穿的是破爛的單衣，還要扛著槍。由於長期的飢餓，造成體質的嚴重不良。山上氣溫零下二三十度，時陰時雨，忽而狂風大作，忽而冰雹驟降。在缺氧的情況下，他們的體力消耗殆盡，導致意識模糊。有的戰士實在走不動了，坐下的就再也沒能站起了。沿路出現了一些條形的雪堆，那是戰士的屍體。有人在白茫茫的大雪中，突然失明，什麼都看不見，一腳踩在冰上滑倒後，直接就墜下冰崖，沒了蹤影。指揮員下令，誰也不准坐下。擔架員和炊事員負荷最重，擔架員不能放下手中的傷患，還有炊事員不能丟掉糧食和炊具，他們的傷亡最大。部隊在十分艱難地前行，一路上不斷有掉隊而死亡的人，最後有人先到了山頂。由於風雪大，寒風吹得人站不穩，前方的人根本不知道後面的情況，不過還是有人群連續地跟上。其中有個女兵實在支撐不住了，朦朧間看見前面有一塊大石頭，就把包袱放下，想坐下來歇一會；剛一坐下，大石頭就倒了，原來那是一具已經凍僵的屍體。當官的看見了就衝上來一把把她攥起，並說道：

「坐下來你就沒命了，再也見不到你的爹娘了。」

女兵摸了摸自己從破草鞋露出的腳趾，發現有一隻腳趾頭已經脫落了，不過她也無所謂，站起了後繼續跟著部隊前進。山上有許多被凍僵的遺體被埋在雪裡，其中有一隻胳膊伸出雪堆，拳頭緊握，有人把它手掰開一看，發現裡面是一張黨證和黨費。幾乎每走幾步，就能看到戰士的屍體，如同一座座橫七豎八的雪雕。誰也顧不上誰，求生的唯一途徑就是意志。經歷了生與死的考驗，部隊終於過了山頂開始下山。因為下山的路很難走而且沒有了體力，許多戰士們順著冰面滑下去；但是，不是所有的冰面都滑向山腳，有些戰士直接衝下了萬丈深淵。僅僅在翻越夾金山這座雪山中，紅軍戰士中的三千多人，他們永遠地停留在了雪山上。連鳥兒也飛不過去的大雪山，缺糧少衣的紅軍戰士，還是奇蹟般地翻越了過去。

在先頭部隊迅速下山後，在山腳處有一條深溝擋住了他們的去路。在尋找過溝道路時，對面突然傳來槍聲，他們趕緊隱蔽。在望遠鏡裡看見，對面是一個藏族人的小村莊，裡面有部隊的人影，不過難以判斷到底是什麼人，但軍裝與川軍不同，吹號聯繫對方也不明白。於是三個偵察兵先上，後面的部隊慢慢接近。對面有人喊話，但聽不清楚。等再靠近一些時，才聽見對方喊道：「我們是紅軍。」偵察員不信，大部隊在他們身後，正在疑惑時，偵察員終於發現他們是紅四軍。偵察員看到了救命稻草，這樣，後來的部隊陸續下山。紅四軍的官兵簡直不敢相信自己的眼睛，雖然他們通過電報聯繫，知道中央紅軍的人打了敗仗不得不從雪山上爬過來，令他們萬萬沒想到的是此時的中央紅軍衣衫襤褸，大都是病怏怏的樣子，這哪像一支蘇維埃的部隊，簡直就是一幫傷弱病殘的乞丐兵。

隨著下山的人數不斷增加，幾天以後，這座雪域小鎮立刻人滿為患。他們不斷地徵集糧食和鹽巴，所有的牲畜幾乎都被宰殺了。為了安撫藏民的不滿，紅軍拿出了一些銀元和槍支作為補償。小鎮變得熱鬧起來，此時毛澤東則心情沉重。雖然兩軍會師，中央紅軍的一萬多人馬加上紅四軍的大約八萬人馬，總共加起來有近十萬人馬，加之紅四軍的糧食和武器，這規模和幾個月前離開中央蘇區的人馬差不多，蔣介石的部隊和地方勢力並不容易對付他們。可是，一想到指揮權的歸屬問題，毛澤東就不安起來。想當年在上海建黨之初，張國燾已是黨內負責人之一，資歷要比毛澤東深，而現在毛澤東剛剛獲得中央紅軍的軍事指揮權，自己的少數人馬，又是敗兵殘將，張國燾怎麼可能服從名義上是中央紅軍的指揮呢？

兩軍會師後不久，果然張國燾就提出了部隊的指揮權問題。張國燾態度很明確，中央紅軍已經潰不成軍，部隊的最高指揮權應該歸他。毛澤東等中央高層對張國燾的要求也早有了思想準備，他們早就決定，黨的總書記的位子和紅軍總司令的位子都不能讓出來，只同意把紅軍總政委的位子讓給張國燾。張國燾不服氣，但還是接受了這個位子。會議決定，為了避免敵軍包圍，全部紅軍北上，通過松潘大草原，去甘肅南部的偏遠地區建立新的根據地。紅一軍和紅四軍混編為左、右兩路軍。張國燾等人指揮左路軍，共約五萬人，毛澤東等隨右路軍，共約四萬人。

坐鎮南京的蔣介石聽說紅軍翻越了雪山，他仰天長歎，朱德、毛澤東居然能帶出這樣的部隊，他隱隱感到如果不儘快消滅他們，將來亂天下者必此二人。於是，蔣介石加緊部署兵力，把紅軍的去路圍個水泄不通。

由於藏民區地廣人稀，要為一支近十萬人的部隊籌集多日的糧食極為困難，最後他們只籌到少量的糧食。左路軍經阿壩過草地，右路軍經班佑過草地，他們計畫過草地之後，兩路部隊到甘肅的巴西會合。松潘大草原實際上是一片很大的沼澤地，陳年水草盤根錯節，結絡成片片草甸，覆蓋在沼澤之上。正值鮮花盛開的季節，大自然的景色雖然很好，但花草下面處處是危險，一不小心陷入沼澤，幾分鐘的時間就會把人吞噬。大草地的天氣也極為惡劣，時而烈日炎炎，時而電閃雷鳴、狂風暴雨，而當時正值雨季。紅軍別無他路，只能橫跨大草原地北上陝甘。毛澤東自然明白這過草地和爬雪山一樣部隊凶多吉少，他們派了先頭部隊探路，在一個藏族老人的帶領下，摸清了大致的情況。

張國燾的左路軍在大草原只行走了兩天，由於缺水少糧，還不斷有人失蹤和掉入泥潭中死亡，張國燾開始拒絕繼續進入大草原。張國燾想：毛澤東他們要逃命，自己為什麼要跟著他們？而且路上肯定會死很多的人，太不值了。不如讓自己的部隊折回原處，在偏遠一隅和國軍對峙，然後繼續擴大武裝力量。為什麼要聽別人的，把自己的人馬交給那些剛愎自用的敗兵殘將？於是，他命令左路軍折返，並電告右路軍也一起折返。由於右路軍是由原中央紅軍和張國燾的四方面軍混合組成，現在他們在執行誰的命令上出現了嚴重的分歧，毛澤東感到了來自張國燾的威脅。就在右路軍剛剛走出草地時，毛澤東就帶領自己的人馬悄悄地離開了右路軍北上。聽說紅軍會合後又鬧分裂，蔣介石終於鬆了一口氣，他知道紅軍頑強的意志並非養尊處優的國軍可比，現在他們自己內部鬧分裂，猶如當年的太平軍，真是天助人也。

在毛澤東帶領紅軍進入草原後，只見一望無際的大草原，像綠色的大海，草和天連成一片，有到處是紅色、黃色、白色還有紫色的花朵，看起來很美。不過路上處處是軟泥和濕地，腐草與泥漿混合成的地表十分鬆軟，人在上面行走「撲哧撲哧」作響，一旦有人陷入泥潭，有時非常難以營救。有的在泥潭中的戰士在泥潭中只露出頭，便祝其他戰士好運後就即刻全身陷入淤泥之中；也有不少生命垂危的戰士，為了不給收容隊增加負擔，就將草蓋在自己的臉上裝死。有四名擔架員，為了抬一名重傷患，三人先後因極度的飢渴與疲勞死去。有的戰士的屍體赤裸，身邊堆著自己的衣物留給活著的人。草地的行軍，起初是沿著路標行進，隨後就是沿著戰友的遺體，再後來，就是以前行的戰士的一堆堆白骨做路標了。有個士兵的父親在山下上不來，得知自己的父親上不來，他就再下山去拉。好不容易趕到他的父親身邊，已經奄奄一息的父親，看到自己的兒子，吃力地說道：

「孩子啊，你回來幹什麼？我是不行了，你走吧。」

「不，爸爸，我背你走！」兒子含淚說道。

本來就身體虛弱沒有勁，他根本背不起他的父親，拉也拉不動，絕望中他自己也倒下去了。

「孩子啊，本來以為參加紅軍有口飯吃，沒想到會是這個樣子，天天餓著肚子行軍打仗——孩子啊，你走吧，爸爸……不……想……你……死……」

最後，他們父子一起在山下相擁而死。

到了過河的時候，水面上一會兒就漂著死去的人，有的一堆一堆的，二三個、四五個的都有。那些戰士的遺體，最後成了老鷹和野狗的食物。路上很少有乾地，部隊只有在乾地上才能休息。到了晚上，天氣突然轉冷，戰士用木材燒火堆，大家圍著火堆放下鋪蓋擠在一起睡覺。不過遇到了下大雨的時候，戰士只能背靠背地坐在雨中，沒有什麼擋雨的東西，一直到天亮時繼續前進。有女兵月經來臨，照樣在風雨中行軍，有時還得涉水過河，休息時就背靠著樹，不管是颳風還是下雨。

幾天後，戰士的口糧陸續吃完了，他們開始挖野菜吃，有的野菜有毒，吃了就沒命了。到了實在沒有東西吃了，就把牛皮做的腰帶和槍皮帶在火上烤了再吃。到了實在沒有辦法時，從人和馬留下的糞便中，找出沒有被消化的青稞、麥粒直接就吃下去了。雖然草地有水，沼澤遍佈，可水質非常惡劣不能飲用。到了乾草地，根本就找不到水，士兵們開始喝馬尿。到了後來，連馬尿也沒有了。到了快要走出大草地時，終於發現了一條不大的河，戰士們撲到水裡，喝個沒完，離開時還把鋪蓋浸泡在水裡再帶走。有人走不動掉隊了，就會有宣傳隊的人為他們鼓氣，還帶領他們一起唱〈國際歌〉。指揮官聽說班佑河那邊，還有七八百人沒有過來，就派了一個營返回去接他們過河。當接應的人趕到那裡時，發現這幾百個戰士都靜靜地背靠著背坐著，一動不動，他們全部因飢餓和傷病而死。大約用了七天的時間部隊陸續走出了大草地，一看見莊稼地，他們就搖搖晃晃地走過去，一頭鑽進地裡，摘了莊稼就往嘴裡塞。此時的戰士已經不成人樣，衣服破爛，臉又黑又瘦，兩眼凹陷，像個十足的野人，部隊已經沒有了任何的戰鬥力。

最後走出草地的右路軍和其他方面也陸續走出草地的紅軍總人數只剩三萬多，敵軍已經在紅軍的出口處重兵把守，他們唯一的出路只有繼續戰鬥。為了頌揚這個史無前例的人類壯舉，毛澤東和以往一樣，面對敵軍的重重圍困，他又賦詩一首〈長征〉：

紅軍不怕遠征難，

萬水千山只等閒。
五嶺逶迤騰細浪，
烏蒙磅礴走泥丸。
金沙水拍雲崖暖，
大渡橋橫鐵索寒。
更喜岷山千里雪，
三軍過後盡歡顏。

第 4 天

（一）

今天是第四天，讓我來講講西方航海的發展是怎樣影響中國歷史的進程的。話說一四九二年八月，出生於今義大利西北部的熱那亞共和國的哥倫布，在行海中由於在大西洋的偏差，卻導致他意外發現了美洲「新大陸」。早在十五世紀初，當時處於明王朝的中國，就已經派遣了鄭和船隊浩浩蕩蕩地下「西洋」了，其實船隊航行的是「南洋」和非洲東海岸。不過，由於哥倫布的航海偏差最終導致了南美洲土著人的幾乎滅絕乃至中國明王朝的滅亡，而鄭和下西洋基本上沒有什麼實質的意義，一個王朝的顯擺而已。

當時的歐洲正進入了航海時代，而東方的絲綢、香料等必須通過中東陸路才能運行。隨著蒙古帝國的衰亡和奧斯曼土耳其帝國的興起，商品的流通就要通過異教徒的土地。這樣，在海上開闢一條航線已勢在必行了。從小喜愛讀《馬可・波羅行記》的哥倫布，從書中得知，在世界東方的中國和印度非常富有，簡直就是「遍地都是黃金和香料」，於是他幻想著將來自己也能夠去那裡。成年之後，他先後向葡萄牙、西班牙、英國、法國等國王請求資助，以實現他的航海計畫，但都遭到拒絕。沒有人相信他的說詞，只把他當成一個江湖騙子。當時的人們相信「地圓說」，有人質疑哥倫布，地球是圓的，船隊向西航行可以到達東方，可回來時必須逆向而行，船隊必須由下朝上爬坡，帆船怎麼能爬上來呢？

經歷了十幾年的遊說生涯，哥倫布並沒有放棄。西方國家對東方的絲綢、瓷器、茶葉外，更需要香料和黃金。香料是歐洲人起居生活和飲食烹調必不可少的材料，需求量很大，本地又不生產。由於陸路的阻礙，時間到了一四九二年初，在對哥倫布向西航行去印度的計畫第三次被拒後，西班牙卡斯蒂利亞女王伊薩貝拉一世終於同意資助哥倫布的探險。伊莎貝拉是一個卓有遠見的女王，後來嫁給了她的堂弟費迪南二世，他們共同成就了以後西班牙的統一，又在後來通過對美洲的殖民，使西班牙的「無敵艦隊」在十六世紀後期成為海上霸主。由於當時西班牙處於兼併戰爭，財政吃緊，伊莎貝拉拿出一個自己的裝滿首飾的首飾盒給哥倫布作為資助，同時答應哥倫布的條件：他和他的後代作為西班牙開拓的殖民地的總督，並獲得一成的利潤。正值中年的哥倫布積累了一定的航海經驗，閱讀了有關的天文和地理書籍，並請教了地理學家，得知只要沿著大西洋一直西行，就可以到達東方的印度。同年八月，在西班牙皇室的資助下，哥倫布帶著八七名水手，駕駛著「聖瑪利亞號」、「平特號」、「寧雅號」三艘帆船，從西班牙的巴羅斯港出發。

水手是相當辛苦和危險的職業，由於帆船靠風力前行，速度很慢，加之海上的生活非常單調，每天面對著茫茫大海，時間一長，許多人就耐不住了。更要命的是由於船上缺少新鮮的水果和蔬菜，每天吃的是同樣的麵包和豆子，每週可以吃兩次的醃製肉和乳酪，還有一些無花果和橘皮果醬。由於體內維生素嚴重缺失，許多水手得了敗血症，有的船員開始皮膚潰爛，也沒有什麼藥物可以控制。這樣的情況愈來愈嚴重，直到有人渾身皮膚潰爛；加之酗酒、吸煙，情緒也隨之崩潰，不久就有人開始死亡了。為死去的人做完禱告後，他們的屍體就被拋入了大西洋。隨著水手的意志開始不斷消沉，有人竟跳海自殺了。許多人要求返航，他們更擔心航行到地球邊緣，就會掉入萬丈深淵。

十月十一日，在經歷了海上七十個晝夜的艱難航行，一片海圖上沒有標明的陌生大陸橫亙在船的前方，這就是位於歐洲和亞洲之間的美洲大陸。哥倫布看見海上漂來了一根蘆葦，他高興得跳了起來。有蘆葦，就說明附近有陸地。他想他離開印度已經很近了，離黃金和香料也不遠了，當然，他的總督夢也將要實現了。到了深夜，船上的人終於發現遠處有隱隱的火光。第二天拂曉，水手們終於向一片陸地靠岸了，全船的人都沸騰起來了。水手們在海上經歷了身心的折磨和非凡的意志力的考驗，有的人不幸罹難了。他們到達了美洲巴哈馬群島的華特林島，哥倫布把它命名為「聖薩爾瓦多」，意思是「救世主」。

在船隊靠入海岸時，附近的印第安人紛紛跳入水中迎接他們的到來。當時的村落靠農業種植為主，他們還會紡線織布，他們沒有役牛馬參加農業生產，生產工具中也沒有使用鐵器。哥倫布雖然踏上了美洲大陸，可他卻渾然不知，只以為自己到達了亞洲的印度。當時沒有人知道在歐洲和亞洲之間，還存在一個美洲。哥倫布看到印第安人身上的黃金飾品，就押解他們去找出產黃金的地方。不過到了河邊，發現少量黃金顆粒，卻沒有發現像書中描繪的那樣「遍地都是黃金和香料」。在美洲大陸，哥倫布留下了三十九名水手，他們的任務是指揮印第安人尋找儲藏的黃金。又把一些印第安人當作奴隸押上船。同時，他還帶上了兩名加勒比女孩，作為他排除寂寞和洩欲的工具。一四九三年三月十五日，哥倫布返回巴羅斯港，他被視作了英雄，人們歡呼地迎接這位將成為西班牙第一個海外殖民地的總督。哥倫布進入皇宮的城堡時，皇家衛隊為他舉行了隆重的歡迎儀式，吹號手在城堡上鼓樂齊鳴，他受到了西班牙王室的隆重接待。在呈現給馬德里王室有關探險的報告中，哥倫布和當年的馬可•波羅在他的遊記裡一樣誇大其詞，只是哥倫布張冠李戴，把美洲當成了亞洲。哥倫布描述到：

「那裡是一個人間仙境，有崇山峻嶺，也有平原牧場，處處富饒而美麗——那裡有優良的海港，好得讓人難以置信；那裡有數不清的河流，而絕大部分的河裡都含有金沙……。那裡還盛產香料，有大型的金礦和其他金屬礦區。」

在報告的最後，他祈求國王和王后再給他一些資助，作為回報，他將在下一次的遠航之後，給他們帶回「要多少有多少的黃金，……要多少有多少的奴僕」。他虔誠地祈禱說：「永恆的上帝，聖明的主啊！賜福給那些明知不可為而為之的人們吧，保佑他們實現自己的願望。」為了進一步開發殖民地，哥倫布先後又三次返回美洲大陸，可他本人一直以為那是「印度群島」。

在哥倫布到達美洲之前，就有幾千萬美洲的土著人在美洲大陸生活了幾萬年，他們屬於東亞人種，過著傳統的農耕生活，他們培育了玉米、馬鈴薯、大豆、西葫蘆、棉花等農作物。哥倫布發現美洲後的幾十年的時間裡，由於利益驅使，西班牙、葡萄牙、荷蘭、英國、法國等開始在美洲大陸上大量移民；其中主要是那些被驅逐的犯人，他們到達美洲大陸後，不但大肆進行掠奪、強姦、殺戮，還把他們從歐洲帶來的天花、傷寒、痲疹、流感等疾病傳染給了當地人，使得美洲發生了大瘟疫，對毫無免疫力的土著人造成了毀滅性的打擊。在接下來的幾十年時間，大約有四千多萬土著人死於瘟疫，占人口的百分之九十左右；農田也隨之荒廢，大約有五千五百萬公頃的良田蛻變成了雜草、灌木和叢林。由於大片土地的荒蕪，樹木從空氣中吸收了數十億噸的二氧化碳，削弱了大氣層的吸熱能力，致使氣候逐漸冷卻，引發小冰河期，造成了全球性的氣候異常。

十六世紀中下葉，當奧斯曼帝國不斷擴大，並準備通過海路進軍西班牙王國時，退役的賽凡提斯此時正在西班牙的一個城鎮裡寫著他的騎士小說《堂吉訶德》；在小說的一個篇章裡，他正情意正濃地敘述著他筆下的騎士堂吉訶德被西班牙公爵夫婦作弄的場景和堂吉訶德的侍從桑丘終於如願以償地去擔任一個海島總督的笑話。當賽凡提斯聽到奧斯曼帝國準備入侵西班牙的消息，他竟從堂吉訶德的口中敘述了騎士的膽略，堂吉訶德說道：

「如果西班牙國王聽從我的計策，那麼土耳其的軍隊就會被打得落荒而逃。國王只要派出像我這樣四名無畏的騎士，就可以抵擋敵軍的千軍萬馬，土耳其的士兵定會潰敗，因為只有像我這樣英勇善戰的騎士，才能以少勝多。」

許多讀者以為賽凡提斯筆下的堂吉訶德只是一個瘋子，可堂吉訶德具有的勇氣和他那永不氣餒的品質，充滿著追求不朽偉業的抱負，他善良的願望以及對愛情的忠貞與渴望難道不是一個英雄人物所具備的特徵嗎？

賽凡提斯曾經向西班牙國王請求去西印度群島，可是未獲准許。他在小說中寫到桑丘出任海島總督時，他確實想到了哥倫布以西班牙在海外殖民地總督身分班師回朝的情形，他渴望像哥倫布那樣享受著人生的情欲、財富和榮耀。他寫出了堂吉訶德為榮耀和心中的美人奮鬥的情懷，同時把當時人們歡呼哥倫布凱旋歸來的情形毫不吝嗇地賜給了他筆下的假總督桑丘。堂吉訶德曾經奚落桑丘的人生不為功名所驅使，不受世俗利益擺佈，只要自己每天吃飽和餵飽他的那頭驢子便別無他求了。可是，桑丘對於能夠成為一名海島總督的願望是矢志不渝的，就如當年哥倫布想去印度島嶼探險一樣執著。

一五七八年三月，出生於今義大利宗教國馬切拉塔城的傳教士利瑪竇從葡萄牙的里斯本出發，他和其他耶穌會士一起，乘船繞過好望角，途經莫三比克，經過六個月的航行，終於到達葡萄牙殖民地——印度的果阿。出發前，利瑪竇同樣對被美化的印度充滿了神往，在他帶的許多物品中，有聖母像、地圖、星盤和三棱鏡，還有歐幾里得的《幾何原本》和他最喜愛的書籍，其中就有《馬可・波羅遊記》等。

利瑪竇在印度傳教四年後，他應召前往中國傳教，他首先到達澳門。為了吸引中國人，利瑪竇脫下洋裝，換上漢服，學習粵語、北京話，並閱讀大量中文書籍。他對中華文明非常稱讚：「除了還沒有沐浴我們神聖的天主教信仰之外，中國的偉大乃是舉世無雙的，它不僅是一個王國，其實就是一個世界。」他感歎：「柏拉圖在《理想國》中敘述的理想，在中國已被付諸實踐。」而且他發現中國人非常博學，「醫學、自然科學、數學、天文學方面都十分精通」。但是他發現，「在中國人之間科學不大成為研究對象」。確實，在中國人們重視的是古代聖人們留下的「經書」，科舉考試的及第者，追求的是升官發財。

在中國的第二年，利瑪竇製作並印行了《坤輿萬國全圖》，這是中國人首次接觸到了近代地理學知識。他利用解釋各種西方事物的機會，同時介紹了他們的天主教信仰。傳教士翻譯了〈十戒〉、〈主禱文〉和〈聖母讚歌〉，以及《教理問答書》。並派發《天主實錄》，以中文解釋天主教教義。利瑪竇在中國的六年間，除帶來了歐洲文藝復興的成果外，系統地學習了中國傳統文化，期間傳入了現代數學、幾何、世界地圖、西洋樂等西方文明。中國明代著名的科學家、政治家徐光啟在接觸了西方文化後發現：「西泰諸書，致多奇妙。」相比之下，學習八股文章如同「爬了一生的爛路，甚可笑也」。徐光啟在他十九歲那年考入秀才，到他四十二歲考取進士，他在科舉的道路上，整整花了二十三年的時間。考取進士是每個讀書人的理想，從此可以步入真正的仕途成為士大夫，可以實現讀書人「修身、齊家、治國、平天下」的最終理想。在利瑪竇帶來的眾多書籍中，徐光啟首先選中了《幾何原本》，這本古希臘數學家歐幾里得的巨著，也是古代西方數學的經典之作。除了和利瑪竇合作翻譯了《幾何原本》，他還譯有介紹西方水利技術的《泰西水法》，整理編撰了《農政全書》等著作。為了增強國防力量，徐光啟派人到當時由葡萄牙入駐的澳門，並以天主教徒為掩護，輾轉購入了一批火炮；經過測試，徐光啟認為「可以克敵制勝者，獨有神威大炮一器而已」。後來明軍用這種冠名為「紅衣大炮」的火炮重創滿人的八旗主力軍，遏制了滿人揮師南下的企圖。利瑪竇在中國傳播的知識很快也傳到了日本和朝鮮半島，此後，日本人和韓國人從原來的慕華到放棄慕華，開始認識到西方文明才是應該學習的榜樣。

一六〇〇年，利瑪竇帶著自鳴鐘、聖經、《萬國圖志》、大西洋琴等精心準備的十六件貢品進入北京。萬曆皇帝對這些貢品興趣十足，尤其喜愛自鳴鐘，對於西洋琴，萬曆皇帝也倍感好奇。最後，萬曆皇帝對利瑪竇賞識有加，允許他居留北京。後來又下詔允許利瑪竇等人長居北京，歐洲使節隨後入駐紫禁城。利瑪竇除了向皇帝和大臣們傳授西方科學知識外，他真正的使命是進行傳教。事實上，在徐光啟考取進士前，利瑪竇已經使他皈依了基督教。一六一〇年，利瑪竇在北京去世，終年五十九歲。萬曆皇帝破例親賜墓地，朝廷文武百官都參加了葬禮，非常莊嚴隆重。

時間到了十七世紀初，由於小「冰河期」影響的不斷發酵，除了氣溫下降以外，還使得植物生長季節變短，土壤降溫，使糧食作物產量變少，穀物價格上漲，各地頻繁出現饑荒與瘟疫。到了明末年間，由於農民連年欠收，造成大量流民、饑民和強盜，農民起義不斷，以李自成為代表的農民起義軍聲勢不斷壯大。為了抗擊北方的游牧民族和鎮壓國內的農民起義，明政府不斷增加軍費開支，先後推行了「遼餉」、「剿餉」、「練餉」三餉賦稅政策。廣大農民不堪重負，紛紛加入起義軍隊伍，起義軍勢力不斷壯大，給明政權造成了嚴重威脅。此時，盤踞在北方的滿人終於等來了機會，他們利用起義軍推翻了明王朝後，迅速和叛軍一起，利用繳獲來的「紅衣大炮」，並設立了炮營，在戰場上用火炮的優勢擊垮了推翻明朝政府的起義軍，占領了紫禁城。統治了中國近三百年，在外國人看來非常繁榮強盛的大明王朝終於頃刻間土崩瓦解了。明朝滅亡後，滿人依然奉行「騎射乃滿洲根本」的祖訓；後來又大搞文字獄，把一些關於火炮的資料也付之一炬；實行閉關的鎖國政策，導致中西文化得不到交流；更不重視科技的發展，自以為天朝以外皆為蠻夷，自詡物產豐富，不需要和其他國家進行任何交往。

由於哥倫布的地理大發現，在此後的一百多年間，因為殺戮、瘟疫和氣候等因素，導致了美洲土著居民幾近滅絕和中國明王朝的覆滅。從此，在美洲的瑪雅文明不復存在，中華大地被游牧異族滿清政府統治了近三百年之久，使中國無緣和西方近代文明接軌，利瑪竇畢生努力在中國所創立的天主教會也隨之煙消雲散。不過，利瑪竇在中國傳授的西方近代科技傳到了日本以後，孕育了日本在近代的「中日戰爭」（甲午戰爭）和「日俄戰爭」取得勝利。甲午戰爭失敗後的第二年，革命黨人就開始了起義，十六年後，腐朽無能的清王朝終於壽終正寢。從這個意義上說，利瑪竇的中國之行同樣導致了大清王朝的滅亡。儘管後來有人質疑利瑪竇的中國之行是企圖對中國「文化殖民」，比起先前哥倫布對美洲的「武力殖民」具有相當的隱祕性。總之，中國的最後的兩個王朝明朝和清朝的滅亡，分別和哥倫布與利瑪竇這兩個如今屬於義大利版圖的人有著直接和間接的關係。

（二）

西方人早期積累財富靠海盜的掠奪，中國人靠盜墓，其中最有名的就是發生在民國初年的東陵盜寶案。俗話說：「要得真富貴，還是帝王家。」其意思是帝王都很有錢，即使是死後的陪葬品都價值連城。所以，對帝王陵墓下手的人不在少數。這案子的主角叫孫殿英，他出生於一八八九年，他的父親是個遊手好閒之徒，後因與人鬥毆，將人打死入獄，死於獄中。孫殿英從小受母親的溺愛和嬌慣，也養成頑劣好鬥的性格；七歲入私塾，常與同學鬥毆。有一次受老師責罰而不服氣，竟放火燒了學屋，被趕出校門。後母親帶他回娘家，窮困潦倒，靠乞討度日。不久，孫殿英染上天花，留下滿臉麻坑，被人喚作「孫大麻子」。到了年長一些，孫殿英結識了一些流氓、賭棍，出入賭窟、錢莊，漸成為賭場高手，以賭為業，發了不少財。

那個時期軍閥連年混戰，割據為王者比比皆是，孫殿英也乘勢而起，糾集了一批土匪、賭鬼、煙販等組成隊伍，稱雄一方。為了謀取更大的勢力，到了他三十三歲的時候，他加入了軍隊。後來，他在前線率部譁變，自己搞了一支隊伍。孫殿英相信「有奶便是娘」，誰勢力大就投靠誰，先後當過軍閥馮玉祥、張宗昌的部下。一九二八年，蔣介石發動「二次北伐」，他見勢不妙，便投降了蔣介石，被任命為國民黨第六軍團第十二軍軍長，在河北遵化一帶駐防。一九二八年夏，孫殿英率部駐紮薊縣馬伸橋，這裡與清東陵只有一山之隔。由於孫殿英的隊伍是雜牌軍，不受重視，所以他只能自己想辦法弄錢，於是，他就把目光投向了東陵。東陵埋著清朝順治、康熙、乾隆、咸豐、同治五個皇帝、十五個太后，還有一百三十六個妃子、三個阿哥、二個公主，裡面隨葬的稀世珍寶不計其數。

為了掩人耳目，孫殿英宣佈要搞軍事演習，東陵周圍三十里內禁止通行，又把住在東陵周圍的人統統趕走。接著，又對外謊稱東陵一帶佈滿地雷，更加使得沒人敢靠近。七月四日，孫殿英對手下訓話，為了讓掘墓顯得合理，他編造了一個謊話，說自己祖先被順治帝所殺，祖先已託夢要他掘墓報仇，說完他就嚎啕大哭起來。

接著，孫殿英帶著一支人馬奔向了慈禧定東陵，而另一支部隊則奔向著乾隆裕陵。起初，匪兵們並不知道地宮入口，而是遍地開挖。工兵營在陵寢各處連續挖了兩天兩夜都找不到地宮的入口，孫殿英急了，綁架了一個護陵大臣，在死亡威脅下，老頭指認了慈禧陵的地宮入口。於是當晚，幾十名士兵揮鎬掄鍬，於七月七日打開地宮入口。由於東陵修建得十分堅固，要完全刨開地宮入口不是件容易的事，匪兵們盜寶心切，便動用了炸彈。在硝煙瀰漫的殘磚斷石中，再向下深挖數丈，終於呈露出一面漢白玉石牆，它就是金剛牆，地宮的入口就在這金剛牆下面。鑿開金剛牆後，便露出了一個黑森森的洞口。雖然此時匪兵們驚魂未定，可發財的欲望驅使他們繼續前行。終於，在火光下，迎面看到了一道高大的漢白玉石門。地宮的石門每扇重達三噸，門上有萬斤銅管扇，門後有頂門石。在打開了兩道地宮石門後，深入到慈禧的陵寢內部已經是七月九日夜間。慈禧的主墓室是一個完全由漢白玉石鋪砌的石室，正中是一座漢白玉石臺，也就是石床。在石臺上面，停放著一具巨大的棺槨，這就是慈禧太后的梓宮。兩側的兩座石墩上，則放著記錄慈禧謚號的香寶、香冊。孫殿英聽說發現了慈禧的棺槨非常興奮，命令工兵團長率領二十多個士兵開棺取寶。在燈光照耀下，慈禧巨大的棺槨金光閃閃，富麗堂皇。棺槨由名貴的金絲楠木製成，慈禧入殮後，工匠們又在外層罩以金漆。在金漆上，由喇嘛用藏文書寫四大天王經咒。在金棺裡面的紅漆填金內棺上，內外佈滿填金藏文經咒，在棺蓋之上還刻有九尊團佛等圖案。片刻間，金光四射的外棺就被刀砍斧劈得七零八落，匪兵們將棺槨木搬開，現出裡面的紅漆內棺。為避免棺內寶物被刀斧震壞，工兵團長命令幾名士兵小心地在棺蓋下方用利斧鑿出幾個長方形的豁口，再用鐵鎬伸進豁口撬了幾下，棺蓋露出了縫隙，士兵們將刺刀密排著插入縫隙中，棺蓋很快被刺刀、利斧撬開。棺木中的屍骨和珍寶被一層薄薄的梓木「七星板」覆蓋，掀開「七星板」，是一層柔和光亮的網珠被。當挑開網珠被時，棺內射出五顏六色的珍寶的光芒。在燈光照耀下，珠光寶氣，閃爍輝煌，耀眼奪目，整個地宮後室也光亮起來。

棺中，慈禧太后身穿華貴富麗的壽衣，頭戴鳳冠，靜靜躺在五光十色的奇珍異寶中，整個棺內金光閃爍，碎光流溢。慈禧太后如同睡著了一樣，雙目微合，面龐栩栩如生。片刻間，由於接觸了新鮮空氣，保護鮮活的屍體收縮塌陷，慈禧的臉色也由紅變白，由白變黑，一雙手猛地收縮，兩排牙齒驀然露出。過了半晌，棺內再無動靜，工兵團長帶頭動手取寶，慈禧的屍體則被扔到地宮後室西北角的棺蓋上。慈禧的龍袍被撕碎，鳳冠被踩扁，褲褂上的各色珠寶、佩物被一搶而光。孫殿英聽到地宮被打開的消息後一時興起，率手下的幾個人來到地宮後室，令人眼花繚亂的珍寶已被一件件取出：金羅漢、翡翠馬、珊瑚樹、玉藕、翡翠白菜、寶石西瓜、紫玉葡萄、紅寶石棗子、黃寶石李子等。在查看慈禧屍體時，忽然發現慈禧口中散發綠色光芒的夜明珠。傳說夜明珠能生寒防暑，死者口含此珠，屍體可鮮活如生，永不腐爛。為取夜明珠，慈禧太后的嘴唇被撕裂。夜明珠如雞蛋大小，分開是兩塊，合起來就是一個圓球；分開時透明無光，合攏時是一個圓球，可透出一道綠色寒光，夜間百步之內可照見頭髮。就這樣，包括乾隆、康熙在內的三座陵墓，在整整七天的瘋狂盜掘之下，那些神祕的珍寶慘遭兵匪們搶劫和破壞。

慈禧太后是歷史上著名的「奢侈」太后，她生前酷愛珍珠、瑪瑙、寶石玉器、金銀器皿，死後棺內陪葬品的珍寶價值白銀高達億兩。李蓮英是慈禧太后最心腹太監，慈禧棺內藏寶時，他是參加者。在他的《愛月軒筆記》中詳細記錄了隨葬品的種類、數量、位置、價值。據記載，慈禧棺內底部鋪的是金絲織寶珠錦褥，厚七寸，下面鑲大小珍珠一萬二千六百零四粒，紅光寶石八十五塊，白玉二百零三塊，錦褥之上再鋪一層繡滿荷花的絲褥，上面鋪五分重的珍珠二千四百粒。蓋在慈禧屍體上的是一條織金的陀羅尼經被，被長二百八十釐米，寬二百七十四釐米，明黃緞底，撚金織成。全被不但花紋繁多，而且還織有漢字陀羅尼經文二十五千字，經被上綴有八百二十粒珍珠。盜墓賊拆走了珍珠，將這條價值連城的經被棄之於地，在後人清理地宮時才被發現，免遭厄運。在經被之上又蓋一層綴有六千粒珍珠的網球被，也是傳世奇寶。慈禧頭戴鳳冠，冠由珍珠寶石鑲嵌而成，冠上有一顆重四兩、大如雞蛋珍珠，當時價值白銀一千萬至二千萬兩，其鳳冠價值可想而知。至於慈禧口內含的那顆夜明珠，更是價值連城。

慈禧脖頸上有朝珠三掛，兩掛是珍珠的，一掛是紅寶石的。她身穿金絲禮服，外罩繡花串珠褂。足蹬朝靴，手執玉蓮花一枝，頭前方有蚌佛十八尊。頭頂一翡翠荷葉，葉滿綠筋，重二十二兩五錢四分，當時價值二百八十五萬兩白銀。頭兩側有金、翠玉佛十尊，手邊各置玉雕馬八匹、玉羅漢十八尊。在其屍體旁或足下共有金佛、玉佛、紅寶石佛、翠佛一百零八尊，每尊佛重六兩；翡翠西瓜四枚，白皮黃籽粉瓤兩個，綠皮白籽黃瓤兩個，估價六百萬兩白銀；翠桃十個，綠色桃身，粉紅色桃尖，難分真偽。翡翠白菜兩顆，綠葉白心，綠色的菜葉旁有兩隻馬蜂，顏色用得恰到好處，獨具匠心，稀世珍寶，估值一千萬兩白銀。

棺內最珍貴的是用白玉雕琢成的九玲瓏寶塔，其屍體旁邊還放滿了寶石、玉石、紅珊瑚樹、墨玉荸薺七百多件，有些玉料出自新疆如羊脂玉、墨玉。當寶物殮葬完畢，發現棺內尚有空隙，又倒進四升珍珠（八分大珠五百粒、三分珠二千二百粒、二分珠一千粒）；紅藍寶石、祖母綠寶石二千二百塊，僅這些填空的珍珠就值二百二十三萬兩白銀。從一八七九年東陵慈禧墓完工到地宮最後封閉，期間三十餘年中，還陸續向地宮內放置了各種奇瑰珍寶、金玉祭品一千多件。

話說經過七天的盜掘以後，孫殿英在七月十一日滿載而歸。他向遵化縣徵調了三十輛大車，專門用來運東西。八月四日，青島警察廳抓獲孫殿英手下的三個逃兵，查獲三十六顆寶珠。八月五日，路透社首先報導了這個消息，接著全國各大報在六日紛紛轉載。孫殿英盜墓的事件就這麼敗露了，引起各界轟動。許多團體紛紛致電國民政府，呼籲嚴懲嫌犯。

不過孫殿英早就打點了一切，他曾回憶說：「乾隆的墓修得堂皇極了，棺材裡的屍體已經化了，只留下頭上的辮子。陪葬的寶物不少，最寶貴的是頸項上的一串朝珠，有一百零八顆，聽說是代表十八羅漢，都是無價之寶。其中最大的兩顆朱紅的，我在天津與戴笠見面時送給他做了見面禮。還有一柄九龍寶劍，有九條金龍嵌在劍上面，劍柄上嵌了寶石，我託戴笠代我贈給委員長或何部長。究竟他怎樣處理的，由於怕崩皇陵案重發，不敢聲張。慈禧太后的墓崩開後，墓堂不及乾隆大，但陪葬的寶物卻多得記不清楚。慈禧從頭到腳，一身穿掛都是寶石，量一量大約有五升之多。慈禧的枕頭是一隻翡翠西瓜，我託戴笠送給了宋子文院長了。她口裡含的一顆夜明珠，聽說這個寶貝可使屍體不化，難怪慈禧的棺材劈開後，老佛爺好像在睡覺一樣；只是見了風，臉上才發了黑，衣服也有些上不得手。我將這件寶貝夜明珠託戴笠代我贈給了蔣夫人。宋氏兄妹收到我的寶物之後，引得孔祥熙部長夫婦眼紅，接到戴笠的電話後，我選了兩串朝鞋上的寶石送去，才算了事。」此外，孫殿英還送給閻錫山價值五十多萬元的黃金，送給檢察院長珍貴的古玩。這些當官掌權的國民黨要員起初積極查詢此案，到後來卻只是做一些表面文章，因此，孫殿英才得以逍遙法外。

東陵盜案發生後，清遺族代表緊急趕赴東陵善後，當時一位親歷者詳細地記載了重新安葬的情形。其中慈禧的遺體倒伏在殘破的棺蓋上，長髮散而不亂，紮辮子的紅頭繩猶在。當翻轉她的屍身，發現遍體長滿白毛，口角處有殘破痕。另一位親歷者記描了他進入乾隆裕陵地宮時所見到的悲慘情形：持燈進入地宮，見有白骨數節浮於泥水之中，重殮者找到四具頭顱，不能辨其是男是女，其情狀比慈禧太后淒慘百倍。由於裕陵地宮葬有乾隆皇帝和兩位皇后，還有三位皇妃，歷時百年，又遭此浩劫，呈現在重殮者面前的僅剩零亂的骸骨；六個人只找到四個頭骨，屍骸全碎。有一棺槨就壓在石門上，從中找出一具頭骨，骨骼較大而判斷是乾隆顱骨。找到乾隆顱骨後，還缺少一具頭骨，棺槨裡面找遍了也不見蹤影，人們猜測可能被盜墓者帶出了地宮。就在人們快要放棄尋找時，令人吃驚的事情發生了：在地宮西北角的深水裡浮現出一具完整的女屍，面目如生，令人驚異；根據推斷，這具女屍應該是孝儀皇后。令懿皇貴妃是嘉慶皇帝的生母，死後被追封為孝儀皇后。這位孝儀皇后死於乾隆之前，同處一個地宮，唯獨她的屍骨保持完好，遺臣們大惑不解。因為這些散亂的遺骨無法區分屬於誰，最終決定合葬一棺。

最後講講孫殿英的人生結局：他一九四七年三月在河南省湯陰和共軍激戰，五月二日城破被共軍活捉。由於在抗戰時期孫殿英和「八路軍」有過合作，在被看押期間，雖有一名被俘衛士照顧其生活，但由於他吸食鴉片幾十年，患上了「煙後痢」，最後死在戰犯收留所。

（三）

我們看到了慈禧死後的奢華的陪葬品，尤其是那顆令人嘖嘖稱奇的夜明珠。夜明珠原本是印度莫臥爾王朝的珍寶，後來阿富汗國王先後八次遠征莫臥爾王朝搶來的寶貝，早在一七六〇年左右，阿富汗王朝向清朝納貢稱臣，便將這顆進獻給乾隆；後來慈禧掌權在臨死之前交代下人，要把這顆夜明珠給她隨葬。可就是這顆稀世珍寶，彷彿誰擁有誰就會遭厄運，哪怕是經手的。

我們再來看看她生前的奢靡的生活。作為晚清歷史上最重要的人物，慈禧太后自發動辛酉政變以來，更是憑藉自己的能力掌握了大清的實權，並治理了半個多世紀。掌權期間曾做了一系列改革，其中最主要的便是「洋務運動」和「清末新政」；可惜的是，她的這兩個舉措並未挽回清王朝滅亡的趨勢。不過，今天我所說的是慈禧太后那奢靡無度的生活。

有人說慈禧太后曾經挪用了軍費，導致北洋軍沒有好的武器裝備使「中日甲午」戰爭失敗，而這些軍費都被慈禧用在了修建園子上。除此之外，還有一些人說慈禧太后一頓飯的花銷，就能抵得上一戶殷實人家十年的收入。那麼，在那個時候慈禧太后平時一天的生活費，如果換算成現在的人民幣，到底是多少錢？下面我們就一起來具體瞭解一下。

根據記載，慈禧每天早上都會吃一碗八寶蓮子粥或者米粥，還會搭配其他茶湯，就像是杏仁茶、牛骨髓茶等。這些東西也就只是一個熱身環節而已，肚子墊過後，正兒八經的食物才開始上；被送過來的食盒裡裝著二十多種早點，比如：八珍粥、雞絲粥、麻醬燒餅、清油餅、焦圈、糖包、豆製品等素什錦，以及鹵鴨肝、鹵雞脯等食物，除了這些其實還有很多種。實際上這些並算不上什麼，要說慈禧中午的膳食才算得上是豪華盛宴。據《膳底檔》中記錄的慈禧太后某日的食譜中可見一斑，火鍋二品：八寶奶豬火鍋、金銀鴨子火鍋；大碗菜四品：燕窩「鷹」字鍋燒鴨子、燕窩「壽」字三鮮肥雞、燕窩「多」字紅白雞絲、燕窩「福」字什錦雞絲；懷碗菜四品：燕窩白雞絲、海參蜜製火腿、三鮮鴿蛋、大炒肉燉榆蘑；碟菜六品：燕窩拌鍋燒鴨絲、口蘑溜魚片、青筍晾肉胚、肉片燜玉蘭片、碎溜雞、煎鮮蝦餅；片盤二品：掛爐鴨子、掛爐豬；餑餑四品：壽意白糖油糕、壽意苜蓿糕、澄沙餡立桃、棗泥餡萬壽桃；湯菜一品：燕窩八仙湯；麵一品：雞絲鹵麵；克食二盤、蒸食四盤、羊肉四盤。在這個膳食清單中，一共分為九類三十八道菜，包括主食。慈禧太后膳食裡有一種高端食材就是燕窩，有七道菜裡含有燕窩。燕窩有滋補的功效，可以補血氣、抗病毒、滋陰、潤燥、養顏。蔬菜蕈類方面主要有青筍、蘑菇等，常見的蔬菜較少。主食主要是鹵麵、餑餑，湯粥類為燕窩八仙湯，營養豐富。食材裡雞鴨魚肉比較多，像鮑魚、海參、熊掌、魚翅很少，估計是因為是游牧民族的關係吧。當然，以上只是慈禧太后這一天的一頓飯的膳食。根據記載，慈禧每天的伙食都要消耗掉豬一頭、羊一隻、豬肘子五十斤、雞一隻、鴨一隻、粳米三斤、紫米一斤、江米三斤、麵粉十五斤、麥粉一斤、蕎麥一斤、芝麻二兩、核桃四兩、蜂蜜八兩、松子仁二兩、雞蛋二十八個、乾棗八兩、白糖二斤、新鮮蔬菜十五斤等。

慈禧每頓飯都有一百二十幾樣菜外加時鮮，由慈禧隨意挑選。也許她今天喜歡吃這個，明天喜歡吃那個，今天愛吃的菜，也許明天絕對不吃，但過了一段時間再吃這個菜，根本不能讓人猜透她喜歡吃某個菜。除此之外，慈禧吃飯還有一個嚴格的規矩，就是「吃菜不許過三匙」，尤其是在重大的節日裡，這是皇家的家法，慈禧平時很遵守這個家法。壽膳房在宮裡是個大機關，大約不下三百人，一百多個爐灶排成一排，一個爐灶三個人，一人負責掌勺，另外兩個負責配菜和打雜。打雜的必須對各種菜的原料進行挑揀洗刷，經過內務府派來的人檢查合格才能交給配菜。配菜主要負責切菜，把各種菜和調料準備好，然後再經過內務府的人員檢查。主要檢查菜譜的配方，然後就準備傳膳了。「傳膳」一聲令下，掌勺的便開始忙活起來，按照上菜的秩序聽從指揮安排，將食材一個個地做成菜品，依照順序遞上去。這期間，內務府的人，壽膳房的總管等都會盯著每一個菜裝進碗裡或碟子裡，碗和碟都是銀製的。據說如果菜裡有毒，銀就會變成黑色。一切妥當之後，做好的菜交給太監，用黃雲緞包好挨次遞上去，而黃雲緞不到餐桌前是不許打開的，這是傳膳的規矩。宮廷對膳食的管理非常嚴格，哪一個人洗的菜、哪一個人配的菜、哪一個人炒的菜都要清清楚楚，將來賞罰分明也有著落。傳膳必須有太后的口諭，誰也不能替慈禧亂出主意，只有太后有了口諭，上上下下才能一起出動忙活。慈禧用膳的地方在體和殿的東兩間，外間由南向北擺兩個圓桌，中間是膳桌。慈禧坐東向西，上菜的人從南門進來，如此上菜的人和揭開碗蓋的動作都能看得清楚。另外，慈禧在用膳時身後站著四個體面的太監，全程垂手站在老太后的身旁或身後，還有一個老太監伺候在一旁，專門給慈禧佈菜。菜齊之後，一旁伺候的老太監喊一聲「膳齊」，慈禧方才就座，這時她看哪個菜，老太監就把那道菜往她身邊挪，然後用羹勺將菜品舀進碟子裡。若是太后嘗過之後說「這個菜還不錯」，就再舀一勺，緊跟著老太監就把這道菜給撤了，不能再舀第三勺。假如要第三勺，那站在後面的那個太監就發話了，喊一聲「撤」，之後這道菜就十天半個月不會露面了。所以說慈禧用膳時，站在身後的四個太監是執行家法的，就算是太后也得服從家法。慈禧在這一方面很是知趣，伺候她用膳的老太監也很懂規矩，所以就不吃第三勺。舀第三勺的菜肯定是太后喜歡吃的，要是讓底下的人知道，有人也許就會在這道菜上打主意；所以清朝皇室留下「吃菜不許過三匙」的家法，就是說要小心謹慎，切勿貪食，免遭毒害。

就算慈禧坐火車外出期間，臨時御膳房即占了四節車廂，其中一節車廂裝著五十座爐灶，每灶負責做兩種菜，每餐備正菜一百種，糕點、水果、糖食、乾果一百種。火車上拉了一百五十名廚子：五十名三等廚子，點火燒煤；五十名二等廚子，遞材料輔助；五十名一等廚師，做自己最拿手的菜。用餐時，慈禧一個人坐著獨享，有時命身邊女官陪她同吃，女官只能站著吃。慈禧什麼時候覺得有些餓了就停車命令做飯，等飯做好了，她可能又覺得不餓了，所有飯菜就得退回。由此可見，慈禧出門就要帶這麼多人，在皇宮裡平時的工作人員恐怕就更多了。曾經有一年慈禧為了享受大年初一的晚宴，竟讓負責傳膳的五百名太監提前一個多月開始彩排，每次彩排都是真材實料，所以在彩排過程中平均每名太監都要用掉兩匹白綢。等到晚宴來臨的時候，慈禧還會找來最重量級的「服務員」，也就是光緒和皇后，兩人分別伴在慈禧的東、西兩側，輪流給她佈菜、唸菜名，以求博老佛爺一笑。

除了在吃上有這麼大的陣仗外，慈禧在穿戴上也從來不馬虎。慈禧所穿的襪子是由上千人的繡娘團隊專門為她量身定做的，襪子的材質都會用上等絲綢，而且還要確保穿上後既不勒腳也不滑落，就算是縫合處的線頭也要處理得盡善盡美。可即便是精工細製的純手工藝術品，慈禧也就只穿一天就會把它們扔掉。慈禧每次洗澡，洗澡毛巾也被當作是一次性用品。她有一把專門洗澡用的椅子，造型非常特殊，可以自由移動，為方便慈禧改變坐姿。椅子下面橫著一條拖板，慈禧只須坐在上面，會有四名宮女來回轉換椅子的方向，為她洗澡。每次洗澡準備兩個澡盆，一個洗上半身，另一個洗下半身。因為慈禧認為上身是天、是清，下身是地、是濁，地不能蓋過天，清濁也不能混淆。與其說是洗澡，不如說是擦澡。擦澡用的毛巾放在托盤裡，每二十五條一疊，一次四疊，每條毛巾上面還有用黃絲線繡的不同姿勢的金龍。擦澡前，先會將二十五條毛巾放入水中浸透，撈起四條擰乾分給其他三人，四人各平鋪在手掌，輕輕為慈禧擦拭，完後打上香皂，再用新的毛巾擦拭，反反覆覆，直到身上沒有一點泡沫為止。凡用過的毛巾馬上丟棄，不得再進入澡盆，為的就是澡盆內的水要保持乾淨。所以慈禧洗一次澡下來，會用掉一百條毛巾。

在古代皇宮裡，為了讓皇帝、皇后和妃嬪們能夠有一個舒服的環境，都會點上熏香，消除空氣中的異味。慈禧不喜歡熏香但也不願宮裡有其他異味，相比而言，她更喜歡水果的天然香味，因此慈禧太后就讓人將大量水果放到果盤及瓷缸中，這樣一來就能隨時充滿著清甜舒爽的氣息。據清朝老宮女回憶，夏天的儲秀宮滿廊子都是甜絲絲的香味，吸上一口便覺得身心舒暢；冬天則是暖氣伴著香味撲面而來，讓人感到溫馨而愉悅。為保持水果足夠新鮮，每月初二和十六都會舉行盛大的「換缸」行動，用新鮮水果將果盤和瓷缸裡的舊水果換掉。按照內務府的記載，慈禧太后在這一年中消耗了蘋果十五萬八千三百二十個、秋梨十一萬一千七百五十個、棠梨七萬七千三百個、紅肖梨五萬三千二百九十五個、文官果二千四百個、柿子二千二百七十五個、甜桃四千三百四十四點五筐、李子九百二十筐、檳子七百七十筐、杏六百九十四筐、沙果四百九十一筐、櫻桃四百二十九筐、酸桃三百零二點五筐、鮮山楂一萬六千六百六十三斤、葡萄一萬六千三百八十五斤，紅棗、黑棗、核桃、栗子、榛子共計二千三百五十七石。這樣龐大的開銷還只是「小場面」。每到慈禧過生日的時候，她還會花一萬兩白銀、六百串珍珠、六百串珊瑚珠、六十三匹上用緞紡、三十七匹官用緞紡，這背後還隱藏著嚴重的貪腐現象。

在當時內務府供奉光緒的雞蛋，每枚就標價十兩銀子，這可吃得光緒都直喊心痛，快吃不起了。而大臣卻說：「皇帝吃的是高級雞蛋，而臣吃的則是普通雞蛋只要幾文錢。」其實大臣聽了光緒的話後就明白是內務府做了手腳。由此可見，雞蛋從幾文錢到十兩銀子，內務府想要操縱其身價還是很容易的，而慈禧的生活費也就成為了一個可怕的天文數字。根據清末的一位太監回憶，慈禧每天就能花四萬兩白銀。

光緒十五年初的糧價約為每倉石計銀十兩四錢六分，若按此推算，晚清一兩白銀大概就是一百七十元人民幣，而慈禧一天生活費，便高達六百八十萬元。

（四）

同樣是冒險求寶，我今天給大家講講大唐的玄奘去西天取經的故事。話說西元六二七年的秋天即將過去，玄奘仍然滯留在大唐的瓜州。當玄奘為如何出關一籌莫展的時候，一件意想不到的事情發生了。一個叫李昌的地方官員找到玄奘，拿出一份通緝令，通緝令發自涼州，捉拿擅自西行的僧人玄奘，玄奘只能面對現實。運氣又一次拯救了玄奘，李昌是一個虔誠的佛教徒，他撕毀了官牒，但玄奘必須儘快離開。夕陽下，古老的瓜州城荒涼而又凝重，流沙已經淹沒了往日的氣息，但城內的街道輪廓依然依稀可辨，其中有一處房屋，必定是玄奘當年的棲身之處。瓜州已經不能久留，玄奘必須在最短的時間裡偷越邊境。《三藏法師傳》記載，萬般無奈之下，玄奘來到當地的一處寺廟，祈求佛祖：「危難之際，請讓弟子找到一個引我渡關的人。」在瓜州城以東一公里左右，有一個大型的寺院遺址，這就是塔爾寺；時間過去了一千多年，當年的繁華早已隨風而去，但巨大的佛塔依舊聳立在曠野之上。學者考證，塔爾寺應該就是玄奘當年禮拜佛祖的地方。轉機就發生在這裡，祈禱的玄奘發現，一個胡人一直在尾隨自己——這是瓜州的一個商人，姓石名槃陀，希望玄奘為他摩頂授戒。普通的佛教徒經過高僧授戒之後，就成為居士。石槃陀相信成為居士意味著自己距離佛祖又近了一步。絲綢之路不僅輸送財富，而且傳播信仰。在絲綢之路上行走的主要是商人和僧侶，商人和僧侶之間的關係非常緊密，商人為僧侶提供金錢，僧侶則是商人的精神支柱。在凶險的絲綢之路上追求財富，生命朝不保夕，佛陀的保佑至關重要。受戒之後，胡人石槃陀就正式成為玄奘的徒弟。一籌莫展的玄奘急需一個可靠的人做嚮導，常年行走在絲綢之路上的石槃陀應該是最佳人選。

「我想越過邊境，不知有何方法？」玄奘問道。

「師父放心，我有辦法送您出境。」石磐陀答道。

令玄奘沒有想到的是，石槃陀主動提出幫助他偷渡出境。在距瓜州古城不遠的一個河谷，分佈著密密麻麻的石窟，這就是與敦煌莫高窟齊名的東千佛洞；這些栩栩如生的壁畫，距今大約八百多年，在這裡專家發現了最早的唐僧取經圖。明月高照，彩雲環繞，旅行者模樣的唐僧在虔誠地膜拜，身後的徒弟手遮額頭，形貌酷似一隻猴子。在這幅壁畫之後又三百年，神話經典《西遊記》才誕生。這幅唐僧取經圖使一些學者相信，石槃陀就是《西遊記》中孫悟空的原型。或許胡人濃密的毛髮，經過八百年不斷創造，石槃陀最後變成了《西遊記》中的孫悟空。

根據史料記載，石槃陀確實是玄奘招收的第一個徒弟，他是身陷瓜州的玄奘最後的救命稻草。玄奘決定，跟著石槃陀偷渡大唐邊境。第二天，玄奘牽著新買的一匹馬，悄悄來到瓜州郊外，石槃陀如約而至。同行的還有一位年老的胡人，牽著一匹瘦小的棗紅馬。年老的胡人告訴玄奘，瓜州以西盡是戈壁和沙漠，商人們成群結隊也經常迷失道路，很容易丟失性命。老者勸玄奘不要西行，但他決心已定，即使死在途中也不後悔。但是，玄奘仍然聽從了老者的建議，與他交換了馬匹。據說，老者的棗紅馬在緊要關頭可以辨識方向。在《西遊記》中，玄奘的坐騎是一匹俊秀飄逸的白馬，但在真實的歷史當中，這匹貌不驚人的棗紅馬，對於西行的玄奘意義非同一般。與老者換馬之後，玄奘和石槃陀走上了偷渡之路。

他們首先先得通過戒備森嚴的玉門關，經過一片荒無人煙的戈壁之後，必須在烽火臺下取水。玉門關外矗立著五座烽火臺，從五烽往西經過八百里沙海之後，才能到達西域的第一個小國伊吾。在乾熱嚴酷的大沙漠上，水異常稀少，從瓜州到伊吾，可靠的水源只有兩處——葫蘆河和烽火臺，玉門關就建在葫蘆河上。石槃陀帶著玄奘繞開玉門關，渡過了葫蘆河，夜幕籠罩了無邊無際的大漠，師父和徒弟各自進入了夢鄉。半夢半醒當中，玄奘突然發現危險正在逼近自己。大唐的法律非常嚴厲，偷越國境者，處死。為了越過大漠，就必須到烽火臺下取水，如果被守衛發現，就只有死路一條。偷渡剛剛開始，石槃陀就動搖了，石槃陀想殺玄奘滅口，因他擔心萬一玄奘被抓獲會牽連於他。在玄奘賭咒發誓絕不出賣之後，石槃陀才離開。

太陽即將升起，玄奘孤身一人走向大漠，走向無法預知的未來。玄奘要繼續西行，只能穿越邊境上的五座烽火臺，五烽之間是一望無際的荒漠。在《西遊記》中，威脅唐僧的是各種妖魔鬼怪，在真實的歷史當中，玄奘所要面臨的主要是嚴酷的自然環境。寂靜的大漠，曾經吞噬掉無數行人的生命，通過辨認前人留下的痕跡，玄奘提醒自己不要迷失方向。然而著急趕路的玄奘很快就陷入了幻境。《三藏法師傳》記載：他看到大隊的士兵若隱若現，旌旗在迎風飄揚。在荒無人煙的大漠，這或許是海市蜃樓，也可能是由於過度飢渴而導致的幻覺。經過八十多里的跋涉，玄奘終於看到了第一座烽火臺。為了不被發現，他要等到夜晚才能取水。穿越大漠的人最需要的就是水，散佈在邊塞的烽火臺就建在水源邊上，這座遺留到今天的烽火臺遺址叫白墩子；據專家考證，它就是大唐瓜州的五烽之一，很可能就是其中的第一座烽火臺，玄奘當年正是在這裡取水。站在當年的烽火臺上，四野盡是戈壁荒漠，烽火臺下這小小的湖泊卻生機盎然，這裡是沙漠之魂，旅行者的天堂。偷水的玄奘被守軍發現，石槃陀的顧慮應驗了。烽火臺的指揮官名叫王祥，意想不到的是，大唐的邊關將領竟然也是一個信佛的人。《三藏法師傳》記載：玄奘身軀偉岸，儀表堂堂。一個信佛的人在偏遠蠻荒之地，恭敬有加的態度可想而知。一千多年前，佛教的影響力與今天相比，不可同日而語，對於這些遠離家園的守邊將士而言，佛教提供的心理慰藉至關重要。在大漠邊境的第一座烽火臺，守軍為玄奘準備了足夠的乾糧和飲水。第二天，玄奘與烽火臺的將士灑淚而別。這烽火臺的指揮官，不僅為玄奘指明了越境的通道，而且提供了至關重要的資訊。王祥建議玄奘直接前往第四座烽火臺，那裡的指揮官是他的宗親，也是一個信佛的人。在第四座烽火臺補充飲水之後，玄奘繞過第五烽，從此走進了八百里大漠。

在瓜州和小國伊吾之間，有一片廣袤的大漠，唐代以前，在絲綢之路上冒險的人叫它沙河，中國古代典籍中稱之為莫賀延磧。莫賀延磧在今天的甘肅瓜州和新疆哈密之間，方圓大約三百多公里，這是古代絲綢之路一條主要的通道，以凶險而聞名，玄奘必須獨自越過這片死亡之地。莫賀延磧長八百餘里，上無飛鳥，下無走獸，復無水草，空曠的大漠只有影子相隨。進入沙河不久，玄奘又一次出現了幻覺，妖魔鬼怪繞人前後，奇形怪狀，久久不願離去，心中只有默唸觀音菩薩及《般若心經》。《般若心經》是一部重要的佛經，玄奘常常用唸經的方式消除恐懼。進入莫賀延磧之後，玄奘澈底擺脫了官方的追捕，但是險惡的環境卻更為可怕。行走了一百多里後，玄奘發現自己迷路了。大漠當中沒有任何參照物，一場不期而遇的狂風很容易使人迷失方向。就在這個時候，玄奘又犯下了致命的錯誤。《三藏法師傳》記載：迷路之後的玄奘非常急躁，慌亂之下打翻了皮囊。西行剛剛開始，救命之水蕩然無存，死一般寂靜的莫賀延磧又絕無水草。玄奘萬念俱灰，他已經不可能走出八百里沙海，絕望中的玄奘走上了回頭路。

在玄奘的一生中，這或許是他最為煎熬的一段時光。他想：「我曾經許下誓言，若不抵達印度絕不東歸一步，怎麼就這樣返回呢？」對於一個虔誠的僧人而言，誓言不可輕易違背，寧可西行而死，絕不東歸而生。走出了十多里之後，玄奘停下了東歸的腳步，他決定繼續西行。此刻的玄奘已經置生死於度外，把自己的生命完全託付給大漠了。在人類探險史上，很多探險家都曾經面臨類似的境遇，像玄奘這樣看見了招手的死神，但仍然前行卻非常罕見。玄奘擁有一種遠遠超過常人的執著精神，這種精神一方面來自他對佛法堅定的信念，一方面深深根植於他的天性。執著，使身陷大漠的玄奘做出了令人難以置信的決定，也將玄奘推向了死亡的邊緣。在沒有飲水的情況下，玄奘很快就進入了半昏迷狀態。《三藏法師傳》描繪了玄奘在莫賀延磧的遭遇：夜晚，妖魔鬼怪舉火點燈，像清晨的星空一樣燦爛。玄奘遇到的很可能是磷火，這是大漠中人或動物的屍骨，在腐爛時自動燃燒造成的。根據史料記載推斷，玄奘至少四天五夜滴水未進，白天狂風捲著黃沙，像下雨一樣漫天飛舞，令人無法喘息。為了躲熾熱的太陽，玄奘依靠在陰影當中打坐維持體力。大漠中的玄奘正在挑戰生命的極限，強烈的求生欲望在支持著玄奘前行。雖然如此，但心已無所畏懼，只是沒有一滴水，前行一步都非常艱難。人的生命畢竟是有極限的，體力不支的玄奘，終於陷入到完全的昏迷當中。在漫漫的黃沙中，生命正在漸漸地遠去。又一個夜晚降臨了，悶熱的沙漠突然吹來陣陣涼風，昏睡中的玄奘漸漸蘇醒過來。在距離死亡只有一步之遙的時候，他又站了起來。夜半忽有涼風吹來，如冷水沐浴，眼睛又能睜開。繁星滿天，夜晚的沙漠亮如白晝，孤獨的身影在用最後的力氣向西挺進。奇蹟就在這個時候降臨了，精疲力竭的棗紅馬突然發現了水源——在一片草地的背後，竟然浮現出一個池塘，池水甘甜，清澈如鏡。這匹識途的老馬，最終拯救了玄奘的生命。在這片沙漠中的天堂，玄奘整整休息了兩天的時間，他需要恢復幾乎衰竭的體力。在莫賀延磧，玄奘第一次遭遇生與死的考驗。

即使在今天，我們也很難完全清楚，一個四天五夜滴水未進的人，究竟是怎樣走出這片死亡之地的。這個叫星星峽的關口，是河西走廊通往新疆的門戶，過了星星峽就是當年的西域。兩天以後，玄奘穿過今天的星星峽，抵達了西域的第一個小國：伊吾。在西域的第一座佛寺，玄奘第一眼看到的竟然是一個漢人。《三藏法師傳》記載：老僧衣服都沒有穿戴整齊，就赤腳跑了出來，沒想到今天還能見到故鄉的人。在史料記載當中，這是玄奘第一次感情外露，一個剛剛與死神擦肩而過的人，對生命的感激無以言表。這是一個叫廟兒溝的地方，位於今天新疆哈密市的郊區；這處輪廓已經模糊的廢墟，是一個佛寺的遺址；根據玄奘西行路線的推斷，這裡很可能就是走出大漠之後看到的那座佛寺。在西域的這座佛寺，玄奘受到了僧侶最熱情的接待。一連幾天休整之後，玄奘開始策畫繼續西行。

從伊吾起絲綢之路開始分道，北道主要是草原，而中道和南道都要經過大沙漠。剛剛從沙漠中九死一生的玄奘，打算沿北道西行，然而高昌的書打亂了玄奘的計畫。高昌是西域的第一大國，高昌王命令伊吾人，必須將大唐僧人送達高昌。高昌王威震西域，玄奘沿著北道西行的計畫只能放棄了。

（五）

今天我們來看看，和玄奘一樣與太宗和高宗兩位皇帝有著深緣的一個女人武則天的故事。武則天，原名武照，祖籍為初唐并州文水，也就是今山西文水縣，出生於西元六二四年，也就是唐高祖武德七年正月。其父為唐朝開國功臣武士彠，母親為楊氏。在十四歲的時候，就進入後宮成為唐太宗李世民的才人；至此開始，武照開始了一步步登入權力頂峰的傳奇之旅。最後，武照登上帝位時已經六十七歲，在位執政十五年，終年八十二歲，是自秦始皇開闢封建帝制後，唯一的一個正統女皇帝，同時也是繼位年齡最大，而且壽命最長的皇帝之一；其擁有絕頂的才能和超人的智慧，同時心狠手辣，殺伐果斷。正因為有如此能力，她才能成為中國歷史上唯一的女皇帝。

初唐盛行極重士族的門閥之風，而武氏則屬於庶族的門第，出生比較低微，導致武照飽受各種流俗的輕視。幼時特殊的生活環境，造就武照開始想要追逐上層權力的萌芽。因為武照自幼聰慧過人，而且極善表達，膽識超凡。其父武士彠深感女兒武照是可造人才，然後開始教她讀書識字，讓她通曉事理。史書記載，武照十四歲時，已是博覽群書，才華橫溢，詩詞歌賦也是非常擅長，尤其是書法，已經堪稱一絕。在西元六三七年，也就說貞觀十一年，武照當時十四歲，因為姿色絕美，入選宮中後受封「才人」。一般的女人入宮前都會悲悲啼啼，而武照入宮前非常平靜。其母親知道深宮險惡，擔心女兒以後的生存環境，所以一直在哭。武照安慰母親道：「見天子庸知非福，何兒女悲乎？」意思就是：「我有機會見到皇帝，你怎麼知道一定是禍不是福呢？母親你何必像平常家小兒女一樣哭哭啼啼呢？」

入宮之後，武照善解人意，再加上姿色非凡，唐太宗李世民非常喜歡，而且發現武照眉目間，有迷人的嫵媚之態，所以賜號「媚娘」，世稱「武媚娘」。經過長時間的接觸，李世民又發現武照才華橫溢，通古博今，便不讓她侍奉穿衣的工作，而是調任到御書房開始文墨工作。這時候，武照開始接觸到了皇家的各種公文，並開始瞭解了一些宮廷大事和密事，同時也讀到了許多皇宮外讀不到的書籍和典章，眼界迅速開闊了許多，為她以後參與官場政治和權力的遊戲打下了重要的基礎。在西元六四九年，也就是貞觀二十三年，李世民駕崩於含風殿，享年五十二歲。這時武照已經二十六歲。但根據大唐法律，先帝未生育的嬪妃，必須出家或入道觀度過餘生。武照被送到了長安的感業寺，最後被削髮成了尼姑。武照不甘心後半生只有青燈古佛的命運，想起了昔日太宗病入膏肓時，正為太子的李治在給太宗端湯送藥時，注意到自己，並對自己有幾分愛慕之意。太宗死後，其第九子李治順利即位，世謂唐高宗。武照此刻清楚地知道，現在能拯救自己的只有新帝唐高宗李治，馬上寫了一首詩〈如意娘〉，想盡了一切辦法寄到了李治手裡。情詩的內容為：「看朱成碧思紛紛，憔悴支離為憶君。不信比來長下淚，開箱驗取石榴裙。」整首詩的意思為：「相思過度，導致魂不守舍，恍惚迷離中竟將紅色錯看成綠色。因為太過思念你，導致精神恍惚，而且身體憔悴。如果你不相信我為你流淚傷心的話，那就開箱看一下我石榴裙上的無數淚痕吧。」李治看完情詩後非常觸動，隨後經常往來感業寺，想盡了一切名正言順的辦法，最終在兩三年後成功將武照重新召入宮中，並將三千寵愛集於武照一個人。武照很快就被封為「昭儀」，進號宸妃，然後開始與王皇后和蕭淑妃爭寵。在西元六五五年，也就是永徽六年，因武照極受高宗李治寵幸，同時在後宮的鬥爭中獲得了勝利，高宗欲立武照為后。但在封建帝制中，國母皇后的廢立乃國家的大事，並不僅僅是皇家的私事，需要和滿朝重臣一起商議。當時高宗李治把廢皇后王氏，然後立武照為新皇后的計畫向元老重臣們說明後，立即遭到大臣們強烈地反對，其中便包括了褚遂良和長孫無忌等頭號重臣；他們認為武照庶出，因為出身卑微，所以不宜為后。但同時武照的心腹，其中包括了許敬忠、李義府和徐世勣等一些朝中要員卻全力支持立新后的計畫；在他們的支持下，高宗李治終於在同年十月月頒佈詔書，廢皇后王氏，正式冊立武照為新皇后。從十四歲初次入宮到冊立為皇后，武照經歷了十七年的坎坷和抗爭，最終在三十二歲登上了女人權力的最高峰。從此開始，武照開始獨攬內宮大權，武照獲得皇后大權後，其「通文史，多權謀」的優點得到了更大程度的施展空間。武后上臺後機智精明，做人做事深得高宗李治歡心。李治對武后的能力深感意外，最後刮目相看，然後對武后更是寵愛有加，並允許武后一定程度地參與朝政，「百司奏事，時時令后決之」。從永徽六年到顯慶四年的五年時間裡，也就是西元六五五年到六五九年之間，武后剷除異己，貶褚遂良致其鬱鬱而終，黜長孫無忌使其自縊而死，隨後罷免褚遂良和長孫無忌在朝中的所有支持者。同時迅速擴大了自己的權力範圍，武后開始逐漸控制朝政。在西元六六〇年，也就是顯慶五年，高宗李治因身體原因，委託武后處理政事。自此開始，武后從參與狀態開始轉變為直接執政的狀態，澈底控制了朝廷實權。武后過大的權力導致高宗漸漸地難以控制，後來高宗李治計畫收回大權，開始密令中書侍郎上官儀，就是當朝宰相，同時也是上官婉兒的祖父計畫廢后之事。豈知機事不密，導致武后察覺。武后當機立斷，將上官儀處死，同時責怪高宗聽信上官儀調唆，差點犯下大錯，冤廢了她。高宗此時心裡充滿了悔恨和不安，並和武后和好如初。高宗和武后之間的關係，本是夫妻，互相敬重，也是合作夥伴，同時互相提防，又相愛相殺。

由於武后處理政務當機立斷，政績出色，不像高宗優柔寡斷，執政能力被滿朝文武敬服。高宗雖討厭武后的獨斷專行，但國家的政務和大事只有她能完美地處理，最後開始完全接受武后執政。在西元六七四年，也就是上元元年，高宗稱「天皇」，世稱「二聖」，兩人同時上朝。在《資治通鑑》中記載：「自是上每視事，則后垂簾於後。政無大小，皆與聞之。天下大權，悉歸中宮，黜陟殺生，決於其口，天子拱手而已，中外謂之二聖。」自此開始，高宗形同虛設，朝政盡在武后掌握之中。高達三十年處理朝政的豐富經驗和極強的政治水準，武后此時完全具備了當一個皇帝，特別是在官員人才的任用上，武后也受到了當世甚至後世的誇讚和好評。司馬光評價武則天：「愛養人才，愛護人才，使得天下英雄盡為之用。」只要你有能力，就立馬提拔到對應的官職位子上去。在西元六七五年，也就是上元二年，高宗因風疹加重無法上朝，萌生了遜位於武后的想法。傳言流出後，在朝野甚至民間，幾乎所有人都無法接受。這種在當時看來極度荒謬的事情，這是中國上千年歷史上從未有過之事。遜位之事遭到了一邊倒的反對之聲，高宗迫於壓力，只好暫時打消了這個念頭，武后此時也暫時退縮了，畢竟這件事已經突破了中國封建歷史男權社會的底線。在西元六八三年，也就是弘道元年，高宗李治在洛陽城貞觀殿去世，享年五十六歲，最後葬於乾陵。高宗李治死前留下遺囑：「七日而殯，皇太子即位於柩前。園陵制度，務從節儉。軍國大事有不決者，取天后處分。」

在次年，太子李顯繼位，世謂唐中宗，武后從皇后變成了太后。唐中宗之後破格提升韋皇后之父韋玄貞，這件事讓武太后非常不滿，迅速召集了文武百官，然後下達太后令，廢唐中宗為盧陵王；後立幼子李旦為新皇帝，同時自己也從幕後走到前臺，完全控制了朝政大權。武太后這件事情，嚴重挑戰了根深柢固的皇權制度，最後導致了社會發生了日益高漲的反武情緒，其中揚州便爆發了徐敬業叛亂，同時李唐宗室諸王，比如趙王李貞等人也開始起兵反叛，不過最後都被武太后輕鬆鎮壓和平定。鎮壓動亂的成功給了武太后更多的自信心，隨後開始對全國官吏進行大整治。武太后為此發明了中國歷史上第一個舉報箱，然後在東都洛陽多處設置舉報箱，並通告全國舉報方法，而且為舉報者告密之路廣開綠燈。武太后利用舉報箱制度，罷免和處死了很多反對自己的人，弄得所有官員人人自危，在外面啥話也不敢說了；這種狀況持續了長達幾十年，進一步鞏固了武太后的統治。其實武太后現在的權力已和皇帝無異，但名義上的皇帝，一個女人想得到它，在中國古代男權社會，這簡直是一件不可能做到的事情。在儒家思想中，女人稱帝當政是完全荒唐和不合法的。武太后距離皇帝的寶座只有一步之遙了，但這一步又是如此遙遠，她需要全國輿論支援和接受一個女人稱帝。中國古代，一直深信「君權神授」的概念，武太后需要一次「偶然」的「天降預言」來製造社會輿論。在西元六八八年，武太后暗中派親信之人，尋覓了一塊特異的白色石頭，並在上面刻上「聖母臨人，永昌帝業」八個大字，然後派人假裝是在東都洛陽水中意外發現的，然後向朝廷報告了這個發現。武太后立馬將這塊石頭命名為「寶圖」，朝中眾臣又為武太后尊號為「聖母神皇」。一個月後，又將「寶圖」更名為「天授聖圖」，然後將白石之事通告全國；普天之下，白石上的八個大字世人皆知。之後全國各地又祥兆不斷，其中一直非常渾濁的蒲昌海，突然變得清澈見底。來自天竺的婆羅門解釋說：「中國有聖天子，海水即清無波。」在古代社會，奇特的自然現象，代表天神在對凡人傳達一種徵兆和意思，武太后想利用祥瑞來讓全國人民相信自己是天所致和天選之子。隨後武太后修建了高達百米的用於布政和祭祀的禮制建築「明堂」，武太后稱其為「萬象神宮」，是世界歷史上最大的木質建築，同時也是中國建築的巔峰之作。在明堂的頂部設計了一個巨大的鍍金鐵鳳凰，象徵著將要開創新朝的武氏女皇，然後利用佛教的傳說故事——「吉祥天女用女身統治閻浮提國土」，來為自己登基稱帝制造合法性的輿論，因為故事中的閻浮提就是指中國。後來武太后將自己的名字「武照」改為「武曌」。「曌」這個字本來是不存在的，是為了稱帝而創作出來的祥瑞新字。「曌」字上「明」下「空」，意喻「日月當空，普照天下」。

在西元六九〇年，侍御史傅遊藝聯合近千人上表，請武太后改國號為周，賜皇帝姓武。武太后假裝拒絕，但給傅遊藝升了職；這個暗示隨後讓百官、皇室和各國君王等六萬多人爭先恐後地上表改國號，甚至連皇帝李旦本人也上表，不想姓李了，想隨母姓武。也就說天授元年，武太后只能「萬般無奈」地將唐朝改為周朝，然後如願以償地坐上了皇帝的位子，尊號為神聖皇帝。為區別於歷史上夏商周的周朝而稱為「武周」，開闢了武周王朝，同時定都神都洛陽。神都意為「神州大地之都」。

從十四歲入宮到當上皇后，武曌花了十七年，從皇后到登上皇帝寶座，武曌又花了三十六年，最終在六十七歲在洛陽稱帝，世人尊稱「武則天」。武則天在位執政十五年，在位期間完善了科舉制，創立了殿試制度和武舉制，讓科舉出身的平民，逐漸代替了世襲的貴族和門閥，因此產生了狄仁傑和張東之等一大批傑出的政治家，為開元盛世奠定了重要基礎。在西元七〇五年，也就是神龍元年，武則天病重退位，唐中宗恢復唐朝。同年十一月，武則天在洛陽城上陽宮病逝，享年八十二歲。

（六）

聽完了唐朝的故事，我來講講五代北魏孝文帝拓跋宏的故事，因為他的一生為鮮卑族的漢化做出了不可磨滅的貢獻，同樣作為有一半鮮卑血統的唐太宗，使中國的歷史走向了輝煌。

皇興元年，西元四六七年，八月，戊申日。這一年的北魏皇宮之中，誕生了一個叫拓跋宏的男嬰。拓跋，是北魏的國姓。拓跋宏身分顯赫，他的父親是當朝皇帝，獻文帝拓跋弘。皇子出生，宮闈歡喜，舉國同慶，這原本是天大的喜事兒，但總歸還有一個人不會很開心。誰呢？拓跋宏的生母，李夫人。在北魏王朝殘酷無比的「子貴母死」制度下，新生兒的出生，即代表了誕下孩子的母親的死亡。這個世界上所有的愛都是為了相聚，但母愛，卻生來就是為了離別。大家都知道，拓跋宏是要做太子的。子貴，即皇子被確立為太子，誕下皇子的嬪妃就即遭處死。當然了，這套制度並非北魏獨創，早在西漢年間，漢武帝劉徹立其子劉弗陵為太子時，就處死了太子的母親，鉤戈夫人。

皇帝如此殘忍的做法，目的只有一個，那就是預防太子登基之後，後宮乃至外戚干政。所以在拓跋宏被立為太子之後，誕下他的李夫人立刻被絞殺在了深宮之中。這個年僅三歲就喜提太子之位的孩子，獲得了皇室的榮耀和王朝的繼承權，但卻失去了人世間最摯愛的親人。皇興五年，西元四七一年，拓跋宏受禪登基，父親獻文帝拓跋弘退居二線，當起了太上皇，而他則加冕稱帝，成為了北魏王朝的第七任領導人。拓跋宏成為太子之時，失去了母親，而如今成為一代帝王，他又即將失去自己的父親。拓跋宏登基後僅五年，太上皇拓跋弘毫無徵兆地暴斃於宮中，死因不明。史料認為獻文帝並非正常死亡，懷疑是被太后馮氏害死的。據《魏書》記載：「顯祖暴崩，時言太后為之也。」太上皇拓跋弘駕崩的那天，皇帝拓跋宏年僅十歲。由於他年紀太小，實在是難堪國家大任，於是，皇帝的祖母，太皇太后馮氏站了出來。這已經不是這位太后第一次站出來了，多年前，他曾經幫助年輕的獻文帝拓跋弘剷除奸佞，並且臨朝稱制，穩定朝政和時局。而現在，年幼的皇帝難堪大任，馮太后再次挺身而出，開啟了第二階段的「臨朝稱制」。這位出生於北燕皇族的女人精明睿智，手段硬朗，扛起來原本不屬於她的責任，並且把一生都奉獻給了這個游牧民族王朝。

在整整十三年的時間裡，馮太后用優秀的政治頭腦和強悍的政治手段，撐起了北魏一片天。馮太后臨朝稱制，基本上屬於是包辦工作，她不用皇帝上朝，也無須皇帝參與政事，國家政務系統的大小事宜，皇帝也不操心，拓跋宏這十三年中唯一的任務就是學習。馮太后知道，自己就算再強悍，也總有落幕的一天。自己已經老了，自己輝煌鼎盛的時代已經過去了。在自己離開這個世界之前，她必須把皇帝拓跋宏培養成一個合格的帝國繼承人。現在，他是北魏名義上的王，而未來，她要將拓跋宏培養成一個真正的王。那麼，要如何培養成最強帝王呢？答案很簡單，那就是學習。書山有路勤為徑，學海無涯苦作舟。皇帝埋頭在書房內，大門不出，二門不邁，上午琴棋書畫，中午詩詞歌賦，下午經史子集，勤學苦讀。十三年孜孜不懈地學習，讓拓跋宏擁有了巨大的文化知識底蘊，讓皇帝變成了一個「知識的巨人」。是的，這個世界上最厲害的武器，並非暴力與征服，而是知識和文化。現在，拓跋宏已經用知識將自己全副武裝，他即將締造屬於自己的傳奇。一段傳奇的開始，即代表另一段傳奇的落幕。

太和十四年，西元四九〇年，一生為國鞠躬盡瘁的北魏聞名馮太后走完了自己的人生旅途，悄然崩逝。馮太后是中國歷史上著名的女政治家，她用她精妙的政治智慧輔佐了北魏三朝帝王，為北魏王朝的發展做出了重大的貢獻。馮太后之名，不亞唐朝武曌，而馮太后之功，更不遜色大清的孝莊。她是一個臨朝稱制、總攬大權的女人不假，但她同樣是照亮北魏帝王們的一盞明燈。掌權而又不擅權，用權而不獨權，天下無出馮太后其右。現在，馮太后一朝故去，給孝文帝拓跋宏留下了一個充滿希望的未來。事實證明，皇帝沒有辜負馮太后的期望，皇帝的功績很多，簡直可以用數不勝數來形容。如整頓官僚體制、創立三長制度、設立頒俸祿制、改革稅制、頒行均田等等。帝王功績頗多，但有兩件事，必須要著重地提一下。

第一件，遷都。北魏原本的都城，是在平城，也就是今天的山西大同市，皇帝開創性地將都城搬遷到了洛陽，這實在是一個十分明智的選擇。商王盤庚遷殷，造就了商王朝的輝煌偉業；周平王遷都洛邑，鑄就了周朝的光榮歲月。南宋高宗遷都臨安，硬生生地把即將滅亡的宋朝拉了回來。而此後，還有明成祖朱棣遷都北京，締造一個傳奇的大明。現在，高瞻遠矚的拓跋宏遷都洛陽，更讓北魏政權走上歷史的正中央。皇帝遷的不僅僅是都城，更是北魏未來的希望。遷都是第一件豐功偉績，而漢化則是第二件絕世的功業。皇帝不許鮮卑族人身穿胡服，而是要著漢人服飾。朝廷裡的公卿大臣們上朝，也不能講鮮卑語，而是要說漢話。百姓們原有的姓氏也不能再用，而要統統改成漢族名字。皇帝甚至大力提倡鮮卑貴族和漢族人通婚，用以改變鮮卑族的傳統習性。

北魏是由鮮卑族人建立的政權，而京師洛陽則聚集著大量的鮮卑人。可皇帝為了推廣漢文化，竟然不惜以徹底抹殺本民族的文化為代價，全盤禁止鮮卑族的語言、傳統，以及風俗和文化。因為皇帝十分深刻地明白一個道理：風起雲湧的時代裡，鮮卑族那些墨守成規的制度已經不再適應當下，唯有改變，才能使王朝強盛，使帝國走向輝煌。這實在是一個偉大的帝國，更是中國歷史上最為傑出的一位皇帝。三歲封皇太子，五歲即皇帝位，多年學習，多年蟄伏，二十三歲親政。帝王在位二十八年，可實際執政的時代，只有短短九年。

但九年時間裡，通過遷都和漢化改革，拓跋宏把北魏造就成了一個氣度恢弘的王朝。北魏不再是胡服騎射、蠻橫粗暴的外來之邦，而是一個充滿禮教、充滿文化，有著深厚底蘊的中原政權。北魏可是一個曾經戰勝漢文化的政權，多少由漢人締造的文化被他們擊潰，被他們摧毀，被他們泯滅，但魏孝文帝卻能再次取之而用，用被戰勝者的文化來戰勝自己。試問古今帝王，能有幾人？搞漢化，著漢服，改漢姓，與漢人通婚，皇帝把屬於鮮卑族的狂野浩蕩之氣植入了漢文化之中，從而實現了他的最終目的，即：胡漢融合，華夏一同！這是北魏最絢麗的時代，這也是北魏最輝煌的時代。在完成了這一切之後，皇帝於太和二十三年，即西元四九九年，猝然駕崩，與世長辭，年僅三十三歲。以仰光七廟，俯濟蒼生，困窮早滅，不永乃志。《魏書》：「仰光七廟，俯濟蒼生。」這是魏孝文帝拓跋宏一生的志向，現在，皇帝完成了它。

人常說：「壯志未酬身先死，長使英雄淚滿襟。」但對於拓跋宏來說，他壯志已酬，實在是死得其所，夫復何恨。

（七）

今天由我來大家講講一個從清末到民初一個戲班子幾代人的多舛命運，以此來看看在那個動盪時期百姓生存的疾苦。

話說中秋時節，在北京的故宮裡還沉浸在節日的氣氛之中，大戲樓暢音閣更是夜夜燈火通明，鑼鼓樂聲此起彼伏。慈禧太后帶著宮女、嬪妃還有伺候的太監們此時正熱熱鬧鬧觀賞著有京劇名家李昱的戲班子演出的《戰太平》。

由於慈禧忌諱多，唱戲的要格外小心。慈禧屬「羊」，看戲時最忌諱提到「羊」字，到宮裡給她唱戲的演員，不能唱《變羊記》、《牧羊圈》這一類名字的戲。如果戲詞裡有「羊」字就得改。比如《玉堂春》原詞：「蘇三此去好有一比，好比那羊入虎口有去無還。」為了避開「羊」字，只得改唱：「好比那魚兒落網有去無還。」有個著名的武生在外邊跟人合夥開了個羊肉鋪，便犯忌了，慈禧從此再不賞他銀子，她吩咐下邊：「不許給賞錢，他天天剮我，我還賞他？」在《戰太平》的唱詞裡，其中有一句「大將難免陣頭亡」，祝壽戲若唱出「死」、「亡」等不吉利字眼難免闖禍。去年慈禧祝壽時，李昱靈機一動改唱為「大將臨陣也風光」，慈禧對這齣戲很熟，聽完當場打賞白銀一百兩。

李昱的如意戲班至各地演出，從而積累了豐富的戲劇創作和演出的經驗。他一生曾懷兩個願望，一是早生兒子，二是創辦家班。四十得子的他滿足了前一個願望，而後一個願望仍然沒有影子。到了他四十六歲那年，他應朋友之邀，由北京前往陝西、甘肅遊歷，先後在臨汾、蘭州得到頗具藝術天賦的喬、王二姬。獨具藝韻的二姬的到來，再配以其他諸姬，一個初具規模的李氏家班就組織起來了。對戲曲一直情有獨鍾的李昱，他自任家班的教習和導演，上演自己創作和改編的劇本。他以芥子園為根據地，帶著他的如意戲班四出遊歷、演劇。由於喬、王二姬的出色演出以及李昱這樣的好編劇，如意戲班紅遍了大江南北，也不由得慈禧太后也時常惦念著這個戲班子。

再說此時，慈禧正看得入迷，當晚八時許，皇親載瀾飛馳入宮，說聯軍已攻到東華門了。慈禧聽了心裡一震，然後就有太監扶她出去。戲臺上也不知道發生了什麼事，還繼續演唱著，直到有人大聲叫停，李昱才帶著他的戲班人馬趕快撤離。此刻，慈禧早已被人擁著出宮，她神色慌張，哭鬧著要跳水自殺，而載瀾拉著她的衣服，說道：「不如且避之，徐為後計。」此時眾人在少數軍人的保護下，形成了一支千餘人的隊伍，由景山西街出了地安門西行。

慈禧一行離開西直門時，天上突然飄下細雨，因為沒有雨具，千餘人全被淋濕，其狀蕭索淒苦。到了第二天，慈禧飢寒交迫，有百姓獻上紅薯，慈禧和光緒邊哭邊吃。一直煎熬到了晚上，氣溫很低，有村婦獻上洗完還沒乾透的被子；眾人更是就著豆大的油燈，相依而眠。一路風餐露宿，慈禧一行來到懷來縣，驚魂略定的慈禧，對前來迎接的知縣哭訴禍亂經過：「連日歷行數百里，不得飲食，既冷且餓。昨夜我與皇帝，僅得一板凳相與貼背而坐，仰望達旦。」當時皇上蓬頭垢面，衣著不整，憔悴已極。在懷來縣停了三日後，慈禧一行續向西北逃亡，經宣化、大同，再抵太原，沿途不斷勒索供應。

同時李昱帶著他的戲班子，也慌忙離開了紫禁城，他不知道到底出了什麼事，不過在他這次進京演出的路上，他就看到了許多不尋常的景象。在北京城內外，到處聚集著外鄉人，他們的裝扮也很奇怪，頭上都裹著紅頭巾，有的還穿著紅色的褲子，他們到處肆意搞破壞，看到鐵軌就拆，就連電線杆也不放過。他們甚至還殺人，見到洋人就殺。有時也打殺平民，說那些人跟洋人走得近，是「賣國賊」。現在洋人的軍隊包圍了北京城，也不知道自己能不能逃出去，聽說慈禧已經逃離了北京城，皇宮裡已經沒有了皇上和太后，現在洋人掌控著一切。由於出不了城，如意戲班子的一群藝人只能在郊外的一個驛站附近的旅店寄宿避難。因為離城中心較遠，四周圍沒有什麼軍人和成群結隊的號稱是「義和團」的匪徒。李昱知道這些匪徒的殘暴和洋人的野蠻，不許戲班子裡的女人出去亂跑，只能待在旅店裡練功、吊嗓子。

這天清晨，李昱帶著馬夫和幾個隨從出去購物，只留著幾個女家眷和臺柱子喬、王二人在店。喬、王年均十三四歲，生得出水芙蓉，而且唱功了得，是李昱最得意、最喜歡的兩個女優。外國聯軍破城以後，指揮官特許軍隊公開搶劫，他們在城中為所欲為，想拿就拿，愛殺就殺。洋兵以捕拿義和團為名，三五成群，身挎洋槍，手持利刃，在各街巷挨戶踹門而入，臥室、密室，無處不至，翻箱倒櫃，無處不搜。

上午，幾個洋兵突然從後院闖入，見到女人立馬就強行抱住不肯鬆手。女人們哪裡見過這種架勢？只是驚恐地亂跑，有的被洋兵一把拽住，女人掩面而泣，士兵像瘋了似的撕開女人的衣服強行凌辱。身材小巧玲瓏的喬氏也一把被一個洋兵拖拽到一邊，由於洋兵體型壯大，他就坐在一個石板凳上，抱弄著一個站著還比他矮一截的喬氏，玩弄了一會兒，喬氏就被那個洋兵在原地強暴了。只有機靈的王氏，一開始就藏匿在一個水缸裡，到了洋兵離去後，她也不敢出來。

中午時分李昱匆匆趕回，見到其妻已和幾個女藝人全部服毒自殺，喬氏也投井自殺。李昱見狀，當時就昏厥過去，隨後馬夫在一個水缸裡找出了王氏。

戰後，清政府和八國聯軍簽訂了《辛丑和約》，中國要付戰爭賠款四萬萬五千萬兩白銀；這是對目無上帝的異教徒四萬萬五千萬中國人的懲罰，每人罰銀一兩，這個數字相當於中國當時五年的收入。當只賠款不割地的消息傳到西安時，慈禧鳳顏大悅，她竟這樣說道：「量中華之物力，結與國之歡心。」僅僅是十年以後，到了一九一〇年末，風雨縹緲的清政府終於被推翻了，因而結束了幾千年的所謂封建統治。不過民國政府的成立，沒有給老百姓帶來任何好處，那些本來擁護革命的人開始懷念起以前的時代，由於地方的軍閥割據和連年的戰爭，百姓的賦稅更加重了，到處是流民和饑民。

李昱的戲班子也因戰亂四出奔波，加之身心遭受打擊，他已經體弱多病，戲班子也由本來的一個臺柱子王氏掌管。如今，年歲二十四五的她在舞臺上更是風韻無比；她也曾為李昱生過一個女兒，由於戰亂貧困，很小時就夭折了。現在除了王氏，還有戲班子裡的幾個年輕一點的男女藝人，雖然偶爾也有演出，不過已經很難靠演出維持戲班子裡七八個人的生計了。帝制被推翻以後，產生了軍閥割據的狀態，戲班子的藝人時不時要到各個軍閥的府邸去演戲，軍閥之間的混戰足足持續了二十多年。

到了三〇年代，日本人來了，為了防止共軍的不斷壯大，蔣介石堅持「攘外必先安內」的策略。日本人很快就占領了東北三省，並在那裡建立了滿洲國，由被廢黜的皇帝重新再登基做傀儡皇帝。日本人在東北掠奪資源，並開了許多工廠，並在那裡需要許多的勞工，由於戲班子的收入入不敷出，有人勸他們到那裡去謀生。李昱開始不願意戲班子裡的人去替日本人做事，而且又是女孩子居多；不過聽說滿洲國還是過去的皇帝，以前去宮裡演出，有演出費還有可觀的賞錢，於是他們決定去看看再說。不久，戲班子的人就到了新的帝都長春。

不過，自日本人來了以後，許多商家都跑了，也沒有什麼人再有性子看戲，新的皇宮裡的皇上也不怎麼愛看戲，戲班子很快就走投無路了。不久就有人上門來，說是有一家日本人的紡織廠招女工，每月有固定的收入，戲班子裡的人都是農家的孩子，也不知道工廠到底是什麼樣子，不過戲班子裡幾乎所有的女藝人都報了名。第二天她們被帶到了一個寺廟，這個廟已經做了日軍的慰安所，看到站崗的日軍凶惡的樣子，女藝人猜到了什麼，她們想離開，日本人端著帶有刺刀的長槍，把她們趕了進去，這一進去，她們都成了日軍的「慰安婦」。

她們被命令脫光衣服檢查身體，又分別給她們取了日本名字。那天一大早，日本兵就在門外排起了長隊，她們就被迫接了一個又一個日本士兵，每人分別要接幾十個，一天下來下體疼痛難忍。以後，她們每天的生活就是接客，提供性服務，日本兵每天要排隊買票進入。但她們的伙食很差，而且數量少；就是一桶水都要輪流洗，有幾十個「慰安婦」輪流使用，到了最後已經髒得不行了。由於戲班子裡像王氏還有年紀小的尤氏容顏出眾，到了晚上她們也不得安寧，常常有軍官要求陪夜，就是來了月經，也不准休息。才十七八歲的尤氏既美又嫩，她本是王氏在戰亂中收養的一個孩子，日本兵知道她還年少，不會有性病，就不肯用避孕套，後來她就懷孕了。懷孕後，日子就更苦了，就想到了逃跑，結果被抓回來；本來她是要被破腹處死的，還是王氏求一個將軍救了她。風姿綽綽的王氏一開始就被一個叫藤野的將軍看上了，從此他就獨占了王氏。過了一陣子，王氏回到戲班子原來的住所去看班主李昱，可一個演丑角的管家告訴她，就在她們被關進慰安所沒幾天，李昱就服毒自殺了。隨後他們一起去了墳地，王氏傷心不已；李昱不僅是戲班班主，他們還曾經有過一個夭折的孩子。

兩年以後，日本人占據了大片中國的土地，隨著「太平洋戰爭」的爆發，藤野離開了原來的駐地，他就把王氏送給了一個下級軍官西山。西山是個文官，對王氏的遭遇很同情，就這樣他們生活在了一起。不過局勢好像對日本人愈來愈不利，號稱「戰無不勝」的皇軍也開始節節敗退。尤其到了一九四五年期間，美國在日本丟下了原子彈，蘇聯紅軍也大批進入東北和日本人開戰，日本人紛紛繳械，俄國人終於可以復仇了。四十年前，也就是一九〇五年，俄國人和日本人在中國東北因各自為了擴大自己的勢力範圍而爆發了「日俄戰爭」，在這場戰役中，這個曾戰勝過拿破崙帝國的老牌沙皇軍隊被新興的日本帝國打敗，而當時的清政府則保持「中立」。不久，蘇聯紅軍以解放者的名義全面進駐東北，並搶運滿洲國財產和接受日本北方島嶼，滿洲國也不復存在了。俄國人曾經為了自身的利益，第一個承認了「滿洲國」。此前俄軍已經瓜分波蘭並出兵芬蘭，還併吞了愛沙尼亞、拉托維亞和立陶宛三個波羅的海的小國。為了應對西面的德國，防止東面的日本一起對它形成東西夾攻的局面，俄國人和日本人簽訂了《蘇日互不侵犯條約》和承認「滿洲國」，以此來討好日本，作為回報，日本人也很快承認了由俄國人操縱下的「蒙古國」脫離中國。

當下，日本人撤離了，俄國人來了。俄國的士兵們到處姦淫婦女，百姓們都不敢出門，紛紛逃避。王氏還有原來戲班子裡的女人和其他幾個在慰安所做事的女人一起住到了一個日本人丟棄的地堡裡，她們平時很少出門，出門時就化裝成男人。

有一天，地堡的大門突然被打開了，蘇軍士兵闖了進來，他們手持衝鋒槍，頭頂上戴著蘇式軍帽，帽子上沒有帽簷，和日本軍帽上的一顆金星不同，上面有一顆印有鐮刀和錘子相交叉的紅星。俄國人比日本人高大得多，眼前那些被烈酒燒紅了面孔的士兵，燃燒著欲火的目光在驚恐萬分的女人的臉上掃來掃去，然後他們衝入人群，將藏匿在地堡裡的女人往外拖，女人們驚恐地叫著。當尤氏被一個士兵強行拉出去時，她淚流滿面地對著王氏叫著：「媽媽，媽媽——」王氏也哭著乞求那個士兵，意思是自己願意跟他走，求他放過尤氏。蘇軍聽不懂她的話，但從她的表情和手勢明白了她的意思，不過一切無濟於事。有五六個年輕女子被幾名士兵帶到僻靜處姦污後，就被送到軍營，她們被扣留在那些軍官身邊專供他們淫樂。事發之後，有國軍代表和他們干涉，指責士兵的強暴行為。一個蘇軍長官這樣回答：「士兵們在柏林時也是這樣幹的。」一直到蘇軍撤離東北時，這些被關在軍營的女人才被放出來。

王氏帶著戲班子殘留下來的人四出流浪，如意戲班子如今已經成了一個到處乞討的藝人。如今王氏已經年近半百，尤氏也已是二十七八歲了，也有流浪在外跟著戲班子討口飯吃的，他們一起來到長春，王氏打算再聯合幾個藝人，包括琴師和會唱戲的，重整一個像樣的戲班子，在大城市立足。現在日本人投降了，俄國人也撤了，雖然外面四處凋敝，處處都是流民和乞丐，不過戰爭結束了，她希望一切變得像她年輕時一樣，戲班子可以靠演出生存下去。

天真的美國人調停失敗了，他們本以為隨著「二戰」的結束，在他們的主持下，中國可以建立一個民主的聯合政府。很快國共就又開始打內戰，為了占領東北的大城市長春，共軍實施了「久困長圍」的方針，以此消耗城內的糧食供應拖垮國軍。圍守的共軍嚴禁城內百姓出城，只有帶武器的人才能放出。城裡的幾十萬平民的存糧只能勉強維持一個月左右，國民黨守軍希望平民離城，但饑民遭到共軍封鎖圍困。戲班子裡的人和其他一些平民，他們集中在一座被廢棄的大宅子裡，到了食物吃完了，裡面的人只能吃草和樹葉，喝的是雨水，到了最後就連老鼠也被吃光了。他們的身體變得浮腫，房子裡每天都有人餓死。已是奄奄一息的尤氏躺在一個角落裡，依偎在非常虛弱的王氏的身旁，斷斷續續地說道：

「媽媽，我快不行了，謝謝您的養育之恩，本來以為一切苦難就要過去了，沒想到會變成這個樣子，對不起，媽媽，我恐怕不能再陪伴您了……」

王氏吃力地用手臂摟著尤氏，哭泣道：

「我的女兒，媽媽對不起你，本想讓你跟著我有口飯吃，看來我們都活不成了。他們對老百姓，連一條生路都不給……」

不久，房子裡的人全部餓死。最後，國軍也放下了武器不再抵抗共軍，全城卻活活餓死了幾十萬人。

（八）

一個有關英勇就義的故事：一九四九年剛剛過去，在數十年戰爭後留下的滿目瘡痍的城鎮和鄉村，到處是守城的解放軍，他們穿著褪了色的舊式淡黃色軍裝，所有的政府機構都插上了新製的紅旗。從一九一一年前的清朝黃龍旗，到一九一二年後的民國的青天白日旗，如今到處飄揚著五星紅旗。為了鞏固建立的新政權，穩定社會秩序，當下「鎮壓反革命運動、土地改革運動和抗美援朝戰爭」三者同時進行，彼此協調，鎮壓對象以國民黨殘餘、特工、土匪勢力為主。在一九五〇年到一九五三年間的鎮壓反革命運動，共處決了幾百萬人。中國共產黨因此剷除了反對者，鞏固了新生政權；同時在土地改革運動中，為了得到廣大農民的擁護，實現「耕者有其田」，把從地主那裡繳獲的土地分給了當地農民，還殺死了兩百多萬「地主分子」。後來，再把曾經分給農民的土地，又在「消滅私有制」的口號下，剝奪了農民對土地的所有權。期間，在史達林和金日成的策畫下，為了金日成的紅色政權，在朝鮮戰爭中，中國軍人在戰場上傷亡超過百萬。

此時在中國某地的一個小縣城裡，這裡曾是一個紅軍「長征」時的渡江口，如今早已物是人非，村莊裡沒有電力，百姓晚上靠的是煤油燈，飲用水是井水。村裡的絕大多數都不識字，為了掃盲，政府辦起了掃盲識字班。白天要幹農活，晚上聚在廟堂裡，在煤油燈下，有一個識字的人教大家認字，內容都是繁體字「毛主席萬歲！」、「槍桿子裡面出政權！」、「千萬不要忘記階級鬥爭」等革命口號。以前的私塾教人讀「四書五經」，宣揚的是「孔孟之道」，提倡的是「忠孝仁義」。十九世紀四十年代的「鴉片戰爭」後，隨著國門被西方列強用槍炮打開，知識分子才開始意識到中國文化的弊端，他們不再使用「陰門陣」的方法來對付洋人的炮火，開始大搞「洋務運動」，試圖「以夷之技制夷」。就連歷來師從中國的日本更是提出了「脫亞入歐」的口號。到了「八國聯軍」入侵中國以後，英美的傳教士也開始在中國辦學堂，推行西方文明，在知識界也開始宣揚提倡「科學與民主」的同時，隨著俄國的「十月革命」取得成功後，蘇俄向中國、日本、印度等國輸出革命。雖然日本的國門也是被西方的列強用槍炮打開，但是，他們抵禦住了「共產主義」思潮；中國的一些知識分子卻宣傳起馬列主義，並認為「將來的環球，必是赤旗的世界」。他們企圖以俄國為榜樣，建立一個以「勞苦大眾」為利益的新國體，並在俄國共產黨的幫助下，建立了中國共產黨。在經歷了幾十年的國共內戰，上千萬顆人頭落地後，共產黨終於取得天下。現在宣揚的一律是「馬列主義和毛澤東思想」，歌頌的是「中國共產黨的光榮歷史」。老百姓還能在牆上看到馬克思、列寧和毛澤東的畫像，儘管那些舊畫像看上去有點走樣。從此，知識分子再也沒有了言論和學說的自由，一切要以馬克思的理論為指導思想。事實上毛澤東本人對馬列主義並沒有什麼研究，只是利用其中的「階級鬥爭」哲學搞政治運動而已。當年在紅軍創立「中央蘇維埃地區」時期，他遭到留蘇回來的「蘇俄派」的排擠，指責他是「山溝溝裡的馬列主義」，對於他慣用的游擊戰術也被同僚看成是運用了《三國演義》和《孫子兵法》裡的辦法打仗。不過最後也是因為「蘇區」的最高指揮者一下子和共產國際聯繫的電臺遭到破壞，毛才得以徹底擺脫蘇俄的指揮，因而鞏固了自己的權威。毛更專注於像《資治通鑑》這樣的書，也喜好《紅樓夢》，一生寫有不少詩詞。按照馬克思主義的理論，人類社會的發展必然從奴隸社會、封建社會、資本主義社會、社會主義社會直至共產主義社會。也就是推翻封建社會的一定是資產階級，推翻資本主義社會的一定是無產階級即工人階級。執政的共產黨又不好否認孫中山推翻帝制的歷史功績，同時又要反對蔣介石和國民黨，就索性把孫領導的革命定義為資產階級領導的「舊民主主義革命」，而把共產黨自己的革命定義為無產階級及其政黨領導的「新民主主義革命」。當然，孫先生當年主要依靠的並非資產階級，而是華僑和幫會；毛澤東依靠的也不是無產階級，主要依靠的是農民。現在一切按照蘇聯模式建設國家，稱其為「老大哥」，國家最主要的公派留學生也是去蘇聯留學。

不過在掃盲學校教書的人朱某以前是國民黨軍隊的一個舊軍官，小時候也讀過私塾，後來投身於國民軍，國民黨敗退臺灣後，他就隱姓埋名，先是在鎮裡的一家中藥店裡當炊事員，後來就做起了掃盲老師。他和老婆還有兩個孩子生活在一起，比起以前的軍官生涯，現在的生活條件差多了。

八月的一天，村裡的農民忙了一天農活的村民收工以後，便集中在夜校的廟堂裡看公演歌劇《王蘭英》，女主人被認為是中國的卓婭（被宣傳成蘇聯女英雄，據說其實她是個精神病患者，因犯「縱火罪」被處決）。和歌劇不同，真實的故事內容大致是這樣的：一九四六年秋天，國民軍占領了山西省的文水縣。當地中共黨員幹部被迫向呂梁山後方根據地轉移，王蘭英因為年齡小易於隱蔽，被留下來做地下工作。一九四六年的冬天，中共的一個區長帶領民兵將雲周西村村長殺害，王蘭英也有參與。雲周西村當地的農會祕書曾因包庇地主段二寡婦，受到過王蘭英的批評，後被撤銷職務、開除黨籍，所以懷恨在心，在共產黨的部隊撤離後，自衛隊隊長來調查謀殺案時，就把本村的地下黨員的名字說了出來。

到了第二年，國民軍的人把全村的人集中於村南的觀音廟前，這裡曾經是中國工農紅軍的一個指揮所。紅軍曾在這裡宣傳，標語寫道：「你想有飯吃嗎？你想種地不交租嗎？你想睡地主的小老婆嗎？趕快參加紅軍。」後來，牆上的標語改成了：「打倒蔣介石，解放全中國！」到了共產黨取得政權後，牆上的標語也改成了：「毛主席萬歲！中國共產黨萬歲！」從村民中，國民軍很快抓出了王蘭英。一個軍官看她年紀小便對她說：

「只要你以後不再為共產黨辦事了，今天就可以活下來。」

「那可辦不到。」王蘭英回答道。

接著，國民軍當著王蘭英和村民的面，用鍘刀連鍘了六名共產黨人。有人勸王蘭英說：

「共產黨人殺了國民黨人，他們要抵命。當年你的姑姑秋瑾為建立民國打到滿清政府而犧牲，她才是英雄，女中豪傑；而你現在在幫助共產黨殺害國民政府的人，那是犯罪，怎麼對得起你姑姑秋瑾的英靈啊？」

「我姑姑秋瑾是女中豪傑沒有錯，可我們共產黨人的理想是解放全人類，建立共產主義，是最先進的社會制度，為了共產主義事業而犧牲，那才是最光榮的。」王蘭英堅定地回答道。

最後，被五花大綁的王蘭英坦然走上滿是血跡的鍘刀架上，躺在了鍘刀刀座上。劊子手用力一鍘，王蘭英的頭顱離開了她的身體，頓時，血柱噴湧，她的頭顱從鍘刀座上落下，在地上又滾了幾下，和前幾個被砍下的其中的一個頭顱滾到了一起；她的眼睛還睜開著，她彷彿看見了自己的身首異處，也看到了同黨的頭顱。圍觀的人吃驚地看著她的血淋淋的頭顱覆蓋著亂髮，隨後頭顱上的眼睛慢慢地閉上了。最後，所有被鍘下的頭顱一起被懸掛在城門上示眾，而她家的窗戶是可以看見那個城牆的，她的母親得知消息後，幾乎昏死過去。

如今，當年的國民軍的舊軍官早已隱姓埋名起來。這天朱某帶著老婆和兩個孩子也在人群中一起觀看臺上演出的歌劇《王蘭英》，他當年是國民軍裡的一個營長，參與過審判王蘭英。突然，天上颳起了一陣陰風。就在此時，臺上正演到士兵鍘王蘭英的情景時，這個舊軍官不由得低聲道：

「哼，演得一點都不像。」

當戲演完了，大家就散場回家了。此刻，天上也打了幾個悶雷，下起了雨。朱某還悄悄地告訴他的妻子，當年王蘭英被殺的經過，他老婆聽了嚇了一大跳，戲裡演的可是革命黨人屠殺共產黨人，他是為了掩護革命群眾而光榮犧牲的，毛主席還為她的犧牲題詞：「生得偉大，死得光榮。」怎麼就變成了殺人抵命了呢？他的老婆叫他不許瞎說，現在到處都在揭發和鎮壓反革命，被抓的人是要被槍斃的。現在，到處有王蘭英就義的宣傳海報，她和她的事蹟早已是中國的老百姓家喻戶曉；在她的家鄉，還有她的塑像，除了毛主席的，就剩王蘭英了。當然，在中國的另一個城市浙江紹興，就有她姑姑秋瑾的塑像，她被國父孫中山譽為「鑑湖女俠」。

說到秋瑾，中國的絕大多數老百姓還不知道有這麼一個人物，那時文盲的人太多，只有知識分子才知道她。她二十歲那年嫁給了一個當地的一個開當鋪、錢莊和茶號王姓的兒子王廷鈞，時年她的丈夫才十六歲。秋瑾並不瞭解王，她並不願嫁給這個比自己小四歲從未謀面的小男孩。她從小在一個私塾讀的是《三字經》、《百家姓》、《神童詩》這類女孩子的書，但她偏偏愛讀的卻是詩詞、明清小說和筆記、傳奇，在很小的時候就寫下了這樣的詩句：「今古爭傳女狀頭，紅顏誰說不封侯？」「莫重男兒薄女兒，始信英雄亦有雌。」她從小不僅仰慕英雄豪傑，而且還立志要做「巾幗英雄」那樣的人。雖然她不想嫁給王氏，不過當時男女婚配全憑「父母之命，媒妁之言」，秋瑾只得從命。那天婚宴過後，到了晚上她被一個侍女領到了新婚房裡等著，心中充滿了不安和疑惑。等到那個喝得有點醉醺醺的小男人來到她的床前，她被她的男人揭開了紅頭蓋，她這才看見了一個稚氣未脫的男人在燭光中晃來晃去，而這個男人就是自己的丈夫。

這王廷鈞雖然讀過書，但畢竟是公子哥兒的本性，也沒什麼志向。自從「戊戌變法」失敗後，隨著外國列強加劇對中國的侵略和掠奪，為了改變現狀，朝廷廢除了沿襲了千年的「科舉制度」也辦起了「新學」，企圖「師夷長技以制夷」。可讀書人幾乎一下子沒有了出路，不少人便花大量的銀子捐官，也有去日本留學的，回來也可以做官。二十一歲的王廷鈞花了上萬兩銀子，也捐了一個京官。這樣，秋瑾和丈夫還有他們的兩個孩子，全家搬到了帝都北京城。中日「甲午戰爭」的慘敗和一九〇五年發生在中國東北的「日俄戰爭」，使她深感民族的屈辱，加之對婚姻的強烈不滿，在她二十九歲那年，她不顧家人的反對，毅然決定自費東渡日本留學，她變賣首飾籌集資金終於東渡日本。當時的日本東京，是中國革命黨黨人活動的重鎮，在革命黨人的影響下，秋瑾加入了由孫中山在日本創立的同盟會（中國國民黨前身）。回國後，積極和革命黨人籌備起義活動。由於同黨徐氏刺殺安徽巡撫，事後，幾名士兵將徐氏反綁著押起來。他見了一個巡撫的隨從問道：

「大帥安否？」

隨從將腳一跺，說道：

「畜生，大帥待你何等恩厚，現在被你搶殺，還敢問安否？」

徐笑道：

「問大帥安否正是私誼也。」接著說：「槍殺巡撫，此乃正義也。」

第二天，徐氏被押解行刑，先是被活活破腹挖心取肝，用於炒菜，隨後又將其頭顱砍下，並碎屍萬段。隨著起義遂告失敗，有被捕者供詞牽連秋瑾，但她拒絕離開自己的家鄉，認為「革命要流血才會成功」。當年在「戊戌變法」失敗後，維新派面對保皇派的追捕，同樣慷慨陳詞道：「各國變法無不從流血而成，今日中國未聞有因變法而流血者，此國之所以不昌也。」秋瑾被捕後在供詞中這樣寫道：「秋風秋雨愁煞人」一詩句。其夫聞訊後從京城趕到紹興，哭泣懇請衙門讓其妻免於死罪，雖然秋瑾早已棄家外出好幾年了。官府答應只要她交代出同黨，並不再革命，興許可保一命，要她丈夫去獄中勸說。秋瑾的丈夫王氏知道自己無法規勸其妻，便遣他的新婚妻子俞氏前去勸說。這俞氏本是秋瑾嫁給她丈夫時帶過來的侍從丫頭，本來在家裡幫助打雜，後來秋瑾離家去日本後，王氏就把俞氏扶為正室。

當秋瑾在牢房裡一眼看到俞氏時，她的眼神裡充滿了詫異和厭恨，看她滿身綢緞的衣著，她立刻就明白了怎麼回事。秋瑾冷冷地看著她，心想，自己為了革命蹲監獄，不久就會被處死，她倒好，背著主子和自己的男人好上了，還敢出現在自己的面前。

「太太，看到你成了這個樣子，我真的好難受！」俞氏哭道。

「難受？他不是待你很好嗎？」秋瑾說道。

「太太，你就招了吧，兩個孩子天天吵著要媽媽。」俞氏說道。

這個連死都不怕的女人，此刻卻淚如泉湧，想到自己可能馬上就會被處決，想到兩個孩子哭鬧的情景，秋瑾忽然間跪在了俞氏的面前。俞氏哪裡經得住這樣的場面，抱著以前的主子痛哭起來。

「招了吧，主子，讓我再伺候你。」俞氏又道。

「我們今生有緣主僕一場，兩個孩子今後就全拜託你了。他，我也拜託你了。」秋瑾說道。

時間到了，獄警催俞氏離開，俞氏只得最後看了秋瑾一眼，就傷心欲絕地離開了牢房。在七月的一個凌晨，秋瑾被押送至在古軒亭口，由兩個劊子手一左一右隨她前行。最後，官府一聲令下，秋瑾被他們從身後踢跪在地，一個劊子手高高舉起手中的屠刀，向著跪地的被五花大綁著的秋瑾的頭上砍去，頓時血流滿地，秋女士就這樣就義了，享年三十一歲；而她的死亡間接促成帝制被完全推翻，並建立了亞洲第一個民主共和國，即一九一二年成立的中華民國。

朱某當年是民國的一個營級軍官，和許多的舊軍官一樣，早已隱姓埋名地轉移到了地方，並娶妻生子，過上了普通人的生活。雖然他心裡明白，如果他的身分暴露，就會被處決，所以就連他的老婆也不知道他過去的經歷。不過在看那場歌劇《王蘭英》時，使他勾起了那件往事。在他的印象中還真有一個這樣的女共產黨員被處決，不過記憶中她是一個謀殺案的從犯，本來可以不殺的，可她倔得很，後來就被斬了首——可是沒想到她竟是秋瑾的外甥女。不過，就在朱某看戲時不小心的一句話，引起了別人的懷疑，全國正處在「鎮壓反革命」的風潮中，上級指示要「按人口千分之一的比例，先殺此數的一半，看情形再做決定」。

終於有人在調查朱某了，先是他的妻子在外面聽到了一些風聲，她頓時魂飛膽喪，她根本沒有想到過自己的男人曾是國民黨的一個軍官，按現在的說法就是潛伏下來的反革命，被檢舉出來是要被槍斃的。她準備好了農藥，如果真是那樣的話，就全家一起自殺算了。當她的男人從夜校教掃盲班回來時，他老婆就驚恐地問道：

「有人說你是國民黨潛伏下來的反革命，到底是怎麼回事？」

「你聽誰瞎說的？」他的心裡一顫，妻子怎麼會突然冒出這樣的話。

「現在有人在調查你，我是聽村支書的老婆說的，她不是掃盲學校的負責人嗎？」他妻子問道。

「真的來了，老子也不想活了，這是什麼世道？」他也來了脾氣，他畢竟是個舊軍官。

「孩子他爹，這麼說這一切都是真的？」她的語氣幾乎絕望，「萬一你出了事，孩子怎麼辦？我該怎麼辦？不如大家一塊死了算了，我……」

「不要胡說，就算我出事了，你們也不會有事的。」他安慰她道。

他們天天提心吊膽地過著，生怕會出事。村裡已經被處決了不少人了，有的是當年和秋瑾一樣的追隨孫中山的革命黨人，有的則是跟著蔣介石「北伐」的國民黨軍人。朱某當年也參加過「北伐」和「抗日」，當然後來也和共產黨的部隊打過「內戰」；他以為一切都過去了，從前的一切也隨著時間的過去而過去了，沒想到現在新政府開始算舊帳了。他自己也不明白自己到底做錯了什麼，難道自己革命錯了？現在自己又要被革命，自己是參與過處死王蘭英，可那是為了維護民國政府，難道她姑姑秋瑾如果還活著，也要被革命？被無產階級革命？為了不連累家人，他決定去自首，他和老婆商議起來。

「不能去自首，你手上有共產黨人的血，被抓後就會被立即處決，而我們也成了『反革命家屬』，我和孩子一輩子都抬不起頭來做人。」他老婆說道。

「有什麼抬不起頭的？我從前也是投身革命，追隨的是國父孫中山，難道他們也要革國父的命？」朱某說道。

「話是這麼說，可現在是毛主席當家，不是蔣介石當家，有本事你把我們帶到臺灣去。當初你什麼都瞞著我，我的命好苦啊。」他老婆說道。

果然，幾天後，有兩個穿著舊軍裝的公安人員把朱某從掃盲學校帶走了，學校裡的人也紛紛議論開了，原來他是國民黨潛伏下來的臺灣特務。不久，朱某被押送到雲周西村當年王蘭英的就義地點，在那裡舉行了文水縣各界兩萬多人參加了公審、鎮壓大會。由於王蘭英的英雄形象早已深入人心，與會的群眾無不群情激昂，隨後朱某就被就地槍決了。朱某的妻子曾一度想過自殺，可又捨不得兩個年紀尚幼的孩子，於是她帶著兩個孩子，去異鄉投奔一個親戚去了……

（九）

今天，我要講講民國時期的大師和他們的悲慘結局。一九二七年六月，北方的天氣已經開始有些炎熱起來，在北京的皇家公園頤和園的昆明湖畔，卻還是有些涼意。這天上午，湖面上靜靜的，天色有些陰沉。此時在十八孔橋下，有幾個人聚集在那裡圍觀，在橋底下漂浮著一具屍體，屍體面部朝下，卡在了一個離岸不遠的橋孔下。那人全身是黑衣服，身體瘦小，長長的頭髮散亂地飄在水面，讓人分不清是男人還是女人。有人猜測是男的，因為他著的是男裝，而且面料也不錯；有人猜她是女人，頭髮很長，像是散開的辮子。最後，有人報了警，不一會兒，來了幾個人把那人的屍體打撈了上來。

到了第二天，所有的報紙都登了一條特大新聞：國學大師王國維昨日在頤和園投昆明湖自盡。消息一出，舉國震驚。他生前不肯剪掉辮子，那辮子是舊朝代清代的象徵。早在一九一二年建立民國之初，國人就紛紛剪掉了留在頭上二百六十多年的辮子。當年滿人入關，就定下了「留頭不留髮，留髮不留頭」的「剃髮令」。雖然是剃髮，卻要在後腦勺流一條長辮，並強迫漢人變化髮型為滿人髮型，並穿滿人的服飾。清廷把剃髮作為歸順的標誌之一，王國維這位國學大師可能是當時國人中最後一位留著這種髮型的漢人。他生前在清華大學講課時，由於他留著長長的辮子，加之他身材的矮小，又戴著一副厚厚的眼鏡，那樣子看起來著實有點滑稽。

王國維早年遊學於日本。日本實行明治維新後，實行了「脫亞入歐」的國策。他對西方的政體和思想有了一定的瞭解，不過他總覺得「民主、科學、平等、自由」等概念都是「洋玩藝」，一回到中國，他就把那些他本來也看成現代人類文明進步的東西全部棄之腦後。他覺得憋屈，那些「洋玩藝」在中國根本行不通，西方之所以能夠實行共和社會是因為有它的工商文明為基礎，他覺得孫中山創立的共和體制充其量只是一個沒有靈魂的軀殼。在中國這樣的農村社會，絕大多數人都不識字，而且經濟落後，思想保守。就連皇上上廁也習慣蹲著，有馬桶也不用，擦屁股時也不用洋人造的手紙，而是殺一頭鵝，用鵝頸部擦；更不用說普通百姓，有廁所也不會去用，習慣到處大小便。日本人就文明多了，他們可以搞「君主立憲制」，因為在日本早已實現了國民小學義務制教育，建立憲政之前做了不少準備工作。在中國孔孟之道教化了二千多年的社會裡，立憲不成搞共和就是脫離實際的空想，而且對社會有極大的破壞作用。中國人就應該繼續行使「三綱五常」和「三從四德」等禮教。他著有《人間詞》、《紅樓夢評論》、《宋元戲曲史》、《殷周制度論》等。有趣的是在大學他教授「英美比較文學」，卻經常給學生灌輸傳統的倫理道德和社會風俗。比如講到婚姻制度，洋人實行一夫一妻制，他提倡一夫多妻制，理由是一個茶壺配四個茶杯。他喜歡裹小腳女人，覺得那是女人最性感的部位，把玩一下女人的小腳，使他獲得最大的滿足。他覺得中國的百姓見了當官的就得下跪，大官見了皇上更要跪，這是起碼的「禮儀」。當然「杖責」也是如此，對於不聽話的下屬，就得在大庭廣眾下用棍子打屁股，這樣才會悔過、長記性。講到中醫，他會說西醫治標不治本，中醫應用陰陽五行的原理對人體做系統調理。比如對治療像「瘟疫」這樣的感染性疾病，中醫的療效就明顯好過西醫。所以，當激進的知識分子紛紛抨擊中國傳統文化中的「保守」、「專制」和「迷信」時，他覺得那是輕浮的、不屑一顧的。一九一二年二月十二日袁世凱逼迫清廷退位，小皇帝溥儀遜位以後，新政府承諾清帝尊號不變。比起前朝南宋的末代皇帝投海自盡和明末皇帝在樹上上吊自盡，清末的皇帝算是「善終」了。民國政府待以外國君主之禮，並支付清帝歲用四百萬兩，清帝仍居紫禁城，侍衛人等照常留用，王公世爵仍其舊。當時的京城既有在紫禁城內的清朝小皇帝，又有在中南海的中華民國大總統。在這個小朝廷裡依然稱孤道寡，封官賜謚，一派地位氣派，那些忠於前朝的人，進宮仍行跪拜大禮，宮內依然保有內務府、宗人府和慎刑司等機構，故臣贈謚，不改衣冠，觸犯王法著慎刑司處之，紫禁城成為「國中之國」。

隨著帝制的被推翻，直接導致了國家的解體，西藏與外蒙相繼脫離。在和袁世凱為首的北京的北洋政府交戰失利後，孫中山把失敗的原因歸咎為黨內的組織與機制問題，於是他在日本再次改組政黨，把原來的同盟會、國民黨改組為中華革命黨，並要求全體黨員按手印向他效忠。孫以蘇俄為師，以列寧的建黨原則為原則，把對領袖的絕對服從作為建黨準則，企圖效仿蘇俄，使革命取得成功。這樣，革命黨內部的人心更加渙散。孫中山開始了他的所謂革命轉型。而此時的中華大地，剛剛經歷了從帝制到共和，然後到了一九一五年，袁世凱又恢復了帝制，不過復辟鬧劇僅維持了一百零二天。到了袁世凱死後，到處是軍閥割據和混戰，加之連年的災荒，全國到處是流民、饑民，徘徊在荒蕪的田野和破敗的城鎮之中，從知識分子到普通大眾，人們開始懷念起從前的年代，他們從擁護革命到開始痛恨革命。一九一五年國學大師梁啟超在《大中華》發刊詞中慨歎道：「我國民積年所希望、所夢想，今殆已一空而無復餘。……二十年來朝野上下所昌言之新學、新政，其結果乃至為全社會所厭倦、所疾惡。……言練兵耶，而盜賊日益滋，秩序日益擾；言理財耶，而帑藏日益空，破產日益迫；言教育耶，而馴至全國不復識字；言實業耶，而馴至全國人不復得食。其他百端，則皆若是。」

同年在中國掀起的新文化運動代表北大教授陳獨秀在〈舊思想與國體問題〉指出：「如今要鞏固共和，非先將國民腦子裡所有反對共和的舊思想，一一洗刷乾淨不可。因為民主共和的國家組織、社會制度、倫理觀念和君主專制的國家組織、社會制度、倫理觀念全然相反，一個是重在平等精神，一個重在尊卑階級，萬萬不能調和的。若是一面要行共和政治，一面要保存君主時代的舊思想，那是萬萬不成。而且此種『腳踏兩隻船』的辦法，必須非驢非馬，既不共和，又不專制，國家無組織，社會無制度，一塌糊塗而後已。」他推崇資產階級民主：法蘭西的平等人權、英國的憲政、美國的民主自由，尤其他獨鍾法蘭西近代文明，在〈法蘭西與近代文明〉一文中指出：「此近世三大文明皆法蘭西人所賜。世界而無法蘭西，今日之黑暗不識仍居何等。」他創辦了《新青年》雜誌，高舉「民主」和「科學」的旗幟，他認定「民主」和「科學」可以救治中國政治上、道德上、學術上、思想上一切的黑暗。為此，一切政府的壓迫、社會的攻擊笑罵，就是斷頭流血，都不推辭。向幾千年陳腐朽敗的一切封建舊思想、舊道德禮教迷信及一切舊傳統猛攻，並向「孔孟之道」宣戰。為了改造國民性，有利於對民眾的思想傳播，他極力主張取消文言文，代之通俗易懂的白話文。

發生在一九一四年至一九一八年的第一次世界大戰，給世界人民帶來了極其深重的災難，那是同盟國和協約國為重新瓜分世界而進行的非正義戰爭。在戰爭中，人類創造的無數財富被毀滅，傷亡總人數超過二千八百多萬。由於經歷了這樣一場戰爭，梁啟超在《歐遊心影錄》中指出，在西方世界中，許多人感到「西方文明已經破產了」。「全社會人心都陷入懷疑、沉悶、畏懼之中，好像失去了羅針的海船遇著遇著霧，不知前途怎生是好。」李大釗指出：「此次戰爭，使歐洲文明之權威大生疑念。歐人自己亦對於其文明之真價，不得不加以反省。」這樣，中國人是否還應當繼續走西方人的道路就成問題了。俄國的「十月革命」正好發生在中國學習西方、走資本主義道路的嘗試遭到嚴重挫折，中國的先進知識分子陷於極度的彷徨和苦悶時。帝制過時了，共和的道路又走不通，就在這個時候，十月革命爆發了，它使中國人看到了民族解放的新希望。北大教授李大釗指出，十月革命所開始的，「是世界革命的新紀元，是人類覺醒的新紀元。我們在這黑暗的中國，死寂的北京，也彷彿分得那曙光的一線，好比在沉沉深夜中得一個小小的明星，照見新人生的路」。

由於近百年來中國人飽受帝國主義列強摧殘和凌辱，忽然聽到俄國人要「顛覆世界的資本主義」、「顛覆世界的帝國主義」，使中國人感到無比興奮。一九一九年七月，蘇維埃俄國政府公開發表對華宣言，宣佈廢除「沙皇政府從中國攫取的滿洲和其他地區」，「廢棄俄國人在中國的一切特權」。得知宣言內容之後，中國人感到無比歡欣，並認為這是新俄國憲法的「要剷除資本主義侵略的精神」。十月革命中俄國工人、農民和士兵群眾的廣泛發動並由此贏得歷史性勝利的事實，也給中國的知識分子以新的革命方式的啟示。

一九一九年的「巴黎和會」上，傳來和會拒絕中國作為戰勝國的要求，背著中國把德國在山東的權益轉給日本，作為前沿知識分子的陳獨秀像是被一把利劍深深地刺痛了，他指責國內外資產階級爭權奪利不顧正義公理，他在文章中進一步指出：「我們相信世界上的軍國主義和金利主義，已經造了無窮罪惡，現在是應該拋棄了。」他看到帝國主義金融資本憑藉炮艦征服殖民地，落後國人民陷入水深火熱之中，他最後拋棄信仰資產階級共和，選擇了社會主義的新道路。《新青年》開創以來宣傳西方資產階級文化，現在開始轉向宣傳馬克思主義了，並在一九二〇年五月成立了馬克思主義研究會，並進一步宣傳共產主義知識分子與工人運動相結合；到了八月，他在上海成立第一個共產黨組織。一九二一年七月二十三日，在共產國際的幫助下，在上海召開了中國共產黨第一次全國代表大會，出席代表大會的各地代表十三人，代表著全國五十多名黨員。並制定了黨章和黨綱，規定本黨的綱領是「以無產階級革命軍隊推翻資產階級，由勞動階級重建國家，直至消滅階級差別；採用無產階級專政，以達到階級鬥爭的目的——消滅階級；廢除資本私有制，沒收一切生產資料，如機器、土地、廠房、半成品等，歸社會所有；聯合第三國際」。後來這次會議被稱作為開創了「人類歷史上的新紀元」。

在一次又一次的失敗和奮起抗爭的過程中，一九二四年，在俄國十月革命和中國共產黨的影響下，孫中山認識到真正的革命力量在廣大群眾之中，他接受了共產國際的建議，毅然改組國民黨，實行「聯俄、容共、扶助工農」的所謂「新三民主義」，「舊三民主義」是指「民族、民權、民生」。並大量吸收共產黨人為國民黨，並一起組織北伐，企圖重新統一被軍閥割據的中國大陸。同年，軍閥馮玉祥在北京發動政變，推翻了北洋政府，囚禁了總統曹錕。同時，馮玉祥還廢除帝號，清室被迫遷出紫禁城。

一九二七年，共產黨發動群眾在「蘇區」農村開始進行「土地革命」，他們提出了「打土豪、分土地」的口號，廣大農民在「工作組」的帶領下，對地主、鄉紳進行了所有財富的掠奪，並把地主的土地分給沒有土地的貧民，還組織地痞等無業遊民等對「地主分子」進行鎮壓。許多工作組成員是有文化的知識分子，他們同樣出生在「地主階級」家庭裡，不過在階級鬥爭的理念下，他們也參與了鎮壓。無數的地主、鄉紳被遊街示眾、槍決。王國維看到整個「土地革命」的過程，像是幾十年前的「義和團」暴民行動，從爭取共和開始的世紀，將轉變成共產革命的世紀，中國的文化傳承沒有毀於異族，將毀於自身。他再一次緬懷紫禁城裡的過去，他想與失去的一切同歸於盡，再也不願看到將來所要發生在中華土地上的空前的世紀災難，於是，這位國學大師像兩千前的愛國詩人屈原一樣，在絕望中投湖自盡。

共產黨的武裝力量在全國到處是災難和內戰的混亂的土地上，通過用土地革命和游擊戰的方法慢慢地壯大起來。此時蔣介石為首的國民黨中央政府開始忙於清理地方的各種勢力，等他感到共產黨帶來的威脅再回過頭來清理時，共產黨已經在好幾處建立了根據地，並通過打游擊的方法保存了自己的武裝力量，加之分到土地的農民的支持，使根據地不斷壯大。最後蔣介石政府不得不調動全國的精兵悍將來圍打根據地。由於對地方軍閥並沒有實際的控制權，所以軍事行動處處受挫，原因是地方軍閥防蔣的國民政府軍勝於防共，對共產黨的逃離部隊時常網開一面，不過蔣介石的部隊最終還是幾乎把共產黨領導的紅軍剿滅乾淨。就在緊要關頭，日本人打進來了，全國輿論一邊倒，蔣介石迫於壓力，不得不聯共抗日，所謂的「第二次國共合作」。「第一次國共合作」當然就是孫中山聯俄、聯共的「北伐」。歷史就是這樣，當年孫中山為了壯大自己的力量，開始了以俄國為師，並在蘇俄的幫助下，開始了獨裁式的建黨，昔日的盟友紛紛離開了他，畢竟當初是為了推翻帝制建立共和的共同理想而走到一起的。如今蔣介石也以這種方式行事，把熱愛民主的知識分子推向了號稱民主的共產黨，只有少數精英知識分子心存疑慮。當然，王國維已經離世，可活著的國學大師紛紛逃亡日本等國。可還有沒來得及出走的，像大師陳寅恪，早年留學日本，遊學歐洲，他著有《隋唐制度淵源略論稿》、《唐代政治史述論稿》、《元白詩箋證稿》、《金明館叢稿初編》等；基於他的學術地位，英國劍橋大學聘請他為終身教授；可是時值中日戰爭爆發，他只能滯留在戰火紛飛的中國大陸。有知識分子清醒地認識到，中國文化也許有這種那種的弊端，可用蘇俄的共產思想在治理和清洗傳統文化，這對於一個民主無疑是一場災難。可惜，那些充滿激情的文藝革命家，他們對未來充滿了自信與狂妄。這種革命的後果令陳寅恪不寒而慄，他想離開這個地方，但為時已晚，他只能忍受著，默默地注視著變化的一切。不過現在一切處在抗日救亡的時期，由於蔣介石政府堅持「攘外必先安內」政策，國土在一天天地被吞噬。陳寅恪的父親在日本人逼近京津地區時，為了不做亡國奴，他卻絕食自殺了。不過國內的形勢有了明顯的變化，國民黨政府開始和殘留的共產黨部隊合作，一起抗擊日本兵，這也是史達林的指示——為了讓中國軍人在後方拖住日本人，以解除他的後顧之憂。同時，汪精衛成立了親日派政府。這樣，在檯面上就有兩個看起來勢不兩立的政府，而共產黨的部隊只是國民黨部隊裡的一小部分。經歷了八年的所謂持久戰，抗戰最後在有利的國際形勢的推動下取得了勝利，留下的卻是不可避免的國共內戰。共產黨是非打不可，他的部隊已經從瀕臨滅絕的幾萬人馬發展成了一百多萬正規軍；國民黨還沉侵在勝利的喜悅之中，就處在一種不得不打的境地了。共產黨的口號當然還是要反對蔣介石的獨裁統治，他宣傳的是民主與平等，從建立共和就提出的口號，現在也成了內戰的口號；結果當然就是共產黨最後在廣大群眾的擁護下，作為共產黨部隊的大後方，最後奪取了政權。

新建立的政權是不穩固的，在這片土地上又開始了轟轟烈烈的土地革命。在這場運功中首先在農村劃分階級成分，即地主、富農、中農和貧農。地主和所謂的富農是鬥爭的對象，那些有土地財富的和有些土地和有雇工的統統劃為「剝削階級」。當然，中農和貧農被視為「被剝削階級」。在黨的領導下，後者對前者進行掠奪並重新分配他們的財富。當年紅軍在蘇區時就進行過土地革命，「打土豪，分田地」，那些當年分到土地的，現在不少也變成為了富農，屬於剝削階級，成了被專政的對象。陳寅恪有兩個在農村的舅舅，他們以前分別繼承了前輩的土地與家產；不過，大舅是個勤奮的莊稼人，經營有方，成了當地的一個鄉紳，每當有天災人禍，他就開倉救濟窮人；二舅是個好吃懶做的人，還是個賭徒，是鄉裡有名的一個無賴，人見人躲。如今，革命的隊伍來了，二舅居然仗著共產黨的勢力，到處鬥地主和富農，並以革命的名義處決了自己的兄長。要說共產黨的許多高級領導人，也是出身在「地主階級」家庭，當他們站到了革命的隊伍裡，他們便自稱「背叛了自己出身的階級」。土地革命把原來維繫農村的一切禮俗、鄉規、社會秩序和倫理道德統統摧毀，一切有黨政機關說了算，農民只要一心跟黨走，好像就有了所謂的幸福生活。當然事實並非如此，後來又搞了農村集體化，到了鬧饑荒的時候，地方政府不許老百姓出去逃荒，自然成千上萬的人就被活活地餓死了，有的地方還出現了交換孩子的屍體用來充饑。

對黨尤其是對毛的歌功頌德成了媒體的主旋律，對於政府所犯下的錯誤卻不能有任何的懷疑和指責，不然就是反黨、反社會主義的反革命分子，是專政和改造的對象。毛要求知識分子改造思想和脫胎換骨，文藝要為無產階級政治服務，無論是哲學、歷史還是文藝，必須以馬克思列寧主義、毛澤東思想為指導方針。離開了這個前提，就是資產階級的東西，會遭受徹底的批判。毛曾經非常喜愛國學大師梁啟超的文章，尤其是他的政論文章。在那個時代，要推行政治改革，首先要啟開民智，讓人們有思想，有自己的獨立人格，現在毛卻要知識分子閉嘴和用馬克思主義改造思想。陳寅恪提出學術自由，他拒絕用馬克思主義來指導一切學術；他先是遭到了左派上層的批判，不久就被關押起來。知識界噤若寒蟬，只有歌頌光明的所謂文藝作品才可以上演。出獄後被下放農村進行進一步的思想改造。全國上下到處以階級鬥爭為綱，每當村裡需要開一個批鬥會，村裡就把形成的「右派分子」拉出去陪鬥。在極端的痛苦中，他開始不再研究學術，開始了寫他的長篇小說《柳如是別傳》；大師描述了一個風塵女子的不屈性格來鞭撻那些自覺願意被改造的文人。就是這樣的非人生活，到了毛和左派發動的「文化革命」時期，他被抄家，被強制帶到大學等機關進行批鬥，可憐那些以前在所謂的「反右」時期對大師進行過整肅的文藝家左派領導人，在「文化革命」當中，也一個個先後遭到了批鬥和關押。

一九六六年「文化革命」在全國聲勢浩大的瘋狂展開，以大中學生「紅衛兵」為主力進行破除「舊思想、舊文化、舊風俗、舊習慣」的「破四舊」社會運動；與其伴隨的是樹立「新思想、新文化、新風俗、新習慣」的「立四新」運動。他們在革命與破舊立新的口號下，對傳統文化進行了大規模的洗劫，把所有的寺廟與神像統統推倒，包括孔子倫理學說和孔廟，以無產階級先進文化的名義澈底摧毀舊世界。無數的人被打成「反革命」，被批鬥、遊街示眾、坐牢，其中就包括前國家主席、元帥等大批高級領導人，而他們之前是共產黨組織中各種清除異己的政治運動的直接參與者。這場波及全國全民族的聲勢浩大的文化運動所帶來的破壞與殘害，再一次在這個大地上展示了清朝末年「義和團」的精神特徵。陳寅恪整天以淚洗面，他想到了王國維投湖的場景，他不知道自己到底為什麼還活著；他的眼睛幾乎哭瞎了，他的生命也快到了盡頭；他流著淚，沉思著這個民族的苦難與不幸。這個世紀終於以共和開始，將以共產結束。孫中山的墓早被稱作了「皇陵」，掌握最高權力的毛澤東像皇上一樣被人們高呼「萬歲」。在陳寅恪彌留之際，他夢見自己到了紫禁城，看到了坐在不遠的慈禧太后，她著裝怪異，伸出長長的指甲，只是對著自己一陣陣地狂笑，從她身邊走過的有孫中山、蔣介石、毛澤東，還有梁啟超、陳獨秀、王國維等人……

（十）

下面我來講講關於中國人在清朝男人留辮子的故事，來結束我們今天的最後一個故事。話說清兵入關第二年，攝政王多爾袞突然向全國下了一道剃髮令詔書，即令所有男人，不管老少一律剃髮。說是剃髮，卻要留著頭頂中心後邊金錢大小的這麼一片小區域，那個部分的頭髮結辮下垂，形如鼠尾，俗稱「金錢鼠尾」。

早年，皇太極努爾哈赤率領幾萬八旗兵遊動作戰，以搶掠為主，來無影去無蹤，不能有效地占領一片地方。因占領地以漢人為主，清兵一到，當地的老百姓便四處逃跑，使占領地淪為荒蕪之地。為了控制占領地的人口外逃，努爾哈赤想到了剃髮的辦法，對占領地所有長髮飄飄的漢族男子實行「留髮不留頭」的政策。最後在清兵的淫威下，那些被剃髮並留著「金錢鼠尾」的漢人，再也無法逃跑，即便是跑出去，外地的漢人也不會接納，況且自己也覺得無臉見人，最後不得不在屈辱中留在了清兵的占領地，剃髮留辮後的漢人則表示對清兵的歸降。

多爾袞帶著兒皇帝福臨定都北京後，他曾猶豫要不要在全國實施「剃髮令」，這時有個叫孫之獬的漢人，他曾是明朝翰林，即為朝廷撰寫文書的一個文官，後因投靠閹黨被崇禎皇帝革職為民，起義軍李自成攻占北京之日，崇禎皇帝殺死妻女之後，在煤山上吊自盡。朝臣帶著年幼的皇兒離開北京，向南方逃離，並成立了南明政權。不久清兵來了，孫之獬就立馬歸降了新主子；為了討主子的歡喜，他特意換上滿族官吏的服飾，並自己主動剃了髮，留了一條「金錢鼠尾」的辮子。上朝時，朝臣分滿漢兩班，滿人把他推到漢人那邊，漢人見他滿人打扮又把他推出去，最後他不得不站在兩班朝臣中間。小皇帝福臨和左右大臣見狀哄堂大笑，孫之獬弄巧成拙狼狽不堪。不過這事沒完，在他惱羞成怒之際，他向皇帝遞上了他連夜趕寫的奏摺：

「陛下平定中原，萬事鼎新，而衣冠束髮之制獨存漢舊，此乃陛下從中國，非中國之從陛下。」

攝政王覺得有理，遂下令全國剃髮，十日之內全部剃髮，留髮者一律不留頭。

剃髮令一到，百姓無奈接受了異族帶來的屈辱，雖然極不情願，也不得不紛紛剃髮，並按照滿人的風格，在自己的後腦勺留著一條「鼠尾巴」。

儘管明朝末年天下大亂，天災、瘟疫和兵荒，雖然人口損失近半，不過在這遼闊的土地上，還是有一億左右人口的漢人，而清軍主力不足十四萬人，加之叛軍吳三桂的部隊，總數差不多二十萬人。就是這二十萬人馬，他們打垮了李自成、張獻忠等的各路豪強，擊潰了手握重兵南明將領的抵抗，一舉蕩平天下，創造了統一天下卻用兵最少的歷史紀錄。

在征服漢人的過程中，清兵基本上把溫順的漢人當牛馬羊群，他們對百姓和牲口任意屠殺掠奪，把男人當奴隸使喚，把女人當性奴。經過了明朝二百七十年的統治，老百姓已經被統治者馴化成不知道反抗的奴才了。在山東，就有幾個八旗士兵任意闖進了一個大家族，見了身上帶有弓箭和匕首的「胡人」，一家男女老少上百口人便集體趴下，任由八旗士兵挑出年輕漂亮的女子進行姦淫，任由他們掠奪家裡的財產，那些趴在地上的女子的父親、丈夫和兄弟甚至連頭也不敢抬起。

被蒙古人統治前的宋朝，宋徽宗、宋欽宗父子和幾乎所有的皇親國戚和官僚隨從近十萬人，在金國的士兵也就是建立後金的清兵的同族祖先的押送下，被全部擄到北方被當作奴役飽受摧殘和欺凌，僥倖逃脫的趙構竄逃至南方建立了南宋政權；不過好景不長，最後又落入了蒙古人的鐵蹄之下。

從北宋抗金的岳飛到描繪南宋繁華的辛棄疾再到目睹被蒙古人滅亡的文天祥，他們都以詩詞的形式給漢人的後代留下了從亢奮到迷醉再到悲壯的不朽篇章。

早年皇太極率領兩萬多兵馬，在山東一帶捕獲了近五十多萬的漢人，命令他們每人牽著一頭牛向東北遷徙，如果牽牛的人把牛丟了，就把人砍死。一路上，滿人喝酒淫樂，無所顧忌。沿路雖然有幾十萬的明朝大軍，他們裝備精良，卻對八旗兵的所作所為視而不見，任由他們肆意妄為。

滿人占領北京後，在南方的一些零星小規模抵抗中，其中嘉定的民眾為了抗拒「剃髮令」，僅在兩個月之內，就遭屠城三次，也有不屈服的人最後自盡而亡。屠城的將士和被屠殺的百姓都是漢人自己，是剃髮歸降的漢人屠殺反抗剃髮歸降的漢人。

最後，孫之獬全家上下男女老幼上百口人，被憤怒的民眾一併殺死，家族中的女人被強暴後折磨致死，男人則被亂刀剁成碎塊，慘狀觸目驚心。

民國初創，臨時政府便頒佈了「剪辮令」，這條在中國人頭上掛了二百七十年之久的辮子，雖然現在人們所見的辮子模樣已非清初時期的「金錢鼠尾」狀，而是慢慢變成了一條又粗又長的真正的辮子。大總統袁世凱率先令人把自己頭上的辮子剪了，看著自己被剪下的那段頭髮，再在鏡子前照了照自己，一身的軍裝和頭上的短髮，覺得自己體面了不少，像個真正的漢族軍人了。他明白，清初為了剃髮留辮，可謂血流成河。「剪辮令」如下：

滿虜竊國，易吾冠裳，凡我同胞，允宜除舊染之污，作新國之民，凡未去辮者，於令到之日，限二十日，一律剪除淨盡，有不尊者，以違法論！

「剪辮令」推行後，除了政府官員、軍人和學生紛紛響應，大多數百姓卻無動於衷，甚至覺得那些剪去辮子的人都是「大逆不道」。在嘉興的一個鎮裡，人們組織了「保辮會」，聲稱留不留辮子是自己的自由，況且身體髮膚受之於父母，不可隨意毀損。隨後，「保辮會」帶領上千民眾舉行暴動，對抗官府強推的「剪辮令」。嘉興離嘉定不足百里，清初在嘉定人們為了抗拒「剃髮令」，曾三次遭屠，被殺的反抗者血流成河。如今，這裡的百姓成了頭上的這條辮子的誓死捍衛者。

「保辮會」成員撕毀鄉鎮裡所有剪辮子的告示，鼓動人們捉拿那些強行推行剪辮子的官員。有個叫高之鶴民團首領，經常帶人出行，路上見到還留著辮子的行人，便立刻攔下當場剪辮後放行。最後，「保辮會」的人率眾衝入高之鶴家中，隨後亂打亂砸，高之鶴被打成重傷，其住宅被毀。在其他縣市，也為了保辮紛紛和官府發生衝突，尤其是前朝的舊官僚、舊軍人，一輩子都留著辮子，要讓他們剪去頭上的辮子，他們死也不從。

據說在南方有一個姓蔣的老爺子，他的孫子在學校裡被剪了辮子，小孩子頭上的那條辮子，常常汗水凝結，又癢又臭。在學校裡，男生每天早上要打辮子，由學校雇的剃頭匠打理。小孩子一則沒有耐心長時間地枯坐，二則打辮子時先要梳頭，髮辮易亂，梳起來很痛，所以有的孩子見到剃頭匠就跑，被管事的看見就要遭罰。所以小學生最高興頭上的辮子被剪掉了。小孩子的父親在日本留學，早在民國建立前他就剪掉了象徵著被異族奴役的辮子，並脫去了長衫，改穿了西式的服裝。小孩子還趁家中的老人睡覺的時候，偷偷地把老爺子的辮子給剪了。老爺子醒後，又氣又急，在家哭了一整天；他是舊朝的一個秀才，平時裝束就是留著一條長辮，頭上戴著西瓜帽，身穿長衫和馬褂，現在模樣突然變了，覺得沒臉再見人了，結果就在家上吊自殺了。

再說辛亥革命爆發時，清朝的皇族把所有的希望都寄託在手握重兵的袁世凱身上，希望他去鎮壓革命軍。袁世凱基本上按兵不動，和革命軍談判成功後，來到朝廷，跪在裕隆太后和年僅六歲的小皇帝溥儀面前，淚流滿面地傾訴著革命軍的強大和法國大革命的血腥，最後被嚇破膽的這對孤兒寡母同意退位。這樣，袁世凱順利當上了民國政府的第一任大總統，並有「中國的華盛頓」之美譽。

剪了辮子當了大總統的袁世凱，三年後就把民國又變成了帝國，成立了所謂的「中華帝國」，他覺得，中國需要皇帝的權威，這才是正統。不過他的皇帝夢很快就被革命的浪潮衝垮了。

「剪辮令」實施五年後，舊軍閥張勳率領五千留著辮子的軍人，號稱「辮子軍」，搞了一場擁戴皇帝復辟的鬧劇。

許多普通的百姓不願剪去頭上的辮子，就連留過洋的有學問的知識分子也有頑固不化的。「剪辮令」實施二十年後，國學大師辜鴻銘照樣留著辮子進教室講課，學生見了，便哄堂大笑，他卻沉著臉告誡學生：「我頭上的辮子是有形的，而你們心裡的那條辮子是無形的。」

學生聽罷，鴉雀無聲。

第 5 天

（一）

聽了許多有關歷史人物的故事，既有好奇心的滿足，也有對人生的感悟，現在，還是讓我們回到現實，講講今天的中國故事。

從前每年秋天時節處死犯人叫「秋斬」，也許是秋季充滿著肅殺的氣氛吧。犯人被押到街市口，看熱鬧的總是人頭簇擁，等到堂上的人一聲令下，劊子手便大刀一揮，犯人的頭立刻落地。雖然是看熱鬧，卻也是一種警示的方法。不過到了現在，處決犯人的事一般放在「五一」前夕，每當人們計畫著怎樣度過假期的時候，便有一批犯人要被處決。

「五一」是國際勞動節，是一百多年前為了實行「八小時工作制」，芝加哥工人舉行大罷工換來的工人的節日，即所謂「勞動節」。在以前的勞動節，充滿了政治意義，它代表著全世界無產階級的勝利，同時意味著資本主義的沒落與死亡，所以勞動節很隆重，官方講話，文藝匯演，甚至遊行和焰火慶賀。如今誰也不會去想那檔事，一年到頭工作，緊張忙碌，趁著春天的假日，盡情地休閒放鬆一下。每當這個時節，市監獄裡的氣氛有些詭異，安排好的處決名單和時間，此時正在做最後的審核。先對那些死囚驗血，隨後把他們調離到不同的單間。單間位於監獄的最裡邊，有專人看守。這樣，從裡到外，便又多了一層監控。

上午，郭金燕被要求離開集體關押的地方，單獨住進了一間平時並不開放的單人囚室。這種「優待」表明了這幾天她就要被處決了。單間平時少用，所以比較整潔，而且寬敞，除了一扇鐵門上的小窗戶，沒有其他的窗戶。當法庭對她宣判了死刑後，她也沒有上訴。事到如今，她已經不再像以前那樣感到有種求生的欲望，一切只能面對現實。她希望自己在被行刑的時候不會太痛苦，一下子就這麼過去了，像平時睡著了一樣。她也希望自己的父母能夠扛得住，就當沒有生過這個女兒。她不時地回想起自己童年的時光，小時候和她姐姐一起玩耍的情景，還有那些小同伴。如今那些同伴都已經成年了並走向了社會，結婚早的女孩子，還有了自己的孩子，可自己卻就要被處決了。想到這裡，她還是傷心起來。她想要是自己沒有長得這麼好看，也許就不會有現在這樣的結果了。從前她一直以自己的容貌而感到驕傲，從小學起，就被學校裡的男生獻殷勤；父母的同事見了她，都會禁不住地誇她漂亮。學校裡的文藝隊把她招去，經常參加歌舞表演。為了使她成才，她的父母幾乎把所有的錢都花在了她的身上，請專業老師教舞蹈、練唱歌。到了她高中畢業時她如願以償地進入了一所音樂學院，雖然考上了，心裡卻明白沒有背景很難出人頭地。有些天賦平平的選手，卻因為有了靠山，就有機會在比賽中得名次，甚至還能混個文藝兵，做個軍官。為了搏出位，她自己開始找門路，結果是一次又一次地被欺騙，一次又一次地做人工流產，弄到後來身體損害過度而喪失了生育的功能。就在那次再次受到欺騙後，絕望之餘，終於釀成了一起殺人的事件。

囚房的鐵門終於被打開了，麻木中的她心裡還是有些慌亂。進來了兩個看守，解開了她的手銬，又給了她一件新衣服，說是她母親帶來的，現在就要去和她的家人做死前的告別。她很快梳理了一下自己，換上了那件新衣服，便跟著看守，來到了指定的會客窗口前。看到面容憔悴的她，窗口外的父母和姐姐便哭得死去活來。她的父母各自拉著一隻女兒從窗口下的縫隙中伸出的兩隻嬌嫩的手，她的母親哭著喊道：「寶貝心肝呀，就讓媽媽替你去死吧……」他們緊緊地拉住寶貝女兒的手，一刻也沒有鬆開，好像這樣就能讓女兒不會離開自己了。因為他們的情緒失控，會面的時間被提前結束了。

到了第二天中午前，有看守送來了一盤飯菜，裡面有魚蝦，還有雞腿和紅燒肉，加之一些蔬菜。她明白，這就是「斷頭飯」。她終於大聲地哭了起來，說自己什麼也不想吃。看守告訴她，一定要儘量多吃一點，否則到時候肚子餓，要趕路又要上車下車，會沒有體力支撐的。於是，她停頓了一會兒，橫橫心，吃了起來。吃了沒幾口，實在吃不下了，又給她喝了幾口燒酒，這樣，她的恐懼心理減少了一些。隨後，她被帶到了更衣的地方，在這裡她可以更衣、化妝，並且和女獄友、獄警做道別之類的事。最後，她剛卸下手銬的雙手要用繩子反綁起來，再由獄警押送出去。此時，在囚室外的空地上，站滿了獄警和武警。到了一輛軍用大卡車前，便有兩名武警把她扶上卡車。然後她站到了卡車上，又有兩名武警一左一右地用一隻手押在她的背後，並使她面朝卡車的側面。同時被押上車的還有幾個男犯，最後卡車上兩側各有武警押著將被行刑的犯人。

押送郭金燕站在靠車頭的是一位年僅二十歲的武警戰士馮剛，他才剛入伍兩個月，第一次經歷這樣的場面。面對這樣的任務，與其說令他感到好奇不如說是心慌；可當他第一眼發現她是一個和自己的年齡相近，又十分漂亮的女人時，他的內心亂了起來。他想自己押送這個女人去刑場，如果不是去那兒，要是挽著這樣的一個女人去逛街，那該是有多幸福啊。他立刻收起了自己的神情，他不能讓周圍的人看出他的心事。不過，他想，也許其他的戰士也會像他這麼去想，只是他有機會押送她而已。此時他覺得她不僅美，面對即將行刑的她甚至顯得有點從容；她能這樣「慷慨赴死」，如果是在戰爭年代，定能成為女中豪傑，可惜命運捉弄了她。聽說她被人誘姦，後來殺了人，所以被判了死刑。

車隊先駛向一個體育場，在那裡先進行公審。到了體育場內，馮剛和另一個戰士把郭金燕扶下了車，雖然車下有梯子，由於她的雙手被捆綁在後，下車時她還是難以控制住身體的重心。當馮剛扶著她時，他注意到郭金燕看了他一眼，好像彼此做了一個短暫的眼神交流。他繼續押送著郭金燕，直到會場的中心。那些將要被處決的犯人排成一排，每個死囚的後面都有兩名武警押著，其餘的武警在後面排成列隊，擺出了莊嚴的氣勢。此時廣播裡大聲宣讀著犯人的罪狀，馮剛漫不經心地聽著，又不禁聯想起自己，和郭金燕一樣，當初自己為了追夢，也經歷過同樣的人生挫折。在他入伍前他曾離開農村老家去都市打工謀生，那年離開家鄉時，對著偏僻落後的家鄉，他暗暗發誓自己一定要混出個人樣。穿過了鄉間的小路，很快汽車把他送上了高速公路。「終於自己可以去掙錢了。」他看著窗外，對未來滿懷憧憬。當他第一眼看見繁華的大都市時，他的內心充滿了喜悅，並幻想著有一天自己也能像都市裡的人一樣，住在高樓大廈，開上小汽車，還要找個漂亮的都市女人做媳婦。

不久，他就來到了一個建築工地做工人。工地就在大馬路旁，四周漂亮高樓林立，只有這幢樓才剛剛建了幾層。樓面上豎著無數條赤裸裸的鋼筋，他的工作便是在鋼筋上纏鐵絲。他先是跟著一個師傅幹了起來，沒過一會兒，太陽就高高地升起了，他只得忍著幹，可天氣愈來愈火熱，身上早已揮汗如雨，而且被曝曬得發痛，雙眼也冒起了金星，又沒有任何可以遮蔽的地方。他想避開一會，找口水喝，別人身邊有自己帶的水壺，他是第一天，不知道情況，也不好意思去喝別人的水。監工站在離他不遠的地方並不時地注視著他，於是，他一分鐘、一分鐘地堅持著。直到午飯的時候，他立刻癱軟地坐在水泥地上，休息了片刻，就吃著菜湯和饅頭。飯後，又繼續拚命地從下午幹到晚上，晚飯吃的還是一樣的伙食。他本以為終於可以好好地休息了，可飯後又通知他晚上必須加班。夜晚的工地周圍，到處是高樓上閃耀的霓虹燈，只有工地上被照明燈照得通亮，還有轟鳴的攪拌機聲響。抬頭向天空望去，只是一片漆黑。在他自己的家鄉，到了晚上，稻田上一輪明月，小溪邊蛙聲不斷，有一種令人感到快意的幽靜。到了半夜收工以後，他拖著沉重的身子回到了宿舍，仰頭便倒下。因為是鐵皮棚屋，雖然已是夜深，屋裡卻還是悶熱得連氣也喘不上來。他也懶得去外面漱洗，屋裡有人抽煙，弄得裡面全是煙味還混合著汗臭味。熄燈後不久，就有人打起了響呼嚕。到了半夜，還有磨牙的、說夢話的，這環境簡直還沒有他家鄉的豬圈過得舒暢。

馮剛硬撐了幾天，接著就生了一場大病。他想著要逃離這個城市，可又擔心辜負了家人對他的期望。他上吐下瀉好幾日，不得不住進了醫院的急診室，住院幾天就花完了他身上所有的錢，那是他家裡全部的積蓄，也是本來打算給他母親治病的錢。離開了醫院，他一時又找不到落腳點，他不得不暫時又回到了家鄉。一無所獲地回到家裡，不僅花掉了家裡幾乎所有給他的積蓄，還打破了家人對他的期望，他看到了父親臉上的無奈，母親的心疼，他感到萬念俱灰。正當他感到走投無路的時候，幸好，徵兵的來了，他立刻報了名，最終他如願以償。不久，他再次告別了家鄉，這次和上次相比，他的父母少了一份擔憂，多了一份欣慰。他來到了這座城市以後就立刻成了一名武警戰士，雖然站崗的時候有點累，可心裡充滿了自豪還有軍人的威嚴。

再回過來說，公審大會結束後，押著犯人的車隊離開了體育場，不久便駛入了一片荒地後就又停了下來。下了車，馮剛還是站在郭金燕的左後方。此刻，他想著再過幾分鐘，眼前的她就會死去，像殺一隻羊那樣，流著鮮血，身體抽搐地掙扎幾下，然後就什麼動靜也沒有了。羊肉很快會成為餐桌上的佳餚，可惜她就會被燒成灰。人會有靈魂嗎？如果此時自己能夠把她救下，把她帶到一個沒有人煙的地方，像古代的人那樣，生活在世外桃源裡，過著男耕女織的生活，那該有多好啊。

此刻，郭金燕已站在了行刑的位置上，她的面容有些蒼白，卻依然美麗。不知為什麼，郭金燕不由得回頭看了馮剛一眼，雖然此時馮剛戴著一副墨鏡，可那天天氣晴朗，所以透過鏡片郭金燕還是可以看到馮剛的眼睛。馮剛感覺麻木地站著一動不動，他甚至隱隱感到好像子彈會向他飛去，如果她真的是自己的戀人，能夠替她去死也在所不惜。執行的命令下達了，在郭金燕身後的馮剛和另一名戰士，在他們押著她的背後的同時，一左一右地貓下了身子，看起來動作有點怪異。幾秒鐘後，隨著一聲槍響，她就應聲倒地了。馮剛站了起來，不由得看了一下眼前倒在地上的她，這場景簡直令他昏厥。她的身體趴在地上，上半個腦袋不見了，被子彈打爆的，在她的屍體旁到處是飛濺出來的腦漿，慘不忍睹。她的身體還在微微抽動，剩下的半個頭還在流血。一條年輕的鮮活的生命就這樣消失了，在他的眼皮底下，這麼令人無奈，令人氣絕……

（二）

今天我也來講一個發生在農村的一個年輕女性受害者的離奇故事，事情還得從一樁有關死人的婚姻開始。沒錯，死人的婚姻，即俗稱的陰婚。

有個叫張茂的人答應死者家屬搞到一具女屍，收了別人的一筆定金後，他要在幾天之內交貨。他在一家醫院看好了「貨」，那女子還在重症病房搶救，她的繼母孫氏貪財，答應她女兒一旦斷氣，就把她的屍體賣給張茂。可那女病人雖然神志不清，她的繼母也天天去醫院等她的死訊，醫院先後發了三次病危通知，可她就是拖著不死。又過了幾天，該女子終因心臟衰竭而不治身亡。張茂得知了消息，興奮地開著他的機動三輪車趕去醫院拉屍體。誰知孫氏突然改變主意不賣了，這下急壞了張茂。他和孫氏好說歹說，說是女屍將婚配給姓辜的一家死去的兒子，人家還是個獨子，因一起車禍不幸喪生，如果她女兒嫁了過去，葬禮、婚禮一起辦，風風光光也對得起她的女兒。可孫氏聽了卻不為所動，說區區五千元就想買她的女兒，自己辛辛苦苦把她養這麼大，還沒收到什麼彩禮，光醫藥費就花去了好幾萬，幸虧遇上了殯葬公司的人，人家答應支付給她兩萬元，於是她就立刻答應了，除非張茂出更高的價錢。可張茂他自己只收了媒婆一萬元，他也不願出更多的錢。那孫氏本以為自己的繼女一死，還得花費一筆喪葬費，沒想到繼女死後，還可以用她的屍體賺一筆錢。這不，先是張茂出價五千，這回又有人出價兩萬，都是為陰婚配新娘。那殯葬公司除了找屍體給人配陰婚，平時他們在各家醫院打聽到了消息，趁病人還未死之前，就和病人家屬談好了病人的身後事，由他們做一切代理，什麼壽衣、運屍、屍體保存、骨灰盒、花圈、追悼會乃至火化等一系列服務一應俱全；雖然價格不菲，只因死者家屬大都沉浸在極度的悲傷之中，也無心討價還價。這樣，殯葬公司的生意做得紅火，殯儀館火化的屍源和喪葬中的銷售服務就由殯葬公司忙頭忙尾地解決了。

張茂天天急著取到屍體，沒想到這筆到手的買賣意外丟了，而媒婆那邊催得又急。其實媒婆也是拿了辜家的一筆錢，又不願多付錢給張茂，那辜家兒子的屍體，再不下葬就要腐爛了。張茂雖然著急，可一時半會找不到合適的屍體，又不想放棄這到手的生意，於是，他只能趁著黑夜，到郊外的墓地盜屍去了。他準備好了作案的工具，在一個風高月黑之夜，開著他的機動三輪車來到了一片墓地。雖然他以前幹過販屍的買賣，膽子也不小，可盜墓挖屍畢竟還是頭一回。為了避免機動車的聲響而引起別人的注意，他只能把車停放在離墓地遠遠的，一個人提著裝著工具的麻袋，鬼鬼祟祟地向墳場走去。他邊走邊心裡嘀咕著：「那具被我挖到的女屍，今天要交好運了，你可千萬不要弄點什麼鬼花招把我嚇死，我是替你配親來的，總比你一個人孤零零地躺在地下要好吧，就連我這個大活人也還沒有娶親的福分呢！……」他邊打著手電筒邊在墓地走著，突然就在墓地中看到了一個墓碑，上面有張女人的照片，他一陣興奮，沒想到這麼容易就找到了。再看年份，她才三十多歲，而且下葬不久，屍體應該基本完好。於是，他就動手挖了起來。差不多挖了一米多深，就看到了一個棺材。當他下去準備打開棺蓋時，突然四周發出了響聲，他一看不妙想拔腿就跑，可沒跑幾步就被幾個大喊大叫的村民截住。原來就在他偷偷摸摸刨地時，正值一個路過的村民被眼前的影子嚇壞了，只見遠處有微光閃亮，又有人影晃動，像是一個孤魂野鬼夜出活動，於是就急忙跑回村裡喊人來看個究竟。當趕來的村民穿過墓地發現他居然是個盜墓的，就用手中的鐵鍬、木棍等把他圍住毒打了一頓。別人不知道他想盜屍，只以為是生活落魄的小偷想撬棺拿些值錢的東西。張茂被打得半死不活，並向村民保證不敢再犯，別人才饒他一命。

買屍不成，偷屍也不成，先是被人耍，後來又被人打得頭破血流，張茂真有點氣急敗壞了。不料媒婆又來催貨了，並告知他：

「只給最後三天，再弄不到女屍人家的屍體就下葬了，日子也選好了就在清明節那天，當然這定金一分不少地全部給退還。」

「放心、放心，不出三日，一定交貨，等著吧，有具既年輕又新鮮的，而且還沒什麼病。」他保證道。

「也是死於車禍的？這下終於配上對了，這回可說準了，不要像上次那樣又搞黃了。」媒婆說道。

「這事黃不了，要不是近來背運，到手的錢財像是煮熟的鴨子飛跑了，幸虧又有了新的來源。」他說道。

「又有哪家醫院被你打通了門路？也不早點透點風聲，害得我老婆子天天為這事揪著心呢。常言道，收人錢財替人消災，是不是？」媒婆唸叨。

「醫院的貨現在不好弄，有人在搶呢，我是另外託人辦的。是個年輕女孩，貨很新鮮。」他回道。

「現在的醫院不比從前了，除了看病難、藥價貴，送了紅包陪笑臉不算，還有出售胎盤的，更有手術時被偷摘內臟的。至於販屍的、倒賣嬰兒的也不是什麼新鮮事。」媒婆侃侃說道。

張茂打算立刻動手，第二天就交貨。可他明白，殺人的事非同小可，查出來是要被送去槍斃的。再說了，就為了這區區幾千元，也不值去這樣做。他想，白刀子進紅刀子出，場面也夠血腥的；不過如果去殺一個婊子，也就無所謂了，反正她們也是整天有家不歸，盡做一些騙取男人錢財的勾當，殺了一個，也算是為民除害。不過想來想去，總覺不妥，可到手的買賣也不能就這樣吹了，於是他決定先出去看看再說，說不定運氣好在路上就能撿到一具女屍，最好是遇到一個跳樓自殺的，或是一起交通肇事逃逸的，被撞死的又是一個女的。他胡思亂想了一通，最終還是騎著那輛機動三輪車，去了一家夜總會。進去剛坐下，就有一個小姐走上來向他搭訕。

「大哥一個人過來，小妹鳳霞陪你喝一杯吧。」說著就在他旁邊坐了下來。

「好吧。」他看了這個女人一眼，覺得她有幾分姿色，心想，「來了個送死的。」

「要點些什麼呢，大哥？」她問道。

「你看著辦吧。」他敷衍道。

「真爽，那我就幫你點了。」她拿起價目單說著。

接著他們就閒聊了起來，不過張茂還是有點見色起意，他有點等不及了，便直截了當地對那女的說道：

「今晚我想帶你出去，咱們找個地方好好玩玩怎麼樣？」

「真的？整天在這裡坐臺悶死了。」鳳霞想著撈他點錢。

鳳霞答應後，就去跟老闆請了假，隨後就跟著張茂，上了那輛機動三輪車。可她並不清楚張茂會帶著她去哪裡。開了沒多久，他們就來到了一個僻靜的地方。此時鳳霞感到有點不對勁，就問他要去哪裡。於是，他停下了車。下車後他就惡狠狠地對鳳霞說道：

「把身上所有的錢都交出來。」

「好的，好的，全給你，但你不要傷害我。」她驚慌地說著，意識到自己遇到了歹徒，便交出了身上的錢包。

他拿過錢包，匆匆地看了一眼，又對鳳霞說道：

「躺下。」

鳳霞愣愣地看了他一眼。

「快躺下聽見沒有？」他凶狠地說道。

鳳霞一下沒了主意，儘管她平時天天跟不同的男人打交道，卻從來沒有遇到過這樣的脅迫，此時，她只得聽從，心想：「這種爛男人，沒本事掙錢，只會欺負一個弱女子。」

等到完事以後，鳳霞又問道：

「現在你可以放我走了吧？」

「跟我回去，今晚和我過，明天你才可以回去。」張茂繼續逼迫她。

「你錢也拿了，愛也做了，你還想要怎麼樣？」鳳霞憤怒起來，準備強行離開。

張茂也急了，又一把將她按倒在地。鳳霞極力反抗，張茂用手一下子就掐住了她的脖子，隨她怎樣掙扎，張茂還是用力地掐住她的脖子不放。過了片刻，鳳霞就一動不動了。隨後，張茂把她放在機動車上，直接就開了回去。回到家後，他便把她身上的衣服全部脫去，再用一張被單把屍體裹好，然後又把屍體放回機動車上，就直接去找媒婆交貨了。媒婆看了看屍體，看起來確實比較新鮮，也不管她的來歷，連夜就跟著張茂去了辜家。

辜家對著屍體看了一眼，覺得女屍白淨亮麗，就滿意地接受了。

「這女屍的來源不會是犯法的吧？」辜家的人有點擔心地問道。

話音剛落，媒婆就從懷裡取出兩份證明書，一份是死者的醫學死亡證明，另一份是死者家屬的委託書。這下，辜家的人放心了。雖然兒子不幸身亡，但死後還能辦上陰婚，也算是個安慰。交了屍體，媒婆收了錢，便和張茂興沖沖地離開了。

辜家立馬把女屍移入那口裝有他家兒子的雙人棺材中，看著那具樣貌不俗的女屍，再看看自家兒子的屍體，好像一對熟睡的新人，不免觸景生悲——要是自家的兒子那天沒有出車禍，娶來的新娘也一定會是那麼漂亮。辜家夫婦禁不住又大哭一場，依依不捨地封上棺蓋後，還要忙著張羅婚事和喪事。

到了清明節那天上午，請來的一對青年男女，他們穿著新人的服裝，替死者拜了天地與父母，辜家夫婦泣不成聲。婚禮之後，辜家請來的花車隊先行出殯，緊跟其後的便是嗩吶隊、腰鼓隊、高蹺隊，沿途還有高高搭起的拱門，上面同時寫有「沉痛悼念」和「百年相好」的字樣，一路上鑼鼓喧天、鞭炮齊嗚。最後到了墓地，幾個替人哭喪的人早已等候在那裡，個個身穿喪服。一到棺材下葬時，哭喪的人便立刻撲倒在地，頓時哭天喊地起來，氣氛也一下子到了高潮，在場出殯的人也無不為之感染悲切。

兩個月後，公安人員幾經努力，終於破獲了這起人命案。根據張茂的交代，公安人員帶著張茂，聯繫到了辜家，去辜家兒子的墓地開棺取證。最後確認，棺內的女屍，正是被張茂殺害的年僅二十五歲的金鳳霞。

（三）

世界之大，無奇不有，接著我來講一個騙子行騙卻又被騙的故事。話說某市新上任的李副市長是科學院院士出生，他平生最恨的就是假廣告，他一直抱著懲治假貨的決心。他覺得，假貨就像是人體中的異常細胞，如果不對它們進行遏止，人體就會因此受損惡化直至死亡。為了改變社會上假貨氾濫的情況，李副市長在一次大型的招商活動中，請來了許多社會達人和知名人士，共同獻計獻策。賓客來自各行各業，除了企業界人士，還有科學院、軍界代表、宗教人士和知名作家。李副市長萬萬沒想到，他決心徹懲那些假食品、假飲料、假藥乃至假鋼材、假水泥等社會亂象時，那些應邀來出謀畫策的各路豪傑中，就有不少假冒各種身分的人。這看來多少有些荒唐，猶如從前的皇帝，派了貪官去查貪官，結果可想而知。

在招待會上，副市長代表市長和全市人民，做了熱情洋溢的發言，對與會代表寄予了深切的期望。在熱烈的掌聲中，代表軍方的羅將軍接著上臺準備發言。羅將軍可謂儀表堂堂，身材魁梧，筆直的腰桿一派將軍的氣質。在商界，他早就是個響噹噹的人物了，什麼招商、剪綵，乃至建軍節等大型活動到處可見他的身影。企業的生存與發展，靠的是人脈，有羅將軍這樣的人物到場，企業的知名度和公信力也會有很大的提升。當然羅將軍也不是省油的燈，什麼出場費、差旅費、娛樂交際費總有人幫他支付。當羅將軍一出現在場上，個個起立為他鼓掌。在一身將軍制服的襯托下，羅將軍微笑地環顧四周，並用他固有的拍手方式，他左手平放在胸前，再用右手輕輕地往下拍打，面帶笑意地步入為他事先安排好的餐桌前就座。此時，羅將軍神情淡定地開始了他的發言。

「同志們、朋友們、戰友們：

我榮幸地代表軍界前來參加今天的這次盛會，這個，城市要發展，就要有良好的規劃。李副市長今天把我們請來，就是要加深加快改革的步伐。這個，作為軍人，雖然我們不能直接參與城市建設，但是，這個，我們可以為改革的決策者保駕護航嘛。這個，我們有理由相信，只要我們同心同德，我們就能克服面臨的一切困難……

最後，我要慎重地提醒大家，這個，我們不僅要搞城市建設，更要營造良好的社會風尚，創造良好的生態環境。這個，在場的各位啊，我們任重道遠啊。我們要緊密團結在市長、副市長的周圍，把我們的城市建設得更美好。謝謝大家！」

大家放下手中的碗筷，為羅將軍的發言鼓掌。隨後，一位宗教代表人士發言。這位僧人法名尚一，大家叫他尚一法師。他一身黃色僧袍，顯得有點搶眼。

「市民們：

有人說，出家人嘛，無非是到處化化緣，在寺院裡唸唸經，好像和城市的發展沒有多大的關係。

以前城市不發達，僧人就是這樣過的。現在城市發達了，僧人好像還是應該躲在深山僻壤之中度日。其實，在人生的旅途中，我們都會遇到困難和感到迷茫的時候，如果我們心中有佛，我們就會堅定自己的信念，就會看到曙光，走向光明。市民們，在經濟發展中，人心愈是容易墮落，道德水準也會下滑，社會風氣變壞。如果是這樣的話，城市發展得再好，我們的生活會幸福嗎？所以我相信，市領導也充分意識到了，文化建設的重要性。在座的代表，包括我們出家修行的人都有一份責任。我也會盡我所能，大力宏法，使人心向善。就如我們每天需要清潔城市垃圾那樣，不斷地蕩滌我們心中的灰塵，使人心得以淨化，這樣，我們才會過上真正的好日子。謝謝市領導的邀請，謝謝大家！」

將軍是假將軍，僧人是假僧人，可他們早就練得一身本領，在大眾面前表現起來，比真的還像。接下來還有靠剽竊別人的論文而成為科學院院士的陸院士、由老子代筆而成為暢銷書作家的青年代表鍾忠也分別上臺做了發言。同桌坐著的那個將軍和僧人，他們邊吃邊聊，交談甚歡。到了午宴結束時，羅將軍興致正濃，得知他們住的是同一個賓館，就把尚一法師請到了自己的客房，繼續交談。

羅將軍泡了兩杯茶，坐下後向尚一法師談了許多自己的人生經歷，希望法師為他指點迷津。在交談的過程中，大師注意到將軍基本沒有提到他的部隊生活，而且對自己的未來感到迷茫，和臺上光鮮亮麗的他判若兩人。法師見將軍心誠，覺得機會來了，便從他隨身攜帶的布袋裡取出一件「護身符」，又假裝動情地說：

「將軍，不瞞你說，這『護身符』只有兩件，在我的布袋裡放了有一年的時間了，從五臺山出來以後，我就一直沒有拿出來過。遇到那些心術不正的人、輕佻浮躁的人，我是輕易不會拿出來的。只有像你這樣的有緣人，才配擁有一個。一個人要發達，光靠努力是不夠的。看得出來，你的心智不凡，這叫『通天』，這是一種能力，更是一種『機緣』，有了這個『護身符』，你將事事逢凶化吉，心想事成。」羅將軍雖然也見過些世面，卻對尚一法師的話深信不疑，覺得他是一個「高人」，便產生了敬意。於是他很快從兜裡取出了一張百元大鈔塞給了法師。法師看了看手裡的錢，便放入了口袋，又對將軍說道：

「這『護身符』可是個被高僧開過光的靈物，我從來不拿它做什麼買賣，只贈有緣人，看將軍也不是什麼凡夫俗子，望將軍給個吉利數。」

「吉利數是多少？」將軍問道。

「可以是八八八，也可以是六六六，看將軍的氣度。」法師回道。

羅將軍此時心中有了戒備，心想，這年頭什麼樣的人都有，自己混到如今這個身分，只有別人向自己「進貢」的，哪有像這樣向自己伸手的。於是，他有些不快地說道：

「別看我是個將軍，我的錢都由我的內人保管，所以我手上並沒有多餘的閒錢。」

法師聽了，便道：

「隨緣，隨緣。」

隨後，法師又拿出了幾本經書，繼續和將軍討論書中有關的內容。將軍聽了一會，覺得無趣，起身去了洗手間。法師趁機在將軍的茶水裡下了藥。待將軍回來，法師又佯稱下午還要去見一些政要，便和將軍以茶代酒一口把茶水乾了。隨後，法師也去了洗手間。將軍坐了一會，見他遲遲沒有出來，以為他拉肚子了，畢竟和尚的腸胃不如常人。將軍很快感到頭有些暈乎乎的，就在床上坐躺了下來。不一會兒，法師見將軍已不省人事，便大膽地摸起了他的口袋。他本想撈一票走人，可直覺告訴他這個人雖然儀表不凡，怎麼看也像一個假的，又翻看了他身上的證件，覺得也不像是個真的。於是，法師決定賭一把，他把將軍身上的幾千元現金和他的手機一起拿了出來，又索性一不做二不休，連同將軍身上的制服和證件還有車鑰匙一同拿走。為了他方便離開，法師脫下自己的僧袍，放在了他的身邊，隨後就揚長而去。

法師明白，如果羅將軍不是假的，那麼他醒來之後一定會立刻報警；如果他是個江湖騙子，他絕對不敢報警。不過法師也不敢待在自己的客房裡，怕羅將軍找上門來。於是，法師換上了一套便服，拿著車鑰匙在賓館下的一個停車場轉來轉去。當他在一輛豪華的奧迪車前按手裡的遙控鎖匙時，突然發現車燈閃亮後，他簡直不敢相信自己的眼睛。他在外遊蕩多年，從來沒有像今天這樣令他感到自己發了大財。於是他迫不及待地打開車門，用手中的鑰匙把車發動了一下。到底是好車，發動機的聲響也很溫和。他難以抑制自己激動的心情，又生怕將軍醒來後就會到處找他，於是，便急急地回房取了行李，退了房，然後就開著那輛豪車逃跑了。

再說這羅將軍迷迷糊糊地醒來後，當他發現他身上所有的財物已被洗劫一空，就連將軍制服也被拿走，他深感大事不好，他的那輛名貴車一定也被那禿驢盜走了。雖然假將軍又氣又急，卻也不敢報警求助，他覺得一定是這個假和尚發現了他是個冒牌將軍才敢對他如此下手。思前顧後，他想好漢不吃眼前虧，以他的人脈關係，以後一定會找到那個假和尚算帳。可眼下，他身無分文，只得披上那件和尚留下的僧袍，趁著夜色，狼狽地離開了……

這和尚來自佛教聖地五臺山，早年因家道貧寒，雖然他學習成績優良，可家裡無力供他上大學，高中畢業後只能在家務農，不過他無心勞作，又染上了貪玩好賭的習氣。由於沒有正當的收入，便和人合夥幹起了搶劫的勾當。在一次搶劫後被捕，入獄八年。出獄後不思悔改，到處遊蕩又借錢賭博，所借的高利貸無力償還，想重操舊業又怕再坐牢，急切之中便離家去了五臺山，狠心削髮為僧，得法名「尚一」。在寺院裡天天打坐唸經，因耐不住這份寂寞，不久就離開了寺院。為了謀生，從此身披僧袍，以化緣為由，出入各種場合。又以替人消災為名，專門聳人聽聞，什麼有「血光之災」、「犯太歲」等，然後取出「護身符」，再巧言斂財，時常做些順手牽羊的事。不想這次出來巧遇將軍，賊人賊心，直覺這個將軍是個冒牌的，便搭訕行騙，沒想到假將軍看起來也見過些世面，卻也栽倒在自己的手裡。

假和尚趕著回到家鄉，打算把豪車賣掉，然後自己也做些高利貸的買賣。半路上他手中的假將軍的手機響了，他開始不敢接聽，以為是假將軍打來的，直到他查看了一條短信：

「羅將軍，您在哪兒？孩子上軍校的事還請您多多關照，二十萬現金已經準備好了，隨時可以交付。」

假和尚看了，心裡一震，想到又是一個發財的好機會，便平復了一下自己的心情，隨即撥通了對方的電話，用假將軍的口吻說道：

「喂，我是羅將軍。……你好，你好，這個，這個，我給你一個帳號，等你把錢全部打進去後，我立刻就把你孩子的事辦妥。」

「這麼大的一筆錢，我想當面交付，要不然你給我寫個憑據什麼的，望將軍見諒。」對方說道。

「什麼憑據？哪有首長替人辦事寫收據的，如果你覺得不放心，那你就另找門路吧，這個，委託我辦事的人不少，我能到處寫收條嗎？」假和尚說道。

「那麼請問將軍，學生是軍校委託培養的，畢業後，您能幫忙讓我的孩子進部隊工作嗎？」對方問道。

「這個，沒問題，孩子一畢業就轉入部隊工作。」假和尚答道。

「好吧，將軍，請您把銀行帳戶發給我。」對方說道。

「好的，不過為了謹慎起見，這個，帳號上不會出現我的名字，你只要照我提供的資訊轉帳就可以了。」假和尚說道。

假和尚按捺不住狂喜的心情，他明白自己馬上又要發一筆橫財。事不宜遲，他急忙去了一家農村信用合作社，用身上的假證件開了個帳戶，又催促對方趕緊匯錢。心想，還是假將軍厲害，一本萬利啊！看來在這個世界上，沒有做不到的，只有想不到的。

再說這個假將軍，人家也是在江湖上混跡了十幾年才有了現在這個場面。起初，他冒充軍人只是為了出門買火車票方便。他在一家這類專門賣假軍服的店裡，為自己配了一套軍服，選了一個中尉的軍銜，還弄了個假假的軍官證，便開始了他的撞騙生涯。慢慢地，他的圈子愈混愈大，求他辦事的人也愈來愈多，什麼招生、提幹、調動工作，弄了些錢，而且還騙到了女人。在這期間，他的軍銜也愈變愈大，從中尉到中校，再從大校到少將。他的日子也愈過愈好，有人明知上當吃了虧，卻也不敢聲張，有的怕丟醜，有的怕惹事。可他萬萬沒想到山外有山，竟然被一個和尚耍了，而且損失慘重。一路上，他一邊想著怎樣報復那隻禿驢，一邊也用假和尚的騙術，以「替人消災」的名義騙些錢財。雖然他根本看不上這些小錢，可他此時除了一身僧袍，身無分文，不得不靠化緣、行騙度日，直到他回到自己的家鄉，又開始重操舊業……

（四）

聽了剛才的故事，使我想起了一個和尚還俗的故事。有個姓羅名漢的人，不錯，就是十八羅漢的羅漢。羅漢平時總穿著一身灰色制服，手持一把大掃把，在信陽大街上的一家肯德基店外，每天都可以看到他掃地的身影。不過他的表情看起來總是若有所思的樣子，有時他手持掃把，直愣愣地站在一邊發呆，沒有人知道他在想什麼，可他卻在思考自己的人生。一般從農村出來的人，如果沒有什麼謀生的技能，也只能幹些城裡人不願幹的像掃馬路這樣的活。雖然他整天想著自己應該有更好的前途，可他又不知道自己的前途在哪裡。那天，當他看見一個和他年歲差不多的男人開著一輛豪車，帶著漂亮的妻子和孩子一起去肯德基店裡時，他的內心頓時就不平靜起來，心中的感慨猶如再現在二千多年前，一個叫劉邦的種田漢子，當他看見浩浩蕩蕩的天子車馬隊伍經過時，便不由得從內心感歎道：「大丈夫就應該如此啊！」可他現在的生活狀況是每天辛勞地工作，一天的收入還不夠在肯德基店裡吃一個套餐。他和妻兒蝸居在一起，夫妻兩人每月的收入除了吃飯和交了租金，就所剩無幾了。他知道將來孩子讀書要花錢，還有生病時的醫療費、退休後的生活費，這些都要靠平時的積蓄。他每天在那家肯德基店外的那條大街上掃地，可他只有在自己做夢的時，才在肯德基店裡美美地吃過一份套餐。就這樣，羅漢很不甘心地在這條街上掃了整整六年的地，直到有一次，他看見一個僧侶模樣的人進入肯德基店裡，然後他從窗外看到那個出家人趴在桌上狼吞虎嚥的樣子後，他才恍然悟道，原來自己這樣辛苦賣體力，還不如一個出家的和尚過得體面。

羅漢待在雜亂而又擁擠的出租屋裡，腦子裡不斷出現那個和尚的身影，心想：「他媽的，做個和尚也風光。」他幾乎整天像病人一樣有氣無力地地躺在床上，有時目光呆滯，一動不動地看著屋裡的天花板上。他老婆看到羅漢的樣子，心裡不免擔憂起來，不知道自己的老公因為什麼事，使他受了這樣的刺激。

「你是怎麼了，老公？」他老婆問道。

「你嫁給我時，我曾答應給你買一條金項鍊，可到現在我還沒有給你買。」他感到一種內疚。

「要那玩藝幹嘛，你買給我，我也不會去戴。」舊事重提，他的老婆感到有點意外。

「你就是想要，我也買不起。是我欠你的，跟著我，委屈你了。」羅漢說道。

「我也不貪圖什麼，多掙一點錢，將來孩子的日子過得好一些就可以了。」他老婆平靜地說道。

「我明天去單位結了工錢，就辭職不幹了。」羅漢說道。

「辭職？你這是要幹什麼？」他老婆驚訝地問道。

「我今年已經三十六歲了，我不能永遠這樣過下去，窮則思變，變則通，通則靈。國家是這樣，個人也是如此。」羅漢堅定地說道。

「那你想幹什麼？」他老婆知道，羅漢平時喜歡讀點書，可她並不瞭解自己的男人到底在想些什麼，只是發現他時常會獨自發愣。

「我準備出家做和尚，我想那是一條出路。」羅漢說道。

他老婆聽了，簡直不敢相信自己的耳朵。於是，羅漢分析了當下社會的形勢，說明他辭去工作去做一個和尚的原因。他的女人從開始似信非信，慢慢覺得自己的男人所說的也有道理。羅漢告訴他老婆，給他一點時間，再熬幾年，他們的生活狀況就會澈底改變。再說了，就算他以後一事無成，自己努力過了，也就不再折騰了，回來後心甘情願地掃一輩子大街也不後悔。幾天以後，羅漢帶著幾千元錢，告別了妻兒，去了他事先打聽到的在千里之外一個景區裡的一家寺廟。

在長途跋涉的旅途中，本來還有點憂心忡忡的羅漢，不料在路途上遇到別的出家人在談論寺廟裡做買賣的事。於是，他本能地擔憂起來，生怕自己醒悟得太遲，被別人搶了先機。他打量著那兩個僧人，心裡想著自己一定要儘快地追趕上別人。當羅漢終於來到了目的地，戰戰兢兢地向一個廟裡的小和尚說明了自己的來意後，那小和尚也不好做主，就把他帶到了住持那裡。

「叫什麼名字？」住持見了他，便隨口地問了一下，又想著快快地打發掉這個不速之客。

「羅漢。」他小心翼翼地回答道。

「什麼？」住持感到有點意外。

「羅漢，十八羅漢的羅漢。」他沉著地回答道。

「這是你的真名嗎？」住持問道。

「是的，我有身分證。」他感到機會來了。

「證件又有什麼用，現在是高科技時代，要隨便弄個什麼證件還不容易？我要看到你的誠心如何。如今想到這裡來混口飯吃的人不少，為什麼要到這裡來？是生意失敗了，還是夫妻不和了？或是遇到了什麼不順心的事，就想到了出家？」住持向他發問道。

「不順心的事經常有，可出家是我的本意。如果這輩子通過修煉，來世能夠像自己的名字一樣，修成一個羅漢，就算是我的福報了。」他回答得振振有詞。

「阿彌陀佛，看你心誠，就允許你暫住此地，是去是留，日後再定。」住持最後鬆了口。

第二天清晨醒來，有個和尚就帶著他一起打掃起寺院。羅漢一拿過掃把，就輕鬆自如地掃了起來，就連那個經常打掃衛生的和尚，也沒有他掃得那麼乾淨俐落。從此，每天上午誦經後，羅漢就開始打雜，而其他的和尚也是各忙各的。有的在門口銷售門票，有的賣香，有的為客人撞鐘，還有的為客人篆刻名字和解籤等等。只要肯花錢，寺廟裡提供各種規格的服務，什麼燒頭香、敲頭鐘、辦道場等。住持每天也會拿出他的功德簿，讓來客簽名，還要為簽名者祈福消災，隨後就要捐功德錢，多少隨意，三、六、九都行，就是三百元、六百元、九百元、三千元、六千元、九千元，隨客人挑選。

羅漢看在眼裡，心裡暗自嘀咕著，原來在寺廟裡盈利這麼容易，香客隨便請一炷香，花費就超過了自己過去辛辛苦苦掃一個月馬路的收入。他想自己是來對了地方。每當看見住持忙著收受各部門送來的錢財，他心裡就暗下決心，自己將來一定要坐上住持的位子。好不容易熬到了發工錢的那天，打開工資袋，他數了又數，足足是他掃地時的工資一倍，而且這裡還管吃管住。他感到自己終於走出了一條人生的光明大道，他想好了，等自己有了工作經驗，就去另謀高就。過了半年，羅漢就耐不住性子了，去了另一家寺廟，才幾個月工夫，他就當上了執事，收入又翻倍。又過了兩年，正逢寺院裡的原住持退休，由於羅漢平時工作認真，又能說會道，所以他接任了寺院裡的住持，從此，他的月收入過萬。

整整三年時間沒有回家，現在是他「榮歸故里」的時候了。他脫去了袈裟，他的身形也有了明顯的變化。以前無論是酷暑還是嚴冬，他要在街上堅持掃地，他的身形瘦弱，看上去就是平時營養不良的樣子。現在，他的體形開始發福，而且膚色白潤。在回歸的列車上，眺望遠方，從前生活的艱辛又浮現在他的腦海裡，想到自己終於能夠風光體面地回家，心裡吟詠起漢高祖劉邦〈大風歌〉裡的詩句：「大風起兮雲飛揚，威加四海兮歸故鄉。」

下了火車，羅漢就見到了久別重逢的妻兒，兒子長大了不少，妻子看起來比以前精神多了。見到體形略微發胖的丈夫，妻子什麼話也說不出來，只是刷刷地流著眼淚，這淚水有分離的愁苦，卻也有看到丈夫的變化而產生的不安。他們一起回到了一間出租屋，這裡比以前羅漢離開時條件好多了。不過他告訴妻子，他們不久就會有自己的房子，還要給妻子買首飾，要給孩子買他喜歡的東西。

「可是做個和尚，怎麼也能發財？」他的妻子不解地問道。

「不是說做個出家人就可以發達，要不然人人都去當和尚了。關鍵是你要做個什麼樣的和尚，是個只會敲鐘唸經的和尚，還是能就地取材，靠山吃山，關鍵是你怎麼來經營這個買賣。以後我還要去承包其他寺院，為別人解解籤，指點迷津。這活很好使，別人願意出錢買忽悠。再做些替人燒香敲鐘的買賣，只要口才好，這白花花的銀子就會滾滾而來。你說如今這行當，想不發財也難。」羅漢講得頭頭是道。

「我說你就是有本事，以前只是沒有找準機會，白白地讓你受了委屈。從今往後，我們一家就靠你這個頂樑柱了。不過就算有錢了，也要注意節省，不可大手大腳地亂花錢，更不可在外面花天酒地。以前你窮，我不嫌棄。可男人有錢了，就容易變壞，如果你真的是這樣，我還不如過以前的窮日子。」他老婆有點擔憂地說道。「人怎麼能夠永遠過窮日子？我在外面發了財，就是要讓你和孩子過上好日子，別人也不敢再小看我們。我又哪裡是那種拈花惹草的男人？我還有許多的目標要實現。等我還俗以後，在承包的寺院裡，雇些住持和方丈，自己每天喝喝茶、泡泡澡，過得像神仙一樣逍遙。如果生意興隆，將來還要開幾個寺廟連鎖店。」羅漢津津樂道。

第二天，羅漢就帶著他的老婆和孩子，去了信陽街上的那家肯德基店。到了店裡，他希望能夠多碰到幾個他認識的人。可是，店員換了一批又一批，只有以前的那個經理還在。他和經理打了招呼，看到羅漢如今發福的樣子，和以前在外面街上掃地的他判若兩人，不免心裡感到有些驚訝。

「看來你是混出來了。有什麼機會也讓我跟著你發發財。」那經理說道。

「發財不敢，以後公司需要管理人才，可以和你做個同事，也算是一種緣分。」羅漢居高臨下地說道。

「今天的套餐，我請客，想吃多少儘管拿，嫂子千萬別客氣。」經理對著羅漢的老婆說道。

「謝謝了，謝謝了，還是花錢吃得香，你的情意我領了。」羅漢說道。

看著他們一家吃套餐的樣子，那經理在裡面悄悄地告訴了他的一個同事，那個帶著老婆和孩子的男人，三年前還在外面掃馬路，如今可是像個大老闆了。那同事看看羅漢和他的妻兒，感慨地歎道：「正是三十年河東，三十年河西啊，不知道自己這輩子有沒有發財的命。」

（五）

今天我也來講講江湖上的那些人和事，大家來看看奇不奇。話說有個農民，一天在自己的承包地裡發掘出一頭棺槨，因棺槨用的是金絲楠木，很值錢，於是該農民自掏腰包請人來幫忙挖掘。正當他想著發大財之際，突然鎮政府派人來告知他，這是文物，歸國家所有，不可私吞，否則犯法。這個農民很是不服氣，眼看就要到手的一大筆錢，就這麼沒了，不過鎮政府還是答應給他一定的經濟補償。鎮政府派人把棺木抬走，又請來了考古人員做鑑定，最後也做不出什麼結論，只是根據下葬的風俗，初步斷定為這是宋朝的一戶官宦人家，因是夫婦同葬，實屬稀罕。雖然這金絲楠木名貴，可因為地下水的原因，棺木已經腐爛，因此也值不了多少錢。此事又傳到了縣衙門，縣裡也派人來做了鑑定，結論卻令人大跌眼鏡，說這棺材裡裝的不是別人，乃是西門慶大官人，同葬的也並非是他的原配夫人，而是小三潘金蓮。當年武松殺人逃跑後，西門慶的家人就把他和潘氏合葬在一起埋了。消息一出，傳聞鬧得沸沸揚揚。由於來看熱鬧的人絡繹不絕，於是，縣衙門靈機一動，把鎮裡的一條商業街命名為「西門慶街」，並在街邊建了一個露天平臺，上面放著棺槨和介紹欄，四周由鐵柵欄圍住。這樣，鎮裡的人氣從此就旺了起來，街上的商鋪不斷增多，服務業的銷售額也大幅上升。加之小攤位林立，各種物品也算是應有盡有，古時候《清明上河圖》裡的汴京城，熱鬧也不過如此了。

由於西門慶家開的是藥鋪子，藉著西門慶大官人的東風，西門慶街上的診所也是開了一家又一家。本來街上就有一家藥鋪和一家針灸所，現在又開業了皮膚科診所，開業者並沒有資歷，也不用行醫執照，只是在玻璃門面上滿滿貼有廣告內容：祖傳祕方，歷史悠久，始於宋代，專治白癜風、濕疹、皰疹、紅斑狼瘡、牛皮癬、酒糟鼻、黃褐斑、青春痘等各種皮膚疾病。由於街區熱鬧，來問診的人也不少。於是，鄰店開了婦科，門面上貼滿了廣告：專治婦科，包括陰道炎、卵巢囊腫、宮頸靡爛、子宮肌瘤、外陰炎、乳腺癌、宮頸炎、盆腔炎、白帶異常、經痛等。不久，又有一家針灸所開張，廣告上的項目包括：治療失眠、脊椎病、腰椎間盤突出、近視、抑鬱症、耳鳴等。更有大膽的診所，宣稱專治各種惡性腫瘤，包括肺癌、胃癌、食道癌、腸癌、肝癌、乳腺癌、白血病等。稍稍流覽，彷彿天底下的各種疾病，只要到此街一遊，找個診所，便解決問題了。雖然縣市裡有大醫院，不過因為費用的關係，很多人還是到診所來就醫。病人一進來，郎中先號脈，然後講述一通脾虛還是腎虛、陰虛還是陽虛之類的話，再開上一劑藥，有時還得用上什麼蛇膽、熊掌、虎骨之類的東西，雖然有違動物保護法，可郎中感到憤憤不平。

郎中這個職業由來已久，以前不用什麼資歷，懂點醫的，便可開業問診，講究全在藥方上。魯迅寫的小說《藥》中，就講到以革命黨人的血來治癆病。當然還有更絕的，從前有人得癆病，盜汗、咳嗽、無力、消瘦，如林黛玉這樣的病，用的處方中就要以女人的底褲襠片著藥引子才有效，否則治不好就會死人。日本人最能發揚光大中西文化，售出的商品中就有一款是女人穿過的底褲，還配有該女子穿上這底褲的圖片，並說明底褲出售時新鮮程度；雖然不是為了治病，是為了賺錢，卻也是解了那種男人的癖。至於號脈，就更神了，不用直接在病人手腕上按脈，只要通過一條紅線，連接閨中小姐手腕便可，叫「金絲吊脈」。

人常說中醫愈老愈值錢，全憑著經驗辦事；有點像畫國畫，筆鋒中的順逆、快慢、轉折、正側、藏露全仗著經驗的累積。聽說趙老頭以前在部隊的衛生所工作過，又讀過幾年藥劑，問診、號脈的事見多了，自己又喜愛專研，平時也學著開些簡易的方子。如今在西門慶街上，也開了一家診所，又自稱家傳三代名醫，祖上又為御用。趙老頭留著長長的鬍鬚，便也開張並打出了這樣的招牌：專治各種疑難雜症，包括腫瘤、內科、外科、婦科、骨科和做人工流產等。有人將信將疑，於是趙老頭便提高了嗓門，大發雷霆，並揚言：「要是自己搞大了，恐怕醫院就要關門了。」要說這趙老頭只會忽悠別人卻也實在是冤枉了他，他不僅愛看醫書，平時還練練道術，令人感覺在他身上帶有一種「仙氣」；尤其是對病症的分析，他多能引用《黃帝內經》中金、木、水、火、土五行相生相剋的原理解釋病因，並據此開藥除病。

那天，鎮派出所的吳警官就帶著他患癌的老丈人來問診，並放下狠話：「治好了，算你有本事，給你一個大紅包，還贈上錦旗，寫明你是再世華佗。如果治不了，我就封了你的門面，還以非法行醫罪抓捕你。」問診之後，趙郎中胸有成竹，叫吳警官明天就去取藥。看到趙郎中這麼自信，吳警官像是鬆了口氣。第二天一早，吳警官便又來到趙郎中的診所，趙郎中取出準備好的幾大包藥，接著就把吳警官帶到了診所裡的一個密室。吳警官心覺蹊蹺，只見密室裡有張特製的床，床頭有個洞，床的左右各圍著一個屏風。正當武警官感到納悶之時，趙郎中讓他在一張椅子上坐下，然後告訴武警官：這床看似普通，不過，每當他診治絕症病人時，知道了病人的姓名和出生年月，他便晚上要獨自睡在這裡，睡著後，他的靈魂便要去陰曹地府查看閻王的生死簿，如果裡面還沒有患者的名字，他就大功告成了，隨便怎麼治，一年半載病人死不了。如果上面有患者的名字，那麼準治不了。人的壽命是有定數的，光花錢跑醫院是沒有用的。昨晚他查看了，沒有查看到武警官老丈人的名字，只要拿上他的藥，病人吃了以後，就會氣神回歸，日漸趨好。武警官聽了半信半疑，不過趙郎中的一席話，令他感到心裡輕鬆了許多。

據說吳警官的丈人又存活了好幾年，比醫生估計的要長許多，那是後話。鎮派出所離趙郎中的診所不遠，因為有了幾次接觸，吳警官對趙郎中的學識還是很信服的。有時鎮裡出了什麼大案，像殺人、強姦之類的，吳警官也會有意無意地去診所閒聊一陣，聽聽趙郎中的意見。這天正聊到一個無頭公案，說是最近鎮裡連續發生了幾起強姦案，有一個男子竟在一天之內，先後對兩名女性實施了強暴。據受害人的反映，罪犯異地口音，二十五歲左右，中等身材，慌亂中無法記清楚罪犯的相貌特徵。要追查罪犯，勢必要進行排查，可人力和時間都有限，如果不及時收網，罪犯就會轉移居住地點並繼續侵害其他女性。吳警官感到倍受壓力，排查範圍也在不斷擴大，警員們忙得疲憊不堪。趙郎中聽了，皺了皺眉頭，隨即歎道：「此人乃病人一個，要查找嫌疑犯，應該重點去河道邊，尤其是橋口處周邊外來居民。」吳警官聽了也沒特別在意，這天，他又帶著幾名警員在鎮裡走訪，突然想起了趙郎中的一席話，便順道去了幾個橋口處進行巡查。一連查訪了幾十戶，發現了一個外地口音和體貌特徵與罪犯似有吻合之處，被查詢者見了警員又顯得十分慌張，後經審訊，該嫌疑人對所犯強姦的罪行供認不諱。一個沒有頭緒的懸案竟然就這樣破了，這下吳警官對趙郎中佩服有加，便又去了他那兒討教案件的推理方法。趙郎中此刻賣起了關子，他先是歎了口氣，又搖了搖頭，只是說人已抓獲，案子已結，他就安心了。吳警官只得再三懇求，趙郎中才又解釋道：這個青年人血氣過盛，和他住的地方有直接的關係；他住在靠近河邊的橋墩下，河水流，橋墩阻，中醫中有水主腎，而橋阻水，這樣的地理環境使他精氣勃發而無法疏通，累積到一定的程度時便會失控，使他產生了對女性實施性侵的強烈欲望，致使他在第一次得手以後，接著又經行了第二次強暴。吳警官聽了嘖嘖稱奇，又心生疑問地問道：為什麼只有像罪犯這樣的人受影響，而別人就沒有像他這樣呢？趙郎中解釋道：這和有人得癌症的原理是一樣的，雖然是有誘發的環境和條件，可每個人的自身免疫力是不同的，當然還有其他因素的綜合考量。利用傳統的醫學知識來幫助斷案成功，是神奇還是巧合？吳警官還是有些疑惑。不過，沒過多久，又是一樁有關性侵的無頭公案擺在了吳警官的面前，吳警官想到趙郎中斷案的事，便又來到了診所，向趙郎中述說案情。說是有個罪犯，近期連連襲擊了幾個女子，猥褻後沒有直接強暴，而是採取了對女性的下體進行殘害，弄得縣城裡人心惶惶。據受害人口述，罪犯的年紀在三十歲左右，體型較小，相貌特徵表述不一。趙郎中聽了，想了想，然後對著吳警官大聲說著，要他帶人去巡查居住在破廟周圍，還有山腳下的居民，定會有結果。因為有了上次的經歷，吳警官便集中警力，在後山和破廟一帶進行仔細排查，最後篩選出犯罪嫌疑人。破案後人人稱奇，就連市公安局長也認定趙老頭是個民間高人。趙郎中還是大談醫道，什麼腎主性、驚傷腎，罪犯不斷猥瑣女性，卻沒有對女性實施強姦，而是殘害女性的下體，說明在罪犯的成長過程中，遭受過巨大的驚嚇，並留下了後遺症，而這樣的事最有可能發生在偏僻的破廟和山腳下，那裡一般是拋屍的場所。據案犯交代，小時候和人一直在破廟裡玩，有次看到一具已經腐爛的屍體，樣子很恐怖，從此每當路過那裡，心裡就會感到恐懼，會加速奔跑離開那裡，所以到了青春期，產生了極度陽痿，以至於女友也因此分手，所以心理極不平衡，遇到女性就做出了如此下流之舉。

趙郎中從此名聲大噪，那些看腫瘤、婦科、內科的病人經常來他的診所問診。那天，吳警官的小舅子帶著他的女友前來問診，趙郎中為這個名叫羊潔的小女子號了脈，又詢問了她的病症。她有些不好意思地說道：時常會感到經痛，而且白帶異常。這本是中醫的常見病，於是，趙郎中開了以前為別人也開過的藥方：車前草燉豬小肚。隨後，他們去藥店買些乾車前草，又去菜市場買了豬小肚，然後將豬小肚洗淨、切片，再加水、少量的鹽，按方子上二十五克車前草和二百克的分量兌好，燉了半小時便服用。每日一次，七天之後，白帶異常確有改善。另一張藥方為：用乾薑、大棗、紅糖各三十克，將前兩味洗淨，乾薑切片、大棗去核，加紅糖熬。按處方服用後，經痛症狀也有改善。既然趙郎中這麼有辦法，這青春痘也可治一治，這可是她的大煩惱。於是，羊潔又去了診所，要求趙郎中為她的青春痘也開個方子。不過，按照趙郎中的方子，先後試了野菊花煎水塗擦面部和採用新鮮的枸杞子打爛後塗於面部，雖有改善，卻時有反覆。按趙郎中的說法，要澈底根除，就要採用受孕產子的方法，便建議她儘快結婚並懷孕，到了生產後，再加少許調養，問題便可解決。可羊潔說她並未打算馬上結婚，再說就算結了婚，也未必馬上能生下孩子。趙郎中又道：這倒也不難，可在她懷孕數月之後再引產，因懷孕能使體內的內分泌發生變化，流產後，效果和生產是一樣的。於是，羊潔和男友商量。男友雖有顧慮，可因她不僅臉上有痘痘，而且身上也有，撫摸時總覺得她身上渾身雞皮疙瘩，很是不爽，便想著，懷孕做流產，雖然有些風險，不過就做一次流產，也不會對子宮壁造成傷害。就這樣，他們決定等羊潔有了身孕，再去診所見趙郎中。三月間，正是春風徐徐，西門慶街上的桃花盛開。這天，羊潔跟著她的男友相約來到了趙郎中的診所。要說做人工流產的手術，有不少花季少女，因偷吃禁果不慎懷孕的，又怕去大醫院，便來診所悄悄解決了事。羊潔躺在床上，只見趙郎中取出數枚金針，在她下體四周扎了一會，待她感覺麻木之時，便將羊潔雙腳吊起，因針刺麻醉後病人意識依然清醒，女孩子到了這一步，也顧不上臉面，任憑趙郎中拿著刮匙伸進她的下體進行一番刮弄，又將胎剪、圓鉗等物伸入體內，將碎胎塊取出。不久，羊潔忽感下體隱隱作痛，便痛苦地哼哼著，趙郎中見狀便寬慰她道：「馬上就做完，再堅持一會。」不久，羊潔覺得下體不但發生劇痛，而且有大量血液流出。此時，趙郎中也慌了手腳，以前他做這種引產從未出現這種意外，眼看血流不止，一時又束手無策，便馬上讓羊潔的男友去叫救護車。當救護車來到之後，便把臉色蒼白的羊潔送入醫院進行搶救，可終因失血過多，造成休克死亡。這下可亂了套，消息傳到了吳警官那裡，氣得他立馬去診所抓人。那趙郎中見勢不妙，早已溜之大吉。吳警官封了診所的大門，又招貼了尋人啟事，便悻悻離去。

再說這西門慶街上出了這樣的事，診所弄出了人命，趙郎中又一走了之，市公安局、衛生間不得不來查詢，關了幾家非法診所了事。可惜了羊潔姑娘，為了治好青春痘，卻丟了性命，她的男友又怎麼嚥得下這口氣？便買了一把匕首，發誓一定要找到趙老頭，讓他償命……

（六）

有人冤死，也有人找死，接下來我要講的是一個關於自我預謀死亡的故事。話說有個叫鬼子六的年輕人，留著小鬍子，給人一種精明能幹的感覺。他想賺很多的錢，讓老婆有錢花，想買什麼就可以買什麼，自己還可以在外面包養一個漂亮的女人。可他也知道，那是自己在做白日夢。不過他總想著，只要有膽，只要有機會，他就會大幹一場，哪怕是不正當的收入，也可以是犯罪。如果賺了一大筆錢，坐牢也心甘，總比現在這樣窩窩囊囊地活著要強。可是，就是這種令人很不滿意的生活也沒法過下去了，工廠怎麼就一下子沒氣了，倒閉了。他想都是那些只會貪不會幹的人把企業搞砸了，好好的一個企業，好好的生產線，如果管理和行銷不出差錯，怎麼就弄到連混一口飯的能耐也沒有了呢？真的見鬼。那些無能的企業領導，給每個職工每人發一萬六，就算是了事了。鬼子六和他的妻子玉米棒兩個人一共拿了三萬二，就這麼三疊錢再加上薄薄的二千，捧在手上令人感到既輕又沉。他們不知道離開了工廠，自己的出路又在哪兒，這點錢又能做什麼。可他們倒還從來沒有一下子摸過這麼多錢。鬼子六想著，如果不是這次下崗，手裡有了這些錢，也能給老婆和孩子買上好些東西，可惜，這是打發費，也是喪葬費。他妻子說把這些錢放到銀行裡去，慢慢花，再想辦法找事做。如果真的找到其他什麼工作了，又有了手上這筆錢，也算是因禍得福吧。可鬼子六明白，沒有什麼專長，沒有好的學歷，也沒有什麼可以混飯吃的手藝，找份工作談何容易。況且，身體還不能出任何一點狀況，如生病啦，有事急用啦，一旦花完了這些錢，那就慘了。鬼子六想著，不管怎麼樣，還得儘快找份工作做。就憑自己這點膽識，沒准拉一幫下崗的弟兄搞個黑社會收點保護費，或是搶個攤位，要麼搞點運輸也能弄點錢，老子就不信沒有辦法活下去，況且，現在手裡多少還有點本錢。

正當鬼子六忐忑不安又雄心勃勃的時候，最近因為抽煙過多他老是犯咳嗽，不但咳，濃痰裡還帶有血跡。他本能地感到一絲恐慌，該不會是肺裡有什麼問題吧？唉，管他呢，死就死吧。不過，他還是去醫院做了一次檢查。三天後，他提心吊膽地去看化驗結果，醫生說他的肺有問題，又支支吾吾不肯明說。他讓醫生明確告訴自己，因為他必須明白真相。醫生很不情願地在一張紙上潦草地寫下「肺癌晚期」四個字，他一眼就看清了這四個字，他愣住了，半晌說不出話來。醫生勸他馬上住院做化療，並告訴他採用中西醫結合的辦法治療，許多病人活了好幾年。鬼子六拿起了那張醫生寫給他的紙張，痛苦不堪地走出了醫院。怎麼辦？他不斷地問自己。他想著，就這幾萬塊錢能治好這個病嗎？當然不能，這點錢遠遠不夠。如果自己經過治療，再拖上一年半載，這錢花了就沒了，妻子、孩子靠什麼吃飯？看來這錢是不能去動它的，自己最好立刻就死掉，死得愈快花錢愈少，自己根本沒有權利再活下去。他似乎下了去死決心，可是心裡總有解不開的結。他想，就算這錢一分不花地留給妻子，她和孩子又能支撐多久呢？可憐的妻子不比男人那麼有機會，再出去打工掙錢；兒子才十三歲，今後他又靠什麼成長？想到這些，他淚流滿面。就算以後會有一個男人和他的妻子共同生活，他很清楚，他們的生活也不見得會有什麼改善。

他忽然就有了一個主意，他想把他的那份錢拿去買保險，事故保險理賠多達幾十萬，像什麼礦難、車禍等。同樣是死，也不能這樣白白地死，要死得安心。沒想到自己以前想發財的夢一直沒有機會實現，現在到了這個死的份上，卻可以實現自己的發財夢。他感到自己漸漸地遠離了對死亡的恐懼，但必須把這件事做成。他研究了一些保險公司的理賠條款，他覺得完全可行。於是，他去了一家保險公司，花了整整一萬多元，就連辦受理的人也感到奇怪地看了他好幾眼。可他不露聲色，一副漫不經心的樣子，好像他是一個人物似的。條款上寫有如果是意外身亡，這筆保險可獲理賠五十萬元，他覺得自己這條命值了。他拿了保險單，回家給他的妻子說明了情況。他妻子一聽就急了，為什麼好端端的要去買這個保險，而且是花了他的全部下崗費。她開始不斷地抱怨，又和她的男人為這事爭吵。鬼子六只是告訴他的妻子，他有自己的打算，這樣做完全是為了他們母子。他沒有告訴他妻子真相，一方面怕她會悲傷，另一方面怕自己計畫的事情會敗露。

鬼子六每天徘徊在熱鬧的街頭，他不時地故意亂穿馬路，他希望有一輛車會突然向他撞來，然後，他就會含笑而死。他知道，如果自己被車撞死了，不管司機是逃逸還是自首，這筆錢就會進入他妻子的帳戶。可是，一連好幾天，他並沒有被車撞死，而他經常咳嗽不止，體力似乎也每況愈下。他不想再這樣拖下去，每拖一天，對自己來說都增加了病死的風險，而生病死亡是分釐無獲的。他等不及了，他想從高樓墜下，也算是個意外身亡，可一旦事故認定是自殺，自己也是白死。他愈來愈著急，他甚至弄不明白掉進河裡淹死算不算是個意外，他吃不準，所以他還是沒有做。

這天，有一輛公車正向著他的方向駛來，他想該行動了，他突然橫穿馬路，眼看就要被撞上，公車緊急剎車，司機隨後罵他「找死」，他冷冷地看了司機一眼，好像什麼事也沒有發生。就在他準備回家的路上，經過了一條比較偏僻的小路，他正愁自己找不到尋死的機會，卻讓他意外地撞見了驚悚的一幕：有一輛急駛的小貨車，突然在一個轉彎處把一個女人撞倒了，隨後司機下車看了一眼，發現周圍沒有路人，便又一溜煙地跑了。鬼子六躲在角落裡，他記住了車牌，又去看了看那個倒在路旁的女人，一動不動像是已經死了。他深深地歎了一口氣，想著天底下竟有這樣的事，想死的人找不著機會，無辜的人卻這樣死了，如果撞死了自己該有多好。不過，他又感到自己的機會終於來了，他找人去交通管理處弄到了肇事司機的住址。他到了那裡一看，發現是一家餐館，而且招牌菜是河豚。他走進餐館神色鎮定地坐了下來，點了幾樣小菜，其中就有河豚，還要了酒，他明白這是他此生最後的奢侈了。到了他結帳的時候，鬼子六讓老闆過來，然後打量著他說道：「這菜的味道很不錯，昨天發生的事我都看見了。」此語一出，老闆頓時直冒冷汗，再一想，他來無非是要些封口費嘛。於是，老闆很快轉身進去，不一會兒，他就提著一萬元現金出來，哆哆嗦嗦地給了鬼子六，並說道：「一點小意思。」鬼子六拿了錢，神氣活現地離開了。一萬元就這樣到手了，他心裡狂喜，買保險的花費差不多弄回來了，他的老婆也不用再為此事抱怨他了。可那老闆雖然付了錢，畢竟是個人命關天的案子，公安局一定在追查，現在被人看見了，他感到此事非常不妙，他每天提心吊膽地過著。果然，又有電話來了，鬼子六這次要價是兩萬元，他不敢拒絕，雖然他的餐館只是小本經營，一下子也沒有這麼多現金，於是他只能東湊西借；可他心裡想著，這樣下去也不是個辦法，給了兩萬，下次三萬、四萬、五萬怎麼辦？這可是個無底洞啊。一看那人的外貌就不像是個正經人，一臉的邪氣，可他不知道這事該如何收場。鬼子六來到店裡，照樣坐下了吃喝了一頓，隨後擦了擦他的油嘴，又道：「這河豚太鮮了，我吃了上癮。」這話明明是在說，他以後還會再來取錢和吃飯。這老闆也愈想愈氣，自己每天起早摸黑掙點辛苦錢，他卻無止境地來敲竹槓。雖然老闆還是把準備好的兩萬元錢放在了鬼子六的面前，不過他心裡暗自想著，這可是老子最後一次給你錢了。「下次我再來吃河豚，你不會下毒吧？」鬼子六冷冷地說了一句，收了錢，揚長而去。

幾天以後，鬼子六又打電話告知店老闆他要去吃河豚，並讓店老闆為他準備五萬元現金。鬼子六估計這次店老闆也許會殺人滅口。確實，整天擔心受怕的店老闆，這次他再也不想給鬼子六什麼錢了，他甚至想去公安局自首；不過他最後還是想著，讓鬼子六吃下有毒的河豚，弄出了人命最多是個意外事故，動手是禍，不動手也是禍，動手說不定還能滅口。於是，當鬼子六再次出現在店裡時，店老闆在河豚裡做了手腳。做好的河豚上桌了，鬼子六覺得店老闆的神情有些慌張，不過，他還是照樣漫不經心地吃喝著。店老闆下意識地感到疑惑，他上次問自己會不會下毒，怎麼現在竟然這麼從容自若？正當店老闆感到疑惑不解之際，鬼子六忽然覺得身體不適，接著又感到自己的腹部劇痛難忍，他明白店老闆一定是在他吃的河豚裡下毒了，這正合他的心意。

鬼子六死了，而店老闆也因「過失殺人」而獲刑三年，緩刑三年。他想還好，虧了幾萬元錢，守住了祕密，那可是兩條人命啊。一條是交通肇事罪，另一條是謀殺，如果被查出來，死刑是跑不了的。現在好了，事情的一切真相都被掩蓋住了。店老闆繼續經營著飯店，只是不能再做河豚招牌菜了。這樣，店裡的生意愈發難做，客人以前都是衝著這道菜來的。

有一天，店裡來了一個女客人，她坐下後沒有點菜，而是交給了店老闆一封信，女客人自稱是死者的妻子。話音剛落，店老闆頓時雙腳一軟，他覺得大禍臨頭，顫顫抖抖拆開了信：「我是個絕症患者，謝謝你的招待，為你守住了一個祕密，而我獲得了巨額理賠，我們來世再見。」店老闆讀了信，他彷彿看見了鬼子六從天上飄下來，看著自己，不停地大笑，於是，他也大笑起來，而且，笑個不停，一連幾天……

(七)

聽了一個有關絕症患者的願望的故事，令人可悲可歎，接下來我要講的是一個發生在村裡的故事。話說在農村的成年人基本上都外出打工了，留守在農村家裡的基本上是些上了年紀的和年紀幼小的人。平時老人家要照看小孩子，還要幹些力所能及的農活。人們把自己選出來的村長叫關大叔，他整天東走西逛的，他每個月有工資，所以他基本上也不幹農活，不過關大叔有手藝，又是個熱心腸，遇到誰家蓋房子啦，誰家有紅白喜事啦，誰家鬧糾紛啦，關大叔都會參與其間。雖然村長在大夥面前總是笑嘻嘻的，可他在背地裡也會抱怨：「做個村長沒啥意思，誰家的屁事都要去管。」平時他出門路過人家門口，別人一見到他的身影就會向他喊道：「關叔啊，忙什麼呢？進來坐坐吧。」「有事在忙呢，回頭再聊。」他會這樣笑道。不過每當看見誰家有什麼熱鬧的事，或是來了什麼人，他背著雙手，笑嘻嘻地走進去。到了那些家裡的男人在外打工，老婆和孩子待在家裡的家庭，也有的女人對自己的男人有一肚子的怨氣，這時村長便要當個和事佬了。有的會拉上村長在家裡喝幾杯，故意和村長打情罵俏，可村長腦子清醒得很，他才不會去做那檔子「賠本生意」：騷娘們請他喝了酒，如果和她好上了，這樣他就被那女人給套住了，還弄壞了名聲。看村長在那些留守女人的家進進出出，開始別人還用懷疑的眼光看他，慢慢地，別人就信任起他了。相反，村裡如果有男人和留守在家的女人搞上了，因而引出了糾紛，鬧到村長那裡，村長還得磨嘴皮子和他們講道理，擺利害關係。所以，村長雖然年紀不算大，卻成了村民心目中「長者」和孤兒寡母的「守護者」。總之，只要一看到村長在村子裡走來走去的身影，人們就會感到安心。

村裡的葛大爺有兩個孫女，姐姐欣欣十五歲，妹妹榮榮十三歲，雖然姐妹相差只有兩歲，可欣欣看上去像個小大人似的，榮榮還像個小女孩。這年，她們的父母帶著她們的小弟弟一起進城打工去了，留下葛大爺和她們姐妹倆留守在家。葛大爺雖然精神還不錯，只是有點耳背，走路也不是很順暢，有些腳病。在城市裡打工的收入要比在家務農的收入多得多，當然他們從事的職業無非是保潔員、建築工、搬運工等城市居民嫌累嫌髒的活。雖然在城市裡他們沒有任何生活的保障，可城裡人掙的錢要在城裡花，一套住房比他們家的牛棚還小，卻要花上好幾百萬，一個月掙個五千、八千的說不夠花，可像他們這樣的外來打工的，每個月掙個兩三千，省吃儉用幾個年頭，就有一筆可觀的財富。

每當村長路過葛大爺家，不管有沒有人招呼他，村長總會進屋去看看。這天正逢葛大爺生日，家裡擺起了小宴席，又請了村長來做客。「嗳，不知不覺像個小大人了，愈發水靈了。」見了欣欣，村長忍不住誇道。欣欣聽了有點害羞，心裡卻很高興。葛大爺又為村長了斟酒，兩人喝得有點酣暢。喝到差不多時，村長擦了擦油嘴便要離開。此時，欣欣正坐在門口的小凳上，看著榮榮在院子裡逗小雞玩。村長低下頭和欣欣說再見，「村長再見！」姐妹倆向村長道別。無意間村長看到欣欣單衫裡的一對才剛剛隆起的小乳頭，紅嫩嫩的。他走出了幾步，想了想剛才所瞥到的，便又回過頭，再從欣欣身邊跨進門檻，不禁又低頭看了下欣欣的胸部。進屋後又和葛大爺伴聊了幾句，出門時，他又照樣放緩腳步，又狠狠地看了一回。這下，欣欣覺得村長有些不對勁，好像是在偷看自己的身體，便一頭站了起來，拉著榮榮出去玩了。村長還是那樣背著手走著，心裡覺得自己到底是占了個大便宜，吃了喝了，還白看了幾眼。又想著：剛剛發育的乳房，像起了皰似的就是有味，好像小雞的屁屁，嫩嫩紅紅的，如果哪天能夠摸上一摸，哎喲，那才是帶勁。於是，接下來的日子，村長老是往葛大爺家跑，他總想尋機再占點什麼便宜。

有天下午放學後，欣欣先回了家，見爺爺不在家，她放下書包，就準備去找同學玩了。此時，村長來了，進屋後發現竟是欣欣一個人在家，他開始算計起來。欣欣身上依然穿得很單薄，村長想著要把欣欣的衣服解開，好好看看才過癮。正想得入神，忽然一陣風吹過，正好掀起了小女孩的裙子，並露出了花內褲。村長見了，他的心愈發顫抖起來。欣欣正想出門，說是要出去找同學玩。可村長堅持要看看欣欣寫的作業，說是她的父母託付的。欣欣信以為真，於是欣欣只能上樓回到自己的房裡，村長緊跟著她，想著上手的滋味。欣欣取出作業本，村長卻看著她，一臉奸笑，又用手拉了拉她的辮子。欣欣不禁看了村長一眼，覺得有些怪異。此刻，村長再也不顧臉面，迫不及待地就動手把欣欣按倒在床上，剝開了她的上衣便亂摸起來，欣欣開始極力反抗。村長有備而來，近來他時常在外守候機會，現在終於有了下手的機會。此刻他用盡力氣，沒幾下就把欣欣姦污了。事後村長又嚇唬小女孩不許說出去，不然他就殺了他們全家的人。

事後，欣欣忍痛哭了一陣，見了家人也不敢說什麼。倒是妹妹榮榮發現姐姐有些異常，便問道是不是有人欺負了她，可欣欣搖頭否認了。到了晚飯時間，欣欣只是躲在自己的房裡不肯出來，葛大爺叫她也不理睬，老人也沒多問，想等她餓了自己就會來吃。雖然欣欣一夜未眠，可她第二天還是強打起精神去了學校。內心的傷痛使她沒精打采地度過了一天，當她從學校迷迷糊糊回來時，竟看見村長在自己的家和她的爺爺閒聊，一臉的老奸巨猾好像什麼事也沒有發生過。見欣欣不敢聲張，村長心裡暗暗得意。在回去的路上，他背著雙手，哼著小曲，盤算著再次下手的計畫。

月亮高高地爬上了山頭，平時這個時候是欣欣和榮榮一起做完學校的功課準備睡覺了，可近來她總是擔心村長來敲門。他一敲，欣欣就要馬上打開門，不然，村長就會把門踢開，然後殺了她，村長這樣警告過欣欣。於是，欣欣總會心驚肉跳地度過每個夜晚。只要聽到門外有什麼動靜，她的整個身體就會發麻，心跳加速。有時候是她虛驚一場，有時確實是村長從樓下爬上來，再敲門進入她的房間。現在，村長更加肆無忌憚了，每次只要他想來就來，發洩完了就走。只是欣欣盼著父母能夠早日回家和她團聚，她就可以結束這場無止境的噩夢。

那天因葛大爺突然感到身體不適，村長知道了便派人送老人去醫院檢查。到了下午學校放學的時候，村長早早地就等在了欣欣的家門外。他躲在樹林後面，心裡盤算著，如果是欣欣先回家，就把她騙去醫院，然後對榮榮下手。如果是榮榮先到家，就帶著她一起去醫院，然後在半路上的稻田裡對她下手。他邊等邊忍著，不停地抽著煙。忽然村長眼前一亮，看見是欣欣一個人背著書包正往家裡走，於是，村長跑了過去，假裝氣喘吁吁地說道：「你的爺爺突然犯病正躺在醫院，快去鎮裡的醫院看他。」欣欣聽了，心裡一著急，便什麼也顧不上了，直接向醫院趕去。村長見此，心裡一陣得意，又轉身躲進了樹林裡，等著榮榮出現。左等右等，大約又過了一個小時，他終於看見榮榮回來了。她前腳進門，村長後腳就跟了進去。雖然榮榮比欣欣年少，可她很機靈，看到村長像是不懷好意地跟了進來，此時家裡又不見別人，便轉身就往外跑。村長急了，也顧不上偽裝一下，像老鷹抓小雞那般，衝上前一把就把榮榮抱住。雖然榮榮想掙脫，可她弱小的身體根本無法抗爭，直接就被村長抱到了屋裡的一張床上，然後撕開她的衣服，強行地把小女孩按住。為了防止血跡留在床上，村長用自己的上衣墊在床上，匆匆完事以後，他用以前威脅過欣欣的話嚇唬榮榮。見她滿臉驚恐的樣子，村長便收拾好帶有血跡的衣服，放心地離開了……。他邊走邊笑，心想，還是光板一個毛小孩，這個便宜占大了，而且以後還可以輪流玩弄她們姐妹倆。他背著雙手走著，心裡充滿了得意之情。

再說欣欣趕到鎮醫院，雖然爺爺身體有所不適，卻無大礙，不過需要留院觀察。到了傍晚時分，欣欣想著回家做飯，然後再帶著妹妹一起過來。走到半路上，欣欣突然感覺不妙，是不是村長在耍什麼花招？村長會不會趁家裡沒人對她的妹妹下手？榮榮還小，如果她真的受到什麼傷害，都是自己的過失。欣欣愈想愈慌，急著往家裡趕。她一頭衝進妹妹的房間，榮榮的目光呆滯，看上去剛剛哭過，欣欣見狀一下子發瘋似的哭道：「是不是他來過了，是不是？……」榮榮也跟著哭，哭得撕心裂肺。欣欣只是沒想到村長糟蹋了她自己，連她的妹妹也不放過。她想著，這個畜生，自己一定要殺掉他。於是，姐妹商議起如何把村長除掉。

像平時那樣，村長背著雙手，在村子裡到處溜達。「進屋坐坐吧，村長。」見到他的身影，人們都會這樣向他招呼。他轉來轉去，還是轉到了葛大爺家。見到葛大爺，他就邊招呼著邊走進屋裡。以前他並不時常光顧這裡，自從他得手以後，他的心思就全部放在了這裡，他甚至想做掉眼前這個老傢伙，省得他老是在夜裡爬上爬下地進入女孩的房間裡。「身子骨還好吧？需要什麼幫忙的地方儘管吩咐。」村長假意地笑道。葛大爺道了謝，又取出了煙遞給了村長。「女孩子長大了，晚上不要讓她們出門亂跑，外面亂得很。」村長又胡謅了一通，便離去了。

到了天色暗了下來，村長就有些坐不住了，見他老是神情不定的樣子，他老婆便向他嘀咕起來。「唉，」他假裝歎了一口氣，又說道，「做村長的，還不是整天被別人的事牽著走，什麼賭博、嫖娼被抓的，為了爭地盤打鬥的，全要我出面去解決。」「是呀，村長聽起來官位不大，這全村上千戶人家，要管的事比縣太爺還多呢。」他老婆附和道。

夜裡外面起了風，村長剛出門，抬頭一看，月光忽隱忽現，亂雲飛度，他心裡不禁打了一個寒顫。「難道自己所做的事被別人發現了？」一念閃過，卻還是朝著葛大爺家的方向走去。雖然他心裡忽然感到有點異樣，可一想到馬上又可以下手便亢奮起來。他還特意去一家小賣部買了一瓶燒酒，想藉著酒力玩得更酣暢一些。到了葛大爺家的樓下，他停留了一下，等到欣欣的屋裡的燈熄了，便提著酒爬了上去。像以往一樣，他放慢腳步，悄悄地走上去敲了敲門。片刻，欣欣就開了門。在暗色下，藉著樓下的一點光線，村長便在一張小凳上坐下後，先喝了起來。欣欣開著床邊的一盞小燈，故意說自己的月經來了，不能做那事。村長聽了反倒更加起了興致，等他喝完了酒後，起身感到身體有點輕飄飄的樣子，又一把抱住了欣欣臥倒在床頭。他脫了自己的衣服後就要脫欣欣的衣服，欣欣被村長的身體壓在下面，而欣欣卻伸出雙手緊緊抱著村長。正當他有點稀裡糊塗搖得起勁的時候，榮榮偷偷從床底下爬出來，提著一把鋒利的小刀，猛力地向他的腰部刺去，一陣劇痛讓他清醒了大半。當他掙扎著想爬起來時，又被欣欣用事先準備好的尖刀對著他的胸口用力刺去，不一會兒，村長就倒地死去。雖然她們姐妹年紀尚小，可憤怒使她們大膽果斷。接著，趁著夜色，姐妹倆把村長的屍體放到了家裡的一輛小推車上，就去了一個偏僻的地方把屍體埋了。

村長突然失蹤的消息在村裡炸開了，村裡人四處尋找，警方也即時介入，可查不到一點頭緒。姐妹倆做完這件事，互相發誓永守祕密。直到一年後，人們才無意中發現了一堆白骨。經公安鑑定，白骨確認是村長的遺骸，且骨頭上有刀痕，推算是被人謀殺。村民們怎麼也弄不明白，一個像關大叔這樣的好村長，怎麼就會飛來橫禍。警方辦案經驗再豐富，也想像不出這樣的推論，只是歎息道：「村長死了，太可惜了……」

（八）

繁榮之下的亂世，亂世之下只有假繁榮。今天我來講講當今社會的另類故事，一個有關代孕的事件。

有一個名叫馮崑崙的男人，這天，他和一個名叫吳瑕的年輕女人約會。一個四十出頭的男人在賓館約見一個才大學剛畢業的女生，並非出於什麼嫖娼賣淫的關係，而是為了一個代孕的交易。馮崑崙打量著吳瑕，他想著，自己和這個女人將來生出來的孩子會長成什麼模樣？她膚色白皙，身材顯然是矮小了一點，應該是她從小營養不良的關係吧。她為了三十萬元錢，就答應用自己的肚子替一個陌生的男人生孩子，而且不是人工受孕，是像夫妻那種自然懷孕和生產的那樣。

吳瑕拿了十萬定金後，她倒也爽快，馬上就答應可以和自己做愛。馮崑崙覺得這個女人很可憐，可她以後很可能是自己孩子的親生母親，所以馮崑崙也不想太難為這個女人，給她一個適應的過程；也不要讓她覺得自己在一個陌生的女人面前，全然不顧自己的體面與尊嚴，迫不及待地露出一副猥瑣的面貌，這對自己的形象很不利。畢竟，如果她以後懷上了自己的孩子，也難保他們母子將來不再見面，還不如像個正人君子那樣，和她循序漸進地慢慢發展。這樣雖然好，可他又擔心難免會引起吳瑕的誤解，覺得自己並非只是借她之腹生子，大有對自己的老婆不再留戀，自己只是和那些江湖上的男人一樣，一見到新歡就貪戀，所圖的只是生理上的快感。自己雖然也有男人的弱點，可偏偏還有那麼一點仗義之心，從不仗勢欺人，可現在卻要讓一個還處在情竇初開時期的女子為一個素不相識的老年人獻身育兒。唉，真是罪孽。可這個女人因為生活潦倒，在絕望中產生的這種勇氣，也是令人敬佩。這樣一想，馮崑崙對眼前的這個女子又產生了敬畏之情。「唉，可憐的女人，我那個未出生孩子的母親。」此時此刻，他又想著，自己的女人因為不能生育，就要眼巴巴地看著自己的男人理由正當地和另一個女人廝混，在她的心中又承受這多大的屈委啊。他並不打算領養一個孩子，要自己親生的，那是血脈相傳啊，況且自己的祖上還是大將軍出生，哪能在自己這個不孝之輩的手上斷了祖輩的香火。

吳瑕不知道這個男人到底想要幹什麼，她在擔心對方會後悔出這個價，可自己還沒有結過婚啊，就連懷孕是什麼滋味也從未體驗過。要不是小時候被繼父這個畜生糟蹋過，自己如今還是一個處子之身呢。來吧，來吧，反正男人都是畜生。她躺到了床上，想著自己的身體會被眼前的這個男人注入精液，心裡有種說不出的苦惱。身體本應該留給自己心愛的人，身體裡的寶寶也應該是愛的結晶，可如今卻要被一個不速之客搶占先機，任他對自己的身體肆意妄為，自己將成為一個代孕媽媽。此次，自己不再是一個花季少女，而是一個有夫之婦，待小孩分娩後，自己就變成了一個事實上的母親。可在現實生活中，卻還要繼續以一個少女的身分出現，還要假裝羞澀地和一個翩翩少年去約會，去戀愛，去共同建立一個家庭，去懷孕生子，可這一切似乎都要在欺騙的遊戲中完成。這對於一個渴望愛情的女人將是一種怎樣的致命打擊？這對於他又是何等的不公平？因為終於有一天，他會發現事實真相，他會痛苦甚至絕望。他會覺得自己的真摯的情感被人愚弄，曾經一往情深的愛人原來只是一個做過別的男人的老婆的女人，是一個為別人生過孩子的女人，這種欺騙是如此地令他感到作嘔，十惡不赦。從此，他將終日鬱鬱寡歡，而自己也會落得一個被人遺棄的下場。想到自己的命運將會如此不堪，內心是多麼地不寒而慄。可事到如今，自己已別無選擇。自從她母親帶著她離開了那個玷污過她的禽獸繼父，她們母女的生活就變得異常艱難。本希望等她大學念完就可以找份工作做，可長年累月過度辛勞，她母親也終因腦溢血病倒了。面對救治母親需要的高額的醫療費，此時此刻，她除了赴湯蹈火別無他路。

到了晚上，見丈夫遲遲不歸，趙雅萍就感到心神不寧。她總是想著：此時此刻，自己的老公在哪裡？是不是和那個代孕的女人在一起？他和那個女人做愛的感受又是如何？他只是就事論事還是會和她日久生情？一想到自己的男人也許會被這個女人占有，她心如刀絞。可是她必須忍著，她丈夫的行為是經過她默許的，誰叫自己的肚子那麼不爭氣，就連一隻母雞也不如。想著那個代孕的女人年輕漂亮，她擔心自己老公感情的天秤會不會慢慢地向那個女人傾斜，況且那個女人還會懷著她老公的骨肉。想想現在社會上有些女人也真不要臉，為了錢不僅可以賣身，居然連自己的子宮都可以出租，真是世風日下，讓人無言以對。趙雅萍想，自己當初選擇嫁給馮崑崙還是對的，他自始至終都沒有背叛自己，比起他身邊的那些男人，家中有兒有女，仗著有幾個臭錢，就在外面包養女人，還動不動想著和自己的老婆離婚娶新歡。無論如何，自己的丈夫還是一個有情有義的好男人。等他的孩子出生以後，只要是他的血脈，自己也會視如己出，好好把孩子養大，將來像馮崑崙那樣有出息。當然自孩子出生起，孩子就由自己來照看，那個女人拿了該拿的錢，就應該乖乖地遠走他鄉，永遠地消失在自己的視野之中。

吳瑕的母親一直處於昏迷狀態，醫療費很快就要花完了，如果沒有了後續的費用，她母親就要面臨放棄救治的結局。好在馮崑崙對這個女人慷慨解囊，他把吳瑕母親後續的費用也支付了，而這筆錢本來是要在吳瑕懷有身孕以後才支付給她的第二筆款項。由於救助及時，不久她的母親就基本康復了。當然，吳瑕對馮崑崙有了一種感恩之情。她在和馮崑崙在一起的時候，甚至產生了一種依戀之情，當然，他們共同的目標就是儘量地使小孩子早日出生。

吳瑕準點來到賓館裡，雖然她感到有點心慌意亂，不過她還是硬著頭皮，當著馮崑崙的面脫去了衣服，露出了一雙乳頭。馮崑崙打量著她的身體，伸過手去，憐惜地去輕輕地撫摸了一下她的乳房。吳瑕又下意識地轉過身去，在她的腦海裡，忽然閃出了另一個男人，趁她不備從她的身後撲向她，並拚命扯開她的衣服然後對著她的胸脯一陣亂摸的場景。那年她才十二歲，就遭繼父偷襲。從此，只有在她身後有人閃過，她就會本能地蜷縮起身體，雙臂緊抱前胸，並渾身打顫。吳瑕在床上躺下後，馮崑崙就親吻著她的頭和她的臉，接著就是她的嘴唇。不一會兒，他們就親吻起來。其實當初在簽協議的時候，其中有就雙方不接吻、不撫摸對方的身體的條款，不過他們好像都已經忘了這些條款。

「如果可以娶兩個老婆，我就娶你了。」馮崑崙說道。

「等我為你生了孩子以後，還有誰會要我呢？」吳瑕歎息道。

「我會守護你一輩子的。」馮崑崙曾經對他的妻子也這麼說過，不過這不算發誓，他心裡就是這樣感覺的。

當生命中出現了一個年輕漂亮的女孩子成為自己的臨時性伴侶的時候，其實馮崑崙還是挺樂意的，前提是不會傷害到自己的妻子，他的妻子不能生孩子，這彷彿成了上天有意考驗他們夫婦的情感。馮崑崙只想讓他的妻子明白，他對她的愛是命中註定不可改變的，也因為如此，他的妻子容忍他「出軌」，這足以證明真正的愛是彼此為對方而心甘情願地犧牲自己。

就這樣，馮崑崙和吳瑕斷斷續續地交往了幾個月後，吳瑕竟被確認真的懷孕了。興奮之餘，馮崑崙感到不可思議，為了生一個孩子，折騰了他們夫婦十幾年的心病，居然就這樣輕而易舉地被吳瑕這個女人解決了，他覺得他的人生不再有什麼遺憾了。想想上天也是公平的，一對富有、恩愛的夫妻偏偏生不出一個自己的寶寶，而一個沒有正常生活條件的女人，她的生育能力卻異乎尋常地強盛。

不久吳瑕就有了妊娠反應，為了能使吳瑕安心養胎，馮崑崙為吳瑕租了一套房子，還專門請了一個傭人照顧她。在吳瑕懷孕後，馮崑崙天天牽掛著吳瑕，他想像著：那個將出生的寶寶會是什麼樣子？她總是一個人孤零零地生活著，沒有親人陪伴，更沒有讓她受孕的男人在她身邊呵護她，孩子出生以後就要母子分離，她的心情會有多麼複雜？會不會因為情緒過分憂鬱使她生出一個不健康的寶寶？在吳瑕懷孕的消息使他狂喜後，馮崑崙的內心開始變得焦慮起來，他一方面時時念著那個還未出生的孩子，另一方面還要顧及妻子趙雅萍的感受。

到了吳瑕的肚子慢慢地大了起來，馮崑崙又總是匆匆忙忙地趕著出門，他現在基本上就是有兩個家的感覺。而趙雅萍雖然明白自己的丈夫和那個女人的關係只是一種純粹的交易，談不上有任何的情感糾結，可吳瑕畢竟是他們孩子的母親，這種情感會不會隨著孩子的出生而起變化？在她的心裡變得不安和擔憂起來。趙雅萍主動提出由她自己親自去照看和陪伴吳瑕，馮崑崙開始覺得不妥，不過最後當他們得知吳瑕肚子裡懷的是個男嬰時，他一高興就同意了妻子的要求。他想反正她們遲早是要見面的，只是他難以想像，面對懷有身孕的吳瑕，趙雅萍會是什麼感受。

當他們夫婦同時出現在吳瑕面前的時候，她似乎才真正意識到自己在別人眼裡是一個什麼樣的角色。她對著眼前的這個女人先是有種內心的抵觸，可她馬上意識到自己只是人家生活中的一個過客，就如同請來照顧她的保姆那樣，當別人不再需要她時，她就必須捲起鋪蓋走人。自己的地位在他們夫婦的心目中連一個傭人也不如，自己是一個代孕者的身分，在床上侍寢過別人的丈夫。

「我丈夫不放心你肚子裡的孩子，我會時常來看看你，需要什麼儘管說，身體有什麼不舒服就要去醫院檢查，以免生出來的孩子會有什麼缺陷。」趙雅萍看似關心地說道。

「我很好，這裡有施阿姨照顧就夠了，謝謝您。」吳瑕躺在床上回答道。

「現在是幾個月了？肚子裡有什麼動靜嗎？」趙雅萍又問道。

「有五個多月了，現在還不明顯，也許再過一陣子就有了。」吳瑕答道。

「沒事不要到處亂跑，要靜心養胎，有什麼事讓保姆去處理就可以了。」趙雅萍關照道。

「雅萍會時常來看你的，需要什麼儘管說。除了該給你的費用，其他的生活費用也會補償你的。」一旁的馮崑崙也隨和地說道。

此時吳瑕感到很不自在，所以她故意冷場好讓他們早早離開，心想：「自己是受雇生個孩子，又不是來聽你們訓話的。再說，那馮崑崙現在一本正經的樣子，當時跟自己躺在一起的時候，還不是那樣情意綿綿，現在倒裝得好像從來就沒有碰過自己一樣，那滿足的勁兒哪裡去了？是不是怕老婆啊？一個連孩子都生不了的女人又有什麼可以怕的？」等他們夫婦走了，吳瑕愈想愈覺得自己做人無趣，便叫保姆去給她買些酒來。

「懷孕的身子是不能喝酒的，對肚子裡的孩子不好的，要是人家的太太知道了就麻煩大了。」保姆勸道。

「有本事她自己去生一個，我肚子裡的孩子用得著她來管嗎？」吳瑕大聲說道。

「唉，我說小姐啊，人家這一對夫妻年歲也不小了，這輩子又什麼也不缺，就指望著你肚子裡的這個孩子了，而且B超做出來又是個男孩，那是人家的香火，你就行行好吧，再說了你也不是替人家白養的。」保姆繼續說道。

「好吧，不喝就不喝吧，誰叫我命賤呢？」吳瑕回答道。

時間在一天天地過去，每當吳瑕感覺到自己肚子裡的孩子在她的腹部有動時，她就會覺得自己離做母親的時候愈來愈近了。她想著：等孩子出生了，以後能天天看著他長大那該有多好啊！如果有一天孩子能開口叫一聲自己「媽媽」，那又該是多麼幸福啊！以前她自己並沒有這種體驗，雖然是拿了人家的錢，可到了孩子在自己的肚子裡一天天發育成長，她對孩子的那份依戀之情是如此地強烈，這種與生俱來的母性超出了其他一切的情感，就連那令人渴望的愛情相比之下也變得微不足道了。她甚至覺得只要自己擁有這個孩子，自己就心滿意足了，其他的事情都無所謂了。「寶寶，媽媽捨不得你啊。」她摸著自己的肚子，對著腹中的孩子說道。

離預產期還有一段時間，趙雅萍就忙著準備好了所有嬰兒的必用品。看著一套套精緻漂亮的嬰兒服裝，她心裡還是充滿著喜悅之情。本來自己總覺得對不起丈夫，雖然他嘴裡不說，可隨著年齡的增長，她看得出她丈夫愈來愈想要一個孩子，況且他父母抱孫兒的願望一直未能實現。現在好了，一切心結都解開了。幸虧有這樣需要錢的女人，她達到了金錢的目的，而自己解決了生活上的缺憾。趙雅萍希望這個孩子出生以後長得像她的丈夫，這樣，她的感受會好一點；如果像那個賤人，自己看見孩子就很容易想到那個女人。於是她求老天幫人幫到底，孩子一定要長得像自己的男人才是。

到了快要臨盆的時候，所有的人都變得焦慮起來，不知道孩子什麼時候會出生，出生的孩子是不是一切都正常。趙雅萍也是天天去吳瑕那裡觀看情況，有時一天要去兩次，而吳瑕的心裡並不想老是見到這個女人；如果是馮崑崙來了，她會感覺好一些，內心也自在一點，可以和他談些生理上的感受甚至還可以說幾句俏皮的話。而他，只要他的老婆不在場，他看上去也顯得更加溫柔體貼一點；而只要那個女人同時在場，他就很少說話。吳瑕此時最想見的是她的母親，她甚至害怕生孩子時自己會因為難產而死去，這樣她就無法在臨死前見她母親的最後一面，可是她現在的情況都是瞞著她母親做的。她很傷心，不過當她想到如果真的自己有所不測，自己畢竟有了後代，她的血脈在下一代的身體裡延續，而懷中的寶寶可以給一個好人家撫養成人，就當那個女人是自己孩子的養母，也許老天選中自己給別人代孕，真正的目的就在於此。這樣一想，她感到安心了許多。

有一天吳瑕突然落紅了，她急忙被送進醫院。由於出血不止，她感到很恐懼。醫院做了安胎的措施後，就開始打催生針。不久，躺在病床上的吳瑕不時地忍著一陣陣突如其來的劇痛，在病床上，每過一分鐘似乎都是漫長的煎熬。隨著疼痛的加劇，而且頻率也在加快，她感到自己實在承受不了了，想到又是替別人家懷的孩子，心情就更加憂傷了。當她實在忍不住劇烈的疼痛時，她就大聲哭著叫「媽媽」，可是沒有人理會她，只有身邊的醫護人員叫她安靜下來。看到生孩子時要承受如此的痛苦折磨，馮崑崙一方面覺得吳瑕可憐，雖然他知道女人在分娩時很痛，但他沒有想到會是如此慘狀，加之還經歷了懷孕後的妊娠反應，身體的不適和體型變化以及心理的壓力等等，但同時他也感到一絲慶幸，趙雅萍因為不能懷孕而免於遭受這一系列的痛苦折磨。馮崑崙夫婦在產房外足足守了十幾個小時，就是這種等候的過程也已經是夠消耗人的體能和精神了，更何況產婦在那種要死要活的劇烈疼痛中度過分分秒秒了。吳瑕一邊尖叫著，一邊心想就是死也要生下這個孩子。又經歷了殺豬般的嚎叫，幾經掙扎，孩子終於生了出來。由於孩子體型偏大，生產後她就開始大出血，而且下體開裂到肛口。吳瑕終於見了一眼孩子，隨後就昏迷了過去。等她醒來後，她發現自己已被插上了尿管，而且無法坐立，肚前滿是血瘀。

當孩子被助產的護士再次抱到吳瑕的身邊時，她頓時感到自己已經無法和眼前的這個孩子分開了，孩子是自己身體的一部分，更是自己生命中的精神慰藉；當初答應別人做代孕的時候，真的沒有想過這麼多，只想著出賣自己的身體和子宮，用換來的錢救治母親。當時一心一意就是這個念頭，可如今不一樣了，自己根本離不開這個生下的寶寶，孩子是用鮮血和生命換來的，現在就是把全世界的黃金來換自己也不願意。雖然這樣做是違背了協議，可他們這樣做一開始就不對。孩子很快又抱出來讓他們夫婦看一眼，一見到孩子，趙雅萍就禁不住叫起來：「太像了，簡直就像你小時候的模樣。」馮崑崙含著喜悅的淚水，在一旁捂著自己的臉。

幾天以後，馮崑崙夫婦正準備去醫院接孩子回家，到了醫院卻找不到吳瑕，再去嬰兒房看寶寶，也沒有找到。一絲不祥的預感籠罩在他們心裡，再回到病房，只見在床頭邊留下了一張紙條，他們急忙拿起一看，上面潦草地寫道：「我走了，帶著我的孩子，錢以後還給你們，對不起！」

看完紙條，他們幾近癱倒在地上……

（九）

接下來我來講一個關於一個刑滿釋放者的故事，聰明的讀者看了一定會明白，這個故事為什麼會和上一個故事接著講。

話說有個叫焦志敏的服刑人員，他在監獄裡服刑了近二十年後終於被提前釋放了，出獄的時候他已經四十多歲了。在回家的路上，他的心裡十分糾結，按理像他這樣年紀的人應該有自己的家了，可他還要回到他入獄時就離開的家。在他二十歲剛剛出頭的那年，因為在一次群毆事件中致人死亡，後來被判了無期徒刑。在服刑期間，每天他心裡的最大的也是唯一的願望就是減刑後刑滿釋放重獲自由。在獄中，他看到有幾個獲釋的獄友只因在外面生活沒有著落，便又走上了盜竊的老路，進進出出好幾次了。焦志敏在心裡暗暗發誓，自己絕不再做犯法的事了，他怕再坐牢，再坐下去就成老年人了，到那時再出來，就是病死、餓死連個為他收屍的人都沒有。他也很後悔從前年輕時沒有好好地珍惜時光，那時遇事只會一味逞強，好像自己膽子大，夠野，就可以呼風喚雨似的。當別人怕事讓著自己的時候，自己居然有一種莫名其妙的成就感。想想如果自己要是沒有被判無期徒刑，自己在外面也許早就混出個人樣了，哪會還像現在這樣，連個歸宿也沒有。

當焦志敏最終回到家裡的時候，他看到自己的父親已經是完全變成了一個老人，他有點心酸。他的父親話不多，只是在桌上放了一些吃的東西，除了一碗粥外，還有幾隻饅頭和一些醬菜。當然，他並沒有奢望家裡會為他準備一席豐盛的佳餚，可他已經告知了家裡人他回家的日子，沒想到桌上的飯菜和在監獄裡的也差不多。他一個人冷冷清清地吃著，心裡感到很不是滋味。他父親沉默地抽著捲煙，看上去不是很健康。他想和父親聊聊，可他不知道聊什麼，外面的事情他一點也不知道，他也不想和父親聊他在監獄裡的生活。他問他父親身體怎麼樣，他父親只是說了一聲「還可以」就什麼話也沒有了。他接著打聽他兄長的情況，他父親只是告訴他「閒著沒事做」。他想著自己小時候在家的情景，那時候雖然家裡也不富裕，可他的母親還在，有時候他也會和兄長爭吵起來，而他母親總會和他在背後說他兄長的不是。他剛放下手裡的碗筷，他的兄長就從外面回來了，他同樣驚訝地發現他兄長此時已經變成了一個小老頭，連頭髮也禿了，而且和他父親一樣，臉色也很不好。他很想幫家裡分擔些什麼，可他畢竟剛剛被釋放出來，什麼忙也幫不上。

其實此時他很想在家睡一會，等自己打起了精神再到外面去看看，可他又不好意思問家人自己有沒有睡覺的地方，於是他只得告訴他們自己出去找找朋友，看看哪個朋友能幫上忙，找點事情做。他兄長聽了，用教訓的口氣說道：「不要再找那些不三不四的朋友，再進去可不是鬧著玩的。」他看了他兄長一眼，心想：「就是再進去，也比你一把年紀還在家裡吃閒飯強。」可他嘴裡什麼也沒有說，心裡又想到：「要是母親還活著就好了。」他直覺感到這個家是不會歡迎他回來的，除非自己能拿出錢來。

他出門去找了幾個從前的朋友，別人對他還算熱情，其中有一個叫金昌運的在從事運輸生意，見了面就請他在一家小飯館吃飯。他們小時候經常在一起玩耍，看到別人事業有成，心裡不免羨慕起來。「不瞞你說，這可是我二十年來第一次這樣有吃有喝。」他感歎道，「等我有錢了，我再請你。現在能不能在你這裡幹點什麼，先把自己的生活問題解決了。」「這算什麼事！不過你剛出來，也做不了司機，只能跟人出車做搬運，每月工資一千五百元。」金昌運爽快地說道。焦志敏聽了一陣欣喜，心想管他什麼工作，先找到事做，把吃飯的問題解決了，以後總可以有機會賺更多的錢。

焦志敏每天跟人出車，時常要到深更半夜才能回家。當他拖著疲憊的身體躡手躡腳地回家時，他不得不敲門讓他的兄長起來開門。他想有一把家裡房門的鑰匙，可他的兄長不願意，可每次夜裡起來開門，他兄長又總是怨氣十足，責怪他那麼遲才回家，弄得別人不能正常休息。

他感到了家人對他的冷漠，他想誰叫自己是個刑滿釋放的人呢，好像還是外人對自己好一點；也許兄長是擔心自己要分他們的財產，如果自己待在牢裡，父親去世後，房產就歸兄長一人所有。想到這裡，他流下了眼淚。他感到他本來就不該回來，回來幹什麼呢？不回來自己心裡還有一個家，雖然說不上有多少溫情，卻也是一種心理上的歸宿。現在他想著要儘快離開這個家，永遠不再回來，哪怕自己死在外面。他也不想再去管家人的死活，就是有一天他們死了，自己也不會去為他們送終。

從此他就不再回家了，有時在別人家過夜，有時索性就睡在車裡。生活的不規律和體力的透支使他的身體狀況愈來愈差。他總是不停地吸煙，工資的大部分都花在了買煙上，剩下的連吃飯的錢也不夠了。他同時看到金昌運總是吃香喝辣的，雖然他有家室，在外時身邊時常有年輕美麗的女人相陪伴。他總想著要不是自己當年那麼好勝逞強出捅、出簍子，自己現在也會混得很好，不會這麼寄人籬下。

由於身上的病痛，他去看了醫生，經檢查後發現，他患有嚴重的腎炎。醫生囑咐他要注意休息與調養。不過他也不會去休息，他想反正自己爛命一條，死也無所謂，活著也是遭人嫌。不過他的頭腦好，手也巧，很快就能自己獨立開卡車了。因為他沒有駕駛執照，所以做不了專職司機，只能跟人出車整天幹些力氣活。不久他就使不上勁了，腰部痛得厲害，又沒錢治病。終於，他產生了一個去死的念頭。他覺得這樣活著太累，還要看人臉色吃飯，而且自己的身體也難以再堅持這樣工作下去了。

他決定再回家裡一次，他明白這是一次訣別。他覺得他的父親和兄長活得也很可憐，他已經聽說了他們都有腎病，靠做血液透析維持生命，而且他們的錢基本上都花在了每隔幾天就要做一次血透上面。他知道了自己的病是家族遺傳的，所以就是有錢也治不好的，除非能換腎。他買了一些熟食品帶回家，和他們一起分享了食物以後，就向他們告別了。他身上有借來的三千元錢，臨走時他在他父親的床頭下放了一千元，自己帶著二千元，開始了他的死亡之旅。

他忽然感到如釋重負，不要再為生計發愁了，也不用為疾病擔憂，一個人只要有勇氣放棄自己的生命，就什麼後顧之憂也沒有了。如果死後真有靈魂，那麼也可以自由飛翔了。自己的這個身體似乎永遠都在牢籠中，即便是離開了監獄，自己的身心也沒有自由過。現在好了，終於可以拋開一切了，雖然在心裡還存一絲的不甘心，還沒有滿足過做男人的基本欲望。

他不知不覺地來到了一片荒蕪之地，一個人靜靜地坐在一棵樹下，他想理一理自己的人生。在這個就要向人生告別的時刻，他想著人生到底是什麼，人生好像是在不斷地滿足自己的欲望，永無止境。假如人生沒有那麼長，到了像自己這樣的年齡就會死去，那麼人們還會不會去拚命掙錢，或者去借一大筆錢買房子呢？也許不會，大家一定過得更自由更輕鬆。問題在於人的生命太長了，而且希望更長，所以才會無止境地貪欲。自己在監獄裡度過這麼多年，心裡唯一的渴望就是重獲自由，好像只要自由了，就什麼都有了。可事實上這種自由又能給自己帶來什麼呢？除了身心更加地疲憊什麼也沒有得到。最後，他想著先去吃點什麼，再去髮廊玩一次女人，然後就可以結束自己的生命了。

口袋裡的錢夠他好好地過幾天，他去鬧市找了一家餐館，點了他最喜歡吃的大蝦和烤鴨，還要了一些酒，美美地吃了一頓。這是他平生第一次不看價就點菜，他有點喜歡也有點悲傷，畢竟這和監獄裡的死刑犯一樣，是頓「斷頭飯」。他離開了餐館後，就去街邊找髮廊。在一條街上有好幾個髮廊，每個髮廊裡總能看見有那麼三兩個女人，有的年紀還不輕。他忽然發現有一家，裡面好像都是些年輕漂亮的姑娘，他一上去就看上了一個，於是他就挑了這個姑娘。付了錢以後，他跟著那個女孩上了樓，進了房間，那女孩二話不說就脫了衣服，隨後就躺在一張床上等他上來。他隨即也脫了衣服，上床後就把那女的緊緊抱住。這是他平生第一次和一個女人這樣相擁而臥，肌膚相貼。他打量著這個女人的臉，心想，真的是好漂亮的一個女孩，他恨不得把這個女人帶走，讓她和自己一起去死。到了完事以後，臨走之前，他還給那個女孩付了小費，女孩拿了小費，就高興地在他的臉上親吻了一下，並叫他有空再來。

離開了髮廊，他感到自己真正地做了一次男人，而且覺得還很體面。接著，他就直接找了一家旅館住了進去，鄰床還空著，他一個人占據著整個房間。他把門反鎖上，然後坐在床上，取出了隨身帶著的小刀。他先看著小刀發呆，忽然覺得身上在發痛，於是，他就躺到了床上，右手緊握刀柄，對著左手腕狠狠地劃了一下，鮮血頓時冒了出來，他鬆開了手，閉上了雙眼。

當別人發現他時，他已經休克了，很快被送入醫院進行搶救。幸好搶救及時，他才沒有死去。醫院救了他的命，他卻因此欠下了上萬元的醫療費，他不知道是要感謝那些救他的人還是要詛咒他們。他納悶著自己活著沒有自由，連死的自由也沒有。他尋思著既然自己又活了下來，還能去做些什麼。很快他就聯繫上了兩個獄友，大家聚在一起先是唉聲歎氣，感慨自己沒有出路，最多只能是幫別人做些廉價的苦力活，什麼生活保障也沒有，所以想著只要有機會，還是去冒險做一票。他們商議來商議去，最後還是聽了焦志敏的主意，要進行一次綁架，目標是金昌運。

焦志敏很容易地騙出了金昌運，於是他們三個人就對他採取了綁架。他們知道，綁架的罪很重，況且都有入獄前科，所以他們用金昌運的銀行卡取了錢以後，就立刻殺死了他，又對屍體進行肢解，然後拋屍。

當有人發現屍塊時，公安人員很快從失蹤人員中找到了屍源，隨後便是大量的取證與摸排工作，最後鎖定了犯罪嫌疑人。不久，他們三個再次鋃鐺入獄。焦志敏明白，他很快就會被槍斃，像他這樣的人，無論是自由還是不自由，終歸會是這種下場……

（十）

最後我來講一個在小屯村發生的事情，來結束今天的故事。

小屯村的居民近年來變得愈來愈少，許多戶人家長年沒有人回來，只能看見門外鎖著的大鎖也已經生了鏽，有的房屋幾乎已經成了殘牆斷壁，四周圍雜草叢生，樹枝盤根錯節，像是古村落留下的遺址。留在村裡的幾十戶人家中，老白家是其中的一戶，他居住在一間破舊的房子裡，還有個女人居住在他隔壁的小屋裡。從外表看起來，兩間一大一小連在一起的房屋已是破舊不堪，一隻有些偏瘦的金毛狗躺在老白的屋外，狗脖子被一條粗粗的鐵鍊子拴著。牠看起來有氣無力，在牠的旁邊有個餵狗的破碗和一隻盛水的鏽鐵桶。小屋裡的場景更為可怕，屋裡的床上髒亂不堪，床邊的地上擺放著一些髒兮兮碗，碗裡還留有一些吃剩的食物，地上還有衛生紙和幾個低廉食品的空袋子。女人蓬頭垢面，三四十歲左右，看起來精神很不正常，她的脖子上同樣套著一條粗粗的鐵鍊，而且還上了一把鎖。

在小屯村，人人都認識老白，同樣也知道他在小屋裡用鐵鍊鎖住他的女人。說是他的女人，其實也不能算是他的老婆。這個叫李潔的女人，在她十三四歲時，就被村裡的一個叫老馬的人從外地拐來並賣給了老白。當時李潔還小，哭天喊地鬧著要回家。面對這個看上去清秀而又瘦弱的小女孩，老白既憐憫又興奮，便開始對她好言相勸，還特意從鄰居那裡借了一隻雞殺了煮給她吃。小女孩祈求老白放過她，不過老白最後還是把她硬拖到床上，三兩下就把她給強暴了。

為了防止她逃跑，老白就用一條鐵鍊子將李潔套住並上了鎖，從此，李潔就像一條狗一樣天天被鐵鍊拴住待在小屋裡。她不僅要受到老白的性暴力，因為她當時年幼，而且樣貌可人，趁老白不在家時，那個把她拐來的老馬，也時不時地來性侵她。老馬早年做殺豬販狗的買賣，在江湖上認識的人多，有時他還帶著鎮長、村長等人來對李潔進行強暴。這樣長期以往，十幾年來，李潔先後生下過七八個孩子，其中兩個是老白和她所生，其餘的都是外人的種。除了現在和老白生活在一起的兩個孩子，其他的非老白所親生的孩子都在他們年幼時就被賣給了別人。老白也知道這些人來他家對他的女人幹了些什麼，可他也沒有辦法，一來自己的女人是從販子那裡買來的，二來那些有權勢的人也不好惹，弄不好自己最後會被他們整死。這樣長期遭虐待性侵，李潔不久就精神失常了，只是她脖子上的鐵鍊子就這樣一直被鎖在了她的脖子上。

小屯村裡的農戶，除了像老馬這樣平日裡靠做點小買賣和幹些偷雞摸狗的事為生以外，基本上都是貧困戶。不過說起這裡的先民可是大有來頭，這裡可是教科書裡所說的「殷墟」所在地，即西元前十五世紀商朝的王都的遺址。上世紀三十年代，就有許多的商人、考古人員以及盜墓賊聚集在這裡，他們拚命地挖掘尋找刻有花紋的「龍骨」。那些在龜甲上刻著的所謂花紋，其實就是人們所說的甲骨文，它是中國最早有文字記載的朝代；從這些可以解讀的文字裡，記載了三千五百多年前，人們的戰爭、祭祀、婚葬等風俗以及狩獵等各種社會活動。

除了學術界對這裡出土的文物頂禮膜拜，沒有人會關心這裡的居民。那些因為貧困而無法娶親的上了歲數的男人被人稱之為「老光棍」，這裡出生的女孩子，長大成人後都會遠走他鄉，去生活條件比較好的地方。隨著「老光棍」的人數愈來愈多，村戶也在逐年減少，所以對於從外面拐賣女人再賣給「老光棍」的行為，這裡上上下下的人都眼開眼閉。被拐來的女人，最後也會丟下自己生下的孩子逃脫，只有老白的女人，被許多個男人強暴後，因精神失常至今還被套上鐵鍊關在家裡。

年逾五十的老白如今滿臉皺紋，步履蹣跚，他家裡唯一值錢的東西可能就是他養了三年多的金毛狗了。雖然牠看起來很瘦，不過老白最近一直在打牠的主意，他已經去狗肉市場光顧了幾次，主要是去看一下狗肉的價格。金毛狗雖然瘦，但牠的體形不小，重量也有二十來斤。他估算了一下，如果把他的金毛狗賣了，自己大約有一百五十元的收入，這幾乎是他家裡每月低保收入的一半。每月的低保收入，除去交水電費，買些油鹽醬醋等日常開支，剩下的錢就是僅僅用來買一個月吃的米麵也不夠家裡人吃。以前他常去「殷墟宮殿宗廟遺址」旅遊區幫人挑貨掙錢，現在他幹不動那個吃力活了，除了省吃儉用，他要去撿些破爛去賣，才能勉強維持生活。

每天老白要給李潔送飯，基本上就像他平時餵他的金毛狗一樣，他在碗裡放些食物，然後往床邊一放。她看到他來送飯時，總是在呆滯的表情裡還帶著一絲的傻笑。他也看慣了這張蓬頭垢面的臉，還有她脖子上的鎖鏈。

「你倒是開口說說話呀，別老以為是我虧待了你似的。以前你年輕，還能生孩子，又老想著逃跑，所以就把你用鐵鍊子鎖起來了。如今我老了，也掙不了幾個錢了，還要天天管你吃白飯。如果你能開口說出當年那個老馬是從哪裡把你帶過來的，那我現在就把你再送回去，也算報答你為我生過孩子，也虧你我才他媽的沒有斷子絕孫了。雖然你還為別人家生過好幾個孩子，這也不怨你，你我也許本來就是這樣的命。」

在他這樣對她說話的時候，她總是呆呆地看著他，時不時地晃動一下她的身體，脖子上的鐵鍊和鎖也會發出聲響。其實老白有事沒事經常在她面前這樣叨叨，他自己好像是在和她說笑解悶，又好像是在訴說自己的心聲。

從小屋子出來後，老白就弄了一點剩飯放到了地上一隻給金毛狗吃食物的破碗裡，一點點剩飯金毛狗幾口就吃完了。老白在門口的地面上蹲下後，取出了口袋裡的煙葉，捲了一支煙用火柴點上後，看了看一旁的金毛狗，喃喃地說道：

「我想把你賣了，換點錢，怎麼樣？」

金毛狗脖子上套著鐵鍊子，趴在地上傻傻地看著老白，好像是在說牠還沒有吃飽。

「我也餓呀，我自己也常常吃不飽呀。把你賣了，我就可以吃點肉了，還可以喝上兩口。唉，好久沒有喝上酒了，就是因為捨不得把你賣掉。你看人家家裡養羊養雞的，哪家不是最後賣掉掙錢的？就連孩子他媽當年我還不是欠了人家一屁股債把她買來的。就是你的命貴，天天在家裡吃白食。」金毛狗似乎聽明白了主人的話，牠趴在原地一動不動，眼睛有點濕潤。其實牠非常通人性，以前牠會幫家裡人看孩子；主人累了，還會用嘴搬凳子給主人坐。只是因為牠跑丟過兩次，老白索性就用鐵鍊子套在了牠的脖子上。

這天上午，老白終於狠下了心，用一條繩子把金毛狗拴上，然後帶著牠出門了。老白以前從來沒有這樣帶牠往外走，金毛狗心裡有了一種不祥的預感。一路上牠四肢僵硬，走走停停，牠似乎感到自己的主人要把牠帶到一個很遠的地方去然後將牠遺棄。每走一段路，牠就打量著老白並試著往回跑。雖然老白的心裡也有不捨之情，可他並沒有改變主意，還是對著金毛狗，嘴裡罵罵咧咧，步履蹣跚地朝著村鎮裡的街市走去。

從他的家裡走到街市，差不多要走好幾里路。老白一路上牽著瘦骨嶙峋的金毛狗一瘸一拐的樣子走著，當他走到一個山坡上的彎道口，從遠處看去有一片整齊的綠色草坪和一些建築群，那裡便是赫赫有名的「殷墟」遺址。在遺址的入口處矗立的紅色牌坊的匾額上刻有金色的「殷墟宮殿宗廟遺址」幾個大字，牌坊後面露天盛放著一個呈銅鏽色的大鼎，大鼎的臺基上用隸書體刻著「司母鼎」三個金色的大字。在鼎的後方是一些具有古建築色樣的陳列室。在這方圓幾公里如今被稱為「國家遺址考古公園」的地方，是中國先民們最早的文明發祥地，裡面出來挖掘出數以萬計的刻有「甲骨文」的龜甲片，還有祭祀用的用青銅鑄造的鼎和其他一些文物，據說鼎裡的祭品是先民的頭顱。先民有一妻多夫的婚俗，還有活人被殉葬的風俗。

街面上看起來有些潮濕陰暗，在這並不寬敞的小街上，人流稀稀拉拉，街邊各種店鋪一家接著一家，有在店鋪上高高掛起招牌的羊肉館、狗肉館、旅店、中藥店等，也有只在店門旁的玻璃上歪歪扭扭寫的什麼足浴、按摩、理髮等店，有的店門口還坐著攬客的年輕女子，不過看起來生意也很冷清。

老白終於到了街市，正當他一手牽著金毛狗左顧右盼的時候，忽然就和正在那裡的村長撞了個正著。見了老白，村長向著他說道：

「逛市場呢，還牽著狗呢，來賣掉？」

「嘿嘿，」老白訕訕地笑道，「換點零花錢，你知道家裡還有那口子整天吃白飯的。」

「我操，我早就不是幫你讓她上了戶口？去年還給她上了『低保』，看你裝窮的噁心樣。家裡有個女人幫你撓癢癢，雖然腦子不好使，可人家幫你生了孩子，現在每月還有錢拿，比起那些娶不到女人在家裡戳豬的，你有啥可以抱怨的？」老白笑嘻嘻地聽著村長的呵斥，又低頭哈腰地走開了。老白牽著他金毛狗來到了一個攤位旁，攤主看到了老白牽著的金毛狗，便向他示意把狗帶到秤上。過了重量後，攤主說道：

「二十一斤，六元一斤，一共一百二十六元。」

「我這金毛狗很通人性的，每天會在家門口等我回家，看我累了還會搬凳子給我坐。」老白向攤主說道。

「我們是賣狗肉的，不看品種，只看重量。」

店主把狗牽到了一輛小板車上，準備付錢給老白。老白看著店主手裡拿著的錢，他還是想讓攤主再加一點，他覺得一百二十六元實在太低了。他要價一百五十，至少也要一百四十。

此時金毛跪在車板上，乞求主人能回心轉意，繩子的另一頭已經拴在了板車上，金毛的眼神充滿了哀求。牠一次又一次地把兩隻前爪伸向主人，彷彿在說：「能不能不要把我賣了？咱們回家吧，以後我會更乖的。」老白還在和攤主討價還價，遠處不斷地有傳來的聲嘶力竭的狗吠聲。

最後攤主付給了老白一百三十元，老白拿了錢，就頭也不回地獨自離開了。他感到心口發涼，呼吸急促，可手裡的錢又使他感到興奮。他打了點白酒，買了幾隻羊蹄，又買了些煙草，便打道回家了。當他再次回到家門口時，再也沒有狗狗的影子了，只有狗狗用過的盛飯和裝水的兩隻破器具還留在那裡。

和許多的被賣到市場上狗狗一樣，金毛狗的頭被鐵鍊子拴著，牠一動不動地趴在那輛板車上，神情哀傷，忍受著被主人離棄的哀傷和即將被宰殺的恐懼中。

國家圖書館出版品預行編目

新十日談 / 盛約翰著. -- 臺北市 : 獵海人,
2023.07
面； 公分
ISBN 978-626-97445-2-7(上冊 : 平裝). --
ISBN 978-626-97445-3-4(下冊 : 平裝)

857.63 112012008

新十日談－上

作　　者／盛約翰
出版策劃／獵海人
製作銷售／秀威資訊科技股份有限公司
114 台北市內湖區瑞光路76巷69號2樓
電話：+886-2-2796-3638
傳真：+886-2-2796-1377
網路訂購／秀威書店：https://store.showwe.tw
博客來網路書店：https://www.books.com.tw
三民網路書店：https://www.m.sanmin.com.tw
讀冊生活：https://www.taaze.tw

出版日期／2023年7月
定　　價／480元

版權所有・翻印必究　All Rights Reserved
Printed in Taiwan